कस्मै देवाय

महेंद्र मधुकर

राजपाल

स्थापित 1912
100 वर्षों की श्रेष्ठ प्रकाशन परम्परा
राजपाल

ISBN : 9789389373509
पहला संस्करण : 2020
KASMAI DEVAAY (Novel)
by Mahendra Madhukar

राजपाल एण्ड सन्ज़
1590, मदरसा रोड, कश्मीरी गेट, दिल्ली-110006
फोन : 011-23869812, 23865483, 23867791
e-mail : sales@rajpalpublishing.com
www.rajpalpublishing.com
www.facebook.com/rajpalandsons

सैनफ्रांसिस्को अमेरिका प्रवासिनी

अपनी प्यारी छोटी बहन—

सुशीला पांडेय

को

सस्नेह।

महेंद्र मधुकर

भूमिका

अब आपके हाथों में मेरा नया उपन्यास *कस्मै देवाय* है। मेरे उपन्यासों में देशकाल, घटना, मानवीय भाव और मन के विस्तार के साथ असंगतियों और विडम्बनाओं का भी हाथ रहा है। ज़रूरी नहीं कि विचार सीधी रेखा पर चलें, वे ज्यामितिक आकारों की तरह अपना रूप गढ़ लेते हैं। पात्रों और परिस्थितियों के कारण घटित घटनाओं में एक संघर्ष अनवरत चलता रहता है। यह भी सही है कि कभी पात्र हावी होते हैं तो कभी परिस्थितियाँ अपना प्रभाव दिखा जाती हैं। आज से दस साल पहले अपनी उम्र के सत्तरवें साल में शिव-चेतना ने मेरे ध्यान को एकाग्र कर दिया और मैंने शिव पर केन्द्रित अपना पहला उपन्यास लिखा, *त्र्यम्बकं यजामहे*। दूसरा उपन्यास था, *लोपामुद्रा*। इसमें स्त्री-चरित्र के गहन-गुह्य आंतरिक धरातल की खोजबीन हुई। इस रचना के बाद एक नए प्रयोग के रूप में आंचलिक और पौराणिक कथा को लेकर तीसरा उपन्यास लिखा गया *दमयंती और भी*—राजा नल और दमयंती की पौराणिक कथा के साथ-साथ गाँव की एक लड़की दमयंती जिसे सब दामा के नाम से जानते हैं, के चरित्र के कई उतार-चढ़ाव देखने को मिले, वहीं स्त्री-मन की आन्तरिक क्षमता के भी कई उदाहरण मिले। यह भी अनुभव हुआ कि जाति-चेतना से कहीं ऊपर, कहीं श्रेष्ठ मनुष्य-चेतना है और सिद्ध हुआ कि जीवन के कर्म-व्यापार में मानवीय चेतना ही सबसे बड़ी पूँजी है।

चौथा उपन्यास बिलकुल भिन्न बिहार के एक आंचलिक क्षेत्र को लेकर चर्चा में आया। उपन्यास था *बरहम बाबा की गाछी,* जिसमें गाँव की पीड़ा, त्रासदी, राजनीति के साथ-साथ पर चिन्ता का मानवीय-भाव भी मुखरित हुआ, वहीं 'स्त्री-मन' के कई कोण भी सामने आए। कई मूल्य टूटे और कई बने।

कस्मै देवाय उपन्यास प्रश्नों की आकुलता से भरा और अपने अस्तित्व की खोज में बेचैन एक चरित्रगाथा या गाथाओं का पिटक है।

सच पूछिए तो *कस्मै देवाय* उपन्यास के दो नायक हैं—सुधीर के पिता और पंडित मोशाय यानी पं. प्रभास चन्द्र चक्रवर्ती ढाका के बैरागादी गाँव के जाने-माने विद्वान हैं। उनमें तर्क और भक्ति का अद्‌भुत मेल है। वे शास्त्र को जीवन में ढालते चलते हैं। उन्हें अचानक देश की राजनैतिक परिस्थितियों के दबाव में अपने पूर्वजों

का गाँव-घर छोड़ना पड़ता है और यहीं से शुरू होती है चक्रवर्ती परिवार की भटकन और एक नामालूम लक्ष्य का पीछा करते हुए चलने वाली यात्राएँ। पंडित मोशाय के चरित्र में दृढ़ता है। वे समय की चोट से क्षुब्ध तो होते हैं पर विचलित नहीं होते। घर छोड़कर चलते समय भी हर चीज़ को यथास्थान सजाकर रखने का वे आदेश देते हैं, अपने बगीचे के एक-एक वृक्ष से गले मिलते हैं। उपन्यास के आधे हिस्से तक वे जहाँ होते हैं, वहाँ उपनिषद् का सुख देते हैं और अंत में महाकाली का यह परम भक्त दक्षिणेश्वर की कालिकामूर्ति के सामने प्रणाम की मुद्रा में ही जैसे अपने प्राणों की आहुति दे देता है।

जीवन का सूत्रवाक्य, माना गया है—'न दैन्यम्, च न पलायनम्' अर्थात् जो साहसी पुरुष होते हैं वे न तो दीनता दिखाते हैं, न युद्ध से पलायन करते हैं। पर *कस्मै देवाय* का नायक डॉ. सुधीरचन्द्र चक्रवर्ती इसके ठीक विपरीत समय के हथौड़े की चोट सहता हुआ जातीय दंगों के भय से ढाका छोड़ने पर विवश होता है। वहाँ से कलकत्ता अपने एक भाई के घर में आश्रय पाता है। किसी तरह होम्योपैथी की पढ़ाई भी पूरी करता है। एक तरह से 'तड़ीपार' होने पर भी दंगे का दर्द झेलने पर वह बाध्य होता है। अपने पिता, पत्नी और बच्चों के साथ वह विवश भाव से समय का प्रहार झेलता रहता है।

वह अपनी सहपाठिनी अनुभा चटर्जी से किया गया वायदा भी निभा नहीं पाता। विक्टोरिया मेमोरियल की बैंच पर बैठकर अनुभा के सामने आत्मस्वीकृति का दंश उसके व्यक्तित्व की सारी परतों को खोलकर रख देता है। जब वह कहता है, "हम घुमक्कड़ बन गए अनुभा! हम रोमा मानव समुदाय की तरह जिप्सी हो गए। दुनिया भर में लाखों लोग रोमा जाति के हैं, इन्हें लोग बंजारे भी कहते हैं, इनका कोई घर नहीं होता। जहाँ जाते हैं, बाँस या लट्ठ पर घेर-घारकर घर बना लेते हैं, ब्याह भी करते हैं, इनके बच्चे भी होते हैं, सब सुन्दर-से पर मटमैले, गंदगी में लिथड़े। ये चोरी भी करते हैं, समय इन्हें जीने की विद्या में पारंगत कर देता है। यह जाति यूरोप में भी है—सबसे गरीब और बदहाल जाति। लोग तो यह भी कहते हैं कि रोमा लोग लगभग हज़ार साल पहले उत्तर भारत से यूरोप की ओर चले गए। बाद में वे बारजेंटाइन साम्राज्य का हिस्सा बन गए। कुछ लोग कहते हैं कि भारत से हज़ारों की संख्या में महमूद गजनी द्वारा वे गुलाम बनाकर अफ़गानिस्तान ले जाए गए और वहाँ से धीरे-धीरे चारों ओर फैल गए। कहते हैं इनकी भाषा भी भारतीय भाषाओं से मेल खाती है। हम ज़्यादा तो नहीं जानते पर हमारे भटकने का सिलसिला शुरू हो गया है। पता नहीं अब नाव डूबेगी या आगे कहीं किनारे लगेगी? समझो हम बालू के घर में रह रहे हैं या बहती हुई नदी की धार में घर बनाने की निरर्थक कोशिश कर रहे हैं। इसलिए नदी में निराधार, लक्ष्यहीन बहते लकड़ी के कुन्दे या बाँस की तरह हम बह रहे हैं। जो खुद बेसहारे हैं वे भला किसी को क्या सहारा दे सकते हैं? वे किसी के साथ दो कदम भी चलने के अधिकारी नहीं

हैं। वे सिर्फ़ एक दृश्य हैं, देखने की वस्तु, देखने वालों की करुणा और सहानुभूति के पात्र भर और कुछ नहीं।''

नायक कहता चला जाता है कि ''मेरे बाबा पूजा-काल में कलश-स्थापना में एक वैदिक मंत्र पढ़कर जब उसमें दक्षिणा-द्रव्य डालते थे तो कहते थे, 'कस्मै देवाय हविषा विधेम'। उस समय से मेरे मन में प्रश्न उठते थे—आखिर किस देवता के लिए? कोई तो है ब्रह्मांड नायक; जो व्याप्त है जिसको समेटना कठिन है, उस विराट् को तो बिन्दु के ही मार्फ़त जाना जा सकता है। ठीक वैसे ही मैं सोचता था मैं किस देवता का पाद्य, अर्घ्य, आचमन या नैवेद्य हूँ, कौन मुझे अपनाएगा? कौन मुझे शरण देगा? तब मैं नहीं जानता था कि मेरे जीवन में भी ये प्रश्न उठते रहेंगे कि मैं किस देवता की आहुति हूँ? मैं किस देवता के लिए हूँ, कौन है मेरा साध्य? कहाँ है मेरा लक्ष्य? क्या मेरा जीवन लक्ष्यभ्रष्ट तीर की तरह चल रहा है? कहाँ, कौन-सा देश, कौन-से लोग मेरे हवि के अंश बनेंगे? जिन्हें अपना सुख-दुख सौंपकर मुझे संतोष और शांति का सुख मिलेगा।''

कस्मै देवाय भारतीय स्वाधीनता संग्राम की कुत्सित राजनीति, जाति और संप्रदाय के षड्यंत्र से पीड़ित भारत और शस्यश्यामला बंगभूमि की पीड़ा की कथा है। एक देश का दो हिस्सों में टूटना एक बड़ी त्रासदी है, जिसे झेलना आसान नहीं होता।

कस्मै देवाय में 1940 के आस-पास से ही जीवन की अनवरत यात्राओं और उसके मोड़ों का संकेत मिलता है। इसमें स्त्री-चरित्रों के अलग-अलग रूप मिलते हैं। कथा-नायक डॉ. सुधीर की पत्नी पढ़ी-लिखी ढाका निवासिनी देश और समाज की चिन्ता करनेवाली प्रगल्भ युवती है, जो अपने वक्तव्य से नायक को अत्यंत प्रभावित करती है। विवाह के कुछ ही वर्षों के बाद पूरे परिवार को ढाका छोड़ने पर विवश होना पड़ता है। पूरा परिवार गरीबी की मार झेलता हुआ जीवन-यापन करता है। डॉ. सुधीर की पत्नी सुजाता के चरित्र में धैर्य और सहन शक्ति है। दूसरा स्त्री-चरित्र उसकी पुत्री झरना है जो अपने विधुर और प्रौढ़ उम्र के पति से सुख-सुविधा पाकर सहसा बदल जाती है। इसके अतिरिक्त भी मैडम शान्तिलता, काकी माँ (मिसेज़ गांगुली) आदि के चरित्र रचे गए हैं। कटु सत्य तो यही है कि मनुष्य का जीवन न तो इकहरा होता है, न सीधी रेखा पर चलता है, उसके लिए भविष्यत् का भी सही अनुमान करना मुश्किल है। डॉ. सुधीर के जीवन की सबसे बड़ी पीड़ा है बार-बार परिस्थितियों के कारण दृश्य-परिवर्तन और उनके सामाजिक भाव के बिखर जाने की वेदना। महानगर में अकेलेपन की त्रासदी को मिटाने के लिए पौधों और पक्षियों से दोस्ती ही उनके लिए मनुष्यता का चरम अनुभव बनती है।

कथा के अंत में नायक डॉ. चक्रवर्ती का आत्मालाप उसके चरित्र की भटकन को एक लक्ष्य प्रदान करता है। जब वह अपने पुत्र के दिल्ली के सात मंज़िले फ़्लैट

में चिड़ियों, कबूतरों से दोस्ती करता है, स्वयं को त्रिशंकु की तरह अधर में लटका हुआ पाता है पर वह हारता नहीं। गमलों में पानी देना, चिड़ियों को भी दाना-पानी देना और अपनी होम्योपैथी की मीठी गोलियाँ उनके सामने डालकर वह परम तृप्ति का अनुभव करता है।

अंत में, मेरी अन्य पुस्तकों की भाँति इस कृति की स्वच्छ पांडुलिपि मेरी जीवन संगनी डॉ. सुनिति मिश्र के अथक परिश्रम की देन हैं। वे सूत्रधार की तरह सब संभाल लेती हैं।

इस उपन्यास *कस्मै दैवाय* के प्रकाशन का सारा श्रेय राजपाल एण्ड सन्ज़ की प्रबंध निदेशिका सुश्री मीरा जौहरी को है, मैं उनकी सुरुचि और कला-दृष्टि के प्रति हार्दिक आभार व्यक्त करता हूँ।

तो अब यह कृति *कस्मै देवाय* आपको सौंपकर संतोष और निश्चिन्तता का अनुभव कर रहा हूँ।

—महेंद्र मधुकर

कार्तिक पूर्णिमा
12 नवंबर, 2019

1

शहर ढाका। ज़िला विक्रमपुर। कस्बा बैरागादी। वर्ष 1944। आकाश में बादल गरज रहे थे। घंटे भर तक झमाझम पानी बरसा था। रात के नौ बज गए थे। चारों ओर फैलता हुआ भयावह अंधकार था। बारिश कभी तेज़ हो जाती, कभी धीमी पड़ जाती। बैरागादी ग्राम का इलाका घनी बस्तियों वाला था। गाँव और उसके आस-पास दो-तीन मन्दिर थे तो तीन-चार मस्जिदें भी थीं। उस बसे-बसाए इलाके में पानी और कीचड़ से सनी सड़क पर तेज़ कदमों से चलने की कोशिश करता हुआ एक नौजवान बड़ी-छोटी गलियों को तेज़ी से पार करता हुआ आगे बढ़ता जा रहा था। कच्ची ज़मीन में उसके पाँव धँसे जा रहे थे। तेज़ हवा किसी आँधी की तरह ललकार रही थी। हवा में अपने उड़ते हुए छाते को दोनों हाथों से उसने जकड़ रखा था। कीचड़ में लथपथ अपने पाँव को उठाता-गिराता वह दौड़ने की नाकाम कोशिश कर रहा था। मुख्य सड़क से लगभग तीस-चालीस कदम भीतर जाकर वह अब एक मकान की साँकल बजा रहा था। भीतर से कोई आवाज़ नहीं आने पर उसने तनिक ज़ोर से दरवाज़ा खटखटाया। अन्दर से एक धीमी आवाज़ आई—"के?"

"बाबा! मैं उस्मान, आपका आयुष्मान।"

उसके बाद दरवाज़ा तुरंत खुला। पंडित प्रभासचन्द्र चक्रवर्ती ने उस्मान को भीतर करके पूछा—

"इतनी रात में? क्या बात है आयुष्मान? कैसे आए हो?"

उस्मान ने पहले दरवाज़ा भीतर से बंद कर लिया। अपनी धौंकनी की तरह चलती हुईं साँसों को काबू में कर वह पास रखी चटाई पर बैठ गया। तब तक आवाज़ और किसी के आने की आहट सुनकर पंडितजी का पुत्र भीतर से निकल आया—

"ओह! आयुष्मान् भाई, केमन आछो?"

"हाँ सुधीर ठीक ही हूँ!" उस्मान फुसफुसाता हुआ बोल रहा था—

"बाबा! समय के रथ का चक्र उल्टा चल रहा है, परिस्थिति नाज़ुक है। हम लोग ज़िन्दगी की सबसे बड़ी हलचल से गुज़र रहे हैं। कल क्या होगा? बल्कि आज और अभी क्या घटित होगा, इसका कुछ भी अनुमान संभव नहीं है। अन्दर-अन्दर देश में आग लगी हुई है। सुभाष बाबू का संघर्ष, खुदीराम बोस और भगत सिंह की फाँसी

और गाँधीजी की अहिंसा—सब का फलाफल क्या होगा, कुछ पता नहीं। मोहम्मद अली जिन्ना और मुस्लिम लीग देश में बँटवारा चाहते हैं और गाँधी एकता, अंग्रेज़ कहते हैं—हम विलायत लौट जाएँगे, मगर आज़ादी चाहते हो तो बँटवारा करना पड़ेगा। इसलिए अब तुम्हारी मर्ज़ी—तुम जो चुन लो। और इधर पागल तथा वहशी लोगों ने बँटवारे की कोशिश तेज़ कर दी है।''

पंडित प्रभासचन्द्र चक्रवर्ती पास पड़ी कुर्सी पर स्तब्ध भाव से बैठे थे। बोले—''क्या हो गया है देश को? क्या हो गया है इस हरित-भरित शस्यश्यामला बंगभूमि को? आयुष्मान्! अंग्रेज़ों की कुचेष्टा, उनका षड्यंत्र आज का नहीं है। सन् 1911 के आस-पास भी उन्होंने बंगाल को दो भागों में बाँटा था, किन्तु बहुत हो-हल्ला मचने और नेताओं के विरोध के कारण उन्हें अपना फ़रमान वापस लेना पड़ा। तीन दशकों के बाद फिर वही कुचक्र रचा जा रहा है।''

उस्मान कुछ क्षण चुप रहा। फिर वह सरक कर चक्रवर्ती मोशाय के चरणों के समीप बैठ गया और उनके दोनों चरणों को अपने दोनों हाथों में लेकर वह बच्चों की तरह फफक कर रो पड़ा। चक्रवर्ती मोशाय घबरा गए। उन्होंने उसके आँसू पोंछे, पीठ सहलाई, बोले—

''अरे, इसमें रोने की क्या बात है? तुम इतना विचलित क्यों हो रहे हो?''

तब तक सुधीर आकर उस्मान के साथ लगकर बैठ गया था। उस्मान बोला—

''बाबा! मैं बुरी खबर लाया हूँ। आगे क्या होगा कुछ मालूम नहीं, देश आज़ाद होगा तो कब होगा, कुछ पता नहीं। किन्तु ढाका में स्थिति विस्फोटक है। समस्त हिन्दू भाई धीरे-धीरे चुपचोरी पलायन कर रहे हैं, उन्हें हमेशा के लिए अपने इस देश, अपनी जन्मभूमि से दूर जाना पड़ रहा है। अपना घर-द्वार, ज़मीन-जायदाद, ताल-पुकुर—सब कुछ यहीं छोड़कर जाना पड़ रहा है। बाबा संकट की घड़ी समीप आ गई है। हम लोगों के पास बस मास-दो मास का समय है। इसके भीतर ही किसी भी तरह अपना गाँव बैरागादी छोड़कर हर हाल में हमें निकल जाना होगा, क्योंकि उसके बाद किसी भी दिन से मार-काट और लूट-पाट मचेगी। इसके लिए अस्त्र-शस्त्र जमा हो रहे हैं। मैं किसी तरह भागता हुआ आया हूँ कि अपने बाबा को, सुधीर भाई, भाभी और बच्चों को समय रहते सावधान कर दूँ। भयानक विप्लव होगा, बड़ा विध्वंस! आह! क्या हमारी हरित बांग्ला-भूमि नष्ट-भ्रष्ट हो जाएगी?''

पंडित प्रभास चन्द्र चक्रवर्ती अपनी कुर्सी पर बैठे-बैठे अस्थिर हो गए। वे विकल होकर बोले—

''मैं देश में होने वाली हलचल के विषय में सुनता तो आ रहा था पर हमारा मूल ग्राम बैरागादी भी इसकी चपेट में आ जायेगा ऐसी दुष्कल्पना मन में कभी नहीं आई थी। हमारा यह शांत इलाका हमारी और हमारे पूर्वजों की जन्मभूमि और कर्मभूमि क्या

नष्ट हो जायेगी? मैं स्वयं पचासों वर्ष से पूजा-पाठ और साधना का जीवन अपनाकर जी रहा हूँ। मैंने अपनी समस्त बाह्य वृत्तियों और दुनियावी इच्छाओं को कछुए के अंगों की तरह समेट कर स्वयं को अन्तर्मुख कर लिया है। यहाँ के लोग मुझे मान और स्नेह देते हैं, पूज्य ब्राह्मण भाव से मुझे 'टोल' अर्थात श्रेष्ठ मानते हैं। क्या मेरे प्रति उनकी दृष्टि सहसा बदल जायेगी? क्या ढाका सिर्फ़ इस्लामिक प्रदेश हो जायेगा?''

''बाबा! आपकी पीड़ा जायज़ है। पर कठिन समय और विपदकाल आ जाने पर जीवन में कई कठोर निर्णय लेने ही पड़ते हैं। आपने ही तो कभी मुझे और सुधीर को बताया था कि आपत्तिकाल का धर्म और आचरण अलग होता है, इसको आपद धर्म कहा जाता है। हमें अपने प्राण इसलिए बचाने चाहिए कि जब हम बचेंगे तभी तो किसी दूसरे का कल्याण भी कर सकेंगे।''

''बेटा आयुष्मान! यह बात तो ठीक है पर हम ब्राह्मणों के लिए भौतिक साधन और धन मृगतृष्णा के छलावे की तरह होते हैं। हम धन के पीछे नहीं भागते। ज्ञान के बदले मिली गुरुदक्षिणा को भी हम धन मानते हैं। हम धन का संग्रह नहीं करते, पर उसके रक्षक बनना चाहते हैं, ताकि उसे बार-बार पाने की कोई कामना मन में उत्पन्न ही न हो। तुम्हीं बताओ आयुष्मान! हमारी यह बाड़ी, फूलों का बगीचा, हमारा यह आम्रवन, हमारा यह ताल-पुकुर—ये सब हमारे बुजुर्गों की सैकड़ों साल की मेहनत का प्रतिफल और अमानत हैं। और तुम कहते हो कि लोग सब लूट लेंगे, सब छीन लेंगे? यह कौन-सी राजनीति है जो अराजकतावाद और आतंकवाद सिखाती है? क्या राजतंत्र अब पशु-तंत्र में बदल रहा है? मनुष्य की कोई महिमा नहीं है? क्या पूरे समाज को दृष्टिदोष हो गया है? जिस समाज में अपनापन नहीं होता, वह तो बालू का घर भर होता है, उसकी कोई अहमियत नहीं होती।''

सुधीर चौबीस-पच्चीस साल का युवा था। माँ जब बहुत बीमार हुई तो बाबा-माँ की इच्छा से उसे अठारह साल की उम्र में विवाह करना पड़ा। बहुत देर से वह चुप था। घोर चिन्ता की लकीरें उसके माथे पर भी उभर आई थीं। बाहर वर्षा हो रही थी, और भीतर उसके माथे पर आई पसीने की बूँदों को साफ़ देखा जा सकता था। वह बोला—

''बाबा! उस्मान सही खबर लाया है। आज दिन में मैंने भी अपने पुराने साथी मित्रों को नज़र झुकाकर निकलते हुए देखा। उनकी आँखों में लज्जा, स्नेह, भय और शर्मिन्दगी का मिला-जुला भाव था। वे मुझसे दूर रहने और बचने की कोशिश कर रहे थे। आँख से आँख नहीं मिला पा रहे थे। उस समय संदेह तो मुझे भी हुआ था, पर अचानक मैं इतनी दारुण कल्पना जैसे कर सकता था?''

''हाँ बेटा मैं भी यही सोचकर आश्चर्यचकित हूँ। यह बैरागादी गाँव मेरे पूर्वजों की और मेरी जन्मभूमि है। समाज में वयोवृद्ध होने के कारण हिन्दू या मुसलमान सब

मुझे बाबा कहते हैं—पिता का दर्जा देते हैं। तुम भी इन सबों के साथ खेले, पढ़े और बड़े हुए हो। भला इतने अपने लोगों से हमें किस बात का भय हो सकता है?''

उस्मान ने बात में हस्तक्षेप करते हुए कहा—

''बाबा! आप पंडित, पुजारी, विद्वान्, निश्छल लोग हैं। यह तो पता है कि हिन्दुस्तान में आज़ादी की जंग अब चरम पर पहुँच गई है। उसका फलाफल कभी-न-कभी निकलेगा। हिन्दुस्तान कभी भी आज़ाद हो सकता है—वह दिन अब दूर नहीं लग रहा है। 1944 का यह साल जैसे सब को ख़बरदार कर रहा है। क्या ठिकाना कब हमारा पूर्वी बंग क्षेत्र पाकिस्तान बन जाए? अन्दर-अन्दर आग सुलग रही है। जिस दिन यह ज्वालामुखी फटेगा, उसका लावा सबको लील लेगा। भयानक जातीय दंगों के आसार हैं। सोचकर ही रूह काँप जाती है। सचमुच क्या कुछ नहीं बचेगा? संबंध, प्रेम, भाईचारा, इन्सानियत—क्या सब की बलि चढ़ जायेगी?''

''देखो आयुष्मान्! भवितव्यता हमारे हाथ में नहीं है। तलवार की आँख नहीं होती। वह जब किसी के ऊपर उठती है तो उसके नाम और परिचय से सरोकार नहीं रखती। कोई भी दंगा धर्मयुद्ध नहीं, अंधयुद्ध होता है। इस युद्ध के बाद जब चिता की राख बुझ जाती है या किसी मृत शरीर को दफ़न कर दिया जाता है तो उसे भी लोग शांति समझने का भ्रम पाल लेते हैं। तुम्हीं बताओ आयुष्मान! इस उम्र में मैं कहाँ जाऊँगा? मैं अकेला तो नहीं—मेरे साथ मेरा पुत्र सुधीर है, मेरी बहू सुजाता और उसके दो बच्चे हैं। हम सब को साथ लेकर कहाँ जायेंगे? झंझावात में ये टूटे हुए पत्ते कहाँ तक उड़ पायेंगे।''

''बाबा! हमारे पास समय को समेटने के लिए मुश्किल से कुछ दिन मिले हैं। जो कुछ करना है, इसी समय का सदुपयोग करना है। इसी के मध्य मैं सारा बन्दोबस्त करूँगा। आप मेरे धरम पिता की तरह हैं। सुरक्षित स्थान तक आप लोगों को पहुँचाना मेरा फ़र्ज़ है। सैकड़ों, हज़ारों और लाखों की तादाद में अच्छे-भले लोग 'रिफ़्यूजी' बनकर पलायन कर रहे हैं। सड़क मार्ग अब सुरक्षित नहीं रह गया है। इसलिए हमें सीधे रास्ते को छोड़कर पद्मा नदी को पारकर बायें-दायें घूमकर कलकत्ता या उड़ीसा जाना अधिक सुरक्षित रहेगा। आपका उड़ीसा में किसी से परिचय है?''

''हाँ कुछ लोग परिचित हैं। उड़ीसा के बालासोर, कटक या पुरी पहुँच कर शायद शांति मिले या फिर कलकत्ता जाना पड़े?''

उस्मान ने सुधीर को चैतन्य करते हुए कहा—

''तुम लोग हाथों में दो-तीन ढोने लायक सामान बक्सा, पोटली या बैग में चुनकर रखते जाओ। कपड़े वगैरह जो भी आवश्यक है, साथ रख लो। ध्यान रखना—बाबा को अधिक बोझ उठाना न पड़े। तुम्हें ही सबको लेकर एक अज्ञात पथ पर चलना है और सबकी रहनुमाई करनी है। इंशा अल्लाह आगे हम ख़तो-किताबत भी करेंगे और ऊपर वाले की मर्ज़ी हुई तो मिलेंगे भी।''

बाबा ने कहा—

"आयुष्मान्! हम अपने इस संसार को यहीं छोड़कर एक पथिक की तरह चल देंगे। हो सके तो मेरे इस दाय का ध्यान तुम रखना। तुम भी मेरे बेटे की तरह हो, तुम पर मेरा पूरा विश्वास है।"

"बाबा! आप निश्चिंत रहें आपका घर सब कुछ एक मन्दिर की तरह ही पूजनीय रहेगा। अपनी तरफ़ से मैं पूरी कोशिश करूँगा। मैं निकलने की तारीख तय करके, सारा इंतज़ाम मुकम्मल कर उस दिन दोपहर के बाद ही आपके पास आ जाऊँगा और शाम होने के पहले ही इस पवित्र भूमि को प्रणाम कर हम अपनी अज्ञात यात्रा पर निकल पड़ेंगे।"

2

उस्मान किसी भूडोल की तरह बुरी खबर लेकर आया था। जैसे कोई विशाल बरगद का वृक्ष जड़ से उखड़ जाए और वह असहाय की तरह अपने स्थान पर ही पड़ा रहे, वैसे ही चक्रवर्ती मोशाय जड़वत बैठे थे। शायद सिर्फ़ एक महीने के भीतर बैरागादी की अपनी पुरखों की पुण्यभूमि हमेशा-हमेशा के लिए छोड़ देनी पड़ेगी। यह बात शूल की तरह उनके भीतर मर्म तक धँस गई थी। अपनी इस मर्मांतक वेदना को वे किसे कहें, किसे सुनाएँ? अचानक बैरागादी के भूगोल और इतिहास दोनों में परिवर्तन आ गया था। संपूर्ण हिन्दू बँगाली परिवार द्वन्द्व और सकते में पड़ा था। आयुष्मान् या उस्मान उनके लिए पुत्रवत् ही था, उसने जब कहा है तो सब सत्य ही होगा। मुस्लिम लीग के समर्थक बीच-बीच में नारेबाज़ी करते तो उन्हें दिखाई देते थे पर स्थिति इतनी गंभीर होगी, इसका उन्हें तनिक भी अनुमान नहीं था। वे चिंतित मुद्रा में चुपचाप उठ खड़े हुए और पूजाघर में जाकर माता दुर्गा और कालिका के चित्र के आगे साष्टांग लेट गए। उनकी आँखें छलछला गई थीं। वे सोच रहे थे—

'मेरी आँखों से अश्रु क्यों बह रहे हैं, क्या मैं मोह-जाल में आबद्ध हूँ? क्या भूमि का यह टुकड़ा मेरे लिए बंधन बन रहा है? क्या पुरखों की स्मृतियाँ मुझे विकल कर रही हैं? फिर इस अवस्था में जीवनपर्यंत वनवास का-सा कठिन दंड? सब कुछ छोड़कर चल देना। राम ने भी तो किसी यात्री पथिक की तरह अयोध्या को छोड़ दिया था? वे इस तरह चले जैसे पक्षी के पंख गिरते हैं, वृक्ष से पीले पके पत्ते टूटकर सहज भाव से गिर जाते हैं, बिलकुल नि:स्वन, शब्दहीन, एकाकी। उन्हें धैर्य रखकर वैसा ही करना होगा। समृद्ध से समृद्ध कोई भी अतीत, कोई भी इतिहास अंधा है, पंगु है, मृत और अर्थहीन है। वह केवल स्मृतियों में भार की तरह बैठा रहता है, वह है किसी नदी के तैराक के पाँवों की फाँस, वह है नितान्त प्रस्तर-भार जो गति को रोककर डुबो देता है। इसलिए वर्तमान के सत्य को स्वीकार करना ही होगा। उनके पास संपत्ति के

नाम पर यह छोटा-सा भवन और बाग-बगीचों से भरी एक ताल पुकुर वाली भूमि है, उनके हाथों लगाए फलदार वृक्ष हैं, अनेक ऋतुओं में खिलने वाले विविध फूलों के पौधे हैं, जिनके रंग-बिरंगे पुष्प पूजा के भी काम आते हैं, दोनों बच्चों को मोहते हैं, कम-से-कम आँखों को तो सुख देते हैं। जो भी जहाँ हैं उन्हें एकत्र कर लेना होगा। समय के साथ यह युद्ध उन्हें करना ही होगा। उन्होंने अपने मन को समझाया—जो ज्ञानी हैं उन्हें रोने का अधिकार नहीं होता, वे तो दूसरों की आँखों के अश्रु पोंछने के लिए बने होते हैं।'

इस समय मातृशक्ति का भावावेग उनके रोम-रोम में परिव्याप्त हो गया था। वे झूमते हुए उठे। अगर उन्हें यात्री बनना है तो विश्राम की परवाह नहीं करनी है, सच्चा पथिक वह है जो अनिश्चित, अज्ञात और अपरिचित पथ की सारी बाधाओं का स्वागत करना जानता है। उन्होंने सुधीर और सुजाता को पुकारा। दोनों भागे-भागे आए। वे बोले—

''बेटा! अब एक युगान्तर उपस्थित हो रहा है। हम लोगों के जीवन के शांत सरोवर में हलचल मच गई है। यह केवल एक ग्राम या क्षेत्र का मामला नहीं है, यह सर्वव्यापिनी, सर्वग्रासिनी अग्नि है जो अपनी जिह्वा लपलपाती हुई हम सबों को जलाकर राख करने आ रही है, इसलिए सावधान चित्त होकर इस स्थान को छोड़ने की तैयारी करो। तुम्हारे पास धन के नाम पर या वस्त्र के नाम पर जो भी वस्तु हो, जो अत्यावश्यक हो, उसे शीघ्र-से-शीघ्र समेटने का प्रयत्न करो। उस्मान ने एक महीने बाद स्थिति की भयंकरता का अनुमान किया है पर हम यथाशीघ्र दस से पंद्रह दिनों के भीतर ही निकल चलने का प्रयत्न करेंगे। सब छूटता है तो छूट जाने दो, बस भगवती माता के आँचल की खूँट छूटने न पाए।''

सुधीर अब तक चुप था। कातर वाणी में बोला—

''बाबा! समाज या राष्ट्र में ऐसा विपर्यय होता ही क्यों है? मेरा समाज, मेरा बचपन, मेरे संगी-साथी, जीने का ढंग सब कुछ छूट जाएगा। मैं अभी से अपने को टूटा हुआ और छिन्न समझ रहा हूँ। मेरा मन दुखी है, मन में निराशा के भाव आ रहे हैं।''

सुजाता ने टोका—

''अकेले तो नहीं हो, हमारा पाँच व्यक्तियों का परिवार है। बाबा जैसे ज्ञानी पिता का वरदहस्त हमारे माथे पर है। घर में कोई पूज्य वृद्ध पुरुष अथवा मातृशक्ति की उपस्थिति हमारे बल और आत्मविश्वास को बढ़ा देती है। जो भी होगा, हम जहाँ भी होंगे फिर एक नया विश्व रचेंगे। जब क्रांति होती है तो लोग अपना सर्वस्व बलिदान कर देते हैं, प्राण, मान-सम्मान की बलि चढ़ा देते हैं, हम तो सिर्फ़ यह घर और ज़मीन छोड़ रहे हैं।''

''मगर शुचि! हम जाएँगे कहाँ? अथाह समुद्र में हम किसी जर्जर नौका की

तरह डोलते फिरें, न हमारे पास पतवार है, न दिशा सूचक यंत्र, न कोई निश्चित लक्ष्य?''

''हमारे पास बहुत कुछ अभी शेष है। उस नौका को खेने के लिए चप्पू चलाने के लिए हमारे पास दो-दो हाथ हैं। और तुम तो काफ़ी हो, तुम्हें बॉक्सिंग का भी शौक रहा है, तुम्हारे हाथ तो सबसे मज़बूत हैं, तुम चप्पू चलाओगे और हम लोग तुम्हारी वीरता का बखान करेंगे।''

सुधीर थोड़ा चिढ़कर बोला—

''तुम्हें इस सीरियस स्थिति में भी हँसी-ठिठोली सूझ रही है, तुम परिस्थिति की गंभीरता नहीं समझ रही हो।''

अब बाबा की बारी थी—

''ठीक तो कह रही है सुजाता। तुम्हारा चेहरा सीरियस होने पर बिलकुल अच्छा नहीं लगता, बिलकुल सिनेमा के किसी ट्रेजिक हीरो की तरह हो जाता है, हँसो और हर हाल में खुश रहने की चेष्टा करो।''

सुजाता ने कहा—

''बाबा मैं जल्दी-से-जल्दी पैसे और ज़रूरी चीज़ें ले चलने लायक पोटली तैयार कर लूँगी। जो सामान छोड़ जाऊँगी वह उस्मान भाई की देख-रेख में रह जाएगा या जो होना होगा होगा।''

''बहुत अच्छा! तो तैयारी शुरू कर दो। अब हम सब अज्ञात पथ के यात्री बनने की मानसिक तैयारी कर ही लें।''

3

अंततः ढाका छोड़ने का दिन भी आ ही गया। उस दिन संध्या होते-होते पंडित प्रभासचन्द्र चक्रवर्ती का सारा घर साफ़-सुथरा और स्वच्छ हो चुका था। बहू सुजाता और सुधीर ने उनकी आज्ञा का अक्षरशः पालन करते हुए घर की सभी उपयोगी वस्तुओं को यथास्थान इतने सुन्दर और कलात्मक ढंग से लगाया था कि देखकर ऐसा लगता मानो किसी नूतन बाड़ी में गृह-प्रवेश का मुहूर्त निकला हो। चक्रवर्ती मोशाय अपनी आरामकुर्सी पर बैठे यह सारा दृश्य और सारी व्यवस्था का शांतिपूर्वक अवलोकन कर रहे थे। उसी समय द्वार पर आहट हुई। अपने वायदे के मुताबिक उस्मान आ गया था। उसने आते ही बाबा को नमन किया और चटाई पर बैठ गया। बैठते-बैठते बेसाख्ता उसके मुँह से निकल गया—

''अरे! सारा सामान सब कुछ तो जैसा का तैसा पड़ा है। देखकर तो ऐसा लगता है कि जैसे कोई चिर बाशिंदा इस भूमि में निवास कर रहा है। यहाँ से जाने

का तो कोई चिह्न ही दिखाई नहीं देता!''

''देखो आयुष्मान्! कहीं भी आदमी का शरीर ही जाता है। उसका मन, उसकी आत्मा, उसका कर्म, उसका व्यवहार—ये बहुत दिनों तक उसकी निवास-भूमि में रह जाते हैं। मेरे लिए इन भौतिक वस्तुओं का कोई अर्थ नहीं था। इन वस्तुओं का बोझ ढोना भी संभव नहीं था, इसलिए किसी घर को उजाड़कर पलायन करना मुझे उचित नहीं लगा। मैं इन वस्तुओं को सम्मानपूर्वक अपने-अपने स्थान पर रखकर और छोड़कर इनसे विदा माँग रहा हूँ। मेरी दृष्टि में मेरा जाना पलायन नहीं विदा की आज्ञा माँगने जैसा है। हम लोग या तो उड़ीसा के बालासोर नामक स्थान पर जाना चाहते हैं या शायद कलकत्ता जहाँ शरण मिल जाए। अब यहाँ से तुम हमारा मार्ग-दर्शन करके किसी उचित स्थान से विदा दो।''

उस्मान ने उत्तर दिया—

''जो भी ढाका छोड़कर जा रहे हैं वे 'रिफ़्यूजी' की तरह जाने के लिए बाध्य हो रहे हैं। इस हल्ला-फसाद में जान जोखिम में डालकर लोग निकल पड़े हैं। मैंने आप लोगों के लिए सीधा मार्ग न चुनकर टेढ़ा रास्ता चुना है। इसमें देर भी होगी और यात्रा भी लम्बी होगी। पर आप सकुशल ठिकाने पर पहुँच जायेंगे। मैंने पहले ही आपको संकेत कर दिया था कि सुरक्षा के लिए यात्रा जल-मार्ग से, कुछ यात्रा बस द्वारा तथा कुछ ट्रेन द्वारा भी संभव है। आज मौसम साफ़ हो गया है। हवा में ज़रूर ठंडक है। मैंने सोचा है कि मेरा अभिन्न बंधु नदीम है जो मछलियों और चाय का व्यापारी है। वह प्राय: कलकत्ता और उड़ीसा जाता रहता है। उसे सभी रास्तों की अच्छी पहचान है। उसके मार्फ़त मैंने सारा बन्दोबस्त करा दिया है। आपकी इच्छा माता गंगा या पद्मा में स्नान करने की बहुत दिनों से थी। नदीम आपके साथ जाकर कलकत्ता के सीमा क्षेत्र तक आपको छोड़ आयेगा। उसके बाद ही वह अपने व्यापार के कार्य में प्रवृत्त होगा।''

''हाँ, आयुष्मान् फ़िलहाल कलकत्ते ही जाना ठीक होगा। मेरा भतीजा सुशील हावड़ा में पुलिस सब-इन्सपेक्टर है। हम उसी के क्वार्टर में रहेंगे। आगे की बात आगे सोची जाएगी। दूसरी बात, तुमने अपने मित्र नदीम को हमारे साथ लगाकर बहुत अच्छा किया। हमारे मन में ठीक-ठीक मार्ग नहीं जानने के कारण चिन्ता और ऊहापोह का भाव था। पर अब लगता है कि आखिर परमात्मा को हम पर दया आ ही गई।''

फिर एक घंटे के बाद कुण्डी खड़कने की आवाज़ आई। उस्मान चहककर बोला—

''आ गया नदीम। उसने सुधीर से कहा कि तुम्हें याद है, चौथी-पाँचवीं कक्षा में वह हम लोगों के साथ पढ़ता था। तुम्हारी-उसकी पटरी नहीं बैठती थी। खेल-खेल में तुमने उसे ज़ोर से धक्का दे दिया था। उसे चोट भी लग गई थी। बाद में उसने पढ़ाई छोड़ दी और अब्बा के बिज़नेस में घुस गया। फिर तो उसने बड़ी तरक्की कर ली।''

तब तक दरवाज़ा भी खुल गया था। उस्मान ने पुकारकर कहा—

''सीधा भीतर आ जाओ।''

नदीम के भीतर प्रवेश करने पर उसने कहा—

''ये हमारे अब्बा और दादाजान से भी बढ़कर परमपूज्य गुरु और विद्वान् पंडित प्रभासचन्द्र चक्रवर्ती हैं। इन्हीं के पुत्र हैं सुधीर। याद है तुम्हें चौथी-पाँचवीं क्लास का झगड़ा, धक्का-मुक्की और तुम्हें चोट लगना।''

नदीम हँसता हुआ बोला—

''हाँ, अब सब याद आ गया। बचपन के मुक्के की मार क्या कोई भूल सकता है।'' वह उठकर खड़ा हो गया और उसने सुधीर को गले लगा लिया।

पंडित मोशाय ने कहा—

''नदीम ये आयुष्मान् मेरे पुत्र की तरह है। तुम इसके मित्र हो, तो तुम भी मेरे पुत्र ही हुए। अब हम लोग तुम्हारे हवाले हैं। जहाँ जैसे ले चलना हो, हमें अपने साथ ले चलो। इस वयोवृद्ध व्यक्ति के पास आशीर्वाद के सिवा देने को है ही क्या?''

नदीम ने उत्तर में कहा—

''बाबा! आप निश्चिन्त रहें। मैं आपके साथ हूँ। अल्लाह की मेहरबानी भी होगी। मैं जान देकर भी आपकी और आपके परिवार की हिफ़ाज़त करूँगा। हम लोग बस कुछ देर में ही यात्रा आरंभ करेंगे।

बाबा का मन हल्का हो गया था। उन्होंने सुधीर से कहा—

''जब हम लोग चल ही रहे हैं तो आयुष्मान् और नदीम के साथ अपने देश की चाय एक बार और क्यों न पी लें? हाँ सुधीर! चाय पीने के बाद प्यालों और बरतनों को यथास्थान फिर सुन्दर ढंग से रखना न भूलना। जाओ, बहू से कह दो!''

चाय भी बनकर आ गई। जैसे ही पंडित मोशाय ने प्लेट में चाय उड़ेली, उनकी आँखों से दो बूँद आँसू टपक पड़े। नदीम का बाबा के साथ यह पहला अनुभव था। उसने कहा—

''बाबा आप विचलित क्यों हो रहे हैं? आप अकेले नहीं हैं, हम सब आपके साथ हैं।''

''बेटा नदीम! अभी तुम लोग बच्चे हो, कोई फल पूर्णत: परिपक्व हो जाता है तो हवा की हल्की ठोकर से भी वह टूटकर नीचे गिर जाता है। इस बंगभूमि से मेरा जो अथाह प्रेम है, वही छलक आया, उसे रोकना संभव नहीं था।''

कुछ देर सब चुपचाप शांत, जड़ीभूत होकर बैठे रहे। फिर नदीम ने ही चुप्पी तोड़ी—

''बाबा! विदा लेने का समय आ गया, अब हमें चलना चाहिए। पंडित मोशाय

ने अपनी छड़ी सँभाली और चलने को तत्पर हो गए। वे, सुधीर, बहू सुजाता, पौत्र सुशांत और पौत्री झरना के साथ पीछे के द्वार से निकल पड़े। कमरे से बाहर निकलते ही उन्होंने ज़ोर से पुकारकर कहा, उनकी आवाज़ थरथरा रही थी। शरीर थोड़ा हिल रहा था और आँखों में अश्रु के कण चमचमा रहे थे। फिर भी वे ज़ोर लगाकर बोले—

''आमि आवार आशवो। जाच्चि। पुनर्दर्शनाय पुनरागमनाय च''—यह कहकर यह छोटा-सा काफ़िला एक अज्ञात भविष्य और पथ की ओर चल पड़ा।

नदीम और उस्मान ने तीन इक्कों का इन्तज़ाम किया था। काफ़ी देर तक चलने के बाद वे एक छोटे रास्ते पर मुड़ गए। वहाँ रास्ता ऊबड़-खाबड़ था। नदीम बोला—

''हम शॉर्टकट से चलने की कोशिश कर रहे हैं।'' तीनों युवक सामान ढो रहे थे और अब सभी पांव-पैदल चल रहे थे। हर आधा घंटा चलकर बाबा, सुजाता और चार साल के सुशांत और दो साल की झरना को थोड़ा विश्राम करना पड़ता था। नदीम और उस्मान दोनों टॉर्च जलाए हुए चल रहे थे। आगे बढ़ने पर एक उपनदी की धारा के पास पहुँचे। नदीम बोला—

''हम इस नदी के साथ चलते हुए अंत में पद्मा नदी के पास पहुँचेंगे वहाँ हमने एक बड़ी नौका का इन्तज़ाम किया है। अभी श्रावण मास का शुक्ल पक्ष चल रहा है। उस नौका में बारिश से बचने का भी इन्तज़ाम है। उम्मीद है, हम लोग पद्मा नदी को पारकर उस पार पहुँचेंगे और हमें बस या कोई और सवारी मिल जायेगी। वहाँ रास्ता बहुत अच्छा नहीं होगा। बसें भी जर्जर हो सकती हैं, लेकिन कुछ घंटों के सफ़र के बाद ज़रूर कलकत्ता की सीमा में प्रवेश कर जायेंगे।''

नदी किनारे पहले से इन्तज़ाम की हुई नौका तक पहुँचने में पंडित मोशाय का परिवार बुरी तरह थक चुका था। नौका पर उचित स्थान पर बैठकर नदीम ने उस्मान से विदा माँगी। उस्मान धीरे-धीरे नौका पर चढ़कर पंडित मोशाय के चरणों में बैठ गया। जैसे ही पंडितजी ने उसके सिर पर हाथ रखा वह अपने को रोक नहीं सका। वह रोते हुए बोला, बोलते समय उसकी आवाज़ लड़खड़ा रही थी—

''बाबा देश अगर आज़ाद हो गया, यहाँ और वहाँ शांति स्थापित हो गई तो कभी-न-कभी मैं आपसे और सुधीर से अवश्य मिलूँगा। मेरा स्थायी पता आपको ज्ञात है। आप लोग जब स्थिर हो जाएँ तो पत्र अवश्य लिखियेगा।''

बाबा ने उस्मान की पीठ पर हाथ रखा—

''आयुष्मान्! जानते हो, मैं तुम्हें इस संस्कृत नाम से क्यों पुकारता हूँ? क्योंकि पचासों साल पहले तुम्हारे पूर्वजों का परिवार ब्राह्मण था, पर तुम्हारे परदादा ने एक मुस्लिम लड़की से विवाह कर लिया। इस बात को उस समय का कट्टर हिन्दू समाज बर्दाश्त नहीं कर सका और न चाहते हुए भी पंडित कार्तिक बंद्योपाध्याय को मोहम्मद कासिम बन जाना पड़ा। देखो, पेड़ की अपनी जड़ें ज़मीन के अन्दर लुप्त होती हैं।

पेड़ चाहे भी तो वह अपनी जड़ों को नहीं देख सकता है और आदमी को समय के चाक पर नाचना ही पड़ता है। ब्रह्मा जो कुम्भकार हैं, वह जैसे-जैसे नचाते हैं हमें वैसे-वैसे नाचना पड़ता है। यही हमारी विवशता है। हम सब संसार के इस रंगमंच पर अपना-अपना अभिनय और अपना-अपना नृत्य ही तो कर रहे हैं। जाओ आयुष्मान् बंद्योपाध्याय सुखी रहो। हमारा आशीर्वाद तुम्हारे साथ रहे।''

उस्मान ने बाबा की चरण धूलि ली, सुधीर से गले मिला। तब तक सुशांत और झरना दोनों सो चुके थे। सुधीर ने कहा—

''नदीम, सुनो नदीम! सबका ध्यान रखना। अब यह तुम्हारा दायित्व है।''

नाव खुल गई, दोनों ओर दो माझी नाव खे रहे थे। एक तीसरा सहयोगी भी उनके साथ बैठा था। चन्द्रमा के क्षीण प्रकाश में उस्मान का विदा के लिए हिलता हुआ हाथ कुछ पल तक ही दिखाई दिया, उसके बाद था केवल मटमैला प्रकाश जो नदी के वातावरण को थोड़ा डरावना बना रहा था।

4

पद्मा नदी में नाव मंथर गति से चली जा रही थी। हवा का रुख अनुकूल होने से बहता हुआ जल मैत्री संबंध दिखा रहा था। मौजों के चप्पुओं की छप-छप कभी तबले की थाप की तरह तो कभी मृदंग की तरह गूँज रही थी। हवा में हल्की शीतलता थी। चक्रवर्ती मोशाय एक चादर लपेटे माँझी के ठीक पीछे बैठे। दूसरी ओर नदीम बैठा था। उस्मान ने नाव पर दो-तीन लकड़ी के पटरे बिछा दिए थे। आगे के पटरे पर चक्रवर्ती मोशाय बैठे थे। वे कभी पाँव फैला लेते तो कभी पद्मासन या सुखासन की मुद्रा में बैठकर रात्रि के गहन अंधकार में चप्पुओं का संगीत सुन रहे थे। 'सचमुच श्रुति से साक्षात् बोध का अनुभव होता है। वेद भी तो श्रुति हैं। शब्द से ही तो हम सृष्टि को जानते हैं। आह! शब्द ही है जागरण। शब्द जब थम जाते हैं तो निद्रा, सुषुप्ति या स्वप्न का लोक हमें अपने साथ ले जाता है।' कभी-कभी बाबा चक्रवर्ती मोशाय की आँखें मुँद जातीं तो उन्हें लगता कि वे स्थिर हो गए हैं, किसी समाधि में लीन हो गए हैं। उनका शांत मन भी नदी जल की तरह तरंगित हो रहा था, लंबे जीवन का पूरा अतीत साकार होकर आँखों के सामने आना चाह रहा था पर उन्होंने मन को समझाया, 'अभी तो अन्तर्यात्रा से बचना होगा।' यह सोचकर वे पाँव पसार कर अधलेटे होकर नदी के शून्य अंधकार के अरूप में भगवती कालिका के मुक्त छितराए केशों के स्पर्श से रोमांचित, विगलित आँखें मूँदे पड़े रहे।

नाव के मध्य भाग के पटरे पर सुशांत और झरना सो रहे थे, उन्हें एक ही चादर में सुजाता ने लपेट दिया था। सुधीर एकदम शांत बैठा था। सुजाता ने टोका—

''क्या सोच रहे हो? एकदम चुप हो। इस तरह यह अनजाना सफ़र कैसे कटेगा?''

''क्या कहूँ शुचि! क्षण मात्र में पट-परिवर्तन हो गया। जितनी देर में हम वस्त्र बदलते हैं उतनी देर में तो पूरी दुनिया इधर-से-उधर हो जाती है। मैं चुप नहीं हूँ। मेरे भीतर एक हाहाकार ध्वनित हो रहा है। मैं किसी वात्याचक्र में पड़े वृक्ष के जीर्ण-पत्र की भाँति लक्ष्यहीन उड़ रहा हूँ। मेरा अतीत मुझे चैन नहीं लेने देता। ढाका छूट गया। बैरागादी को हम छोड़कर दूर निकल आए। अब शायद ही कभी हम लौट पाएँ?''

''सुधीर! क्या तुम समझते हो कि मुझे इस बात की कम पीड़ा है? अब सब भुलाकर मन को हल्का करो। नए युद्ध की तैयारी हमें करनी है। सुबह होते ही पता नहीं कैसे कहाँ हमें भागदौड़ करनी है। थोड़ा विश्राम कर लो।''

पर सुधीर के मन को चैन नहीं था। उसका पूरा अतीत जैसे उसे निगल जाने की तैयारी कर रहा था। रवीन्द्र जयंती, काज़ी नज़रुल इस्लाम की जयंती का दृश्य बार-बार उसकी चेतना में आ रहा था। उसने देखा कि अब सुजाता नींद से निढाल हो रही है तो उसने जैसे-तैसे सुजाता के लेटने की व्यवस्था कर दी। सुजाता का सिर उसकी गोद में निद्रालस पड़ा था और वह धीरे-धीरे उसे थपथपा रहा था।

कुछ पल तक वह सिर थपथपाता रहा पर जैसे ही उसका हाथ उसकी आँखों पर पड़ा सुजाता के बहते हुए गरम अश्रुओं से उँगलियाँ भीग गईं। सुजाता दबे स्वर में हिचकियाँ ले रही थी। सुधीर ने विकल होकर पूछा—''तुम रो रही हो, ना-ना। थोड़ा धीरज रखो। सब सँभल जाएगा। हमारे साथ बाबा का पुण्य है, माता कालिका हम पर अवश्य कृपा करेंगी।''

उसने सुजाता के आँसू पोंछे। थोड़ी देर बाद सुजाता का थका हुआ शरीर विश्राम की मुद्रा में आ गया। सुधीर बिना हिले-डुले अपने स्थान पर बैठा था, पर उसका मन बरसों पीछे चला जा रहा था, जहाँ उसकी मित्र-मंडली थी और जहाँ उसने सुजाता को पहली बार बोलते हुए सुना, उसकी बड़ी-बड़ी आँखों में तरंगित नील समुद्र था। आज पद्मा नदी की जल-यात्रा में वह दृश्य साकार हो रहा था। उसके सामने बीता हुआ वह सारा समय सजीव हो रहा था। उसे बैरागादी के सभास्थल की तालियों की गड़गड़ाहट सुनाई दे रही थी। उसके सामने उसके मित्र थे, जो ज़ोरदार भाषण कर रहे थे, सुजाता की प्रखर आवाज़ वहाँ गूँज रही थी। सुधीर को सब कुछ अच्छी तरह याद था, पहले की तरह उस दिन भी धूप में ताप घुल गया था। फूलों में लालिमा बढ़ गई थी। सुधीर और उसके सभी साथियों के साथ महिला मंडल की सदस्याएँ भी उस्मान के घर पर एकत्र हो गई थीं। जब सभी जुट गए तो उस्मान ने बोलना शुरू किया—

''दोस्तो! आप जानते हैं आगामी 24 मई को बांग्ला के महान कवि काज़ी नज़रुल इस्लाम की जन्म-जयंती है। इस बार उनके जन्मदिवस में उनकी कविताओं का पाठ, नृत्य-नाटिका के साथ-साथ भाषण के भी कार्यक्रम संचालित होंगे।

''दोस्तो! हम सबों के मन में एक आयोजन का बीज अंकुरित हो रहा है। अगला मई महीना बंगभूमि के दो महान सपूतों-महान कवियों—रवीन्द्रनाथ ठाकुर

और दूसरे महान कवि काज़ी नज़रुल इस्लाम की जन्म जयंती का मास है। रविबाबू का जन्मदिवस 6 मई और महाकवि नज़रुल का 24 मई है। यह अद्भुत संयोग है कि दोनों महाकवियों का आविर्भाव मास मई महीना है और दोनों का तिरोधान–भी क्रमश: 7 अगस्त और 29 अगस्त है। यह विरल संयोग यहाँ घटित होता दिखाई देता है। हमारे लिए 7 मई और 24 मई दोनों प्रेरणा के दिन हैं। कुछ ही साल पहले गुरुदेव रवीन्द्रनाथ ठाकुर का तिरोधान हुआ है और हम सभी जीवित हैं। वे पूर्व बंगाल और पश्चिम बंगाल के बीच एक सेतु की तरह कायम हैं। उनकी कविताओं ने स्वतंत्रता सेनानियों और वीरों के लिए संजीवनी का कार्य किया है।

"हम चाहते हैं कि ये अठारह दिन दोनों महापुरुषों की जयंती के दिन बनें, मानव धर्म और क्रान्ति के सूत्रधार, विद्रोही कवि नज़रुल के जन्मदिन पर हम उत्सव मनाएँ। गीत–गान नाटक का आयोजन करें।"

सुधीर ने इसका उत्साहपूर्वक समर्थन किया। बोला—

"समय कम है। आयोजन की तैयारी हो। आज से ही तैयारी आरंभ कर देनी चाहिए। रविबाबू और नज़रुल की दो रचनाओं पर दो नृत्यनाटिकाएँ और उनके गीतों का पाठ हो, उसके पूर्व हमारे गाँव बैरागादी के जितने भी सुविज्ञ महानुभाव हैं, उनकी शुभाशंसा और उनके भावोद्‌गार सुनने चाहिए। एक–दो बाँग्ला प्राध्यापक विक्रमपुर से भी आहूत किए जाएँ। फिर यह बौद्धिक और संगीतमय कार्यक्रम अपूर्व हो सकता है। विशेषकर रविबाबू और नज़रुल के जन्मोत्सव पर हम खूब धूमधाम करेंगे। बीच के दिनों में परिचर्चाएँ होंगी।"

सुधीर की बातें जैसे ही पूरी हुईं, वाद–विवाद जैसा दृश्य प्रारंभ हो गया। कई साथी, राखाल और प्रद्योत इस प्रस्ताव के खिलाफ़ खड़े हो गए—

"हम लोग जन्मोत्सव मनाने के पक्ष में हैं पर बार–बार परिचर्चा के पक्ष में नहीं हैं। नज़रुल राष्ट्रवादी हैं, महान विद्रोही कवि हैं पर उनकी क्रांति में आक्रामकता है, ध्वंस का राग है, हम गाँधीवादी विचारधारा में विश्वास रखते हैं। क्रांति लाने का ज़रिया तोड़–फोड़ और विध्वंस नहीं, अगर आप केवल दोनों महानुभावों का जन्मदिन मनाएँ तो अपनी सहमति होगी, अन्यथा हम और हमारे अन्य साथी इस प्रस्ताव का विरोध ही करेंगे।"

यह सुनते ही थोड़ी देर के लिए वातावरण में चुप्पी छा गई। इस गोष्ठी में छह छात्राएँ भी थीं। उनमें से सुजाता उठकर खड़ी हो गई।

सत्रह–अठारह साल की नवयौवना गोरी, सुंदर तीखे नाक–नक्शवाली और सुंदर बड़ी–बड़ी काली आँखों वाली लड़की थी सुजाता, जो विक्रमगंज के कॉलेज में इन्टर की छात्रा थी। बांग्ला भाषा उसकी सर्वाधिक प्रिय भाषा थी। वक्तृत्व की कला में उसने कई पुरस्कार जीते थे। वह प्रतिवाद करती हुई बोली—

''राखालदा और प्रद्योतदा की बातों से मैं तनिक भी सहमत नहीं हूँ। गाँधीजी भी स्वयं को क्रांतिकारी ही कहते हैं। जो प्रयोग करता है, वह क्रांति करता है। वह अपने जीवनानुभव से संसार को कुछ-न-कुछ प्रदान करता है। गाँधी हृदय-परिवर्तन चाहते हैं। कवि भी तो हृदय की ही बात करता है, उसका अपना एक मनोलोक है, जिसका वह प्रजापति है, रचयिता है। नजरुल हमारी रक्त कोशिकाओं को मथ डालते हैं, एक उबाल पैदा करते हैं, सोए को जगा देते हैं। जब तक हमारे मनोलोक में परिवर्तन नहीं होगा, हम बाहर कैसे परिवर्तन ला सकते हैं। आज पहली बार मैंने सुधीर जी की बातें सुनीं, वे कवि का सम्मान चाहते हैं, किसी राजनेता का नहीं, मैं तो हृदय से उनके पक्ष में हूँ और उनका समर्थन करती हूँ।''

सुजाता बोलती गई—

''यह ठीक है कि हम भी वैचारिक क्रांति का उद्‌घोष करना चाहते हैं पर उस समय संपूर्ण विश्व द्वितीय विश्वयुद्ध से गुज़र रहा था, 1939 से शुरू हुआ यह युद्ध अपनी चरम विभीषिका के दौर में है। ऐसी स्थिति में भारत को मध्यम मार्ग अपनाने की ज़रूरत है। भगवान बुद्ध ने इसी को मज्झिम निकाय कहा था। आज जर्मनी का तानाशाही रूप दुनिया में तबाही मचा रहा है, इस युद्ध के कुप्रभाव ने विकास की गति रोक दी है। इसका समाधान तो अंतत: शांति ही है पर मरघट में जलने वाली चिता की शांति हमें नहीं चाहिए। आज हम वक्त के जिस मुहाने पर खड़े हैं, वह साफ़-साफ़ इंगित कर रहा है कि 1939 से लेकर आने वाले पीरियड में यानी आगामी दस साल सारी दुनिया के लिए बहुत परिवर्तनकारी सिद्ध हो सकते हैं। हम हमेशा सैनिक होकर लड़ते, कुर्बानी देते नहीं जी सकते। हमें आशावादी संकल्पों को स्मरण रखना होगा।''

अब बातचीत की कमान फिर उस्मान ने सँभाली—

''सुजाता जी ने जो कुछ कहा है, सोलहों आने सच कहा है, हमें उसी उदारवादी भाव से यह शुभ संकल्प करना चाहिए। विचारधाराओं में टकराहटें होती रहती हैं, यही तो उनके विकास और परिष्कार का लक्षण है। मैं सुजाता जी से आग्रह करूँगा कि वे अपने कॉलेज और परिचित मित्रों के साथ नृत्य-नाटिका और गीतों की प्रस्तुति का भार लें, इस कार्य में जो भी खर्च आएगा, हम सब मिलकर बाँटेंगे। सान्याल बाबा की पुत्री प्रो. असीमा जी ने भी उपस्थित रहने, सहयोग करने और आर्थिक भार उठाने के सहयोग का पूरा आश्वासन दिया है। अब सवाल है कि हम लोगों की ये बैठकें, रिहर्सल आदि कहाँ हों, तो इसके लिए हम चलंत व्यवस्था करेंगे, एक-एक दिन सभी मित्रों के घर विचार-विमर्श और कार्यक्रम का रिहर्सल रखेंगे। शुधु चा हबे-आर किछु नेई।''

सुजाता और उसकी सहेलियों ने तुरंत प्रतिवाद किया—''कैनो आर किछु नेई। शब व्यवस्था हबे।'' इसी प्रकार हँसी-खुशी गोष्ठी समाप्त हुई।

5

पद्मा नदी की धार में नौका बही जा रही थी और सुधीर की तंद्रा में विचार-प्रवाह भी जारी था।

24 मई का दिवस आ पहुँचा। बैरागादी गाँव के विद्यालय-भवन में रवीन्द्र जयंती और काज़ी नज़रुल इस्लाम की जयंती का आयोजन करने के लिए सारे उत्साही नवयुवा एकत्र हो गए। मंच पर चक्रवर्ती मोशाय के साथ सुदीप्तो बंद्योपाध्याय और सान्यालदा, उनकी पुत्री असीमा और गाँव के दो-तीन महत्त्वपूर्ण लोगों को आदरपूर्वक आसीन किया गया। मुख्य भाषण चक्रवर्ती मोशाय का ही था। उन्होंने कहना शुरू किया—

"आज हम कविगुरु रवीन्द्रनाथ ठाकुर और महान् विद्रोही कवि नजरुल का जन्मदिन मना रहे हैं। आज रवि बाबू की बहुत-सी स्मृतियाँ मन में कौंध रही हैं। कुछ ही वर्ष पहले हमने उन्हें खोया है। किसी भी प्राणी का शरीर क्षणभंगुर है पर कविगुरु की आत्मा तो उनकी कविताओं, कहानियों, नाटकों में प्रसरित है। गाँधीजी को उन्होंने 'महात्मा' की उपाधि दी। उनकी एक कविता 'गाँधी महाराज' मैंने पढ़ी थी—

गांधि महाराजेर शिष्य
केउ वा धनी केऊ बनि:स्व
एक जायगाय आछे मोदेर मील:
गरिब पेटे भराई ने पेट
धनीर काछे हइ ने तो हेट
आतंके मूल हय ना कभु नील!

आगे उन्होंने कहा—

चिर कालेर हात काड़ि जे
धराय खसे पड़ल निजे
लागल चाले गाँधी राजेर छाप!

(गाँधी महाराज के धनी औ 'दीन शिष्य अनेक,
पर ऐसी बात है, जिसमें सभी हैं एक
हम पेट के हित दीन-पीड़न में नहीं अभ्यस्त,
झुकते न धनियों से कभी, होते न भय से त्रस्त।

आगे और भी—

चिर काल की वह हथकड़ी,
खुद खिसक भू पर गिर पड़ी
औ 'भाल पर लग गई गाँधीराज की चिर छाप!')

चक्रवर्ती मोशाय भावावेश में बोलने लगे—"आज दो महान विभूतियों का एक साथ स्मरण हमें देश गौरव का बोध करा रहा है। 19वीं सदी के नवजागरण के परिणाम हमें

बीसवीं सदी के इस भाग में प्रत्यक्ष दिखाई दे रहे हैं। वास्तव में नज़रुल विद्रोही कवि थे और विद्रोही वही हो सकता है जो सशक्त व्यक्तित्व का स्वामी हो। नज़रुल की 'विद्रोही' कविता ने घर, बाहर, मैदानों, घाटों और राजपंथों की सभाओं को जाग्रत कर दिया था। आलोचकों ने कहा था कि यह गाने वाला गीत नहीं है, यह ऊँची आवाज़ में चिल्लाकर पढ़ने वाली कविता है। लोग पूछने लग गए थे कि निर्जीव देश में यह किसकी वीर्यवाणी गूँज रही है, पूरा देश जैसे एक प्रबल धक्के से जाग गया है। यद्यपि हमारे कवि नज़रुल मानसिक विक्षिप्तता के कारण 1942 के बाद और सृजन न कर सके पर यह सत्य है कि बांग्ला काव्य जगत में नज़रुल का आगमन एक प्रबल झंझा की तरह हुआ था।

''नज़रुल की पत्रिका *धूमकेतु* के मुख पृष्ठ पर रवीन्द्रनाथ का आशीर्वचन छापा जाता था—आओ हे धूमकेतु। आओ अंधेरे में अग्निसेतु बाँधो, दुर्दिन के इस दुर्ग-शीर्ष पर अपना विजय-केतन फहराओ। रात्रि के ललाट पर अंकित होने दो अमंगलकारी तिलक रेखा। जो अर्ध चेतन हैं उन्हें चौंकाकर जगा दो। नज़रुल ने भी विद्रोही की भूमिका निभाई, क्रांति को जनक्रांति में बदल दिया—

जहाँ मिथ्या पाखंड, वहीं करेंगे विद्रोह
सड़े-गले, घिसे-पिटे। मरण भीत। चुप रहो!
हम जानते हैं सीधी सी बात
पूर्ण स्वाधीन करेंगे देश।

सुदीप्तो बंद्योपाध्याय ने रवीन्द्रनाथ की 'देशेर माटी' कविता का पाठ किया—

ओ आमार देशेर माटि, तोमार परे-ठेकाई माथा
तोमाते विश्वमयीर, तोमाते विश्व मायेर आँचल पाता।
तुमि मिशेछ मोर देहेर सने,
तुमि मिलेछ मोर प्राणे मने
तोमार आइ श्यामलबस कोमल मूर्ति मर्मे गाँथा
तोमार कोले जनम आमार मरण तोमार बुके
तोमार परेइ खेला आमार, दु:खे सुखे।
(हे मेरे देश की माटी, तुम्हें नमन करता हूँ
तुममें ही विश्वमयी का, विश्वमाता का आँचल बिछा हुआ है।
तुम मेरी देह में समाहित हो,
तुम मेरे प्राण मन में मिल गई हो।
तुम्हारी श्यामल वर्ण कोमलमूर्ति मेरे मर्म में गुंथ गई है।)

सान्यालदा खड़े हुए तो उनका चेहरा भावावेश से चमक रहा था। उन्होंने 1939 में महाजाति सदन में दिये गए उनके भाषण का ज़िक्र किया—''बंगाल ने अपने जाग्रत हृदय, मन, अपनी बुद्धि और विद्या की समस्त सम्पदा भारतवर्ष की महावेदी के तले

उत्सर्ग करने के लिए ही इतिहास विधाता से दीक्षा ली है उसकी हम यहाँ अभ्यर्थना करते हैं। आत्म-गौरव सहित समस्त भारत के साथ बंगाल का संबंध अविच्छेद रूप से रहे, आत्माभिमान की सर्वनाशी बुद्धि उसे पृथक् न करे—यह कल्पना—इच्छा यहाँ संकीर्ण चित्तता से ऊर्ध्व होकर अपनी जयध्वजा उड़ाये रखे। यह प्रार्थना यहाँ से युगों-युगों तक उच्छ्वसित होती रहे—

बाङ्‌लिर मन बाङ्‌लिर आशा
बाङ्‌लिर काज, हउक भाषा
सत्य हउक, सत्य हउक, सत्य हउक हे भगवान।

"इसके साथ ही यह बात भी जोड़नी होगी कि बंगाली की भुजाएँ भारत की भुजा को बल प्रदान करें, बंगाली की वाणी भारत की वाणी को सत्य करे, भारत की मुक्ति साधना में बंगाली स्वैर बुद्धि से विच्छिन्न न होकर किसी भी कारण से स्वयं को अकृतार्थ न समझे।"

"अत: रवीन्द्रनाथ ने 'भारतेर महामानवेर सागरतीर्थे' का आह्वान किया। हम बंगाली भी अविच्छेद भारत के अंग हैं, यही भाव हमें सच्ची स्वतंत्रता, सच्ची मुक्ति की ओर ले जा सकता है।"

इन महानुभावों के कथन पर देर तक तालियों की गड़गड़ाहट गूँजती रही।

कविगुरु का स्मरण करने के बाद नज़रुल की कविताओं का पाठ हुआ। तीव्र भावावेश में 'चल चल चल' और 'विद्रोही' कविता का पाठ हुआ। सुदीप्तो बंद्योपाध्याय और उस्मान ने नज़रुल की इन कविताओं का पाठ किया—

आमि अन्याय, आमि उल्का, आमि शनि
आमि धूमकेतु, ज्वाला, विषधर कालफणी
आमि छिन्नमस्ता चण्डी आमि रनदा सर्वनाशी
आमि जहान्नमेर आगुने बसिया हांसि पुष्पेर हाँसी।

"बन्धुगण! ऐसा हो विद्रोह, अग्नि पिंड की तरह ज्वलनशील, उग्र, तीव्र, मगर भावमय। आग भी, पानी भी, क्रोध भी करुणा भी। यही है भारतीय स्वभाव! हम युद्ध करें पर हमारी करुणा का स्रोत नहीं सूखे। हम दुर्बल नहीं हैं, निश्चय ही हमारा देश स्वतंत्र होगा। आज़ादी की खुली हवा में हम साँस लेंगे। ग्यारहवीं शताब्दी से लेकर आज बीसवीं शताब्दी के दौर में भी प्राय: सहस्र वर्षों से भारत गुलामी की ज़ंजीर में छटपटा रहा है। इसे मुक्त कराने का समय आ गया है। नेताजी सुभाष बाबू हों या महात्मा गाँधी, युद्ध हो या आन्दोलन किसी विधि से हमें स्वतंत्रता चाहिए। अपना शासन, अपनी सोच, आत्म निर्णय का अधिकार जब तक हमें प्राप्त नहीं होगा, तब तक हमारी बेचैन रूहों को शांति नहीं मिलेगी। मुस्लिम लीग की चाल में हमारे नेता रोज़-ब-रोज़ उलझते जा रहे हैं। बंगभूमि सचमुच संकट में है। इसे त्राण चाहिए,

चाहिए जन-जागृति तभी हमारी हरीतिमा सुरक्षित रहेगी।''

बोलते-बोलते उस्मान का चेहरा भावावेश में लाल हो गया था।

सुधीर ने भी कहा, ''समस्त भारतवासी जाग चुके हैं। दो सौ साल की परतंत्रता की बेड़ियाँ झनझना रही हैं, अब बहुत समय नहीं लगेगा, हम हर कष्ट-सहन करने के लिए तत्पर हैं। इसका कुछ-न-कुछ परिणाम—शुभ परिणाम अवश्य निकलेगा। तुम सब देख नहीं रहे हो। 19वीं सदी से ही धर्म और अध्यात्म के क्षेत्र में राजनीतिक और सामाजिक कुरीतियों को मिटाने के क्षेत्र में, हमारे भारत में एक-से-एक साधक, विद्वान् महर्षि आते जा रहे हैं। इतिहास में इतना बड़ा महापुरुषों का मेला कभी नहीं लगा होगा।'' सुधीर का बोलना जारी था—

''कविगुरु रवीन्द्रनाथ ठाकुर, राजा राममोहन राय, स्वामी रामकृष्ण परमहंस, केशव सेन, विवेकानंद, सुभाष बाबू, योगी अरविंद घोष—अनेक महान विभूतियाँ भारत की स्वतंत्रता के लिए कटिबद्ध रही हैं। इसलिए मेरा हृदय कहता है शुभ परिणाम आएँगे। यह नए युग के आगमन के लिए पृथ्वी की प्रसव-वेदना की भाँति है। यह दुख हम सबको हँसते-हँसते स्वीकार करना ही होगा। समुद्र-मंथन से भी तो पहले हलाहल विष ही निकला था, अमृत तो बाद में मिला। शायद प्रकृति का यही नियम है। इसलिए सहो, सहो जब तक भारत-माता की बेड़ियाँ नहीं टूट जाएँ, सहो, सहो।''

सबने एक स्वर से भारत माता की जय, वन्देमातरम् और जय हिन्द के नारे लगाए और उत्साहित मुद्रा में लौट पड़े।

6

लौटते समय सुजाता की दृष्टि जैसे ही सुधीर से मिली उसने देखा कि सुधीर की आँखों में स्नेह और साधुवाद का भाव था, उसने भी आभार की मुद्रा में उसे स्वीकार किया। उसे पता नहीं क्यों बार-बार सुधीर को देखने की इच्छा हो रही थी। उसने सोचा—ऐसा क्यों हो रहा है? क्या मेरे मन में आकर्षण का भाव आ रहा है? उसने फिर देखा तो सुधीर उसी की ओर ही देख रहा था। सुजाता की दृष्टि झुक गई। लज्जा की लालिमा उसके मुख पर स्पष्ट ही देखी जा सकती थी। बैठक समाप्त होते ही जैसे ही दोनों बाहर निकले, सुधीर ने सुजाता को लगभग रोकते हुए नमस्कार कहा। सुजाता भी चाहती थी कि सुधीर उसे रोके, कुछ कहे और वैसा ही हुआ। दोनों धीरे-धीरे चल रहे थे। सुजाता ने कहना चाहा—मैं सुजाता बंद्योपाध्याय...उसकी बात को काटते हुए सुधीर ने कहा, ''हाँ मैं आपको बखूबी जानता हूँ। आपको गीत, वाद्य और नाट्य में रुचि है। आपकी कला-प्रियता से मैं बहुत प्रभावित हूँ। लेकिन मेरे विषय में आप नहीं जानती होंगी। मैं प्रभासचन्द्र चक्रवर्ती मोशाय का पुत्र सुधीरचन्द्र चक्रवर्ती हूँ।''

''मैं भी आपको जानती हूँ और आपकी मित्र-मंडली को भी जानती हूँ, आप बॉक्सर हैं, खेल-क्रीड़ा में रुचि है, होम्योपैथी में रुचि है, सामाजिक कार्यों में भी आपकी गहरी रुचि है, आप गाँव के विकास में ही नहीं, देशोत्थान के विषय में भी सोचते हैं, गरीबों के हमदर्द हैं। और कुछ बताऊँ?''

''अरे, आप तो मेरी पूरी जन्मकुंडली बाँच गईं। हम दोनों एक-दूसरे के बारे में इतना जानते हैं, फिर भी अपरिचित क्यों हैं?''

''क्योंकि आपने आगे बढ़कर बात करने की कभी कोई चेष्टा नहीं की, आप बात करते तो मैं भी बात करती।''

''ओह, समझा! मगर इसका कारण क्या था?''

''कारण था संकोच! स्त्री सुलभ संकोच। आगे जो भी हो पर बीसवीं शताब्दी के मध्य भाग की ओर हम भले बढ़ रहे हैं, पर पुराने बंधनों का शेष प्रभाव तो हम पर है ही।''

चलते-चलते सुजाता का घर समीप आ गया। सुजाता ने कहा, ''आप भद्र हैं, मुझे आपसे मिलकर सचमुच अच्छा लगा।''

सुधीर सुजाता की रूप-राशि में खोया हुआ था, वह जैसे नींद से जागा। वह अपलक सुजाता को घर के भीतर प्रविष्ट होते देखता रहा। फिर उदास कदमों से लौटा। भागता हुआ सभा-स्थल की ओर वापस लौटा। उस्मान अभी वहीं था। उसकी दशा देखकर उस्मान को अचरज हुआ।

''सुधीर! तुम्हारा शरीर तो यहाँ है पर मन कहीं सुदूर यात्रा कर रहा है, क्या सोच रहे हो?''

''उस्मान भाई! चिन्ता की बात तो है। तुम्हारा यह बाल्यबंधु आज अचानक युवा हो गया है।''

''मैं समझा नहीं, पहेलियाँ मत बुझाओ।''

''उस्मान! आज मेरी ठीक-ठाक बातचीत सुजाता से हुई। उसकी बड़ी-बड़ी आँखों की झील में मैं डूब रहा हूँ और मुझे तैरना बिलकुल नहीं आता।''

''अच्छा तो एक ही मीटिंग में तुम्हारा पौरुष घुटने टेककर बैठ गया, योद्धा ने शस्त्र समर्पण कर दिया।''

''हाँ, उस्मान! एक ही पंच में मैं ढेर हो गया। अब जो करना है तुम्हीं लोगों को करना है।''

''मैं सुदीप्तो बाबा और पंडित बाबा से बात करता हूँ। जब घर में ही सुधीर जैसा चंद्र यानी चाँद है तो बाहर ढिंढोरा पीटने की आवश्यकता क्या है? मुझे यकीन है सुधीर! बाबा मान जाएँगे पर कुंडली का मिलान ज़रूर करेंगे। वह भी इंशाअल्ला हो ही

जाएगा। मगर भाई प्रथम दृष्टि में इतना भारी-भरकम प्रेम ऐसा मामला रेयर होता है।''

''ऐसा भी नहीं है उस्मान! मैं दो-तीन साल से सुजाता को देखता था, उसकी बातें सुनता था, उसकी तर्कशक्ति से प्रभावित था पर तुम लोगों ने महाकवि नजरुल की वीरता भरी हुंकार का और रविबाबू के प्रीतिभाव 'आमार माथा नत करे दाओ हे तोमार चरन धूलार तले' का ऐसा राग अलापा कि मैं अपने को रोक नहीं सका। मैंने दिल की सब बातें समझो नज़रों से कह ही डालीं।''

''ठीक है, ठीक है। सफ़ाई देने की ज़रूरत नहीं। तुमने कोई अपराध थोड़े ही किया है। सुजाता के भी इंटर के इम्तहान होने वाले हैं, मैं विवाह के मंगल वाद्य बजाकर ही रहूँगा, आशा है कि अगले शारदीय नवरात्र में सुजाता भाभी सिन्दूर खेला में भाग लेंगी।''

''अरे उस्मान! तुम तो बहुत दूर की कौड़ी ले आते हो, अब उसके आगे बाल-बच्चों तक मत पहुँच जाना।''

''संभव तो सब कुछ है, बस तुम्हारा उत्साह बना रहना चाहिए,'' कहकर उस्मान खिलखिला कर हँस पड़ा।

अगले ही दिन चक्रवर्ती मोशाय ने सुधीर को जल्दी तैयार होने का आदेश दिया, बोले—शीघ्र स्नान कर लो, तुम्हें 11-12 बजे तक विक्रमगंज जाना है, वहाँ हमारे बचपन के पुराने मित्र नीलोत्पल बंद्योपाध्याय रहते हैं, मुझे कल ही शाम को सूचना मिली कि वे बीमार हैं, अकेले रहते हैं, सेवा-सुश्रूषा की कोई व्यवस्था सही ढंग से नहीं होगी, तुम एक-दो कपड़े रख लो, आवश्यकता हो तो एक-दो दिन वहाँ रह जाना, मैं ज़रूरत के हिसाब से टका-पैसा भी दे दूँगा, डॉक्टर, दवा और चिकित्सा की व्यवस्था करा देना, तुम जब छोटे थे तब वे सदा यहाँ आते थे, उम्र में वे मुझसे बड़े हैं—कहते हुए वे मौन भाव से कुर्सी पर बैठ गए।

सुधीर को सब पुरानी बातें याद आने लगीं, नीलोत्पल बाबा का प्यार-दुलार, उनका हरदम संदेश मिष्टी लाना, उनका मिष्टी दही का शौक, ये सब उसे याद आने लगे पर पिछले चार-पाँच साल से वे आए नहीं थे, शायद स्वास्थ्य और परिवार ही उसके कारण थे।

दोपहर होते-होते वह विक्रमगंज पहुँच गया। पिता के बताए पते को ढूँढना सरल कार्य था। बंद्योपाध्याय जी को सभी जानते थे। उनके घर के सामने लकड़ी का छोटा गेट लगा था, आस-पास लताएँ सुसज्जित रूप से कटी-छंटी फैली हुई थीं। घर के सामने लहलहाता रंग-बिरंगे फूलों से लदा बगीचा था। 'तो बाबा को बागवानी का भी शौक है,' उसने सोचा। क्यारियों में सजे हुए फूलों को निहारता हुआ वह बरामदे में पहुँचा। वहाँ रखी हुई कुर्सियाँ भी सुंदर थीं, एक अति वृद्ध व्यक्ति के मकान का बाहरी भाग युवा प्रतीत हो रहा था। सुधीर ने बंद दरवाज़े की कुण्डी खटखटाई। और

जब दरवाज़ा खुला तो वह गिरते-गिरते बचा। उसे बॉक्सिंग के मैदान में कई बार पंच खाकर गिरने का अभ्यास था पर आज तो यह अद्‌भुत दृश्य था—सामने सुजाता खड़ी थी।

''आप सुजाता जी! विक्रमगंज में! नीलोत्पल बाबा के घर! कहीं मैं स्वप्न तो नहीं देख रहा? मैं घोर आश्चर्य में हूँ। मेरे शरीर में रक्त प्रवाह तीव्र हो गया है। यह क्या? कैसे? क्या यह संभव है?''

''परेशान मत होइए सुधीर जी, नीलोत्पल बंद्योपाध्याय मेरे नाना हैं, और मैं इसी घर में पैदा हुई थी। मेरी माँ भी आई हैं। नाना जी की तबीयत ठीक नहीं थी, सो आना पड़ा।''

अभी सुजाता का वाक्य पूरा भी नहीं हुआ था, भीतर से एक नारी कंठ ने जो संभवत: उसकी माँ का था, ऊँचे स्वर में पूछा—

''कौन है शुचि? बाहिरे के आछे?''

''माँ! देखो हमारे घर सुधीर आए हैं, हमारे चक्रवर्ती मोशाय के सुपुत्र।''

''उन्हें भीतर लाओ। वे परिवार के ही सदस्य हैं। बाबा की अस्वस्थता की खबर पाते ही वे विचलित हो गए होंगे। तुम्हारे नाना और वे दोनों बालसखा हैं, अभिन्न मैत्री है दोनों में। आओ सुधीर कोई संकोच मत करो, यह भी तुम्हारा ही घर है। मेरी बेटी शुचि से तुम अवश्य परिचित होगे, हम लोग तो बैरागादी में ही रहते हैं, इसलिए पूछा।''

''नहीं, परिचय तो कल की सभा में ही हुआ है, पर यह नितांत संयोग है कि हम दुबारा यहाँ मिल रहे हैं।''

शुचि की माता ने एक बार अपनी पुत्री की ओर देखा और उन्हें लगा कि वे सुधीर के रूप में अपने भावी जामाता के दर्शन कर रही हैं। सुंदर, सुगठित शरीर, सभ्य आचरण, सुशिक्षित एक कन्या की माता को तो अपनी पुत्री के लिए ऐसा ही वर तो चाहिए। जब घर में ही चक्रवर्ती मोशाय का सुपुत्र विद्यमान है तो कहाँ ढाका, चटगाँव, विक्रमगंज या मीरपुर में मगज़ मारने जाएँ। शुचि के पिता जब यह जानेंगे तो खुशी से उछल पड़ेंगे।

फिर वे सुधीर को नीलोत्पल बाबू के कमरे में ले गईं। एक अतिवृद्ध किन्तु तेजस्वी व्यक्तित्व गावतकिए के सहारे पलंग पर बैठा था। कुछ-कुछ रवीन्द्रनाथ ठाकुर की तरह दाढ़ी और केश का विन्यास बहुत फब रहा था। एक आदर्श, शांत, करुणामयी मूर्ति की तरह नीलोत्पल बाबू प्रतीत हो रहे थे। वे सब जान, सुनकर सुधीर से मिलकर प्रसन्न हो गए।

''तो तू इतना बड़ा हो गया। मिष्टी खाने का शौकीन लड़का।''

''नहीं बाबा, अब मैं मिष्टी कम खाता हूँ। स्वास्थ्य पर ध्यान देता हूँ।''

''यह बहुत अच्छी बात है। तुम्हारे पिता मेरे बालबंधु हैं, विद्वान् हैं। उनसे मैं जब भी मिलता था, कुछ-न-कुछ ज़रूर सीखता था। उसने ज़रूर तुम्हें मेरी देख-रेख के लिए भेजा होगा। वह तो विद्वान् है। मेरी नातिन शुचि से परिचय हुआ?''

''जी हाँ! कल भी एक सभा में मिला था और आज भी संयोगवश यहाँ... ।''

''बस यही तो दैव-विधान है। इसको लोग संयोग कहें या चमत्कार! तुम सुदर्शन, सलज्ज और भद्र आचरण वाले युवा हो, मुझे तुमसे मिलकर बहुत अच्छा लग रहा है।'' अपराह्न में शुचि के साथ विक्रमपुर की सैर के लिए बाबा ने जाने की आज्ञा दी। सुधीर सुजाता के साथ निकला।

''मैं आपके साथ घूमने निकला हूँ, यह सब नियति का खेल ही तो है।''

अचानक सुजाता ने बेबाक होकर कहा, ''सुधीर जी! यह हमारी नियति का संकेत तो है ही, शायद मैं भी आपको पसंद करने लगी हूँ। आप क्या सोचते हैं?''

''मैं तो सिर्फ़ आपके बारे में सोच रहा हूँ और कुछ नहीं। आपका बंधु और सखा होना मेरे सौभाग्य का ही विषय है।'' कहते हुए सुधीर ने चलते-चलते सुजाता का हाथ अपने हाथ में ले लिया। सुजाता ने प्रतिवाद नहीं किया पर उसकी उँगलियाँ थरथरा रही थीं।

इधर नीलोत्पल बाबू ने अपनी पुत्री से कहा, ''मुझे सुधीर बहुत प्रिय लगा है, बेटी! क्या मैं जो सोच रहा हूँ तुम भी वही सोच रही हो?''

''हाँ बाबा! सुधीर और सुजाता की जोड़ी विधाता द्वारा निर्मित की गई लगती है। आप बात करें।''

''हाँ बेटी! शास्त्रों में भी कहा गया था कि पुत्री के विवाह में कौन क्या चाहता है? पति को सुंदर गुणवती पत्नी चाहिए, माता धन-सम्पत्ति देखती है, पिता गुण और ज्ञान देखता है, बंधु-बांधव कुल खानदान देखते हैं और शेष लोग तो मिष्टान्न भोजन का आनंद लेते हैं—माता वित्तं, पिता श्रुतम्, बांधवाः कुलमिच्छन्ति, मिष्टान्नमितरे जनाः।''

सुधीर और सुजाता के लौटकर आते ही नीलोत्पल बाबू ने उन्हें अपने कमरे में बुलाया। बोले, ''मेरे मन में ईश्वर की प्रेरणा से नई इच्छा उत्पन्न हुई है, मैं वृद्ध, बीमार और अनिश्चित जीवन वाला व्यक्ति ऐसा अनुभव कर रहा हूँ कि सुधीर तुम्हारी और सुजाता की जोड़ी पति-पत्नी के रूप में ही बनी है। तुम दोनों अपनी सहमति दो तो मैं चक्रवर्ती मोशाय से प्रार्थना करूँ?''

कुछ देर निःस्तब्धता छाई रही फिर आगे बढ़कर सुधीर ने नीलोत्पल बाबू और सुजाता की माँ के चरण छू लिए, इसके बाद सुजाता ने भी दोनों को बारी-बारी से

प्रणाम किया। यह उनकी सहमति का सूचक था। नीलोत्पल बाबू ने प्रसन्न होकर दोनों को गले लगा लिया, दोनों के सिर पर आशीर्वाद का हाथ रखा। बोले—

"मैं धन्य हुआ, मैं तृप्त हुआ। अब मृत्यु भी आए तो मैं सहर्ष उसका आलिंगन करूँगा। मुझे सुजाता की चिन्ता थी, अब मैं पूरी तरह स्वस्थ हो गया। बेटा सुधीर, तुमने तो आकर मुझे जीवन दान दे दिया।" कहते-कहते वे बच्चों की तरह सुबक कर रोने लगे। सुधीर, सुजाता और उसकी माँ तीनों ने उन्हें अपने घेरे में ले लिया, सबकी आँखें छलक आई थीं।

इस समाचार ने चक्रवर्ती मोशाय को भी आनंद द्रवित कर दिया। पंद्रह दिनों के भीतर यह निश्चित हुआ कि विक्रमगंज में ही नीलोत्पल बंद्योपाध्याय जी के निवास से ही सादे समारोह में सुधीर और सुजाता का विवाह सम्पन्न कराया जाए। बारातियों में चक्रवर्ती मोशाय के मित्र और सुधीर के मित्र सम्मिलित हुए और शंख ध्वनि ने सूचना दे दी कि सुधीर और सुजाता विवाह के बंधन में बँध गए हैं।

7

सुधीर कुछ भी भूला नहीं था तब सन् 1940 का साल चल रहा था। उधर आज़ादी की लड़ाई जारी थी और इधर सुधीर और सुजाता प्रेम और विवाह के अटूट बंधन में बँध गए थे। इसका सुपरिणाम भी निश्चित था तो वर्ष बीतते-बीतते सुजाता एक पुत्र की माँ बन गई। चक्रवर्ती मोशाय ने नाम चुना सुशांत। बैरागादी के सुरम्य वातावरण में दोनों पति-पत्नी का समय बीतता रहा। परिवार में भरण-पोषण के लिए सुधीर ने होम्योपैथी की अपनी पढ़ाई जारी रखी, वह हैनिमैन की पूरी किताब को सैकड़ों बार पलटता। दवा के गुण और उसकी शक्ति की उपयोगिता पर विचार करता। कुछ गरीब लोगों को वह लक्षण सुनकर दवाएँ भी देने लगा था। इस बीच सुजाता ने प्रथम श्रेणी में इन्टर की परीक्षा उत्तीर्ण की। उसने छोटी-छोटी बच्चियों को घर के बरामदे में बिठाकर ट्यूशन देना आरंभ कर दिया। पंडित चक्रवर्ती मोशाय विशेष पूजन और आराधना में ही भाग लेते, वे टोल या आचार्य के रूप में पूजन का निर्देश देते। दो साल कैसे बीत गए कुछ पता नहीं चला।

एक दिन चक्रवर्ती मोशाय अपने बगीचे में फूलों की देख-रेख करते हुए सुशांत को फूलों की सुगंध से परिचित करा रहे थे। सुशांत गुलाब के फूलों को पसंद कर रहा था, उसकी खुशबू उसे बहुत पसंद थी, वह कभी बाबा के कंधों पर झूलता, कभी उन्हें प्यार करता, वह छोटा-सा दो साल का प्यारा बच्चा पहली ही दृष्टि में आँखों में जैसे समा जाता।

सन् 1942 में भारत में 'अंग्रेज़ो भारत छोड़ो' का नारा बुलंद हो रहा था। और

उधर ढाका के बैरागादी में सुधीर दूसरी बार पिता बनने जा रहा था। सुजाता और सुधीर के अस्पताल से लौटने के बाद ही चक्रवर्ती मोशाय शांत हो पाए जब तक वे नहीं आए थे तब तक वे कुर्सी पर बैठे प्रार्थना करते रहे। इस बार उन्हें पूरा विश्वास था कि भगवती की कृपा दृष्टि अवश्य होगी, बालिका का ही जन्म होगा। पुत्री होगी तभी तो मनुष्य के मन में प्रवाहित होने वाली गंगा आँखों से अश्रु जल बनकर निकलेगी। आह! बेटी ही तो है हृदय की करुणा, बेटी है श्रद्धा, लज्जा, धृति और शक्ति। यही पृथ्वी तत्त्व है, यही काली, महाकाल की शक्ति है, यही पृथ्वी तत्त्व की कला है। वे पूरे दिन इसी समर्पण-भाव से आराधना में लीन थे। पौत्री के जन्म की सूचना उन्हें दोपहर में ही मिल गई थी, पर सुजाता को अस्पताल से संध्या के बाद ही छुट्टी मिल सकी। पुत्र-पुत्रवधू और बच्चों के आने पर उन्होंने मंगलवाचन स्वस्त्ययन का पाठ किया। सुधीर बाहर से ही कुछ मिष्ठान्न, फल और कुछ खाद्य सामग्री लेता आया था। घर आते ही उसने बाबा के लिए दो रोटियाँ सेंकीं। सबने खाया-पिया।

बाबा ने दिन में ही बैठकर नवजात शिशु की कुण्डली बनाई थी, उन्होंने उसका नामकरण किया—झरना—झरना चक्रवर्ती। बाबा बोले, ''सुधीर! यह नवजात झरना, हम इसे प्यार से 'झुण्टू' कहेंगे।'' सुधीर ने सहमति में प्रसन्नतापूर्वक सिर हिलाया।

अगले दिन बाबा ने कहा—

''सुधीर! अब तुम पर उत्तरदायित्व बढ़ गया है। दोनों बच्चों का पालन-पोषण, पढ़ाई-लिखाई बहुत बड़ी ज़िम्मेदारी है। तुम अपने काम पर परिश्रमपूर्वक ध्यान दो।''

''बाबा! मैं डॉ. मुहम्मद इशाक के साथ प्रैक्टिस कर रहा हूँ। कुछ सालों से दवाई मैं ही बनाता हूँ। पुड़िया भी मैं ही बाँधता हूँ। सब तरह के इंजेक्शन देना मैं सीख चुका हूँ। रोगियों के लिए फ़र्स्ट एड की पूरी जानकारी मेरे पास है। डॉ. इशाक होम्योपैथी के जाने-माने चिकित्सक हैं। मुझे उनके साथ काम करने में बड़ा आनंद मिलता है। काम में जब आनंद आता है तो वह काम किसी पूजा-पाठ से कतई कम नहीं होता।''

''अपने अभ्यास के लिए मैं हर शाम डॉ. घोष के यहाँ भी एक घंटा अपनी सेवा देता हूँ। डॉ. घोष आपके शिष्य रहे हैं, वे मुझे बहुत सम्मान देते हैं। मेरी सेवा-भावना से संतुष्ट भी रहते हैं। उन्होंने कहा है कि सुधीर तुम नर्सिंग और कंपाउडर के रूप में काफ़ी प्रैक्टिस कर चुके हो अब तुम्हें कलकत्ते जाकर वहाँ के होम्योपैथिक कॉलेज से सिर्फ़ होम्योपैथी की डिग्री भर लेनी है। इसके बाद तुम्हारी तो कोई छाया भी नहीं छू सकता।''

चक्रवर्ती मोशाय शांत भाव से सब सुन रहे थे। वे जिस पुत्र को खिलाड़ी, बॉक्सर या दोस्तों के साथ घूमने वाला खिलंदर समझ रहे थे, वह अंदर-अंदर डॉक्टर बन गया है, पूरी तैयारी में लगा है। उनका चित्त प्रमुदित हो गया। बोले—

''बेटा! मेरी आत्मा आज परम तृप्ति का अनुभव कर रही है। तुम कलकत्ते जाकर अपनी पढ़ाई भी पूरी करोगे और तुम्हारी इच्छापूर्ति भी होगी। तुम्हें मैं हृदय से आशीर्वाद देता हूँ। मैं माता से तुम्हारे कल्याण के लिए प्रार्थना करूँगा। कलकत्ते में तुम्हारे छोटे चाचा का लड़का सुशील पुलिस विभाग में इन्सपेक्टर है। ईश्वर चाहेगा तो कोई-न-कोई व्यवस्था अवश्य हो जायेगी।''

झरना दो साल की हो गई थी और सुशांत चार साल का हुआ था। दोनों में कब प्यार होगा और कब रगड़ा-झगड़ा? कहना कठिन था। सुशांत आत्मलीन तबीयत का बच्चा था पर साथ ही क्रोधी भी, वह जब नाराज़ होता तो ज़ोर-ज़ोर से बोलता, पर झरना कोमल मन वाली थोड़ी सांवली प्यारी-सी गुड़िया लगती थी। दोनों भाई-बहन जब लड़ते तो घर-भर की चीज़ें उलट-पुलट जातीं और बाबा को पता चल जाता कि आज फिर महाभारत का युद्ध हुआ है, पर वे क्रोध नहीं करते थे, दोनों को गोद में बिठाकर मिश्री खिलाते। कहते, ''जगदंबा का प्रसाद है। खाओ लड़ना मत। एक दिन जब अलग-अलग होगे तो इन बातों को याद कर बड़ा दुख होगा। प्यार करोगे, तो तुम्हें प्यार ही मिलेगा।''

शाम होते ही सुधीर अपनी पत्नी से यह कहकर निकला कि आज उस्मान के घर एक ज़रूरी बैठक रखी गई है। सभी दोस्त वहीं इकट्ठे हो रहे हैं।

''क्या कुछ विशेष कारण है?'' सुजाता ने पूछा।

''नहीं, शुचि! हम लोग सामाजिक मनोभाव रखते हैं। बाहर की देश-दुनिया के प्रति सतत् जागरूक और सावधान तो रहना ही चाहिए। परमात्मा ने आँखें भी तो बाहर के दृश्य देखने के लिए ही दी हैं।''

''तुम तो बाबा के असली शिष्य हो। हर बात की दार्शनिक व्याख्या करना क्या ज़रूरी है?''

''नहीं, यह तो कोरा मज़ाक था। अब चलता हूँ।''

कहकर लंबे-लंबे डग भरता हुआ सुधीर निकल गया। जब वह पहुँचा तो उस्मान के घर लगभग सभी दोस्त आ चुके थे। सबके अंत में सुधीर ही आया था।

उस्मान ने कहा—

''दोस्तो! पता नहीं यह 43-44 का साल हमारी बंगभूमि को क्या-क्या नज़ारे दिखाने वाला है। इतनी घटनाएँ समवेत रूप से शायद ही कभी इकट्ठी होती होंगी। विपत्ति का भी तो स्वभाव है कि वह अकेली नहीं आती। पहली बात दुनिया दूसरे विश्व युद्ध की आग में जल रही है। सुना है अब जाकर शायद शांति स्थापित हो जाए। दूसरी बात 1942 के गाँधीजी के आंदोलन का नारा 'अंग्रेज़ो! भारत छोड़ो' ने काफ़ी हलचल मचाई है। सोया हुआ समूचा देश पूरी तरह जाग उठा है और ऐसा लगने लगा है कि भारत की आज़ादी अब दूर नहीं रह गई है। तीसरी बात नेताजी सुभाषचंद्र बोस

का प्रयत्न, जापान से गठजोड़ और अंग्रेज़ों से लोहा लेने वाली आज़ाद हिन्द फ़ौज भी आज़ादी का हमें भरोसा दिला रही है। चौथी बात कि मुस्लिम लीग की हलचल बढ़ गई है। मोहम्मद अली जिन्ना मुसलमानों के लिए अलग देश चाहते हैं। हमारा यह पूर्वी बंगाल भी उनके निशाने पर है, हमारी बंगभूमि पर बीसवीं शताब्दी की शुरुआत से ही अंग्रेज़ों की नज़र थी, वे तो बंगभंग कर ही चुके थे पर विवश होकर उन्हें यह योजना 1911 में वापस लेनी पड़ी थी। पर अब बासी कढ़ी में फिर उबाल आया है। मुस्लिम लीग के प्रभाव से लोगों की मति कब फिर जाएगी और कब देश टुकड़ों में बँट जाएगा, कहना मुश्किल है। हमें पूरी तरह सावधान रहना है, वस्तुस्थिति की समीक्षा करते रहनी है। हमारा बैरागादी, हमारा विक्रमगंज इसे भी बचाना है। हमारी जो सीमा है, उसी में सही हमें इंसानियत का परिचय देना है।''

दुर्गादत्त, खालिद और मिराज ने भी अपने विचार रखे।

''हम सबको लग रहा है कि भीतर-भीतर कुछ षड्यंत्र चल रहा है। हिन्दू बंगवासियों पर कभी भी खतरा मँडरा सकता है। मैं ऐसे लोगों को देख रहा हूँ जो ऊपर से मीठा बोल रहे हैं पर अंदर से मस्जिदों में योजनाएँ बना रहे हैं, शायद सिर्फ़ सही वक्त का इंतज़ार हो रहा है,'' खालिद ने कहा।

''तुम ठीक कह रहे हो खालिद।'' दुर्गादत्त बोला, ''मेरे तो कई मुसलमान दोस्त अभी से कतराने लगे हैं। उनकी आँखों में कोई भय, कोई सन्नाटा, कोई भीतरघात का भाव जैसे छिपा बैठा है। वे पूर्व की भाँति खुलकर बात नहीं कर पा रहे हैं।''

मिराज लगभग चीखते हुए बोला—

''तो इसका उपाय क्या है? क्या राजनीति ने प्यार-मुहब्बत का गला घोंट दिया है। हमारी दोस्ती, हमारी एकता, हिन्दू-मुस्लिम सद्भाव को सब ठोकर मारकर तोड़ देना चाहते हैं। क्या हम मिलकर उनका प्रतिरोध नहीं कर सकते? प्रतिरोध ही हमारा बचाव कर सकता है, दूसरा कुछ नहीं।''

उस्मान बोला, ''नहीं मिराज! उत्तेजना से कोई हल नहीं निकलेगा। तुम भीड़तंत्र और भीड़ के पागलपन को समझ नहीं रहे हो। जब उत्तेजना चरम पर होती है और सबसे पहले अपने-पराए का अंतर सामने आ खड़ा होता है। जाति की आग में सारे सिद्धांत स्वाहा हो जाते हैं, नैतिकता मर जाती है, सिद्धांत नष्ट हो जाते हैं। हमें ऐसे अराजक और असामाजिक तत्त्वों पर नज़र रखनी है। अगर यही भवितव्यता है तो कोई बचाव का मार्ग हमें ढूँढ़ना ही पड़ेगा।''

आज की बहस ने सबको हिलाकर रख दिया था। किसी को कुछ सूझ नहीं रहा था। सब घने अंधकार में पथ खोजते यात्री की तरह भटक रहे थे, पानी के वेग में किसी हारे हुए तैराक की तरह मानो प्राण रक्षा की चिन्ता में हाथ-पाँव मार रहे थे। तभी-अचानक पद्मा नदी में चलती हुई नाव में लहरों के वेग का एक झटका लगा

और सहसा सुधीर की विचार तंद्रा भंग हो गई। उसे अनुभव हुआ कि वह भी पद्मा नदी के गर्भ में पलने वाले शिशु की तरह हाथ-पाँव मारकर छटपटा रहा है। उसके विचार की गहराई और नदी जल की गहराई जैसे एकसमान हो गई थी। उसने आँख खोलकर देखा, चंद्रमा के क्षीण प्रकाश और नदी के विस्तार में केवल नौका थी जो उसके भाग्य की तरह डोल रही थी। उसने हड़बड़ाकर माँझी से पूछा—

"अभी हम लोग कहाँ हैं?"

"बस समझिए एकाध घंटे के भीतर ही हम लोग सुबह होने के पहले किनारे पहुँच जाएँगे।" इस जवाब से उसे थोड़ी तसल्ली मिली। माँझी के उत्तर ने नाव पर सवार सभी व्यक्तियों को चैतन्य कर दिया था, केवल बच्चे नींद में थे। बाबा के स्नान-ध्यान की तैयारी शेष थी।

8

चक्रवर्ती मोशाय पूरी रात आँखें बंद किए समाधि-दशा में स्थिर बैठे थे। रात धीरे-धीरे बीत रही थी। अर्ध-रात्रि के बाद चन्द्रमा का अस्पष्ट प्रकाश संपूर्ण वातावरण में एक रहस्य की सृष्टि कर रहा था। नदी की धारा में प्रसन्न प्रवाह था। छोटी-छोटी लहरें एक लम्बी श्रृंखला में आतीं और बिखर जातीं। हवा अनुकूल होने से नाविकों को अधिक श्रम नहीं करना पड़ रहा था। केवल चप्पुओं के चलने की आवाज़ बार-बार निःस्तब्धता को भंग कर रही थी। चक्रवर्ती मोशाय ने देखा कि उनका परिवार श्रान्त हो जाने के कारण नौका में लगे बाँस के फट्टों और लकड़ी के पटरों पर सिर टिकाकर विश्राम की मुद्रा में आ गया था। नदीम को ऐसी यात्राओं का शायद अधिक अनुभव था। इसलिए वह हर परिस्थिति में आराम करने में निपुण हो गया था। पंडित जी ने इन सबों पर एक विहंगम दृष्टि डाली और परिस्थिति की गंभीरता का स्मरण कर व्यथित हो गए। उन्होंने प्राचीन ग्रंथों और पुराणों में पूर्व जन्म के अर्जित पाप-पुण्यों के फलादेश का बहुत अध्ययन-मनन किया था। मृत्यु के बाद मिलने वाले दुखों और कष्टों का रोमकंप जगा देने वाली तकलीफ़ों के बारे में भी पढ़ा-सुना था। पर जीवन के उत्तरार्द्ध में जब सबसे अधिक विश्राम और चिन्ता रहित जीवन चाहिए उस समय अचानक अपनी ही माटी से दूर होकर देश-निर्वासन का कठोर दण्ड? प्रेम, पांडित्य, करुणा बाँटने वाले माता कालिका के चरण-किंकर की यह दशा?

बाहर चारों ओर नीरवता व्याप्त थी, किन्तु चक्रवर्ती महाशय के हृदय में एक भयानक झंझावात उठ रहा था। वे सोच रहे थे लोक-जीवन में सच्चा सम्मान बड़े त्याग के बाद मिलता है। वे जीवन-भर सिद्धांतों पर चलते रहे, सादगी की प्रतिमूर्ति बनकर पूरी तरह निश्छल, निष्पाप और निर्वैर जीवन जीते रहे। अपने सत्तर साल के जीवन में उन्हें न तो किसी से बैर-विरोध हुआ, न गाली-गलौच, न कोई मारा-मारी। एक

पारदर्शी जीवन जीते हुए वे अजातशत्रु बने रहे।

"क्या देश की आज़ादी सबसे बलिदान चाहती है? क्या विरोध और वैमनस्य चाहने वाले लोगों के रक्त की प्यास अभी तक नहीं बुझी है? आज सुबह तक मेरा जो परिवार सम्पन्न और सुखी था, वह शायद मेरे किसी बड़े अपराध के कारण इस नदी में तृण-पत्र की तरह असहाय बहा जा रहा है। मात: ! भगवती महाकाली जो भी दंड देना हो मुझे दो। मेरे निराश्रित परिवार को आश्रय दो माँ!"

अब ब्राह्म बेला आ गई थी। आस-पास के दृश्य कुछ-कुछ दिखाई पड़ने लगे थे। नदीम भी चौकन्ना हो गया था। उसने कहा—

"बाबा! लगता है आप सारी रात सोए नहीं।"

"क्या करूँ नदीम! चिन्तित मन विश्राम नहीं कर पाता। खासकर दूसरों के लिए की गई चिन्ता ज़रा भी चैन नहीं लेने देती। वह भूख-प्यास हर लेती है, आँखों की नींद चुरा लेती है और मन ताप-परिताप में दग्ध होता रहता है।"

"बाबा! कुछ ही देर में हम अपने इच्छित स्थान पर पहुँच जायेंगे। उसके पहले भी एक छोटा-सा घाट है। आस-पास जंगल-झाड़ हैं। वहीं रुककर आप सब एक घंटे में तैयार होने की कोशिश करें। मुझे उस्मान ने बताया था कि आप पद्मा नदी में स्नान करने के लिए इस लम्बी यात्रा में लम्बा चक्कर तक लेने के लिए तैयार हो गए तो आप सावधानी से नित्यकर्म, स्नान, पूजा पूरी कर लें। मैं भी धीरे-धीरे तैयार हो लेता हूँ।" चक्रवर्ती मोशाय ने पहले स्नान के पूर्व हाथों में पद्मा का जल लेकर सिर-आँखों पर चढ़ाया और कहा—

"माँ! मैंने जो भी अपराध किए हैं उन्हें क्षमा करना। अभी तो मैं एक अपराध यह कर रहा हूँ कि स्नान करने के लिए अपने पाँव से तुझे छू रहा हूँ। क्षमा कर दो माता।" सबके तैयार होते-होते सूर्य निकल आया था। घर से लाई हुई सामग्री लेकर सबने प्रात:काल का जलपान किया। पद्मा का पवित्र-जल पिया और वहाँ से उतरकर चलते हुए मुख्य सड़क पर आ गए।

मुख्य सड़क पर पहुँचते ही उन्हें चारों तरफ़ आते-जाते लोगों की भीड़ दिखाई पड़ी। कई छोटे-बड़े परिवार पलायन कर रहे थे। किसी के पास कम सामान था तो किसी के पास ज़्यादा। भूख से बिलबिलाते छोटे बच्चे दूध के लिए रो रहे थे, पर ट्रेन, बस या और भी कोई साधन पकड़ने की ऐसी जल्दी मची थी कि माताओं को अपने शिशुओं को दूध पिलाने का समय नहीं था। सब चाह रहे थे कि कोई भी सवारी मिल जाए, जिससे वे कलकत्ता, उड़ीसा या बिहार कहीं भी पहुँच जाएँ। सुधीर सबसे ज़्यादा परेशान और विकल था, क्योंकि उसको सबसे ज़्यादा चिन्ता अपने वृद्ध पिता और अपने पत्नी-पुत्र के लिए थी। नदीम ने चुप्पी तोड़ी, कहा—

"बाबा! हमें जल्दी-से-जल्दी ढाका छोड़ना है तो या तो पहले हम कलकत्ते

चलें और फिर आगे की सोचें। क्या कलकत्ते में कोई बंधु-बाँधव हैं?''

बाबा बोले, ''हैं तो मेरे सगे भतीजे, मेरे भाई के पुत्र! वे हावड़ा क्षेत्र में रहते हैं। पुलिस विभाग में दारोगा हैं। पता आधा-अधूरा याद है। पूरा पता तो सामान में बँधी डायरी में होगा।''

''वाह! नदीम खुश हो गया। पुलिस विभाग में हैं तो ढूँढ़ना सरल हो जायेगा। हमारी यात्रा अभी बाकी है। मेरी समझ में अभी काफ़ी समय लग जायेगा। यात्रियों की भीड़ भी बहुत है। सबको सुरक्षित जगह की तलाश है।''

यह कहकर नदीम सबको साथ लेकर चल पड़ा। चक्रवर्ती मोशाय अपनी छड़ी टेकते हुए धीरे-धीरे चल रहे थे। वे जानते थे कि अगर परिवार को सुरक्षा चाहिए तो भीड़ की यह यातना झेलनी ही होगी। सुधीर पर दुहरी ज़िम्मेदारी थी। वह अपने पिता, पत्नी-पुत्र और पुत्री सब पर ध्यान देते हुए चल रहा था और सोच रहा था कि सिर्फ़ चौबीस घंटों में कितना फ़र्क आ गया। समय की मार भी किसी कोड़े से कम नहीं होती। वह चल तो रहा था पर उसके चेहरे पर हताशा साफ़ झलक रही थी।

9

सुधीर के विचार-स्वप्न में प्रेम था, देश की चिन्ता थी, सुजाता का माधुर्य और बच्चों का वात्सल्य-भाव था। अब यात्रा अपने विराम-स्थल पर पूरी हो रही थी। यह यात्री-दल कलकत्ते में हावड़ा पहुँच गया था। हावड़ा का भीतरी भाग थोड़ा खुला-खुला था। उन्हें बिठाकर नदीम सब-इन्स्पेक्टर सुशील चक्रवर्ती के क्वार्टर की तलाश करने लगा। लगभग घंटे भर की खोज में ही उसे सफलता मिल गई। उसकी मुलाकात सुशील चक्रवर्ती से हो गई। सुशील एक भरे-पूरे शरीरवाला लगभग पैंतीस साल का युवक था, उसके सिर के बाल आधे से ज़्यादा उड़ गये थे पर चेहरे पर रौनक थी। सुशील ने अपरिचित व्यक्ति को संदेह भरी दृष्टि से देखा। वह कुछ पूछता इसके पहले ही नदीम ने कहना शुरू किया—

''हम लोग ढाका से आए हैं।''

''ओ! तो यह कहो कि तुम 'रिफ़्यूजी' हो।''

''सर! मुझे कहने तो दीजिए। पुलिस के अधिकारी सवाल बहुत ज़्यादा करते हैं। मेरे साथ आपके चाचाजी पंडित प्रभासचन्द्र चक्रवर्ती और उनका परिवार ढाका से मेरी देख-रेख में यहाँ तक पहुँचा है। बड़ी मुश्किल से आपका निवास मैं खोज पाया हूँ।''

''अरे! चाचाजी आये हैं, कहाँ हैं, मुझे जल्दी उनके पास ले चलो।''

सुशील ने भीतर जाकर अपनी पत्नी को कुछ निर्देश दिए और तेज़ कदमों से

चलकर उस स्थान पर पहुँचा जहाँ पंडित प्रभासचन्द्र चक्रवर्ती एक वृक्ष के आश्रय में ज़मीन पर चादर बिछाए बैठे थे। सुशील लगभग दौड़ता हुआ उनके चरणों से लिपट गया। उसकी आँखें डबडबा रही थीं। धैर्य धारण करके वह इतना ही बोला—

''मैं रेडियो और अखबार से सुनता और पढ़ता रहता हूँ। कलकत्ते की दशा भी चिन्ताजनक कही जा सकती है। आप जैसे भी कलकत्ते पहुँच तो गए। इस नदीम भाई ने आपको यहाँ तक पहुँचा दिया। आप जिस कष्ट से आए होंगे, उसका मैं अनुमान कर रहा हूँ। पर अब आप अपने घर में आ गए हैं। आप परिवार में सबसे बड़े थे। मेरे बाबा नहीं रहे तो उनकी जगह अब आप ही को लेनी पड़ेगी। अब सारा दुख समाप्त हो गया। चलें, घर चलें।''

नदीम, सुधीर और सुशील ने सामान उठाया और अपने निवास पर आ गए। सुशील की पत्नी द्वार पर खड़ी प्रतीक्षा कर रही थी। उसने आदरपूर्वक सबको बिठाया। सुजाता बच्चों को लेकर भीतर गई। सुशील का बड़ा बेटा भी सात-आठ साल का था और बेटी सुशांत की उम्र की ही थी। चक्रवर्ती मोशाय जब तक अपने पुनः स्नान-ध्यान में थे तब तक नदीम ने स्नान करके चाय-जलपान कर लिया था। उसने सुशील से कहा—

''मैं अपने व्यापार के सिलसिले में प्रायः कलकत्ता और उड़ीसा आता-जाता रहता हूँ। आपसे फ़ोन पर या पत्र द्वारा बाबा का समाचार मैं लेता रहूँगा। अगर ऊपर वाले की मर्ज़ी हुई तो मुलाकात भी होगी। मेरा एक गहरा दोस्त उस्मान है जो सुधीर का बचपन का साथी है। बाबा उस्मान को आयुष्मान् कहते हैं। उसी के कहने पर हम लोग रातोंरात निकल पड़े। बाबा पद्मा नदी में स्नान करना चाहते थे, उनकी यह इच्छा भी पूरी हो गई। आप से मिलकर बड़ा संतोष हुआ। बाबा सिर्फ़ एक महान् विद्वान् ही नहीं, एक महान् इंसान भी हैं। तो अब मुझे आज्ञा दीजिए। बाबा और सुधीर से भी मिलकर अभी लौट जाऊँगा। जब नदीम बाबा के चरणों में प्रणाम करने के लिए झुका तो उसने अनुभव किया कि बाबा भाव के अतिरेक से कुछ बोल नहीं पा रहे हैं। केवल उनकी थरथराती हुई उँगलियाँ उसके सिर और पीठ को छू रही थीं। वे किसी तरह इतना ही बोल पाये—

''नदीम! प्रसन्न रहो। आयुष्मान् को भी मेरा आशीष कहना।''

यह कहकर वे चुप हो गए और नदीम भारी मन से चल पड़ा।

हावड़ा के जिस इलाके में चक्रवर्ती मोशाय को शरण मिली वह भद्र लोगों की एक बस्ती थी। सड़कों पर भीड़ कम थी, बस और रिक्शे की सवारी सुलभ थी। हाथ रिक्शे का चलन बढ़ गया था। ज़्यादातर बिहार और यू.पी. के मज़दूर हाथ रिक्शा खींचते थे। जिस मकान में सब-इन्सपेक्टर सुशील रहते थे उसमें नीचे तीन बड़े-बड़े कमरे थे। भीतर एक बड़ा-सा आंगन और बाहर एक प्रशस्त बरामदा था। सामने

थोड़ी-सी जगह फूल-पत्तियों के लिए थी। कई गमले भी सजाकर रखे गए थे, जो बहू की कलात्मक रुचि का परिचय दे रहे थे। यह देखकर पंडितजी के मन को बड़ी शांति मिली। भगवती ने उन्हें सही जगह पर पहुँचा दिया है। सुशील तो अच्छा है ही उसकी बहू भी शांत और स्थिर स्वभाव की है। सबसे अच्छा यह है कि दोनों का स्वर बहुत कोमल है। पति और पत्नी दोनों मधुर स्वभाव के हों ऐसा प्रायः कम ही देखने को मिलता है। यह सब ईश्वरीय कृपा से ही संभव है।

यह सब विचारते हुए उनके मन में आनंद की लहर आ गई। सामने दीवार पर राधा और कृष्ण के चित्रवाला एक कैलेन्डर टँगा था, उसे देखकर वे मुग्धभाव से गाने लगे—

अधरं मधुरं वदनं मधुरं नयनं मधुरं हसितं मधुरम्।
हृदयं मधुरं गमनं मधुरं मधुराधिपतेरखिलं मधुरम्।।
वचनं मधुरं चरितं मधुरं वसनं मधुरं वलितं मधुरम्।
चलितं मधुरं भ्रमितं मधुरं, मधुराधिपतेरखिलं मधुरम्।।
वेणुर्मधुरः रेणुर्मधुरः पाणिर्मधुरः पादौ मधुरौ।
नृत्यं मधुरं सख्यं मधुरं, मधुराधिपतेरखिलं मधुरम्।।
गीतं मधुरं पीतं मधुरं भुक्तं मधुरं सुप्तं मधुरम्।
रूपं मधुरं तिलकं मधुरं, मधुराधिपतेरखिलं मधुरम्।
करणं मधुरं तरणं मधुरं, हरणं मधुरं रमणं मधुरम्।
वमितं मधुरं शमितं मधुरं, मधुराधिपतेरखिलं मधुरम्।।
गुंजा मधुरा माला मधुरा, यमुना मधुरा वीची मधुरा।
सलिलं मधुरं कमलं मधुरं, मधुराधिपतेरखिलं मधुरम्।।
गोपी मधुरा लीला मधुरा, युक्तं मधुरं मुक्तं मधुरम्।
दृष्टं मधुरं सृष्टं मधुरं, मधुराधिपतेरखिलं मधुरम्।।
गोपा मधुरा गावो मधुरा यष्टिर्मधुरा सृष्टिर्मधुरा।
दलितं मधुरं फलितं मधुरं, मधुराधिपतेरखिलं मधुरम्।।

तब तक सुधीर भी अपने पिता के पास आ गया था। थोड़ी ही देर में सुजाता के साथ सुशील की पत्नी सुचेता भी वहाँ आ गई। अब वहाँ सुशील का पूरा परिवार और सुधीर का भी परिवार एकत्र था। सुचेता बोली—

"आप लोगों के आने से अब जाकर परिवार के आनंद का अनुभव हो रहा है। इनकी तो पुलिस की नौकरी है—सुबह, शाम, रात सब बराबर है। फ़ोन से खबर मिलते ही भागना पड़ता है। मैं तो कहती हूँ कि पुलिसवालों की संख्या कम है और चोर-डाकुओं की कहीं ज़्यादा। पता नहीं कैसे सँभालते हैं ये लोग।"

सुशील ने हँसते हुए कहा—

''सुचेता! संसार का यही नियम है। यहाँ भले लोग कम और बुरे लोग ज़्यादा होते हैं।''

सुचेता ने भी पलटकर उत्तर दिया—

''अच्छा तो आप ये साबित करना चाहते हैं कि पुलिसवाले भले होते हैं।''

''नहीं! ऐसा भी नहीं है। हमारे एस.पी. साहब ने एक दिन अपनी मस्ती में हम लोगों के बीच कहा था—

''हम लोग पुलिसवाले हैं, हम चोर, डाकुओं और गुंडों से क्यों डरें? हम भी असाधारण, विशिष्ट और भद्र गुंडे हैं। लोहा ही तो लोहे को काटता है—विषस्य विषमौषधम्।''

इस बात को सुनकर चक्रवर्ती मोशाय भी ठठाकर हँस पड़े। सुधीर बोला—

''आज इतने दिनों के बाद बाबा को खुलकर हँसते हुए देखकर अच्छा लग रहा है। इस हँसी की बाढ़ में मेरा भी सारा दुख बह गया।''

सुशील ने कहा—

''अब दुख और चिन्ता की बातें मत करो। बाबा आध्यात्मिक भाव के उपासक व्यक्ति हैं, आस-पास के लोगों को जैसे-जैसे मालूम होगा, वे इनसे सत्संग करने अवश्य आयेंगे। फूल की सुगंध भला क्या छिपती है? मैं फ़िलहाल इस घर का मैनेजर हूँ तो सबको मुझे काम भी बताना पड़ेगा। सुजाता रसोई में सुचेता की सहायता करेगी। पर इतनी भी नहीं कि सुचेता खाना बनाना ही भूल जाएँ और बैठे-बैठे एक आराम तलब मोटल्ली सेठानी बन जाएँ।''

पति की बात से एक नाराज़गी भरी नज़र से सुचेता ने सुशील की ओर देखा। सुशील ने तुरंत मौके की नज़ाकत को देखकर परिमार्जन करते हुए कहा—

''मज़ाक करने की मेरी आदत है, आप लोग अन्यथा नहीं लेंगे। मेरा और सुचेता का संभाषण ऐसे ही चलता रहता है। हाँ, तो मैं कह रहा था कि मैं मैनेजर हूँ और मुझे काम बाँटना है। बाबा की दोनों बहुएँ घर का काम मिल-जुलकर करेंगी, मेरी बेटी भी माँ का हाथ बँटाएगी। दोनों बच्चे आँगन में खेलेंगे। दोनों का एडमिशन मैं साथ-साथ एक ही स्कूल में कराऊँगा और सुधीर के लिए भी मैंने कुछ सोच रखा है। मेरी इच्छा है कि सुधीर को मैं होम्योपैथी पढ़ने के लिए कॉलेज में नामांकित करा दूँ, घर में एक डॉक्टर हो जाएगा और हम लोगों पर ही दवाओं का एक्सपेरिमेंट करता रहेगा। अब इन सब बातों पर अन्तिम निर्णय तो बाबा का ही होगा।''

चक्रवर्ती मोशाय ने शांत भाव से उतर दिया—

''सुशील तुम बड़े पुत्र हो। आज मैं स्वयं को एक से अनेक होता हुआ देख रहा

हूँ। यह मेरा सौभाग्य है। तुम जो भी सोच रहे हो वह बहुत ही उत्तम और कल्याणकारी है। एक बात और, सुधीर कलकत्ते में बिलकुल नया है, उसका यहाँ कुछ भी जाना-सुना नहीं है। उसे पहले इस बंगभूमि का—कलकत्ते का दर्शन करना चाहिए। बस, ट्राम और रास्तों की पहचान उसे होनी चाहिए।''

''बाबा मैं तो सोचता हूँ कि सुधीर के साथ उसके परिवार को भी कलकत्ता घुमा दूँ।''

''अभी नहीं सुशील! पहले होम्योपैथी की डिग्री के लिए इसका नामांकन आवश्यक है। पहले इस पर और बच्चों पर ध्यान दो। मैं तो आरंभ में एक-दो बार कलकत्ते आया था, पर इन लोगों के लिए यह शहर बिलकुल नया है।''

''ठीक है बाबा! आप जैसा आदेश दें, मैं अपनी मोटरसाइकिल पर कल से सुधीर को अपने साथ रोज़ ले जाऊँगा, उसकी पढ़ाई की भी व्यवस्था हो जायेगी और मैं अपने एक खास कांस्टेबल के साथ सुधीर को प्रतिदिन कलकत्ता घुमाने का भी बन्दोबस्त कर दूँगा। दो-तीन महीने के बाद तो आप इसे पहचान नहीं पायेंगे। यह पूरा कलकतिया बांगाली हो जायेगा। एक दिन और आप लोग अपनी थकान मिटा लें। उसके बाद शुरू होगा ऑपरेशन एडमिशन।'' वार्तालाप समाप्त होने के बाद सब विश्राम में चले गए।

10

सुबह होते ही सुधीर नहा-धोकर पैंट-शर्ट पहनकर तैयार हो गया था। बड़ा भाई सुशील वर्दी पहनकर बेल्ट लगाता अपने कमरे से बाहर निकला तो उसने सुधीर को चलने के लिए तैयार देखा। उसके मुँह से सहसा निकला—

''गुड, गुड! मैं यही तो चाहता हूँ। ड्यूटी की पाबंदी सबसे बड़ा अनुशासन है। तो तुम होम्योपैथिक डॉक्टर बनने के लिए तैयार तो हो गए हो।''

यह कहकर सुशील ने गौर से सुधीर की ओर देखा। चमकता हुआ गौर-वर्ण, उन्नत ललाट और बड़ी-बड़ी आँखों वाला यह युवक एक आकर्षक व्यक्तित्व का धनी था। सुशील बोला—

''तुम साधारण कपड़ों में भी अच्छे लग रहे हो। डॉक्टर की शक्ल-सूरत अच्छी रहती है और व्यवहार मृदु रहता है तो मरीज़ उसे देखकर ही अपनी बीमारी भूल जाता है और आधा स्वस्थ हो जाता है। तुम मेरे साथ चलो। अपनी पढ़ाई-लिखाई के सर्टिफ़िकेट अपने साथ ले लो। मैं स्वयं ही तुम्हें लेकर कॉलेज चलूँगा। तुम तो जानते ही हो पुलिस पता लगाने में उस्ताद होती है। मैंने भी फ़ोन पर पता करके परिचय का

एक सूत्र ढूँढ़ लिया है।'' चक्रवर्ती महाशय वहीं पर बैठे थे, उनकी पूजा अभी-अभी समाप्त हो गई थी। पुलिस की पता लगाने वाली आदत सुनकर वे मुस्कुराये बिना नहीं रह सके। उन्होंने इतना ही कहा—

''सुशील! तुम्हारा विनोदी स्वभाव अभी भी बरकरार है। यह बहुत अच्छी बात है।''

सुधीर अपने बड़े भाई की मोटरसाइकिल पर जब बैठने लगा तो सुशील ने कहा—

''पहले मैंने सोचा था कि तुम्हारा कलकत्ता दर्शन ठीक रहेगा, पर मुझे पता चला कि नामांकन ज़्यादा आवश्यक है, क्योंकि तिथि समाप्त हो गई है। इसलिए यह कार्य आज अत्यावश्यक हो गया है।''

सुशील के परिचय के कारण 'एडमिशन' में कोई समस्या नहीं आई। दो-तीन घंटे में सारा काम निपटाकर कॉलेज की बिल्डिंग और उसकी क्लास का कमरा दिखाकर जब सुशील लौटने लगा तो सुधीर ने देखा कॉलेज की बिल्डिंग पुरानी पर शानदार थी। छात्र-छात्राएँ जहाँ-तहाँ खड़े होकर बातें कर रहे थे। सुधीर को घर पहुँचाकर चलने के समय सुशील बोला—

''तुम्हें मैं रोज़ एक रुपया पॉकेटमनी के रूप में दूँगा। लगभग आठ आने तुम्हें बस से आने-जाने में लग जायेंगे और शेष पैसे तुम्हें नाश्ते-चाय में लगेंगे। कल सुबह नौ बजे तुम तैयार रहना। मेरा एक कान्स्टेबल दो-चार दिनों तक लगातार आकर यहाँ के सारे रास्ते दिखा देगा, तौर-तरीके भी समझा देगा। फिर तो तुम स्वयं पंडित बन जाओगे।''

घर में प्रवेश करते ही उसने बाबा और सुचेता भाभी को प्रणाम किया। सुचेता के पास ही सुजाता सिर पर आँचल दिए खड़ी थी। सुधीर ने तनिक मीठे रोष में मुस्कुराते हुए कहा—

''तुम लोगों के सिर के आँचल से भ्रम होता है। भूल से मैं तुम्हें ही प्रणाम करने वाला था। इसलिए आइंदा जब मैं भाभी को कभी प्रणाम करूँ तो तुम वहाँ बुर्का पहनकर मत खड़ी हो जाना।''

सुजाता ने नहले पर दहला चलाते हुए कहा—

''इतने तो तुम असावधान नहीं हो। शक्ल से भले ही तुम्हें लोग मूर्ख समझें, पर अक्लमंदी तो कोई तुमसे सीखे।'' कहकर वह अपनी बड़ी-बड़ी आँखों को नचाती हुई सुधीर पर एक कुटिल कटाक्ष फेंककर चली गई।

बाहर के ड्राइंग रूम में एक पलंगनुमा चौकी पर बाबा का आसन था। उनके विश्राम की अच्छी व्यवस्था थी। सुधीर जैसे ही उनके पास गया वे ज़रा ज़ोर से बोले—

''मैं अपनी उत्सुकता दबाए हुए बैठा हूँ और तुम आते ही सीधे अन्त:पुर में चले गए।'' फिर बोले, ''पहले मुझे बताओ तो सही क्या-क्या हुआ?''

''बाबा! सुशील भैया के जाते ही तुरन्त बिना किसी विलंब के 'एडमिशन' हो गया। इसी को कहते हैं चट मंगनी पट ब्याह। ताड़ातड़ी सब काज होय गालो।''

''वाह! अति सुन्दर! अपने देश से निर्वासन का कष्ट यह शुभ समाचार पाकर थोड़ा कम हो गया। हमें परमात्मा ने शायद इसलिए दर-बदर किया कि तुम्हारे जीवन का नवनिर्माण हो सके। आज से तुम्हारा कर्मयोग, तुम्हारे जीवन का एक नया अध्याय शुरू हो रहा है। आजकल सहोदर भाई भी उतना नहीं सोचता या करता है जितनी चिन्ता सुशील तुम्हारे लिए कर रहा है। इस बात को याद रखना, क्योंकि यह याद रखना ही कृतज्ञता है।''

वह पूरा दिन विश्राम का दिन था। सुधीर और सुजाता के लिए घर के सबसे पीछे वाला कमरा स्वतंत्र रूप से दे दिया गया था। सुशांत, सुचेता के साथ उसी के कमरे में खेल रहा था। उधर अपने कमरे का दरवाज़ा सटाकर सुधीर, सुजाता से वार्तालाप करने लगा। अचानक उसका चेहरा गंभीर हो गया। सुजाता ने चिन्तित होकर पूछा—

''क्या हुआ, कोई विशेष बात है?''

''हाँ! विशेष बात ही है। यहाँ आने पर मैं तो भाग्य से ही बच गया। मुझे क्या मालूम था कि यहाँ इतना बड़ा ताल-पुकुर बना हुआ है। मैं तो डूब ही जाता।''

सुजाता ने घबराये स्वर में कहा—

''किन्तु, घर के समीप तो इतने समय में कोई ताल-पुकुर हमने देखा नहीं।''

''तुम्हें दिखाई नहीं दिया, पर मुझे दिखाई दिया है। वह यहाँ से भी दीख रहा है।''

सुधीर ने कहा—

''ये जो तुम्हारी बड़ी-बड़ी आँखें हैं, ये किसी ताल-पुकुर से क्या कम हैं, और उनमें मछलियों की तरह तुम्हारी आँखें, पलकें, उसकी नीलिमा को और बढ़ा देती हैं।''

''अब समझ में आया। तुम्हारा मन आज चंचल हो रहा है।''

''हाँ, आज मेरा मन थोड़ा निश्चिंत हुआ है। सोचता हूँ, सुशांत भी पाँच साल का हुआ, बेटी झरना दो साल की हुई। अब साल-डेढ़ साल पर यह ब्राह्मण पुत्र लगातार यज्ञ करेगा और अग्नि में घृत डालकर स्वाहा-स्वाहा करने से बाज नहीं आयेगा।''

''छि-छि: तुम बड़े निर्लज्ज हो।''

''ठीक है जब लज्जा और निर्लज्जता का मेल होगा तब बताना।''

11

अगले दिन नौ बजते ही सुधीर ने सुना 'सर' कहकर कोई बाहर पुकार रहा है। उसने दरवाज़ा खोला—बाहर एक वर्दीधारी कान्स्टेबल 'सैल्यूट' की मुद्रा में खड़ा था। वह बहुत लम्बा नहीं था। गेहुँआ रंग, चेहरा लम्बा और पूरा शरीर नाटा, उसके मुख पर हिटलर कट मूँछें थीं। मूँछों के कुछ बड़े-बड़े बाल हवा में ऊपर-नीचे हिल रहे थे। सबसे उल्लेखनीय बात थी उसकी मोटी तोंद। पुलिस विभाग और इतनी मोटी तोंद। यह बात सुधीर को पच नहीं पाई। क्या उसके ऊँचे अधिकारियों की आँखों पर पर्दा पड़ गया है? जैसे समतल ज़मीन पर चलते-चलते अचानक बड़ा पहाड़ मिल जाए वैसे ही उस कान्स्टेबल की गर्दन से छाती तक का हिस्सा सामान्य था, पर पेट पहाड़ की तरह खड़ा था, अमूमन पुलिस को देखकर भय का अनुभव होता है, पर इसे देखकर तो हँसी आ रही थी। सुधीर ने पूछा—

''कान्स्टेबल जी! आपका नाम क्या है?''

''जी, मेरा नाम है हरिबोल सान्याल। लोग मुझे प्यार से 'हिटलर' कहते हैं।''

''वाह! अपूर्व, आपके ये दोनों नाम बहुत प्यारे लगे।''

''धन्यवाद सरजी! अब हम लोग चलें।'' कहकर हरिबोल चल पड़ा। मेन रोड पर आते ही उसने एक रिक्शे को हाथ देकर रोका। बोला—

''जल्दी चलो सरकारी काम है।''

रिक्शेवाले ने दोनों को बिठाकर रिक्शे को उठाया और तेज़ी से चल पड़ा। चलते-चलते सुधीर ने पूछा—

''हिटलर जी! क्या यहाँ के रिक्शेवाले पैसे बिलकुल नहीं लेते।''

''हाँ, बिलकुल नहीं लेते, क्योंकि हम बिलकुल नहीं देते। अरे सर! हम सरकारी आदमी हैं, तो हम जो भी काम करेंगे वो काम तो सरकारी हुआ ना? वो जानता है कि गलती करेगा तो सीधा चालान कट जायेगा। सर, इंडिया की यही तो खूबी है। यहाँ जो जहाँ है, वह अपने क्षेत्र का बादशाह है। सबसे ऊपर जो लोग होते हैं—मक्खन-मलाई तो वे खाते हैं। पैसे की गर्मी से वो मक्खन जब पिघलकर गिरता है तो दो-एक बूँद निचली सीढ़ी पर बैठे हम लोग भी चख लेते हैं।''

तब तक हरिबोल को बस दिखाई पड़ी। उसने हाथ देकर बस को रोका और धीरे से कहा, ''पहले आप चढ़ियेगा सर, आपके पीछे मैं रहूँगा।'' फिर उसने ज़ोर से कहा—

''सामने से हटो, पहले साहब को जाने दो।'' आगे की भीड़ रुक गई। सुधीर को उसने सीट पर बिठा दिया। टिकट काटने वाला 'टिकट, टिकट' करता जब आया

तो पुलिस को देखकर थोड़ा सहम गया। हरिबोल ने उसे धीरे से कहा—

"साहब के साथ सरकारी काम से जाना है।"

पहले दिन हरिबोल सुधीर को लेकर सीधा 'विक्टोरिया मेमोरियल' पहुँचा। धूप में उज्ज्वल वर्ण का 'विक्टोरिया मेमोरियल' किसी श्वेत कमल की तरह चमक रहा था। सुधीर सोचने लगा, 'अंग्रेज़ जाति क्रियेटिव जाति रही है। कुछ-न-कुछ नया करने में उनका विश्वास है, चाहे वह कला हो या विज्ञान। उनके द्वारा किया गया विकास नज़र ज़रूर आता है। यहाँ तक कि कलकत्ते की आबोहवा को देखते हुए कलकत्ते की पुलिस की पोशाक भी सफ़ेद ही रखी है।'

मेमोरियल में पेड़ की छाया में रखी बैंचों पर वह कुछ देर यही सोचता रहा। वहाँ आस-पास तरह-तरह के खोमचेवाले बेचने का सामान लिए बैठे थे। कुछ ही देर में हरिबोल दो जगह झालमूढ़ी बनवाकर ले आया। सुधीर ने हँसकर पूछा—

"यह भी सरकारी सामान है।"

उत्तर में हरिबोल खिसियानी हँसी हँसकर रह गया। उसकी आँखों में मिर्च लगने से पानी निकल रहा था। वह बोला—

"ज़िन्दगी में जो चीज़ रुला दे उसका भी मज़े से स्वाद लेना चाहिए। ये झालमूढ़ी तो यही सिखलाती है।"

दो गिलास पानी पीने के बाद उसकी जलन कुछ शांत हुई पर ज़्यादा खाने और पीने से पेट पर भार बढ़ गया था। वह ज़मीन की दूब पर चित लेट गया। उसकी साँस तेज़ गति से चल रही थी। हरिबोल के पेट का उठना और गिरना सुधीर के लिए एक रोचक अनुभव बन गया था। वह किसी गर्भवती महिला की तरह विश्राम का आनंद ले रहा था। सुधीर ने बिना डिस्टर्ब किये उसे विश्राम करने दिया।

वह बार-बार विचार कर रहा था—बाईस-तेईस साल ढाका की जिस भूमि पर जन्म से विवाह तक वह अथाह अनुराग रख रहा था, वह भूमि हमेशा के लिए छूट गई थी। क्या संसार का यह कठोर नियम है कि वस्तु या व्यक्ति से जब प्रेम करेंगे तो एक-न एक दिन उससे मुक्त होना ही होगा। इसका तो मतलब यह हुआ कि जब-जब स्थान परिवर्तन होगा जीवन भी उसी के अनुसार बदलता रहेगा। लेकिन मैं तो स्थायी प्रेम, स्थायी मानव-समाज और स्थायी परिवार चाहता हूँ। मगर शायद यह सब कुछ नहीं होने वाला। मेरे भाग्य में भटकना लिखा है, मैं कहीं भी जाऊँ यत्र-तत्र सर्वत्र अपनों से बिछुड़ने का यह दुख मेरे साथ शायद लगा रहेगा। पशुओं के पीछे पूँछ होती है, जब 'मैन इज़ ए सोशल एनिमल' कहा गया तो शायद इसका मतलब था कि बीता हुआ कल ही आदमी की पूँछ है, शायद वह मूलत: पशु है इसलिए उसे बार-बार सहलाकर वह सुखी या दुखी होता है।

हरिबोल धीरे-धीरे उठकर बैठ गया। बोला—

''मुझे तो नींद आ गई थी पर अपनी ड्यूटी का ध्यान आते ही आँख खुल गई। चलिए हम लोग थोड़ा पाँव-पैदल भी चलें और सब कुछ नज़दीक से देखें।'' कहकर वह सुधीर को लेकर चौरंगी की ओर चल पड़ा। दोनों धीरे-धीरे बड़ी दूर तक चलते रहे। चौरंगी की भीड़-भाड़ को दिखाते हुए हरिबोल ने कहा—

''सर! यहाँ भी मानव-समुद्र है। आने-जाने वाले लोगों की भीड़ और तादाद यहाँ इतनी है कि कहा जाता है कि जो आदमी आपके सामने से गुज़र रहा है, उससे ज़िन्दगी में दुबारा मुलाकात शायद ही हो पायेगी। हम दोनों दो-चार दिन साथ-साथ घूमेंगे।'' उसकी बात को बीच में काटते हुए सुधीर ने कहा—

''आपका सरकारी कामवाला फ़ार्मूला मुझे बिलकुल पसंद नहीं आया। मुझे नियम का पालन करने दीजिए। अभी हम लोग जिस सवारी से चलेंगे उसका पेमेन्ट मैं करूँगा। तो आपको याद रहेगा। मेरे साथ चलने पर सरकारी काम का बहाना बिलकुल नहीं। गरीब को उसकी मज़दूरी मिलनी ही चाहिए।''

''मुझसे भूल हो गई सरजी! मैं तो पुलिसिया नियमों का पालन कर रहा था। इसके लिए सॉरी सर!''

दोनों साथ ही घर लौटे। घर पहुँच कर सुधीर ने कहा—

''आपके साथ यह यात्रा अच्छी रही। आप सचमुच मज़ेदार आदमी हैं। एक बात और मोटे आदमी शरीर से बलिष्ठ भले न हों, पर मिज़ाज से मधुर और विनम्र होते हैं। आपका साथ मुझे लम्बोदर गणपति की तरह प्रिय लगा।''

12

ढाका छोड़ते समय सुजाता संग्रह किए हुए अपने पैसे साथ लेना नहीं भूली थी। अभी उसी में से थोड़ा-थोड़ा बाहर का खर्च पूरा हो रहा था। बड़ा भाई सुशील घर में उदारतापूर्वक खर्च कर रहा था। वह नित्य नियम से सुबह सात बजे सब्ज़ी-माछ लाने जाता था, पर जब से चक्रवर्ती मोशाय आये थे शाकाहारी भोजन ही बन रहा था। सुचेता को बचपन से माछ का झोल और चावल पसंद था, पर बाबा के व्यक्तित्व का प्रभाव इतना था कि उसने भी सामिष भोजन का परित्याग कर दिया था। बाबा ने स्पष्ट समझा दिया था—

''तुम लोग जैसे खाते-पीते हो उसमें मैं कोई व्यवधान नहीं डालूँगा। सिर्फ़ हम लोगों का पात्र अलग कर देना।'' तब से सुजाता पर शाकाहार के निर्माण का उत्तरदायित्व आ गया था। इसमें किसी को कोई असुविधा भी नहीं थी।

अगले दिन कुछ पैसे पॉकेट में डालकर सुधीर जब हरिबोल सान्याल के साथ निकला तो उसने कहा—

''हिटलर जी! आप मुझे अच्छी तरह दर्शनीय स्थलों को दिखा रहे हैं। साथ-साथ आपको मुझे यह भी बताना चाहिए कि कहाँ जाने के लिए मुझे किस नम्बर की बस पकड़नी है? उसे कहाँ छोड़ना है? ट्रॉम पकड़कर मैं कहाँ-कहाँ जा सकता हूँ? यह सब जानना मेरे लिए ज़्यादा ज़रूरी है।''

''सरजी! मुझे बस तीन-चार दिनों का समय दीजिए, फिर आप यहाँ के सभी मुख्य रास्तों के जानकार हो जायेंगे। आप पंडित तो हैं ही मैं आपको महापंडित बना दूँगा। कल जिस चौरंगी पर हम लोग घूम रहे थे, उसे कई नामों से पुकारते हैं। वह चौरंगी भी है, धरमतल्ला भी और 'एसप्लानेड' भी। कलकत्ते में आपको सब तरह के लोग मिल जायेंगे। यहाँ मेहनती लोग हैं तो कामचोर भी। सुबह-शाम अड्डाबाज़ी करने वाले नौजवान भी। क्रूर-कर्कश और झगड़ालू लोग हैं तो भावुक, प्रेमी, भक्त और रवीन्द्र संगीत की तरह मधुर लोग भी। सर जी, यह अनोखी जगह है। यह एक ऐसा 'ड्रिन्क' है कि इसको पीते समय जब तक आप एक स्वाद का अनुभव करेंगे, तब तक दूसरा स्वाद हाज़िर हो जायेगा। कलकत्ता में हुगली नदी है साहब! यहाँ घाट-ही-घाट हैं। यहाँ एक ही बार में, एक ही नज़र में आप किसी आदमी को तौल नहीं सकते। उसे किसी खट्टे-मीठे 'लेमन जूस' की तरह चूसिए, तभी मज़ा आएगा।''

''ठीक कहते हो हिटलर! मैं भी कलकत्ते से प्यार करने लगा हूँ। धीरे-धीरे, समझते-समझते समझ जाऊँगा।''

हिटलर बोले, ''सरजी! समय हो तो मेरे साथ चलें। आज मुझे हर हाल में धरमतल्ला जाना ही जाना है।''

''क्यों कोई खास बात?''

''हाँ, सरजी! मेरे बच्चे का आज जन्मदिन है, वह हर समय नए खिलौने से खेलना चाहता है, तो मुझे उसका एक पसंदीदा खिलौना खरीदना है।''

''तो उसे तुम साथ लेकर क्यों नहीं आए हरिबोल?''

''सरजी! अभी तो वह बहुत छोटा है, मात्र तीन वर्ष का। पर खिलौने उसे बड़े आकार में चाहिए। समझिए हर महीने मुझे उसके साइज़ का या कभी-कभी उसके डबल साइज़ का खिलौना खरीदना पड़ता है।''

''ओह! ऐसी बात है तो चलो। मैं साथ चलूँगा।'' कहकर सुधीर हरिबोल के साथ चल पड़ा। आज बातूनी हरिबोल कम बातें कर रहा था, यह कम आश्चर्य की बात नहीं थी। बस पकड़कर वे लोग चौरंगी पर उतर गए। हरिबोल सुधीर को लेकर कई दुकानों में घूमता रहा। छोटे-बड़े खिलौने देखता रहा। अंत में एक बड़े आकार का बंदर उसे पसंद आया। यह देखते ही सुधीर ठठाकर हँस पड़ा।

''इतने बड़े साइज़ का बंदर लेकर क्या करोगे? यह तो उस बच्चे को वनमानुष

जैसा लगेगा। हरिबोल! यह तो इतना बड़ा है कि ज़रूरत पड़ने पर तुम भी इससे खेल सकते हो।''

यह सुनकर हरिबोल बस एक खिसियानी हँसी हँस कर रह गया। वह अभी तक खिलौने में ही उलझा था, बोला—

''सरजी! मेरे बेटे की पसंद बिलकुल मेरे जैसी है। वह खिलौना भी बड़ा चाहता है और बैट्री से संचालित खिलौने का हिलना-डुलना, चलना, आवाज़ करना भी उसे पसंद है। देखिए यह खिलौना बटन दबाते ही दाँत किटकिटाकर कैसी आवाज़ें निकालता है। सब 'मेड इन इंग्लैड' है। अंग्रेज़ लोगों का दिमाग बच्चों के दिमाग से खेलना जानता है। सरजी, हमारा देश जब आज़ाद होगा तो यहाँ भी नए-नए कल-कारखाने लगेंगे, लघु उद्योग-धंधे से लेकर बड़ी-बड़ी इंडस्ट्री लगेंगी, हम स्वावलंबी हो जाएँगे।''

''ठीक है हिटलर! फ़िलहाल तुम बच्चे के लिए यह खिलौना ले ही लो। अच्छा तुमने अपने बच्चे का नाम नहीं बताया। क्या नाम है उसका?''

''सुव्रत सान्याल। सरजी!''

''नाम तो बड़ा अच्छा है।''

''वह देखने में भी बड़ा प्यारा, भोला-भाला, मीठी-मीठी तोतली आवाज़ें निकालता है। मेरी पीठ पर अपने खिलौनों के साथ घुड़सवारी करता है।''

''वाह! तुम उस पर पूरा ध्यान दो। आगे चलकर उसकी शिक्षा-दीक्षा का अच्छा बंदोबस्त करो तो वह भी एक बड़ा ऑफ़िसर होकर निकलेगा। फिर तुम्हारी सारी समस्याएँ समाप्त हो जाएँगी। पुत्र यदि योग्य हो जाए तो मनुष्य का भाग्य चमक उठता है। और कुछ हो-न-हो, उसे आत्मतुष्टि अवश्य मिलती है। अच्छा हरिबोल! एक बात बताओ, सुशील भैया मुझे ऐसा क्यों कह रहे थे कि हरिबोल के साथ कलकत्ता शहर घूम लो, उसे यहाँ के चप्पे-चप्पे की खबर है, मगर उसे बच्चे के लिए महँगे खिलौने खरीदने की बीमारी है। आगे उन्होंने कहा था कि तुम उसे समझाना, रोकने की कोशिश करना। वह अपने अथाह दुख को अंदर-अंदर पीता रहता है। उसे मैं भी कुछ नहीं कह सकता।''

''पर क्यों? आप तो उसके बॉस हैं। आप फ़िजूलखर्ची से उसे मना तो कर सकते हैं।''

''नहीं-नहीं सुधीर। मैं भी कुछ नहीं कह सकता। वह जो करता है, उसी में उसे तृप्ति मिलती है?''

''क्या परिवार और बच्चे से वह दूर है इसलिए?''

''हाँ, शायद! जाने दो, अभी तुम नहीं समझोगे।''

सुधीर को भाई से हुई ये बातें याद आईं। उसने अपने मन को समझाया, कोई पारिवारिक मसला होगा। तभी तो! वह कंधे उचकाकर शान्त बैठ गया है।

13

आज सुधीर का कॉलेज में पहला दिन था। कॉलेज जाने के लिए वह तैयार हो रहा था। ज़िन्दगी जैसे फिर एक नया अध्याय लिखने जा रही थी। ठीक-ठाक कपड़ों में वह सुन्दर भी लग रहा था। उसी समय सुचेता भाभी मुस्कुराती हुई आती दिखाई दीं। पास आकर बोलीं—

''सुधीर जी आप जितने अच्छे लग रहे हैं, आपके काम भी उतने ही अच्छे हो रहे हैं।''

''मैं समझा नहीं भाभी?''

''इसमें समझने की बात है? कई बार नासमझी में भी आदमी बड़े-बड़े काम कर जाता है।''

''भाभी! आप 'कोड लैंग्वेज' यानी कूट भाषा में कहेंगी तो कैसे समझूँगा।''

''आप कॉलेज से लौटकर आइए तो मैं आपको मिष्टी खिलाऊँगी।''

''क्या कुछ उत्सव, आयोजन या त्योहार है?''

''यही समझिए! हमारे घर एक नया अतिथि आ रहा है।''

''कौन है? मुझे बताएँगी?''

''ज़रूर बताऊँगी, सब आप ही का तो किया-धरा है। आप ढाका से ही सौगात लेकर आए हैं, महाशय! आप तीसरी बार पिता बनने वाले हैं।''

सुधीर यह सुनते ही धप्प् से पलंग पर बैठ गया। मन में सोचने लगा, 'अभी होम्योपैथी की पढ़ाई शुरू भी नहीं हुई और उधर संतान के जन्म का सिलसिला चालू हो गया।' वह शर्मीले अंदाज़ में बोला—

''चलिए भाभी! ढाका की याद तो बनी रहेगी।''

सुधीर अपने मन की प्रसन्नता के आवेग को बलपूर्वक दबाते हुए अपने कॉलेज के लिए निकल पड़ा। हिटलर के निर्देश पर अमल करता हुआ वह बिना किसी असुविधा के अपने कॉलेज पहुँच गया। उसे जो कक्षा बताई गई थी उसमें मात्र तीन-चार जने ही बैठे हुए थे। पाँचवाँ वह था। भीतर जाते ही परिचय का आदान-प्रदान आरंभ हुआ। उसमें तीन छात्र और दो छात्राएँ थीं। एक छात्रा का रंग हल्का श्यामल था। उसने सिन्दूर लगाया हुआ था। शरीर भी थोड़ा स्थूल था। दूसरी छात्रा उसे सुन्दर लगी। उसकी आँखें बड़ी-बड़ी थीं और बड़ी आँखें उसकी कमज़ोरी थीं, यह बात

सुधीर जानता था। उसके कानों में हल्के छोटे कुंडल डोल रहे थे। अपने खुले बालों को उसने इस तरह सहेजा था कि वे बँधे भी रहें और हवा में उड़ने की उन्हें आज़ादी भी हो। भीतर-भीतर पहली दृष्टि में ही उसे लगा कि उसका मन संभवत: उसे पसंद करने लगा है। उसने अपना नाम बताया—अनुभा चटर्जी। उस आवाज़ में एक खनक थी—जैसे किसी के हाथों में हिलने से चूड़ियाँ झनझना जाएँ, जैसे तबले पर कोई हल्की थाप पड़े, जैसे वर्षा की पहली बूँद पलकों पर गिरकर छितरा जाए। तभी उसे लगा, वह लड़की उससे उसका नाम पूछ रही है। उसने मुस्कुराते हुए कहा—

"मैं हूँ सुधीरचन्द्र चक्रवर्ती।"

क्लास में बहुत देर बैठने के बाद भी कोई डॉक्टर टीचर नहीं आए। एक छात्र जो आलोचक तबीयत का लग रहा था, बोला—

"हमें तो थोड़ा-थोड़ा पता है, आप लोग यहाँ आते रहिए, जाते रहिए। कभी-कभी टीचर कृपा करके पढ़ा दें तो पढ़ते भी रहिए। असली बात है—दाम दीजिए, माल ले जाइये। वक्त पर सारा इन्तज़ाम हो जायेगा और आपको संस्था की ओर से बाकायदा डिग्री भी मिल जायेगी। फिर प्रैक्टिस कीजिए। नब्ज़ देखते रहिए और एक्सपेरिमेंट करते रहिए।"

अनुभा के साथ वाली महिला छात्रा अर्पणा बोली, "भई जो कहो—मैंने सुना है कि फ़ीस डबल लेते हैं, पर उसके मुताबिक काम नहीं करते। अन्त में यदि कागज़ की एक डिग्री ही थमानी है तो पढ़ाई का दिखावा क्यों?"

अनुभा चटर्जी अभी तक चुपचाप ये बातें सुन रही थी। उसने अपनी प्रतिक्रिया देते हुए कहा—

"मैं सोचती हूँ मैं किसी और एजुकेशनल फ़ील्ड में जा सकती थी, पर मैंने होम्योपैथी को ही क्यों चुना? इसका एक सबल कारण है। मेरे पिता डॉ. स्नेहपात्र चटर्जी होम्योपैथी के विख्यात डॉक्टर थे। दुर्भाग्यवश जब मैं स्कूल में थी तभी उनकी मृत्यु हो गई। सारा ज्ञान जैसे वे अपने साथ लेते चले गए। पर उन्होंने अपने तमाम अनुभवों को, रोगियों के रोग और लक्षण को और दवाओं के सफल प्रयोग को कई मोटे रजिस्टरों और डायरियों में लिपिबद्ध किया था। मैं उनके काम को आगे और आगे बढ़ाना चाहती हूँ। मैं होम्योपैथी के इस टेक्निकल ज्ञान को खूब गहराई में उतरकर जानना चाहती हूँ। उनकी कुछ बातें अब तक याद हैं। वे कहते थे, "यह ज्ञान मनोविज्ञान भी है। शरीर के रोग के साथ मन का रोग, मन की दशा, रोगी का शरीर, उसका रंग, उसका व्यवहार सबका अध्ययन होना चाहिए। तभी हम सही दवा खोज सकते हैं।"

सुधीर के मन में अनुभा के प्रति प्रशंसा के साथ-साथ सम्मान का भाव भी जग रहा था। वहाँ बैठे एक अन्य छात्र ने भी कहा—

''किसी अच्छी संस्था के विषय में कई विरोधी विचार आते रहते हैं। हमारा कॉलेज एक मशहूर कॉलेज है। इसे बहुत ख्याति मिली है। हमारे इस 'सेशन' में लगभग चालीस एडमिशन हो चुके हैं। आज पहला दिन है, इसलिए भले सभी छात्र नहीं आ पाएँ, लेकिन कुछ ही दिनों में भविष्य में होने वाले डॉक्टरों की फ़ौज यहाँ होगी।''

सुधीर ने उसकी बातों का समर्थन करते हुए कहा, ''मैं अपने साथी की बात से सहमत हूँ। हम लोग यहाँ सच्चाई के साथ पढ़ने आए हैं, तो हमें ज्ञान-दान अवश्य मिलेगा।''

अनुभा और अर्पणा—दोनों ने सिर हिलाकर स्वीकृति दी।

अभी यह बात और आगे चलती तभी कक्षा में प्रोफ़ेसर का आगमन हो गया। फिर होम्योपैथी के जन्म, विकास और डॉक्टर हैनिमैन की जीवनी से सबका परिचय हुआ।

कक्षा समाप्त होते-होते अपराह्न के तीन बज गए थे। बाहर निकलते समय अनुभा ने सुधीर से कहा—

''आपकी बातें मुझे अच्छी लगीं। आप कितना 'पॉज़िटिव' सोचते हैं। चलिए हम दोनों कॉलेज की 'कैन्टीन' में एक-एक कप चाय पी लें।''

''आपने तो मेरे मन की बात कह दी। चलिए, चलते हैं।''

चाय की चुस्की लेते हुए अनुभा ने पूछ लिया—

''आपपास ही रहते हैं?''

''मैं हावड़ा से आता-जाता हूँ।''

अनुभा ने फिर पूछा—

''आपके परिवार में कितने लोग हैं?''

''परिवार तो परिवार होता है। भरा-पूरा परिवार है। बाबा हैं, भाई-भाभी हैं। बच्चों से घर भरा है और चाहिए क्या?''

अनुभा बहुत कुछ जानना चाहती थी। वह अभी तक यह नहीं समझ पा रही थी कि सुधीर अपने विषय में अधिक रुचि क्यों नहीं ले रहा। फिर उसने मन-ही-मन सोचा—सुधीर की व्यक्तिगत बातों से उसे क्या लेना-देना? हर व्यक्ति की अपनी सीमाएँ होती हैं। उसके मन में सुधीर को जानने की एक ज़िद समा गई थी पर वह तो अपनी ज़िन्दगी के पन्ने नहीं खोलना चाहता। ऐसा भी समय आयेगा जब सुधीर के मन की भीतरी पर्तों को वह खोल देगी, भले उसके लिए उसे होम्योपैथी दवाई क्यों न देनी पड़े और इस कल्पना पर उसे खुद हँसी आ गई।

14

अगले दिन सूर्योदय होते ही जल्दी-जल्दी शेव करके सुधीर नहा-धोकर कॉलेज जाने की तैयारी कर रहा था, भाई सुबह-सुबह थाने जा चुके थे। आज उन्हें एक ज़रूरी केस की तफ़्तीश करनी थी। दरवाज़े पर सुधीर को किसी के आने की आहट सुनाई दी। उसने भीतर से ही पूछा—

''कौन है?''

''सरजी, मैं हिटलर! हरिबोल सान्याल।''

''ओ, अच्छा।''

कहकर उसने कुंडी खोली। हिटलर ने लंबा सलाम ठोंका और बोला—

''सर, साहबजी ने मुझे ऑर्डर दिया था कि वे किसी ज़रूरी जाँच-पड़ताल के सिलसिले में बाहर जा रहे हैं तो मैं आपका ख़याल रखूँ और क्वार्टर पर ही रहूँ। सरजी, क्या आप कॉलेज जा रहे हैं?''

''हाँ हिटलर!''

''क्या मैं आपके साथ चल सकता हूँ?''

''नहीं, नहीं! आज नहीं। तुम किसी और दिन चलना। वैसे तुम कॉलेज में जाकर क्या करोगे? वहाँ तो मैं सीधा अपनी क्लास में चला जाऊँगा। तुम चार-पाँच घंटों में बोर हो जाओगे।''

''सरजी! जब तक आप क्लास में रहेंगे, तब तक मैं कॉलेज की कैंटीन में सरकारी ड्यूटी करूँगा, आप मेरी चिन्ता बिलकुल नहीं करें। आपके लिए पहली बार जब साहबजी 'एडमिशन' के लिए आए थे उसी समय कैंटीन वालों से मेरा परिचय हो गया था। उतना समय तो चाय-नाश्ते में ही अच्छी तरह बीत जायेगा।''

''फिर भी हिटलर! मैं किसी भी साहबियत का रोब दिखाने के खिलाफ़ हूँ, मेरा मन इसे स्वीकार नहीं कर पा रहा है।''

''सरजी! अब मैं आपकी चिन्ता देखकर असली बात बता देना चाहता हूँ। हमारे साहब जी जिस ड्यूटी पर जा रहे हैं वो बहुत खास और नाज़ुक मामला है। भीतर की बात बहुत चिन्ताजनक है। इन दिनों बैर, विरोध का माहौल है। कब कहाँ सांप्रदायिक दंगे भड़क जाएँ, कोई कुछ नहीं कर सकता। जब सांप्रदायिक दंगे भड़कते हैं तो केवल जाति और धर्म के नाम पर ही लहू नहीं बहता। हम पुलिसवाले भी उनके पहले शिकार होते हैं। कोई भी उपद्रवी समाज उस वक्त भक्षक की भूमिका में आ जाता है। वह किसी रक्षक को भला कैसे पसंद करेगा?''

''किन्तु हरिबोल जी! तुम लोग जान हथेली पर लेकर चलते हो, फिर भी

मुस्कुराते रहते हो, यह बात मेरे मन में तुम लोगों के लिए आदर का भाव जगा देती है।''

''सरजी! हमारे माथे पर जो पुलिस की टोपी है, समझिए हम लोग सर पर कफ़न लपेट कर चलते हैं। दंगा हो, फसाद हो, तुम ठाँय-ठाँय गोली मार दो या तलवार से काट दो, हम जहाँ कटकर गिरेंगे, वहीं रक्त स्नान कर लेंगे। यह नौकरी ऐसी है, सरजी! हरदम जाने के लिए तैयार, इस पार या उस पार, बिलकुल 'एटेन्शन'।''

''हरिबोल जी! सच बताओ! क्या तुम्हें मृत्यु का भय नहीं लगता? तुमसे जब भी मिलता हूँ तुम्हें मैं अपने परिवार की चिन्ता करते हुए देखता हूँ। कभी तुम अपने बच्चे के लिए खिलौना खरीदते हो, कभी अपनी पत्नी के लिए साड़ी। क्या तुम्हारे परिवार के इतने ही लोग हैं? माँ-बाबा या और कोई?''

''सरजी! अब आपने बहुत बड़ा सवाल कर दिया। देखिए! सामने ही पार्क है, चलिए, वहाँ पाँच मिनट बैठते हैं—वहीं ज़िन्दगी के फड़फड़ाते पन्नों को पलटने में मज़ा आयेगा।''

सुधीर के साथ हरिबोल पार्क की बैंच पर बैठ गया। अभी दस नहीं बजे थे, पार्क खाली-खाली था। हरिबोल आराम से बैठ गया।

''सरजी! गाँव में बैलगाड़ी हो या घोड़ागाड़ी, जब तक सड़क की बनी-बनाई लीक पर चलती है, सुरक्षित रहती है। इसी तरह महानगर में भी अपनी लेन में गाड़ी को कोई खतरा नहीं होता, पर दिशा बदलते ही सब धड़ाम्! उलटना तय।''

''हरिबोल! अब तो तुम इशारों में बातें करने लगे। मैंने तुमसे तुम्हारे परिवार के बारे में पूछा है। मैंने तुमसे सिर्फ़ खिलौने और साड़ी खरीदने के बारे में पूछा और तुम मास्टर की तरह घोड़ागाड़ी का उदाहरण दे रहे हो?''

''नहीं सरजी! आपके ही सवाल का जवाब देने की कोशिश कर रहा हूँ। कलकत्ता अन्दर-अन्दर जल रहा है। छिटपुट सांप्रदायिक हिंसा हो रही है। मैं पुलिस में हूँ, सख्ती करना मेरी ड्यूटी में शामिल है। मेरे साहब शायद इसीलिए मुझे प्यार करते हैं कि मैंने भी ड्यूटी का महँगा दाम चुकाया है।''

कहते-कहते हरिबोल अचानक रुक गया। उसकी आवाज़ लड़खड़ाने लगी। उसकी आँखों से अविरल अश्रुधारा बहने लगी। अचानक वह चिल्लाते हुए बोला—

''सब शेष हो गया सरजी! सवाई नि:शेष। अब इस जीवन में कुछ नहीं बचा। दंगाइयों ने मेरी खोली पर भी आक्रमण किया, मेरी पत्नी को घसीटकर ले गए, बलात्कार किया, अंग भंगकर लाश झाड़ी में फेंक दी और मेरे प्यारे तीन साल के बच्चे को तलवार से काटकर दोटूक कर दिया। उन दंगाइयों ने हिटलर की तरह काम किया। तब से जो कोई मेरा नाम पूछता है तो मैं अपना नाम हिटलर बताता हूँ। मैं इस घटना को एक क्षण भी भुला नहीं पाता। जब भी कोई पर्व आता है, मैं अपने बच्चे

के लिए खिलौना खरीदता हूँ, अपनी पत्नी के लिए साड़ी खरीदता हूँ। जब ये चीज़ें इकट्ठी हो जाती हैं तो बाँट देता हूँ। *गीता* में भी तो कहा है—मत सोचो, पुराना कुछ मत सोचो—गतं न शोचामि।''

अब हरिबोल की चीख एक करुण रुदन की अश्रुधारा में बदल गई थी।

सुधीर इस आघात से हिल गया था। उसने धीरे से हरिबोल के कंधे थपथपाए और कहा—

''मुझे माफ़ कर देना भाई, तुम ज्वालामुखी के मुहाने पर बैठे थे और मैं तुम्हें एक मनोरंजक पात्र समझ रहा था। आज से तुम मुझे अपनी पीड़ा में सहभागी समझो।''

हरिबोल की आँखें आँसुओं से तर थीं। वह सुधीर के कंधे पर सिर रखकर बच्चों की तरह बिलख रहा था। सुधीर की आँखें भी नम हो गईं। वह सोच रहा था कि क्या जीवन का सत्य दुख प्राप्ति ही है। हर आदमी के भीतर एक मौन व्यथा, एक कहानी, एक कथा छिपी हुई है। सदा प्रसन्नमुख हँसते हुए हिटलर के दुख ने सुधीर को भीतर तक हिला दिया था। आखिर वह जो भी सोचता है, वह उल्टी दिशा में क्यों मुड़ जाता है? यह सच है कि जीवन की घटनाएँ हमसे पूछकर नहीं घटतीं, पर इतना आकस्मिक आघात कैसे सह पाएगा मनुष्य? जातीय दंगे ने मनुष्य जाति का सर्वनाश ही तो किया है! क्रूरता जब चरम पर पहुँचती है तो मनुष्य और पशु में अंतर ही कहाँ रह जाता है? सुधीर हरिबोल की पीड़ा से दग्ध होने लगा, उसकी आँखों से भी अश्रु-बिन्दु टपक रहे थे। उसने स्वयं को संयत करते हुए, हरिबोल की पीठ थपथपाई।

''हरिबोल भाई! तुम्हारी पीड़ा से मैं परिचित नहीं था, मैं तो तुम्हें मनोरंजन की मूर्ति, एक हास्य कलाकार, सदा हँसते-मुस्कुराते पुलिस 'कान्स्टेबल' के रूप में देख रहा था, पर आज जिस भयानक सत्य से मेरा साक्षात्कार हुआ, उसने मुझे भी भीतर तक पीड़ित कर दिया है। साहस तो करना होगा हरिबोल। जीवन को कर्तव्य समझकर ही जीना होगा।''

हरिबोल ने बात समझी, उसने अपने आँसू पोंछे और झट अटेन्शन की मुद्रा में खड़ा हो गया, ''चलिए सरजी!' मैं अब ठीक हूँ। बिलकुल फ़िट।''

15

हावड़ा में सुशील के क्वार्टर में बरामदे में रखी आरामकुर्सी पर चक्रवर्ती मोशाय आँखें बंद कर अधलेटे से थे। तन्द्रा में पलकें झुक रही थीं और अतीत का काल बार-बार आँखों में झूल रहा था। फिर बैरागादी, फिर पद्मा नदी, फिर पूजा, प्रार्थना और उत्सवों का संगीत उन्हें समाधि का सुख दे रहा था। वे कुछ भी भूले नहीं थे, उन्हें

सब स्मरण आ रहा था। वे अपनी आँखें बंद कर इस अनुभूति का सुख उठाने लगे। पद्मा नदी के किनारे असंख्य वृक्षों की पंक्तियों से घिरे एक महाकाल वन में भगवती महाकाली का एक बड़ा मन्दिर उनके ध्यान में आ रहा था, जिसमें महाकाली की रौद्र प्रस्तर मूर्ति सदियों से स्थापित थी। मन्दिर की दीवारें और उसका ऊपरी भाग कुछ-कुछ कलकत्ता के दक्षिणेश्वर और गुवाहाटी के कामाख्या मन्दिर से मिलता-जुलता था। उस फैले हुए वन-प्रदेश के एक ओर पद्मा नदी कल-कल करती बह रही थी, दूसरी ओर पेड़ों से भरा घना जंगल था और एक ओर ढाका शहर की ओर जाने वाला ईंटों से बिछा रास्ता था।

चक्रवर्ती मोशाय को याद करने पर भी सही वर्ष की स्मृति नहीं आती थी कि उन्होंने कब पहली बार दुर्गा पूजा और काली पूजा देखी थी। उनके गाँव से वह मन्दिर दूर नहीं था, इसलिए हर नवरात्र में धूम मचती थी। शारदीय और वासंतिक नवरात्र के अतिरिक्त माघ मास और आषाढ़ मास के भी नवरात्र में लोग जुटते। वर्ष में एक बार शारदीय नवरात्र में माता की मृण्यमयी मूर्ति के दर्शन करते और सोचते, 'यह मृण्यमयी मूर्ति तो कहने भर को है, है तो यह चिन्मयी। तो क्या मिट्टी ही असली सत्य है। शरीर जिन धातुओं से बना है, क्या वे इतने प्रधान हो जाते हैं कि वे भीतर के अमृत आत्मतत्त्व को ढँक देते हैं।' बाबा का मन आत्मलीन था—

'इस मानुष देह के भीतर भी तो एक अरूप आत्मा का निवास है। हम बार-बार देवी की मृत्तिका देह में प्राणों का अधिष्ठान करते हैं, उसे जीवन-रस से सींचते हैं, आह्वान, अभिषेक और आसन प्रदान करते हैं। यहाँ बैठो माता कालिके, आसन ग्रहण करो, तुम्हारा स्वागत है।' माता की आरती करते समय उनका भावावेश चरम पर होता। भगवती त्रिपुरमालिनी का मोहक रूप उनकी आँखों में छलक आए अश्रुबिन्दुओं में तैरता रहता। बाहर बजते हुए वाद्य का स्वर जैसे-जैसे तीव्र होता, धूप-गंध से सुवासित वातावरण में जयकारे की ध्वनि गूँजती, उलूक ध्वनि में महिलाएँ नृत्यशील हो उठतीं, चक्रवर्ती मोशाय की प्रार्थना जारी रहती। 'तुम अदृश्य नहीं, दृश्य हो माँ, रोम-रोम में आकुलित भाव से विद्यमान हो, सदा रहस्यमयी, सदा प्रकट, हृदय को मथते हुए नानाभावों के रूप में आविर्भूत हो रही हो, यह सकल विश्व तुम्हारी तर्जनी के संकेत पर बन-मिट रहा है, हवा से दोलायित वृक्ष तुम्हारी स्तुति में खड़े हैं, उनकी पत्तियाँ तुम्हारे स्तोत्र-वाचन से सात्विक भाव में प्रकंपित हो रही हैं। पद्मा नदी की धवल धार भी कर्पूर गंध से सुवासित हो उठी है। इस देव-भूमि में गंध का ज्वार उठ रहा है।'

चक्रवर्ती मोशाय पूजा के बाह्य उपचार से अधिक भगवती की मूर्ति से मन-ही-मन संलाप करते, कभी उनकी मुखाकृति पर प्रसन्नता की रेखाएँ होतीं, कभी वे बिलख पड़ते, पूजाकाल ही उनका सबसे कठिन दुर्वह क्षण होता। नैवेद्य हो या आचमन उन्हें लगता वे माता को स्पर्श कर रहे हैं और यह स्पर्श तो असह्य है। इस ताप-तेज को

झेलना अति कठिन है। अपने श्वास-प्रश्वास में वे भगवती के स्पर्श का अनुभव कर विकल हो जाते। यही विकलता उनके लिए अर्घ्य थी, रुदन ही आचमन था।

मन्दिर के बाहर मेला लगा था। समस्त बंग समुदाय वहाँ उपस्थित होता। ब्राह्मण बटुक *दुर्गासप्तशती* का समूह पाठ करते, कालिका सहस्र नाम के उपचार से वातावरण गुँजित होता।

तभी मन्दिर के मुख्य पुजारी देवदत्त भट्टाचार्य ने आकर कहा, ''बाबा! पूजा काल के बाद बलि का कार्यक्रम है। आज अनेक श्रद्धालु छाग-बलि कराएँगे। आप तो बलि को जीव-हत्या मानते हैं। जब कहेंगे कार्यक्रम आरंभ करा दूँगा।''

चक्रवर्ती मोशाय ने कहा, ''देवदत्त। जो सनातन काल से होता आ रहा है, उसमें मैं विक्षेप या हस्तक्षेप करने वाला कौन हूँ? फिर भी मैं इसे जिह्वा का लौल्य ही समझता हूँ। मनुष्य जाति बड़ी चतुर तार्किक जाति है, वह देवताओं को अपनी इच्छा से चलाना चाहती है। स्वर्ग का लोभ, इन्द्र-पद की आकांक्षा तो मनुष्य को भी होती रही है। पुराणों की कथाओं से तो तुम परिचित ही हो। माता महाकालिका दुष्टों का दलन करती हैं, वे निरीह और असहाय जीवों पर कुठाराघात क्यों चाहेंगी? फिर भी तुम परंपरा का पालन करो। मेरी पूजा भी पूर्ण हो गई है। मैं कल पुनः आऊँगा। मैं जीव हत्या और मांसाहार के पक्ष में नहीं हूँ। जिसकी जो मर्ज़ी हो करे, प्रसाद या महाप्रसाद समझकर मांस भक्षण करे। सात्विकता जब तक स्वभाव नहीं बनती तब तक चित्त नहीं बदलता। स्वामी रामकृष्ण कहते हैं ना कि जैसे-जैसे चित्त शुद्धि होगी, भोजन और स्वाद में परिवर्तन स्वतः हो जाएगा।'' कहकर चक्रवर्ती मोशाय अपने निवास पर लौट आते।

विजयादशमी के दिन माता दुर्गा की विदाई वेला थी। पद्मा नदी का तट धूप-गंध से सुवासित हो रहा था। पंडितगण सम्मिलित कंठ से मंत्रोच्चारण कर रहे थे। 'या देवी सर्वभूतेषु शक्तिरूपेण संस्थिता। नमस्तस्यै नमस्तस्यै नमस्तस्यै नमो नमः' का मंत्र-ज्वार मानो थम नहीं रहा था। पुरुषों के साथ-साथ महिलाएँ भी बढ़-चढ़ कर भाग ले रही थीं। भगवती एक जीवित जाग्रत सत्ता की तरह मातृशक्ति के रूप में मानो जाग्रत हो गई थीं। चक्रवर्ती मोशाय अपलक माता की छवि निहार रहे थे।

''हाँ, सचमुच! करुणामयी माता की कृपा से ही तो समस्त विश्व स्पंदित है। यह श्वास-प्रश्वास, यह रक्त संचार, यह शरीर का हृत् कंपन सब तो उसकी कृपा-माधुरी का ही परिणाम है। संसार जब तक क्रियाशील है तब तक मानो भगवती का लीला विलास चल रहा है, एक लास्य नृत्य अविराम गतिशील है, प्रकृति भी छंदोमयी होकर विकसित हो रही है, उसका ताल-लय भी अपूर्व है। पहले नव पत्रों और किसलयों की सज्जा, रक्तवर्णी कोमल पत्रों का प्रस्फुटन फिर पुष्पगुच्छ, फिर फल उनकी रंगाकृतियाँ, हरीतिमा से पीतिमा में परिवर्तन का पद-संचार सब कितना अद्‌भुत है! बात यहीं तक रुकती भी नहीं। रंग के साथ सुगंध का मोहक आकर्षण-पाश, स्वाद

का अद्‌भुत सन्निवेश, तब जाकर एक वृक्ष परिपूर्ण होता है। प्रकृति कहती है, 'परिपूर्ण बनो तभी तुम सार्थक बनोगे'।''

थोड़ी ही देर बाद युवाओं का कोलाहल आरंभ हो गया। नए युवाओं का उत्साह तो देखते ही बनता था। चक्रवर्ती मोशाय ने समझाया था, ''माता की जय बोलने से भी बेहतर है, तुम सब 'वन्देमातरम्' का गीत गाते हुए माता को विदाई दो। माता ही तो पृथ्वी हैं, शस्य-श्यामला हैं, उनका विस्तार अपार है, अछोर हैं, उनका कोई ओर-छोर नहीं। इसी बहाने अपनी शस्य-श्यामला बंगभूमि और भारत को नमन करो। वह शस्य श्यामला है, इसलिए चिर नवीन है।''

पंडित चक्रवर्ती मोशाय मन्दिर में पीपल के वृक्ष के नीचे बने विशाल चबूतरे पर समाधिस्थ मुद्रा में बैठ गए। उनकी मंडली भी धीरे-धीरे वहाँ आकर जुट रही थी। घोषाल बाबू पूरा नाम हरिनंदन घोषाल, अरूप चटर्जी, शिवशंकर सान्याल, बनर्जी बाबू, यानी रंगनाथ बनर्जी और जफ़रुद्दीन मियां तथा शब्बीर आलम भी आ गए।

घोषाल बाबू, सान्याल और बनर्जी बाबू चक्रवर्ती मोशाय के बाल सखा थे, सब वयोवृद्ध। उनमें सब से कम उम्र के अरूप चटर्जी और जफ़रुद्दीन मियाँ थे फिर भी वे सब पचास की उम्र पार कर चुके थे।

चक्रवर्ती मोशाय के भीतर जो आत्ममंथन चल रहा था वह रुक गया। वे अपने पुराने संगी-साथियों को एक साथ एकत्र देखकर खुश हो गए। बोले—

''वाह! सुंदर सुयोग है। तुम सब आ गए, 'तत्र भावी समग्रः,' अब हमारे सातों सुर जब एक साथ निनादित होंगे तो सुंदर संगीत का ठाठ जमना ही है।''

घोषाल बाबू और शिवशंकर सान्याल और रंगनाथ बनर्जी सबकी उम्र सत्तर के नज़दीक पहुँच रही थी। जीवन का अनुभव जैसे सजीव होकर मुखाकृति पर बोलता हुआ दिखाई पड़ रहा था। घोषाल बाबू लंबे व छरहरे कद के व्यक्ति थे, सिर के सामने वाले भाग के केश उड़ चुके थे पर पिछले हिस्से में वे भरपूर थे। पंडित चिढ़ाते— घोषाल तुम्हारे सिर के केश को पौराणिक भाषा में 'काक पक्ष' कहते हैं। घोषाल कम बोलते, पर जो भी बोलते वेद वाक्य की तरह बोलते। बहुत सोचना उनके स्वभाव में शामिल था। मित्र मंडली में यह बात मशहूर थी कि इतना कम बोलने वाले घोषाल बाबू अपनी पत्नी से क्या आँखों-आँखों में संकेतों की भाषा में बातें करते हैं? कभी-कभी घोषाल बाबू ऐसे मज़ाक से क्षुब्ध भी होते पर बनर्जी बाबू को मनाने की कला मालूम थी। बनर्जी बोलते—

''मेरी पत्नी तुनक मिज़ाज है, रूठने की कला में माहिर, उनके साथ रहते-रहते मैं भी रूठे हुए को कैसे मनाया जाए, इस कला में दक्ष हो गया हूँ। वे बहुत वाचाल हैं। बिना बोले तो रह नहीं सकतीं। समय-असमय का उन्हें ज्ञान नहीं रहता। बंगाल के लोक जीवन में एक कथा चलती है कि एक लड़की बालपन से ही मुँहफट थी,

बिन बोले नहीं रह सकती थी, लोग उसे 'मुखपुरी' कहते थे। उस समय बाल-विवाह का प्रचलन भी था। लोगों ने उसे समझाया—सुनो, तुम्हारा ब्याह होगा, तुम्हें सोच-समझकर बोलना चाहिए, जहाँ-तहाँ, जब तब किसी भी समय मुँह मत खोल देना। लड़की ने हामी भर दी। विवाह के फेरे चल रहे थे, लड़की लोगों की सिखावन को याद रखकर मौन भाव से फेरे ले रही थी। पर वह अचानक ज़ोर से बोलने लगी—तुम सब लोगों ने मुझे मुँह बंद रखने को कहा है, कुछ भी बोलने से मना किया है पर मुझसे देखा भी तो नहीं जाता, सामने कुत्तों का झुण्ड लोगों के जूते मुँह में दबाकर भागा जा रहा है, उसे तो रोको। यानी मुखपुरी ने अपना नाम सार्थक कर ही दिया। बस समझिए मेरी श्रीमती वसुधा देवी भी वही हैं। बोलते रहना उनकी आदत है।''

रंगनाथ बनर्जी की बातें सुनकर सबके साथ चक्रवर्ती मोशाय भी खुलकर हँस पड़े। खुलकर हँसते समय उनकी मुखाकृति रक्तिम हो जाती थी और मुख का एक टूटा हुआ दाँत सहसा अपनी ओर ध्यान आकृष्ट कर लेता था।

इसी हँसी के बीच चक्रवर्ती मोशाय ने देखा कि शिवशंकर सान्याल कुछ अनमने से हैं, उन्हें देखकर ही प्रतीत हो रहा था कि वे वहाँ होकर भी नहीं हैं। चक्रवर्ती दादा ने पूछ ही लिया, ''क्यों सान्याल? किसी दूसरे लोक में घूम रहे हो। सब कुशल तो है?''

सान्याल ने मुँह खोला—

''दादा! क्या कहूँ, सच्ची बात तो यह है कि चिन्ता ही मनुष्य की असली सहचरी है। शरीर, मन सब चिन्ता का महाजाल रचते हैं और हम चाहकर भी उससे निकल नहीं पाते।''

''स्पष्ट कहो सान्याल! हम सब यहाँ बैठे लोग चिर संगी हैं। एक-दूसरे का दुख-दर्द समझते हैं। कहते-सुनते रहने से ही तो जी हल्का होगा।''

''दादा! आप तो जानते हैं, युवावस्था में मैंने एक कंपनी ज्वायन की, वहीं अपने बॉस के घर मेरा आना-जाना था, मेरे बॉस हरिचरण गांगुली की एकमात्र पुत्री से मेरा परिचय हुआ। वह परिचय प्रेम में बदला जिसकी परिणति विवाह में हुई। गांगुली जी का परिवार भक्त प्रवण परिवार था। सुबह-शाम, दिन-रात पूजा-पाठ में व्यस्त रहना ही उनकी दिनचर्या थी। उसका प्रभाव मेरी धर्मपत्नी पर भी पड़ा। आप जानते हैं—हमें एक पुत्र और दो पुत्रियाँ हुईं। पुत्र पढ़-लिखकर डॉक्टर हो गया। अभी चटगाँव में है, अच्छी प्रैक्टिस है, बड़ी पुत्री का विवाह भी मैंने एक डॉक्टर से ही किया, दूसरी पुत्री एक कॉलेज में लग गई है, वह विवाह करना नहीं चाहती। इन्हीं सब समस्याओं से मन सदैव चिन्तातुर रहता है। आप कोई मार्ग बताएँ।'' कहते-कहते सान्याल बाबू अचानक रुक गए। उनकी मर्म वेदना जैसे बाहर छलकने को आतुर हो रही थी।

चक्रवर्ती मोशाय ने उनकी पीठ पर हाथ रखा—

"सान्याल! चिन्ता करने से तो चिन्ता दूर नहीं होगी। तुमने अपनी पीड़ा हम मित्रों के सामने नहीं, माता की मूर्ति के समक्ष कह दी है तो कोई-न-कोई उसका समाधान अवश्य निकलेगा। तुम मेरे निवास पर संध्याकाल में आओ तो हम लोग बैठकर विचार करेंगे।"

तब तक झाल, ढोल-नगाड़े का स्वर भी तीव्रतर होता जा रहा था। गाँव के युवा लड़के-लड़कियाँ मिलकर मूर्ति विसर्जन की तैयारी में जुट गए थे। सुधीर के साथी भी जुट गए थे। क्या हिन्दू, क्या मुसलमान कोई भेद-भाव नहीं रह गया था। शैवाल, उस्मान, दुर्गादत्त, खालिद और कृष्ण दत्त सबने मिलकर मूर्ति-विसर्जन का कार्यक्रम बनाया। ढोल-नगाड़े तेज़ हो गए थे और पद्मा के तीव्र जल-प्रवाह में माता की मृत्तिका मूर्ति को चिन्मय रूप में विदा देने के लिए सब तत्पर हो गए। उस समय माता की विदाई पर महिलाएँ अपनी नम आँखें पोंछ रही थीं।

16

चक्रवर्ती मोशाय की तन्द्रा में सारे पुराने दृश्य साकार हो रहे थे। पद्मा नदी के तट पर कोलाहल बढ़ता जा रहा था, उस कोलाहल में आस्था, विश्वास और श्रद्धा का मिला-जुला भाव था। माता विदा ले रही हैं, यह बात भी, हृदय को मथे जा रही थी, जो जहाँ था विचलित, रोमाकुलित और भाव-विभोर था।

चक्रवर्ती मोशाय यह सारा दृश्य देख भी रहे थे और साथ बैठे मित्रों के साथ बतकही भी कर रहे थे। अब तक जफ़रुद्दीन मियाँ और शब्बीर आलम चुपचाप यह सारा नज़ारा देख रहे थे। जफ़रुद्दीन और शब्बीर दोनों भी पंडित जी के बाल-सखा थे। जफ़रुद्दीन की प्रकृति थोड़ी चंचल थी, स्वभाव भी मज़ाकिया था, उसे बात-बात पर बेमतलब ठहाके लगाने की आदत थी। दुख तो जैसे उसे छू भी नहीं गया था। बांग्ला की चुनिन्दा गालियाँ उसकी ज़ुबान पर बैठी रहती थीं, 'साला' तकिया कलाम जैसा था, खुद को मुस्कुराते हुए 'साला' कह देने से वह चूकता नहीं था, अंग्रेज़ों से उसे सख्त नफ़रत थी। इस गुस्से में उसने अंग्रेज़ी नहीं पढ़ी। वह कहता, "हिन्दुस्तान का हूँ, हिन्दुस्तान का ही रहूँगा, मेरी बंगभूमि ही मेरी माता है, मेरा सब कुछ उसी पर न्योछावर है।" शब्बीर आलम दुबली कद-काठी के इंसान थे। उनका कद ज़्यादा नाटा था। वे मुस्कुराकर कहते, "भाई जान। हम तो नमाज़ पढ़ते-पढ़ते लंबे से नाटे हो गए, इसलिए तो हम ज़मीन से बेहद करीब हैं।"

जफ़रुद्दीन से नहीं रहा गया, बोला—

"चक्रवर्ती भाई! पूजा और भक्ति की तो समझ मुझे तुम्हारी संगति में थोड़ी-थोड़ी है पर माता का स्वागत कर, पूजा-पाठ और पूरी साज-सज्जा के बाद यह विदाई

क्यों हो जाती है? जब नौ दिनों तक पूजा हो सकती है तो कुछ और दिन क्यों नहीं? फिर तुम्हारे यहाँ प्रस्तर मूर्ति का तो विधान है ही, बार-बार मूर्ति-विसर्जन हो ही क्यों? जो भी हो स्थायी क्यों नहीं हो?''

''देखो जफ़रुद्दीन! यही तो हिन्दू धर्म का कमाल है। सब पाओ और सब छोड़ दो। महाशक्ति का आह्वान करो तो उसके विसर्जन के लिए भी तैयार रहो। माँ यही तो सिखाती हैं, मोहपाश तोड़ते रहना है, छिन्न कर दो सारे बंधन, जो भी तुम्हें बाँधे वह त्याज्य हैं। हमारे यहाँ ब्रह्मास्त्र तक को पाश ही कहा गया है। इसके अलावा भी नागपाश, वरुणपाश, मोहपाश आदि पाशों की, पंच कंचुकों की बात समझाई गई है। हमारा शरीर भी तो कई खोलों और परतों से ढँका हुआ है। यह तो है चर्म के आवरण के भीतर अस्थि का जाल, कितनी नाड़ियाँ, कितनी नसें, सब में प्रवहमान उष्ण रक्त हमारी कोशिकाएँ निरंतर क्रियाशील रहती हैं, यह मेटाबोलिज़्म हमेशा सक्रिय रहता है। यह पूजा भी तो आवागमन के सिद्धांत पर ही टिकी हुई मालूम पड़ती है, जो आया है वह जाएगा। पुनः अगले वर्ष यह पूजा फिर होगी, यही क्रिया फिर दुहराई जाएगी। यही क्रम तो आशावाद है। हम मरकर भी नहीं मरते। हम बार-बार जन्म लेंगे। रवि बाबू कहते हैं—मरिते चाई ना आमि सुंदर भुवने—यह पृथ्वी इतनी पसंदीदा है, सुंदर है यहाँ भला कौन मरना चाहेगा। जीवंतता ही तो इस पृथ्वी का रहस्य है।''

जफ़रुद्दीन मियाँ देश की दशा से अंदर-अंदर चिन्तित और आक्रामक रहते थे। जब वे लगातार गालियों की बौछार करते तो उनके सामने अंग्रेज़ सिपाहियों का ही चेहरा होता। वे बोले, ''दादा! धर्म की बातों से थोड़ा सुकून ज़रूर मिलता है, पर जब गुलामी की हथकड़ियाँ झनझनाती हैं तो दिल-दिमाग काबू में नहीं रह जाता। मैं भी पद्मा नदी के तट पर आकर इसलिए बैठता हूँ कि बहती हुई नदी को देखूँ और मन को तसल्ली दूँ कि जैसे जल-प्रवाह सबको बहाकर अपने साथ ले जाता है वैसे ही समय का भी प्रवाह एक-न-एक दिन सबका हिसाब करेगा। जो आततायी हैं, वे ज़रूर खत्म होंगे। मैं तो अपनी छोटी अक्ल से यही सोचता हूँ कि सीधी उँगली से घी नहीं निकलता, इसके लिए उँगली टेढ़ी करनी पड़ती है। मैं तो गरम दल का ही समर्थक हूँ। नेताजी मेरे आदर्श हैं। हमारा इतना बड़ा देश हिन्दुस्तान और मुट्ठी भर अंग्रेज़ों के पैरों तले रोज़-ब-रोज़ रौंदा जाए, यह कतई बर्दाश्त के काबिल नहीं है। सुभाष बाबू जो कर रहे हैं, उससे उम्मीद तो बँधती है। सभी अंग्रेज़ साले दफ़ा हो जाएँगे।''

''रुको, रुको जफ़रुद्दीन!'' दादा बोले। ''तुम्हें नहीं रोकूँगा तो तुम्हारे मुँह से गालियाँ फुलझड़ियों की तरह छूटने लगेंगी। सभी अपनी कोशिश में लगे हैं। देश को सब आज़ाद देखना चाहते हैं। गाँधीजी को दिल पर भरोसा है, आज़ादी के जज़्बे पर यकीन है और सुभाष बाबू दिमाग का सहारा ले रहे हैं। वे जो भी त्याग कर रहे हैं, उसमें हम भारतवासियों का ही हित छिपा हुआ है। यह तो ज़रूर लग रहा है कि कुछ-न-कुछ परिणाम तो शीघ्र मिलेगा।''

शब्बीर को मौका मिला, ''भाईजान! मैं तो देशभक्ति को भी खुदा की इबादत ही मानता हूँ। दोनों में चाहिए पूर्ण समर्पण, पूरा यकीन, मैं भी मानता हूँ कि वह ज़िन्दा एहसासों का गुलदस्ता है। हम सब उसके फूल-पत्ते और फल हैं। गाँधी का रास्ता सही है या सुभाष बाबू का, मैं इस सवाल का जवाब देने वाला होता कौन हूँ, यह तो आने-वाले समय का फ़ैसला होगा लेकिन हम आज़ाद हों यह तो हम सबों की ख्वाहिश है। आज़ादी से एक-एक इंसान की कीमत समझ में आती है।''

चक्रवर्ती मोशाय शांति के साथ उनकी बातें सुन रहे थे। वे इतना ही बोले—

''बंगभूमि भी निरापद नहीं है। मुस्लिम लीग का बढ़ता हुआ प्रभाव और मुहम्मद अली जिन्ना की बातों से हमेशा एक बँटवारे की दीवार खड़ी करने का अंदेशा होता है। आखिर वे लोग हम इंसानों को बाँटना क्यों चाहते हैं? रूप, रंग, जाति, भाषा के नाम पर सबको टुकड़े-टुकड़े कर देने की साज़िश नाकाम होनी चाहिए। बस यही भय मुझे सताता रहता है। शायद मनुष्य की रक्षा से भी बड़ा प्रश्न है मनुष्यता की रक्षा का प्रयत्न!''

बशीर चहककर बोला, ''दादा! आपने सही नब्ज़ पर उँगली रखी है। हम तो पद्मा नदी से यही दुआ करेंगे इस बंगदेश की गरिमा बची रहे, भाईचारा कायम रहे और अंग्रेज़ों की तमाम साज़िशें नाकाम हो जाएँ।''

जफ़रुद्दीन मियाँ थोड़े नाराज़ दिख रहे थे। ऊँची आवाज़ में उन्होंने कहना शुरू किया—

''हम हिन्दुस्तानी लोग हमेशा ऐसा हो जाए, वैसा हो जाए, ऐसा होता तो ठीक होता, वैसा होता तो ठीक होता, या आगे ऐसा होगा की बातें क्यों करते हैं? दुख सहना हमारा स्वभाव हो गया है, हम इसलिए अंग्रेज़ों की लाठियाँ, गोलियाँ खा रहे हैं कि हम काँटे से काँटा निकालना चाहते हैं। शायद दुख ही हमारी दवा है—दर्द का हद से गुज़रना है दवा हो जाना।''

चक्रवर्ती मोशाय ने फिर हस्तक्षेप किया, ''अलग-अलग दिमाग से सोचने से समस्या का हल नहीं निकलेगा, आज देश को समूह-चिन्तन की आवश्यकता है। देखो, भगवान बुद्ध ने जिस महाकरुणा और अहिंसा को व्यक्तिगत शक्ति और गुण के रूप में देखा था, उसे गाँधीजी ने सामूहिक रूप में ढाल दिया, यही एकता है, संघ है। बुद्ध ने भी कहा था—संघं शरणं गच्छामि। धर्म का महत्त्व तब है जब वह सबके लिए अनुकरणीय आदर्श बने, मगर उसके पीछे श्रद्धा हो, ज़ोर-ज़बर्दस्ती नहीं। हमारी धारणा और हमारा आचरण ही हमें सच्चा धार्मिक बनाते हैं।''

शब्बीर और जफ़रुद्दीन दोनों ने एक स्वर में कहा—

''दादा! आप ज्ञानी हैं, आपके पास बैठने भर से हमारी मुश्किलें आसान हो जाती हैं, मन में निर्भयता की भावना आ जाती है।''

बातचीत का यह दौर पूरा हो गया था और चक्रवर्ती मोशाय सुधीर के साथ अपने निवास पर लौटने के लिए तत्पर हो गए थे।

17

अभी पद्मा नदी पर भीड़ जमी हुई थी। मूर्ति विसर्जन का काम बाकी था। चक्रवर्ती मोशाय ने देखा कि उनका पुत्र सुधीर बढ़-चढ़कर भाग ले रहा था। सुधीर लंबे कद का गोरा हँसमुख नौजवान था, वह हँसता, ठहाके लगाता, उसे जोक्स बहुत याद थे। उसकी बात पर दूसरे हँसते-हँसते लोट-पोट हो जाते पर वह मुँह बनाए चुप रहता। सुधीर के जबड़े सख्त थे। शरीर से चुस्त-दुरुस्त फुर्तीला था। उसकी रुचि बॉक्सिंग में थी, अक्सर वह उँगलियों और पंजों की मज़बूती के लिए तरह-तरह के व्यायाम करता। ईंट तक को तोड़ने में वह कई बार अपने हाथ भी घायल कर चुका था। उसके सभी साथी उस पर जान छिड़कते थे। शैवाल, उस्मान, दुर्गादत्त और खालिद उसके जिगरी दोस्तों में से थे। शैवाल का नाम जितना सुंदर था, उसकी अत्यंत स्थूल कद-काठी, उसकी चाल-ढाल और मुख-मुद्रा देखते ही हँसी आ जाती थी। सुधीर और उसके सभी दोस्तों ने उसका नाम 'बुंडू' मशहूर कर दिया था। बुंडू कभी-कभी चार्ली-चैपलिन जैसी हरकतें करता, शरीर से स्थूल होने के कारण उसे लोग बम्बइया फ़िल्म के जोकर गोप के रूप में देखते। बोलते समय उसके गाल हल्के-हल्के हिलते रहते, मुँह से आवाज़ भी भरभराती हुई निकलती, सीरियस होते ही उसकी आँखें फैलकर चौड़ी हो जातीं। उसकी सबसे बड़ी विशेषता यह थी कि जहाँ अक्ल से काम करने की ज़रूरत होती वहाँ वह कोई-न-कोई बेअक्ली और बेवक़ूफ़ी की हरकत कर ही बैठता और जहाँ ज़रूरत नहीं होती वहाँ रुककर वह अपना दिमाग लगाता और कोई-न-कोई गलती उससे हो ही जाती।

मूर्ति-विसर्जन के समय वह उछल-उछल कर नारे और जयकारा लगा रहा था। अब जब मूर्ति को प्रवाहित करने की बारी आई तो नदी में उतरने के पहले उसे याद आया कि न तो वह अपने साथ कोई तौलिया लाया है, न कपड़े। उसके अन्य साथी पूरी तरह तैयार होकर आए थे, सिर्फ़ खालिद के पास एक एक्स्ट्रा तौलिया था, वही उसे मिला। उसने अपने सारे कपड़े मन्दिर के प्रांगण में डाले और जल्दी-जल्दी तौलिया लपेटकर नदी की ओर भागा। भागते समय उसे लगा कि तौलिया शरीर में लपेटने पर पूरा नहीं पड़ रहा था, फिर भी उसने सोचा कि जोश और हिम्मत सबसे बड़ी चीज़ है। वह नदी में उतर गया। मूर्ति को उठाने में सबके साथ वह भी ज़ोर लगा रहा था।

मूर्ति बड़ी और भारी थी, उसने सबके साथ मिलकर प्रतिमा का विसर्जन तो कर दिया था पर आपाधापी में उसे लगा कि उसका तौलिया पानी में कहीं बह गया है। वह जयकारा तो लगा रहा था पर उसका सारा ध्यान अपने वस्त्र विहीन शरीर पर था।

नदी के प्रवाह में अचानक उसे सुधीर और उस्मान दोनों दिख गए—दोनों विसर्जन के बाद नदी से निकलने की तैयारी में थे। उसने ज़ोर से पुकारा—सुधीर, उस्मान। पर उसकी आवाज़ नक्कार खाने में तूती की आवाज़ की तरह दब गई। उसने दुबारा पुकारा तो आवाज़ भीतर-भीतर खलखला कर रह गई। अब सुधीर का ध्यान बुंडू की ओर गया—

"बुंडू पानी में खडे-खड़े क्या कर रहे हो? धारा तेज़ है। क्या माता की मूर्ति के साथ बहने का इरादा है?"

बुंडू लगभग चीखता हुआ बोला—

"सुधीर भाई! मैं मुश्किल में हूँ। मेरे शरीर का तौलिया जल में कहीं बह गया है। बिलकुल नंग-धड़ंग हो गया हूँ।"

सुधीर ने उत्तर देते हुए कासिम को कहा, "बुंडू की मज़ाक करने की आदत नहीं गई। बुंडू, हम लोग तुम्हें इतने मूर्ख लगते हैं क्या?"

"अरे भाई! विश्वास करो। मैं नहीं निकल सकता। किसी तौलिए का इन्तज़ाम करो। इस भीड़ में लज्जा-निवारण अब तुम लोग ही कर सकते हो।"

"लेकिन मैंने तो पाजामा पहन रखा है, मैं क्या करूँ?" उस्मान बोला।

सुधीर ने कहा—

"मेरी कठिनाई यह है कि मेरा तौलिया काफ़ी बड़ा है पर एक तौलिया को तो कोई एक ही आदमी कमर में लपेट कर निकल सकता है ना?"

"सुधीर ने खालिद को बुलाया और कहा, "खालिद भाई! बुंडू की लाज अब तुम्हारे हाथों में है। कहीं से कुछ प्रबंध करो।"

खालिद किनारे पर आया जो लोग कपड़े बदल चुके थे, उनसे विनती कर जैसे-तैसे एक तौलिया का बंदोबस्त हुआ और बुंडू की लाज बची।

यह कांड घटित हो रहा था, उस समय लग तो यही रहा था कि सब कुछ ठीक चल रहा है। बातें भी नरम-नरम चल रही थीं। अचानक नदी से चीख-पुकार की आवाज़ें आने लगीं। सबका ध्यान उधर ही चला गया मूर्ति-विसर्जन का काम पूरा हो चुका था। छोटे-बड़े सभी उम्र के बच्चे छपाक्-छपाक् नदी में कूद रहे थे, उसी समय बैरीसाल गाँव के ही केष्टो बाबू का एकमात्र पुत्र समीर नदी के बहाव में पड़ गया, उसे हाथ-पाँव मारते और चिल्लाते देख सब एकबारगी घबरा गए। उस्मान और सुधीर भी मूर्ति-विसर्जन के बाद तैराकी का आनंद ले रहे थे, दोनों तैराकी के बाद किनारे आकर कपड़े भी बदल चुके थे, तभी इस शोर ने उनका ध्यान आकृष्ट किया, नदी के किनारे अभी सैकड़ों लोगों की भीड़ थी। वे सब विसर्जन के बाद का दृश्य देख रहे थे। नदी में फूलों की मालाएँ तैर रही थीं, माँ के शृंगार की वस्तुएँ, हल्के आभूषण, मुकुट आदि

भी जल-प्रवाह में बह रहे थे, उन्हें ही लूटने की जैसे होड़ मची थी, जिसके हाथ जो भी लगता वह धन्य हो रहा था। समीर के हाथों में माता का कर्णफूल आ गया था, वह खुशी से चिल्लाया था—आमि पेये छी, आमि पेये छी, एई जे कर्णफूल—लेकिन कुछ ही सेकेण्ड बाद हाय-तौबा मच गई। वह नदी के प्रवाह में बहने लगा। सब ओर से 'बचाओ-बचाओ' की आवाज़ तेज़ हो गई थी। महिलाओं का रुदन वेग से बढ़ गया था। कुछ ही क्षणों में दृश्य-परिवर्तन हो गया था। उस्मान और सुधीर दोनों नदी में समीर को बचाने के लिए कूद पड़े। एक और हाहाकार का स्वर गूँज उठा, उस समय चक्रवर्ती मोशाय अपने निवास पर जाने के लिए उठ चुके थे, उनका पुत्र पद्मा नदी में उस्मान के साथ एक बच्चे समीर को बचाने के लिए कूद पड़ा है—यह सुनकर वे जहाँ थे वहीं चिंतित होकर बैठ गए। उधर पद्मा की वेगवती धारा में समीर को सावधानी से पकड़ने की कोशिश में उस्मान और सुधीर लगे थे, देखा-देखी उत्साह में कुछ और नौजवान किनारे-किनारे फैलकर तैर रहे थे कि वे तैराकों को सहारा और सहयोग दे सकें। भय और उत्साह सब जैसे एक साथ मिल गए थे। मगर कुछ ही देर की जद्दोजहद के बाद उस्मान के हाथ में समीर के बड़े-बड़े बाल आ गए और सुधीर ने उसका पाँव पकड़ लिया फिर धीरे-धीरे समीर को पकड़कर तैराते हुए तट पर ले आए। बच्चे ने इस बीच काफ़ी पानी भी पी लिया था, उसके पेट का पानी निकाला गया, कृत्रिम श्वास-पद्धति से भी उपचार हुआ, बेहोश बच्चे के मुख से जब सारा पानी निकल गया तो उसके मुख से काफ़ी देर बाद एक ही शब्द निकला—माँ। सचमुच आज जीवनेच्छा के सामने मृत्यु पराजित हो गई थी। चक्रवर्ती मोशाय ने दंडवत की मुद्रा में पद्मा गंगा माता को प्रणाम किया और बोले, "माँ पद्मा! तुमने अशेष कृपा की, एक बालक को पुनर्जीवन का वरदान दिया, हम सब तुम्हारे चिर कृतज्ञ हैं।" कहते हुए उनकी आँखों से भावावेश में अश्रु की बूँदें छलक पड़ीं।

धीरे-धीरे सब इन्हीं बातों की चर्चा करते हुए लौट रहे थे और पद्मा का जल-प्रवाह आगे और आगे की ओर बढ़ता जा रहा था।

18

अभी सूर्य पूरी तरह डूबा नहीं था कि चक्रवर्ती मोशाय के द्वार पर दस्तक हुई। सामने शिवशंकर सान्याल खड़े थे।

"ओह! सान्याल! आओ आओ! लगता है तुम्हारी उद्विग्नता कम नहीं हुई।"

"हाँ दादा! माता की विदाई के बाद लगा कि मैं और अकेला हो गया हूँ। अपनी पूरी जीवन-कथा आपको सुनाने की इच्छा हो गई। आपका मन समुद्र की तरह है। उसमें मेरे अश्रुजल सरलता से समाहित हो जाएँगे।"

"ऐसा क्यों कहते हो सान्याल। तुम मेरे अनुज हो, लघु भ्राता। खुलकर कहो मानव-जीवन तो पीड़ा के ही लेन-देन, आदान-प्रदान पर टिका है। मेरे दुख से जब दूसरे भी दुख का अनुभव करें तो दुख का वेग घट जाता है।"

कहकर उन्होंने सुधीर को आवाज़ लगाई और चाय लाने को कहा। सान्याल प्रकृतिस्थ हो रहे थे। वे सब कुछ कहना चाह रहे थे पर लगता था कि उन्हें उचित शब्द नहीं मिल रहे थे या तो वे इस द्वन्द्व में थे कि बात कहाँ से आरंभ करें?

पंडितजी ने सहारा दिया, "सान्याल! कहीं से भी कहो। ज़्यादा विचार और तर्क करने पर दुख मकड़जाल की तरह घेर लेता है। तभी तो उपनिषदों ने घोषणा करते हुए इसे 'लूतावत्' कहा है—अर्थात् जैसे मकड़ी अपने भीतर के विष से ही जाला बुनती है, उसमें उलझती है और निकलना चाहे तो निकल भी जाती है। वैसे ही हम स्वयं अपने रचयिता आप हैं। इसलिए कहो—क्योंकि कहने से ही कटेगा, पाप, ताप और शाप।"

सान्याल को बल मिला। बोले, "दादा! मेरे बेटे ने जब डॉक्टरी की पढ़ाई पूरी की, स्वर्ण पदक प्राप्त किया तो मेरे पाँव ज़मीन पर नहीं पड़ रहे थे, मुझे लग रहा था, यह सब मेरा ही तो है, यह सब मैंने ही तो किया है। सफलता पुत्र की थी पर अहंकारी मैं हो रहा था। उस समय पुत्र के विवाह के लिए बड़े-बड़े घरों से विवाह-प्रस्ताव आने लगे। उनमें एक प्रस्ताव एक स्टेट के राजा का भी था। राजा साहब अपने पूरे लाव-लश्कर के साथ मेरे घर आए। इतने लोगों की भीड़ देखकर तो मेरे हाथ-पाँव फूल गए। मैं अकेला उनका स्वागत-सत्कार कैसे कर पाऊँगा? पर राजा श्यामाचरण ठाकुर अपने बीस-पच्चीस कार्यकर्त्ताओं के साथ आए थे। सारा इंतज़ाम उनका अपना था। मुझे न तो सोचने का कोई मौका मिला, न कुछ करने का। और झटपट सारी व्यवस्था होती चली गई। चट मंगनी पट ब्याह हो गया। बहू भी सुंदर थी। बड़े घर की थी। हमें इस बात से संतोष था कि वर ने वधू को और वधू ने वर को पसंद करके तब अपनी सहमति दी है और दोनों अपना आशियाना चटगाँव में ही बनाएँगे। हमें क्या लेना-देना था। लड़का-लड़की जहाँ भी रहें, खुश रहें, यही तो हम चाहते थे। साल-दो साल सब ठीक ही रहा। मेरी एक पौत्री हुई, सुंदर, कोमल और मनमोहक। इसी बीच अचानक कई अघटित घटनाएँ घट गईं, मेरी पुत्रवधू गंभीर बीमारी से ग्रस्त होकर चल बसी, इलाज धरा-का-धरा रह गया। संभवतः शोक के कारण ही मेरा डॉक्टर पुत्र भी हार्ट अटैक से अचानक चल बसा, मेरी पौत्री को उसके नाना राजा साहब अपने साथ ले गए। मेरी छोटी बेटी असीमा कॉलेज में लेक्चरर लगी हुई है, वह विवाह नहीं करना चाहती। मेरा समझाने का सारा प्रयत्न व्यर्थ हो गया। बड़ी बेटी का पति डॉक्टर है, अच्छी आमदनी है पर वह नितांत शुद्ध कठोर काष्ठ की भाँति है, हँसना तो जानता ही नहीं। पैसे का लोभी है, हो सकता है कि हँसने की भी फ़ीस लेता हो।"

इतना कहकर सान्याल बाबू दम लेने के लिए रुके। पंडित मोशाय ने कहा—

"सान्याल बाबू! इस मानसिक कष्ट में भी आप 'हँसने की फ़ीस लेने की बात' कर सकते हैं, यह आपकी सहनशक्ति का सूचक है। दुनिया ऐसे लोगों से भरी पड़ी है जिनमें आत्मविश्वास शेष हो गया है, वे सूखे डंठल की तरह प्राणहीन हैं, जो न जीवन से संतुष्ट हैं, न खुश, वे बस इच्छाओं के गुलाम हैं पर चाहने से तो सब कुछ मिल नहीं पाता। रही बात असीमा की तो हर्ज क्या है, बड़े-बड़े लोग, महान महिलाएँ ऐसी हुई हैं जिन्होंने विवाह नहीं किया, समाज के लिए सर्वस्व होम कर दिया, आत्मा की तृप्ति ही तो बड़ी बात है। आप बस समय के संकेत को समझिए क्योंकि समय ही—काल-देवता ही सृष्टि का नियंता और नियामक है। हर घटना का हमें साक्षी बनना है, हर स्थिति के लिए अपने को तैयार रखना है।"

"दादा! आपसे मिलकर चित्त-शुद्धि हो गई। और मन को बड़ा आश्वासन भी मिला। मेरी इच्छा है कि आने वाले किसी रविवार को यदि आपका आदेश हो तो मैं अपनी पुत्री असीमा को लेकर आऊँ और आपसे मिलवा दूँ, उसके तर्क के सामने मैं निरुत्तर हो जाता हूँ। आप हमारे मित्र भी हैं और शुभैषी भी उस पर तर्कचूड़ामणि आप ही उसका दिमाग दुरुस्त कर सकते हैं।"

"ठीक है, सान्याल! अगले रविवार को मिलने आ जाओ। तुम्हारी पुत्री से मिलकर मुझे भी प्रसन्नता ही होगी।"

19

पंडित मोशाय को सब बातें याद आ रही थीं। उनकी आँखें जैसे पारदर्शी शीशे के आर-पार सब कुछ देख रही थीं। अंततः निश्चित समय पर दिन के ग्यारह बजते-बजते सान्यालदा अपनी पुत्री असीमा के साथ चक्रवर्ती मोशाय के निवास पर पहुँच गए। दादा मोशाय बाहर अपनी छोटी-सी फुलवारी में घूम रहे थे। वे धीरे-धीरे टहलते, घूमते क्यारी में लगे हर फूल के पौधे से टोका-टाकी भी करते, बातचीत कुशलक्षेम पूछते। यह उनका प्रतिदिन का नियम था। कहते—लोग दूरदराज के संबंधियों को चिट्ठी लिखकर, तार भेजकर या फ़ोन पर हाल-चाल पूछते हैं, ये सारे वृक्ष-पौधे, घास-फूस, लता-विटप सब मेरे बड़े परिवार के अंग हैं। इनके बिना मेरी सत्ता कहाँ है? चक्रवर्ती मोशाय ने देखा कि खिले हुए पुष्पों की शृंखला हवा में धीरे-धीरे डोल रही है, धीरे से बोले—तुम सब पवन-दोल पर झूल रही हो, धूप में किलोल कर रही हो, तुम्हें किस बात की चिन्ता? यह अखिल मानुष-समाज तुमसे क्यों नहीं सीखता? उसे केवल संतति ही पैदा नहीं करनी है, समस्याएँ भी पैदा करनी हैं, वह भी सिर्फ़ अपने लिए नहीं, दूसरों के लिए भी। दादा मोशाय सोचने लगे, 'ओह! सचमुच आदमी दोधारी तलवार है, अपना भी सर्वनाश कर सकता है और दूसरों का करने में उसे तो लगता है कि उसका कुछ बिगड़ा ही नहीं।'

चक्रवर्ती मोशाय इसी खुसुर-फुसुर में एक-एक टहनी को स्पर्शालिंगन देते हुए अपने बाहरी गेट तक आ गए। उन्होंने दूर से ही सान्याल बाबू और उनकी पुत्री असीमा को आते देख लिया था। सबके साथ बरामदे में पड़ी कुर्सियों पर जा बैठे। उनकी मुद्रा शांत और गंभीर थी। धीमे स्वर में बोले,"तो कल्याणी! कैसी हो? तुम्हारा ही नाम असीमा है, क्यों?"

"जी बाबा! मैं ही असीमा हूँ।"

"आजकल क्या कर रही हो?"

"जी, एक कॉलेज में पढ़ा रही हूँ। मेरा सब्जेक्ट हिस्ट्री है।"

"बहुत अच्छी बात है। हमारे देश की लड़कियाँ शिक्षित होकर आगे बढ़ें, यही तो कल्याणकारी होगा। हमारे देश की स्त्री-शक्ति ने महान कार्य किए हैं, तभी तो उन्हें इतनी महिमा मिली है, उन्हें देवी स्वरूपा माना गया है।"

"किन्तु बाबा! मेरे मन में यह प्रश्न सदा उठता रहता है कि स्त्री को भले ही शक्ति स्वरूपा माना जाए पर उसे अपनी शक्ति का कोई ज्ञान नहीं, वह तो अभी भी अत्यंत पिछड़ी, दलित और निष्पेषित है। पुराने इतिहास में तो वह दासी के सिवाय और कुछ नहीं है, भले ही वह पुरुष के वामांग में विराजित हो पर वह अधिकारहीन, वृक्ष से विच्युत पत्र की तरह असहाय ही है, यह सोच-सोचकर मुझे दारुण दुख का अनुभव होता है।"

"तुम्हारी चिन्ता और पीड़ा जायज़ है, असीमा। सचमुच स्त्री स्वयं को न जान पाई, न देख पाई, न समझ पाई, वह दूसरों के द्वारा देखी गई प्रदर्शन की वस्तु बनकर रही है, यही दुख की बात है। पर समय कहीं भी स्थिर और आबद्ध नहीं होता। अब वह समय आ गया है जब पुरानी धारणाओं का मूल्यांकन नए रूप में किया जाए। माना कि हमारे पुराण ग्रंथ और प्राचीन ग्रंथों में जीवन का सार सुरक्षित है पर पुराना होने से ही सब कुछ महत्त्वपूर्ण और ग्राह्य नहीं होता—'पुराणमित्येव न साधु सर्वम्'।"

"बाबा! हम सब परिवर्तन तो चाहते हैं? पर सिर्फ़ हमारे चाहने से क्या होता है? समय, स्थिति, देशकाल, परिवार, माता-पिता, समाज, राष्ट्र सबका सम्मिलित सहयोग जब तक नहीं होगा तब तक नए की कल्पना कैसे संभव है?"

"देखो पुत्री! ऐसे परिवर्तन सहसा नहीं होते, ये परिवर्तन सांस्कृतिक होते हैं, अत: उनकी गति धीमी होती है। वैज्ञानिक क्रांति शीघ्र फलाफल देती है पर संस्कृति का प्रभाव धीरे-धीरे ही हो पाता है।"

"बाबा! इसीलिए मैंने अपने जीवन के कुछ सिद्धांत स्थिर किए हैं। समाज-सेवा ही मेरा आदर्श है। जनता दुखी है, लोग विपदग्रस्त हैं, भूख, बेकारी ये सब तो राजतंत्र की देन हैं। सुभाष बाबू ने जो युद्ध छेड़ा है उससे मैं सहमत हूँ। देश को आमूल-चूल बदलने की ज़रूरत है।"

सान्याल बाबू इतनी देर से चक्रवर्ती मोशाय और अपनी पुत्री असीमा की बातें सुन रहे थे, हस्तक्षेप करते हुए बोले—

''मैं तो बेटी से कहता हूँ विवाह कर लो, एक से दो भले, दोनों मिलकर समाज के विकास में हाथ बँटाना। मेरा क्या ठिकाना? मैं तो आम के उस पके हुए फल की भाँति हूँ जो परिपक्व होकर मीठे रस, रूप और सुगंध से तो भर जाता है पर टिक नहीं पाता। हम जीव भी अनुभव की परिपूर्णता के बाद आम्र फल की तरह टूटकर भूमि पर गिर जाते हैं।''

''नहीं बाबा! मैंने निश्चय कर लिया है कि मैं संपूर्ण जीवन अविवाहित रहूँगी, अब मेरी भी प्रौढ़ावस्था हो रही है, शरीर सुख मेरा काम्य नहीं है, भौतिक सुख की मेरी लालसा नहीं है, अब तो सेवा को ही मैं आध्यात्मिक सुख समझ रही हूँ। मेरे बड़े भाई की एक बेटी है स्वरा, मेरा सब कुछ उसी का होगा, हम सब उसे प्यार करते हैं, वह अपने नाना के यहाँ रहती है, वे बड़े लोग हैं, एक स्टेट के राजा हैं, ढाका में ही उसकी पढ़ाई-लिखाई हो रही है। बाबा भी उसे बहुत मानते हैं।''

चक्रवर्ती मोशाय शांत भाव से सब सुन रहे थे, पर अंततः उन्हें बोलना ही पड़ा—

''इतना मोह ज़रूरी नहीं था। समय को परखने की कोशिश बेकार है, क्योंकि जब तक हम उसका एक सिरा पकड़ते हैं, तब तक वह दूर आगे निकल जाता है। इसीलिए तो समय की भविष्यवाणी कुछ दूर तक ही सत्य हो पाती है। मुझे तुम लोगों के लिए चिन्ता इस बात की है कि सान्याल भी मेरी उम्र का हुआ, उसके बाद तुम बिलकुल अकेली रह जाओगी। इतने बड़े विराट विश्व में एकाकी होना सबसे मुश्किल होता है। यहीं पर मनुष्य में असहायता का भाव पैदा होता है। लोग कल्पित ईश्वर पर आश्रित रहकर जीवन बिता सकते हैं पर मनुष्य पर आश्रित रहना एक कष्ट-कल्पना ही है।''

''किन्तु बाबा! मेरा दिल साफ़ है। मैं अपने बड़े भाई की निशानी उनकी पुत्री स्वरा के लिए अपना सर्वस्व होम कर सकती हूँ, मैंने तो उसकी शादी के लिए भारी-भारी सोने के गहने बनवा रखे हैं, और भी तैयारियों में मैं जुटी हूँ, आखिर दो-चार साल बाद शादी होनी ही है। उसके नाना भले ही राजा हों मगर हम लोगों के पास जो भी 'पत्रं पुष्पं' है, वह तो हम उसे देंगे ही। यह मेरा संकल्प है।''

सान्यालदा चुप नहीं रह सके। उन्होंने फिर हस्तक्षेप किया—

''बेटी! मैं तुम्हारी भावना को समझता हूँ, तुम्हारा प्रेम, तुम्हारी भावुकता में सच्चाई है पर एक कड़वी सच्चाई तुम नहीं जानतीं। यह सच्चाई मेरी भूल से ही पैदा हुई है। मैंने अपने बेटे रवि चंद्र के नाम से ही अपनी ज़मीन खरीदी थी, सुंदर-सा मकान भी बनाया था, मुझे क्या मालूम था कि दैव विपरीत हो जायेगा और मेरे प्यारे

डॉक्टर पुत्र का असमय देहावसान हो जायेगा। बेटी! हम जिस घर में रहते हैं वह अब स्वरा का है।''

इतना कहते-कहते सान्यालदा चुप हो गए। सुनकर वहाँ सहसा एक सन्नाटा छा गया। सब चुप थे। इस चुप्पी को असीमा ने ही तोड़ा, ''तो क्या हुआ? सब कुछ तो उसी के लिए है। वह मेरे भाई की बेटी नहीं, हमारी भी बेटी है। यह घर अंततः तो उसी को मिलना था।''

सान्यालदा के चेहरे पर कई तरह के भाव आ-जा रहे थे। उनका अंतर्द्वन्द्व साफ़ झलक रहा था। वे कुछ बोलना भी चाहते थे और नहीं भी बोलना चाहते थे। उनकी इस मानसिक पीड़ा को चक्रवर्ती मोशाय ने भाँपकर कहा—

''सान्याल! तुम कुछ कहना चाहते हो। तुम्हारे असमंजस को मैं समझ रहा हूँ। जो भी कहना हो, खुलकर कहो। द्वन्द्वग्रस्त मत रहो।''

''दादा! कहते हुए बन नहीं रहा है। मुझे कहने के लिए शब्द नहीं मिल रहे हैं। शब्द का आघात शायद सबसे असह्य होता है पर आपका आदेश मैं टाल भी तो नहीं सकता। मैं अपनी बेटी असीमा के मन को समझता हूँ, उसके हृदय में अपने स्मृतिशेष भाई और उसकी एकमात्र पुत्री—हमारी प्यारी पौत्री स्वरा के लिए बहुत कुछ करते रहने का इरादा है, लेकिन स्वरा के नाना राजा साहब उतने सीधे और पारदर्शी मनवाले नहीं हैं। उन्होंने वकालतन नोटिस भेजा है कि उनकी दौहित्री स्वरा का मकान खाली किया जाए, क्योंकि स्वरा अब बालिग है और वह यह ज़मीन और मकान बेचना चाहती है।''

''बाबा! यह आप क्या कह रहे हैं?'' असीमा ज़ोरों से चीख पड़ी—

''नहीं-नहीं कोई गलतफ़हमी ज़रूर है, कोई भ्रम है। ऐसा कैसे संभव है? क्या यह किसी विरोधी या शत्रु की चाल है? कोई अफ़वाह है? मैं इस पर विश्वास नहीं कर सकती। पर, बाबा आप भी तो झूठ नहीं बोल सकते।''

कहते हुए असीमा की आँखों से आँसू बहने लगे। उसके क्रंदन का वेग बढ़ गया था, उसका शरीर थर-थर काँप रहा था। चक्रवर्ती मोशाय ने आगे बढ़कर असीमा को स्नेह से पुचकारा। भीतर आवाज़ देकर जल मँगाया। देर तक वातावरण गंभीर बना रहा।

चक्रवर्ती मोशाय ने ही चुप्पी तोड़ी, ''सान्यालदा! इतना बड़ा तूफ़ान आपने अपने भीतर छिपाए रखा। आप भीतर अश्रु और बाहर मुस्कुराहट रखे हुए चल रहे थे। अच्छा हुआ कि सबका भ्रम दूर हो गया। समय जब जैसा चाहे, हमें वैसा करना पड़ता है। यही उचित भी तो होता है। असीमा को भी धैर्य रखने की ज़रूरत है, मैं तो कहूँगा कि उसे अपने योग्य जीवन-साथी की तलाश करनी होगी, उसे कैसे कहाँ नया जीवन आरंभ करना है, इस पर भी पुनर्विचार ज़रूरी है। संभव हो तो कलकत्ता या शांति

निकेतन में आगामी जीवन व्यतीत करने का संकल्प उसे लेना चाहिए।''

असीमा तब तक प्रकृतिस्थ हो गई थी। उसने अपने आँसू पोंछे और बोली—

''बाबा! मुझे संसार के कई रूप देखने को मिल रहे हैं। ज्ञान संभवतः इसीलिए टुकड़ों में ही मिलता है। मैं आप लोगों के निर्देश पर चलने का प्रयत्न करूँगी। जब घर छूटता है तो दुख होता है, पर जब मन टूटता है तो दुख सौगुना बड़ा हो जाता है।''

इसके बाद पिता-पुत्री के जाने के बाद भी चक्रवर्ती मोशाय बहुत देर तक वहीं चुप बैठे रहे।

20

चक्रवर्ती मोशाय को अनुभव हो रहा था कि अतीत में चुंबकीय आकर्षण होता है। जो घटित हो चुका है, उसे हम असत्य कैसे कहें पर अब उसका कोई चिह्न नहीं बचा तो उसे सत्य भी कैसे कह दें? फिर भी अतीत-मोह से तो मुक्त होना ही पड़ेगा। पंडित मोशाय ने चित्त को एकाग्र किया और शांत होकर बैठ गए। तीन दिनों बाद वसंत पंचमी थी। यह सोचकर चक्रवर्ती मोशाय के मन में उत्साह उमड़ आया। रात्रि बेला में खाने के टेबल पर उन्होंने बात शुरू की। उनके साथ सुधीर भी बैठा था। बाबा ने बात शुरू की—

''माता सरस्वती की पूजन-तिथि आ रही है, सबसे पहले तुम लोग मानसिक रूप से तैयार हो जाओ। माता दुर्गा की आराधना की भाँति सरस्वती बुद्धिदात्री देवी हैं। देखो, आज संसार को सबसे अधिक सही बुद्धि की ही तो आवश्यकता है।''

सुधीर ने टोका, ''बाबा! यह बुद्धि ही तो विज्ञान है, नित्य नए-नए आविष्कार हो रहे हैं, वैज्ञानिक भी तो बुद्धि की ही उपासना कर रहे हैं, तो एक तरह से तो रोज़ सरस्वती पूजा हो रही है।''

''बस यही तो भ्रम है। बुद्धि है विज्ञानमय कोश, शुष्क ज्ञान। शुष्क ज्ञान काष्ठ की भाँति होता है, काष्ठ में तो अग्नि छिपी हुई होती है, पर वह उष्णता प्रदान नहीं कर सकती। काष्ठ जब अग्निपिण्ड बनता है, तो हमें गर्मी पहुँचाता है अथवा रसोईघर में अन्न पका सकता है तभी उसकी सार्थकता है। ठीक वैसे ही ज्ञान को चाहिए दिशा, उचित-अनुचित का ज्ञान, करणीय-अकरणीय का बोध। जो ज्ञान मनुष्य और मनुष्यता की चिन्ता नहीं करता वह विनाशक है, व्यर्थ है।''

''किन्तु बाबा! इसमें विज्ञान का दोष कहाँ है? यह तो हम प्रयोग करने वालों की भूल है कि हम उसका दुरुपयोग कर बैठते हैं।''

''9 अगस्त 1945 को हिरोशिमा और नागासाकी पर अमेरिका ने जो अणुबम का विस्फोट किया वह तो मानवता के नाम पर कलंक ही कहा जायेगा। हम ढाका

छोड़कर जब से कलकत्ता आए हैं, दिन-प्रतिदिन घटनाएँ समूल वेग से घट रही हैं। सितम्बर 1939 से जो दूसरा विश्वयुद्ध आरंभ हुआ वह सितम्बर 1945 को करोड़ों लोगों का बलिदान लेकर समाप्त हुआ।''

सुशील बोला, ''बाबा! कहा जाता है कि 5 से 7 करोड़ सैनिक और अनगिनत नागरिक मारे गए।''

''बात यहीं तक नहीं रुकती बेटे! देश की आज़ादी का संकल्प लेने वाले नेताजी सुभाष चंद्र बोस की कथित वायुयान दुर्घटना में मृत्यु और आज़ादी के इतने करीब आकर एक बड़े संकल्प का छिन्न-भिन्न हो जाना, देश के लिए एक बड़ा आघात ही सिद्ध हुआ है। इधर गाँधीजी का अहिंसात्मक आन्दोलन अपना प्रभाव दिखा रहा है, पर जाति-भेद और अंग्रेज़ों की विभेदन की नीति का दुष्परिणाम भी दिखाई दे रहा है। इसीलिए कहता हूँ वाग्देवी बुद्धिरूपा सरस्वती की हमें आवश्यकता है।''

सुधीर ने प्रश्न किया, ''बाबा! आप उचित कह रहे हैं, पर माघ मास में वसंत पंचमी या सरस्वती पूजा क्यों?

''सुधीर वसंत पंचमी वसंतोत्सव की भूमिका है। यह नएपन का संदेश देती है। वसंत शीत की जड़ता को तोड़ता है, यह नए पल्लवों, नए पुष्पों, पत्रों का उत्सव है। वृक्ष नूतन कलेवर धारण करते हैं, पुराने वृक्ष ही नूतन हो जाते हैं, सर्वत्र लालिमा का प्रसार होता है, आम्रवन मंजरी-कुंज बन जाते हैं। विगत को भुलाकर नूतन का स्वागत वसंत पंचमी का संदेश है। दुर्गा के नवार्ण मंत्र में 'ऊँ ऐं ह्री क्लीं चामुण्डायै विच्चे,' में ऐं सरस्वती बीज है, ह्री लक्ष्मी बीज और क्लीं कालिका बीज है—इसी त्रिशक्ति का समाहार चामुण्डा हैं—भगवती हैं, जिन्हें विच्चे अर्थात् नमः कहकर हम नमस्कार करते हैं। यह माता सरस्वती तर्क का विषय नहीं भाव और समर्पण का विषय है। ज्ञान सत्य की खोज है, इसलिए भी संभवतः सरस्वती का लोक सत्यलोक ही कहा गया है।''

सुधीर बोला, ''बाबा! आप तर्क चूड़ामणि हैं और मैं कुतर्की हूँ। फिर भी आपके पास बैठने से मुझे शांति और शक्ति मिलती है।''

''सुधीर! इसे तुम शुभ लक्षण समझो, कि कम-से-कम तुम्हारे मन में प्रश्न तो उठते हैं। तुम मेरे पास बैठते हो, यह पास बैठना ही तो उपनिषद् है, तुम्हारे प्रश्न भी मानो प्रश्नोपनिषद् हैं। प्रश्न और प्रश्नों का समाधान ही तो उपनिषदों की देन है।''

''पिता और पुत्र के दो संवाद मुझे उपनिषद् में प्रिय लगते हैं। देखो ज़िन्दगी कहती है, सवाल उठाओ। जितने प्रश्न हल करोगे, उतना ही मन का वायुमंडल स्वच्छ होगा। जीवन इसलिए भी पहेली लगता है कि हम उसे सुलझा नहीं पाते—या फिर सुलझाने का प्रयत्न नहीं करते। यह गाँठ रोज़-ब-रोज़ उलझती चली जाती है। इसलिए तोड़ दो, अज्ञान की अंध-कारा, आने दो नूतन सूर्योदय का प्रकाश। तभी तुम्हें सब कुछ सार्थक लगेगा।'' बाबा बोलते जा रहे थे—

"देखो, *छान्दोग्य* उपनिषद् में पिता-पुत्र का संवाद बड़ा रोचक है। यह भी बताया है कि जैसे डोर में बँधी चिड़िया दिशा-दिशा में उड़-उड़ कर जाती है, पर कहीं ठिकाना न पाकर जहाँ बैठी होती है, वहीं आकर आश्रय पाती है, इसी प्रकार मन दिशा-दिशा में उड़ता, भटकता है, पर कहीं ठिकाना न पाकर सुषुप्तावस्था में प्राण का ही सहारा लेता है, क्योंकि प्राण ही मन को बाँधनेवाला खूँटा है—'प्राण बंधनं हि।' इसी तरह अन्य अनेक संवाद हैं। प्रश्नोपनिषद् में पिप्पलाद ऋषि ने कत्य के पुत्र कबंधी आदि जिज्ञासुओं को बताया था कि शरीर की साधना तप है, मन की साधना ब्रह्मचर्य। संकल्प-विकल्प की उलझन से बचकर मन जब सत्य की खोज में निकलता है तो ज्ञान की प्रतिष्ठा के आधार बनते हैं, तप, दम और कर्म। तप शारीरिक साधना है, दम मानसिक, ब्रह्मचर्य भी मानसिक साधना ही है।"

"कत्य ऋषि का पुत्र कबंधी ऋषि के पास आया और उसने पूछा कि सृष्टि में जो कुछ भी उत्पन्न हुआ है, वह किसके कारण हुआ है? ऋषि ने कहा कि प्रजापति ने तप किया, फिर उसने मिथुन—जोड़े को उत्पन्न किया, वे मिथुन थे रयि और प्राण। प्राण धन शक्ति पोज़िटिव है और रयि ऋण शक्ति नेगेटिव है। प्राण भोक्ता है, रयि भोग्य। जैसे सूर्य प्राणशक्ति है, चन्द्रमा रयि शक्ति। सूर्य द्वारा ही संवत्सर का, काल का विभाग होता है। यह काल ही जैसे प्रजापति है। इसी में सब जीते-मरते हैं। यही संवत्सर दक्षिणायन और उत्तरायण में बँटा दिखाई देता है। उत्तरायण देवयान मार्ग है, दक्षिणायन पितृयान मार्ग, यह रयि मार्ग है। यह प्रवृत्ति मार्ग है। गृहस्थ मार्ग है। उत्तरायण मार्ग निवृत्ति मार्ग की ओर ले चलता है—यहीं तप, ब्रह्मचर्य, श्रद्धा और विद्या के द्वारा आत्मा का अन्वेषण होता है। यहीं लोग आदित्य लोक को जीत लेते हैं। यह आदित्य लोक प्राण प्रधान मार्ग है। यह अमृत मार्ग है, अभय मार्ग है। लोक प्राण प्रधान मार्ग है। इस प्राण की दो शक्तियाँ हैं—शारीरिक और मानसिक। प्राण की शारीरिक शक्ति उसका तेज है। प्राण के तेज से ही शरीर क्रिया करता है। प्राण की मानसिक शक्ति उसका चित्त है, इस चित्त से ही संकल्प-विकल्प होता है। आत्मा और प्राण दोनों साथ-साथ चलते हैं।"

"पुत्र सुधीर! *मुण्डकोपनिषद्* में कहा है कि प्रणव धनुष है, आत्मा शर है और ब्रह्म लक्ष्य है, यही लक्ष्यभेद मनुष्य को करना है। तभी वह ब्रह्ममय हो सकता है।"

सुधीर ने पूछा, "बाबा! ब्रह्म और जीव में क्या संबंध है?"

बाबा ने कहा, "एक वृक्ष की डाली पर दो सुंदर पक्षी बैठे हैं, दोनों में सखा भाव है। एक पक्षी फल को कुतर-कुतर कर खा रहा है, दूसरा केवल देख रहा है, पहला जीवात्मा है दूसरा परमात्मा। प्रकृति ही वृक्ष है, कर्मफल ही वृक्ष का फल है। जीव भोक्ता है। परमात्मा द्रष्टा। *श्वेताश्वतर उपनिषद्* में इसे विस्तार से समझाया गया है। बेटे सुधीर! *तैत्तिरीय उपनिषद्* में पाँच कोशों की बात समझाई गई है—वे

हैं—'अन्नमय कोश', 'प्राणमय कोश', 'विज्ञानमय कोश', 'मनोमय कोश' और 'आनंदमय कोश'। वास्तविक आनंद ब्रह्मानंद ही है। कहा गया है कि सभी कामनाओं से ऊपर उठकर सौ इन्द्रों के आनंद के बराबर एक बृहस्पति का आनंद होता है, सौ बृहस्पतियों के बराबर प्रजापति का एक आनंद है और सौ प्रजापतियों के आनंद के बराबर एक ब्रह्म का आनंद है। यह आनंद उन्हें प्राप्त होता है जो इच्छाओं को जीत लेते हैं।''

''वरुण के पुत्र भृगु ने भी पिता से ब्रह्मज्ञान देने की प्रार्थना की। तो वरुण ने कहा था कि अन्न, प्राण, चक्षु, श्रोत्र, मन, वाणी जिससे उत्पन्न होते हैं, उत्पन्न होकर वे जिसमें जीवित रहते और जिसमें विलीन हो जाते हैं, उसे ही प्राण कहते हैं। अंत में भृगु ने जाना कि आनंद ही ब्रह्म है, अंत में सब इसी में विलीन होते हैं—'आनन्दो ब्रह्मेति व्यजानात्'।''

छान्दोग्य उपनिषद् में मनुष्य जीवन को यज्ञमय बताया गया है। पाँच प्रकार के यज्ञों में 'दीक्षा' और 'दक्षिणा श्रेष्ठ' हैं। जो मनुष्य खाता भी है परन्तु इनमें रम नहीं जाता उसका जीवन 'दीक्षा' का जीवन है। जो व्यक्ति तप, दान, ऋजुता, अहिंसा और सत्य वचन से जीवन बिताता है, उसका जीवन मानो 'दक्षिणा' का जीवन है। जीवन-यज्ञ की यह व्याख्या घोर अंगिरस ऋषि ने देवकी के पुत्र कृष्ण को बताई थी।

छान्दोग्य उपनिषद् में ऋषि उद्दालक आरुणि ने अपने पुत्र श्वेतकेतु के ब्रह्म ज्ञान विषयक प्रश्न का समाधान किया है—''पिता ने कहा कि जाओ, सामने न्यग्रोध वृक्ष का फल ले आओ।''

श्वेतकेतु ने कहा—'ले आया।'

''तोड़ो इसे।''

''लो तोड़ दिया।''

''इसमें क्या देखते हो?''

''भगवन्! इसमें बहुत से छोटे-छोटे दाने हैं।''

''प्रिय पुत्र! इन दानों में से एक को तोड़ो।''

''पिता श्री! तोड़ दिया।''

''अब इसमें क्या देखते हो?''

''पिता श्री! इसमें तो कुछ नहीं दीखता।''

पिता आरुणि ने कहा—

''सौम्य! जिसे तू कुछ नहीं कह रहा है उसी के अणु रूप में यह महान् वट वृक्ष छिपा हुआ है एवं महान् न्यग्रोध: तिष्ठति।''

श्वेतकेतु ने फिर पूछा—''मैं सत् जानना चाहता हूँ—'तत्त्वमसि' तू वह है—का क्या अर्थ है?

''पिता ने कहा—ठीक है। यह लवण पानी में डालकर मेरे पास आओ। श्वेतकेतु ने वही किया। अगले दिन पिता ने कहा कि जो लवण जल में रखा था, उसे ले आओ। श्वेतकेतु लवण खोजने लगा पर वह नहीं मिला।

''पिता ने कहा—पुत्र! लवण पानी में लीन हो गया। इस जल को कहीं से चखो तो उस लवण का स्वाद तुम्हें मिलेगा। श्वेतकेतु ने जल को चखकर कहा—लवण तो वैसा का वैसा ही है, वह नष्ट नहीं हुआ। तब पिता ने कहा—

'' हे सौम्य! वह सत् जिससे सृष्टि बनी है, वह भी यही है, वह सत् दीख नहीं रहा परन्तु वह सदैव विद्यमान है। ''

चक्रवर्ती मोशाय ने सुधीर को कहा, ''बेटे! उपनिषद् द्वैत-अद्वैत के द्वन्द्व में नहीं पड़ते। वे मनुष्य को शरीर में से खींचकर आत्मा की ओर ले जाते हैं और प्रकृति से खींचकर ब्रह्म की ओर ले जाते हैं। हम शरीर तक सीमित न रहें। पिंड में आत्मा को लक्ष्य बनाएँ, ब्रह्मांड में ब्रह्म को लक्ष्य बनाएँ। यही वास्तविक तत्त्व है, यही वास्तविक सत् है। अंत में समझाया है कि आत्म में अर्थात् भौतिकता में सुख नहीं है। परम शुद्ध अवस्था में भूमा ही वास्तविक आनंद और सुख है। वही अमृत है—'भूमैव सुखम्'।''

''इसी प्रकार *कठोपनिषद्* में वाजश्रवा के पुत्र नचिकेता तथा मृत्यु की कथा बड़ी रोचक है। ऋषि वाजश्रवा ने मुक्ति की कामना से यज्ञ किया, उन्होंने संपूर्ण धन-धान्य दान कर दिया। उनका पुत्र नचिकेता बालक ही था, पर उसने सोचा कि उसके पिता दक्षिणा में जिन गौओं का दान कर रहे वे हैं दुर्बल, अशक्त और दुग्धहीन हैं। ऐसी गौओं का दान कहाँ तक उचित है? ऐसा दान तो आनंद रहित लोकों तक ले जाएगा।''

''नचिकेता ने पिता से कहा—

'' मुझे किसे दोगे।'' पिता चुप रहे। नचिकेता ने पुनः पूछा कि मुझे किसे दोगे?

''पिता ने क्षुब्ध होकर कहा—जा! तुझे मृत्यु को दूँगा।''

''नचिकेता सोचने लगा—मर्त्य मनुष्य अन्न की तरह उत्पन्न होता और नष्ट हो जाता है और पुनः उत्पन्न होता है। नचिकेता तीन रातों तक यम के द्वार पर बिना भोजन किए पड़ा रहा। अंत में यम स्वयं आए। उन्होंने तीन वर देने की बात कही। वास्तव में नचिकेता का मतलब है जिज्ञासु—न जानने वाला और यम का अर्थ है मृत्यु—ऋग्वेद के ब्रह्मचर्य सूक्त में 'आचार्यो मृत्युः' कहा है। शिष्य भी अपने गुरु के समक्ष स्वयं को मिटा ही देता है।

''नचिकेता का पहला वर था—हे मृत्यो! मेरे पिता गौतम शांत संकल्प हों, प्रसन्नमना, क्रोध रहित हों। यमाचार्य के 'तथास्तु' कहने पर नचिकेता ने दूसरा वर माँगा—

“ स्वर्गलोक में किसी प्रकार का भय नहीं है, वहाँ न मृत्यु है, न वृद्धावस्था, वहाँ सभी निर्द्वन्द्व हैं, वहाँ शोक नहीं आनंद ही आनंद है, अत: हे यमाचार्य आप उस स्वर्ग प्राप्त कराने वाली अग्नि का मुझे उपदेश दें।” यमाचार्य बोले—

“ मैं उस स्वर्गसाधक अग्नि को जानता हूँ। वह अग्नि सब कुछ दे सकती है। वह गुहा में रहती है, वह एक रहस्य-ज्ञान की भाँति है।'

“यमाचार्य ने नचिकेता के ज्ञान से प्रसन्न होकर उस अग्नि का नामकरण ही 'नचिकेता अग्नि' के रूप में किया और उसे माला प्रदान की और कहा—जो नचिकेता अग्नि अर्थात् ब्रह्मचर्य, गृहस्थ, वानप्रस्थ—तीनों आश्रमों में उपासना करेगा, वह जन्म और मृत्यु को तर जायेगा। इन तीनों अग्नियों से गुज़र कर जीवन 'ब्रह्म यज्ञ' बनता है।

“नचिकेता ने तीसरा वर माँगा—मनुष्य की मृत्यु के बाद जो जिज्ञासा रहती है, कोई कहते हैं कि मरने पर भी मनुष्य बना रहता है, किसी के अनुसार नहीं बना रहता तो इसका उचित समाधान दें?

“यमाचार्य बोले—ऐसी जिज्ञासा सदा ज्ञानियों के मन में उठती रही है। यह अणु धर्म या सूक्ष्म विषय है। हे नचिकेता! दूसरा वर माँग ले, इस बात को छोड़ दे। पर नचिकेता हठ पर अड़ा रहा। तब यम ने कहा—

“ 'तू सभी प्रकार की दुर्लभ वस्तुएँ माँग ले, धन-धान्य, आयु, दुर्लभ वस्तुएँ मैं सब तुम्हें प्रदान करूँगा।' पर नचिकेता अपने प्रश्न से विरत नहीं हुआ।

“यमाचार्य बोले—

“नचिकेता! तू श्रेय मार्ग का पथिक है। तुझे कोई कामना ललचा नहीं सकी। तू अविद्या में नहीं फँसा।”

तब यमाचार्य ने कहा—“उस सत्य को अध्यात्म योग से प्राप्त किया जा सकता है। जिस शब्द का वेद बार-बार वर्णन करते हैं, 'ओ३म्'। वही अक्षर ब्रह्म हैं। जीवात्मा अणु है, सूक्ष्म है। परमात्मा उससे भी सूक्ष्म और गूढ़ है। वह जीव की हृदय रूपी गुफा में बैठा है। यह आत्मा बड़े भाषणों से नहीं मिलती, न तर्क-वितर्क से मिलती है। वास्तव में आत्मा रथी है, रथ का रथी है, शरीर रथ है, बुद्धि सारथी और मन लगाम है। इन्द्रियाँ घोड़े हैं। इसलिए उठो, जागो और ब्रह्म विद्या का बोध प्राप्त करो। वह मार्ग तेज़ किए हुए छुरे की धार के समान है। वहाँ शब्द नहीं, स्पर्श नहीं, रूप नहीं, रस नहीं, गंध नहीं, उत्पत्ति और विनाश नहीं, वह नित्य है, अनादि है, अनंत और महान है, जो उसे जान लेता है वह मृत्यु के पाश से छूट जाता है।”

चक्रवर्ती मोशाय की ब्रह्म ज्ञान विषयक वार्ता समाप्त होने पर सुधीर ने देखा कि बाबा के मुख पर एक दैवी प्रकाश मानो छिटक रहा था, वे प्रभापूर्ण सूर्य की भाँति दमक रहे थे। सुधीर श्रद्धापूर्वक बाबा के चरणों में लोट गया। उसकी आँखों में आनंदाश्रु छलक आए थे।

21

सुधीर होम्योपैथी कॉलेज की कक्षा में बैठा था। वह हमेशा अगली बैंच पर ही बैठता था। आज वह बार-बार अपने दाहिने हाथ की उँगलियों को बायें हाथ की उँगलियों से कभी छू रहा था तो कभी दबा रहा था। ऐसा लगता था जैसे उँगलियों के बीच कोई चीज़ फँसी हो या अटकी पड़ी हो जिसे वह बार-बार निकालने-सहलाने की कोशिश करता जान पड़ता था। उसकी यह चेष्टा टीचर से छिपी नहीं रह सकी। उन्होंने पूछ ही लिया—

सुधीर ने खड़े होकर 'सॉरी सर' कहा और शांत होकर बैठ गया। वह सोच रहा था, बात तो सिर्फ़ इतनी थी कि उसके क्लास नोट्स अनुभा परसों उससे माँगकर ले गई थी और आज कॉलेज आते ही उसने उसकी कॉपी लौटाई थी, बस उसी क्रम में उसकी उँगलियाँ अनुभा की उँगलियों से टकराई थीं और अनजाने ही उसने अनुभा की उँगलियों को पकड़ लिया था। उस स्पर्श में उष्णता थी, एक दबाव था, उधर से अनुभा ने स्पर्श का उत्तर स्पर्श से ही दिया था।

सुधीर ने सोचा—

'ओह! स्पर्श सबसे ज़्यादा घातक चीज़ है। शरीर से बिजली का करंट छू जाए तो किस्सा खतम समझो। वह तो जीवित है, साँस ले रहा है, इतना क्या कम है? अनुभा! अनुभा चटर्जी! आज तो चोरी वर्ग में पकड़ी ही गई थी—साफ़-साफ़ बच गया।' सुधीर अपनी कारस्तानी पर धीरे से मुस्कुराया। वह भीतर-भीतर सोच रहा था—स्त्री बड़ी करामाती शक्ति है, वह जो न कर करा दे। उसका दरभंगा का साथी गंगाधर झा कभी-कभी हिन्दी कवि पंतजी की कविता ठीक ही दुहराता है—

तुम्हारे छूने में था प्राण
संग में पावन गंगा स्नान
तुम्हारी वाणी में कल्याणि,
त्रिवेणी की लहरों का गान।

गंगाधर यहीं तक शांत नहीं रहता, वह बच्चनजी की भी कविता का पाठ करता रहता है, भारी रसिक जीव है—

तुम छू दो मेरा प्राण अमर हो जाए।
तुम गा दो मेरा गान अमर हो जाए।

वाह! कविता चाहे बाँग्ला की हो या हिन्दी की या गुजराती की या लोकभाषाओं की, उनमें जीवन का रस ही अनुभव के रूप में छलकता रहता है। इसलिए ज़िन्दगी में थोड़ी रसिकता भी चाहिए। यह रसिकता होम्योपैथी की लिक्विड दवा की तरह होती है और बातचीत में यह मीठी गोलियाँ बन जाती है।

सुधीर अपनी सीट पर जाकर बैठ गया। सभी छात्र अन्य टीचर की प्रतीक्षा कर रहे थे। उसने अनुभा के द्वारा लौटाई गई कॉपी को फिर से छुआ, उसे पलटा, अचानक उसे लगा कि कॉपी के भीतर कोई मुड़ा हुआ कागज़ रखा है, उसका हृदय धक्-धक् कर रहा था। वह अपनी उत्सुकता नहीं रोक सका। उसने सहमते हुए उस कागज़ को सावधानी से खोला। उसमें तीन-चार वाक्य बाँग्ला में लिखे थे। सारांश यही था कि 'महाशयजी, यह संबोधन आपको अटपटा-सा लगेगा पर मैं इसी संबोधन से आपको पुकारूँगी। आप भद्र हैं, सौम्य हैं। आपसे बात करने में मन को शांति मिलती है। मैं चाहती हूँ कि आप क्लास के बाद मेरे साथ मेरे चौरंगी लेन के आवास पर चलें। मेरी माँ से आपकी मुलाकात होगी। साथ में हम एक कप चाय लेंगे। आपकी मित्र—अनुभा चटर्जी। पत्र पढ़कर उसने एक कृतज्ञता और आभार से भरी दृष्टि अनुभा पर डाली पर वह नोट्स लेने में व्यस्त थी। इससे सुधीर थोड़ा अस्थिर हो गया। उसे लगा कि धनुष की प्रत्यंचा को तानकर तीर चलाने वाली आँखों को क्या पता कि उसके आखेट से मर्मस्थल तक उसका तीर छेदकर पहुँच गया है। उसे ढाका में पढ़ा हुआ एक फ़ारसी का शे'र याद आया—

तू अज सौबते-दौराँ, मनाल शादाँ बाश
के तीरे दोस्त बपहलुए दोस्त मी आयद।

यानी ऐ दोस्त! तू संसार की विपत्तियों से रो मत, खुश रह क्योंकि जो तीर तेरी छाती में लगा है, वह तेरे किसी दोस्त का ही चलाया हुआ है।

वर्ग समाप्त होते-होते तीन बज गए। सुधीर हड़बड़ाया हुआ अपनी पुस्तक और नोटबुक्स समेट कर बाहर निकला। लगभग दस मिनटों के बाद अनुभा उसे बाहर आती हुई दिखाई दी। शायद सभी सहेलियों के निकल जाने के बाद वह निकली। कॉलेज गेट से बाहर आकर अनुभा ने बस पकड़ी। तब तक सुधीर एकदम खामोश था। अनुभा के पीछे-पीछे चलते हुए उसे भय और संकोच दोनों का अनुभव हो रहा था। वह एक अनुभवी पुरुष, पिता और पति था पर आज उसे लग रहा था कि वह किसी नवयुवक की तरह प्रीति के प्रथम पाश में बँधा है। तो क्या मनुष्य प्रीति के क्षेत्र में सदैव नया ही होता है? क्या प्रेम सदैव एक रोमांचक अनुभव है? वह सदैव प्रथम दृष्टि है, सदैव शुभ दृष्टि ही है?

बस के भीतर घुसते ही अनुभा ने दो सीटों पर कब्ज़ा जमाया, उसने सुधीर की बाँह पकड़कर पास बिठा लिया। सुधीर का शरीर झनझना रहा था, रोमांच चरम पर था। साथ-साथ बैठने का उत्ताप एक नए वायुमंडल की सृष्टि कर रहा था, सुधीर को लगा कि यह बस नहीं चल रही है, उसकी कल्पना के पंख हैं जो झरझराते हुए हवा में उड़े जा रहे हैं। उसके शरीर के भार से अनुभा के शरीर का एक भाग थोड़ा दब रहा था। उसने थोड़ा हिलने-डुलने और हाथ का बोझ हटाने की कोशिश की तो भीड़ के

दबाव में वह और भी अनुभा से सट गया। यह उष्णता बिलकुल नई थी पर अनुभा बड़े स्वाभाविक रूप से उससे हँस-हँस कर बातें कर रही थी। सुधीर को महसूस हुआ कि वह ढाका के विक्रमपुर या बैरागादी में नहीं महानगर कलकत्ता में है। उसे भी बोल्ड बनना चाहिए। वह अब मुस्कुराने की कोशिश कर रहा था। चौरंगी पर बस रुकते ही अनुभा ने उतरने का संकेत किया। वे चौरंगी के रास्ते के मध्य में आ गए, वहीं से एक गली में कुछ ही दूर चलने के बाद अनुभा ने एक दरवाज़े पर घंटी बजाई। घर में काम करने वाली एक वृद्ध सेविका ने द्वार खोला, पता चला माँ आराम कर रही हैं। वह सुधीर को लिए एक सजे हुए ड्रॉइंग रूम में ले आई। वहाँ रोशनी थोड़ी कम थी। अनुभा ने बत्ती जलाई तो कमरा रोशनी से नहा उठा। तब तक सुधीर काफ़ी संयत हो गया था। वह बोला—

''आपने इस तरह मुझे अपने घर आमंत्रित किया तो मुझे सहसा विश्वास ही नहीं हुआ। मैं चकित विस्मय-विमुग्ध हो आपके लिखे अक्षरों को पढ़ता रहा। आपने मुझे खूब अच्छा नाम दिया है—महाशयजी। अच्छा लगा मुझे।''

''हाँ आप और लोगों से पृथक्, बिलकुल भिन्न हैं। थोड़ा गाँव, थोड़ा शहर दोनों आप में एकाकार दिखाई देते हैं। कलकत्ता महानगर है, यहाँ जीवन मूल्य स्थिर नहीं हैं, वे आदमी के मन की तरह बदलते रहते हैं। मनुष्य कई चेहरे, कई मुखौटे लगाकर घूमता है यहाँ। यहाँ बहुत सँभल कर रहना पड़ता है। कौन जाने कब कहाँ, कैसा आघात मिल जाए। सुधीर जी, हम लोग जीवन में क्या सिर्फ़ आघातों को झेलने के लिए ही बने हैं? किसी भी दशा में किसी भी काम में इसे संतोष तो मिलता नहीं है, उल्टे हम एक बेचैनी मोल ले लेते हैं। हमारा मन यहाँ इतना शक्की, संदेहग्रस्त हो गया है कि सुंदर स्वरूप धारे सुख भी हमारे दरवाज़े पर दस्तक दे तो हम उसका स्वागत करने के बजाय सौ सवाल करेंगे। कौन हो? कहाँ से आए हो? क्यों आए हो? हमें तो दुख चाहिए, हमें चाहिए असंतोष, हम अपूर्ण की खोज कर रहे हैं तो पूर्ण कैसे होंगे?''

''अनुभाजी! परिस्थिति चाहे जो भी हो, चुनाव और निर्णय तो हमारे हाथ में ही है। ज़्यादा तर्क भी आदमी को अति आत्मविश्वासी और ढीठ बना देता है। हाँ इस मामले में एक बात निश्चित है कि पुरुषों से अधिक स्थिरता प्राय: स्त्रियों में होती है। पुरुष अपनी बुद्धि पर गर्व करता है और स्त्री अपनी दृष्टि और परख करने वाली शक्ति पर।''

''आपकी बात कुछ हद तक मानी जा सकती है, पर सवाल है कि हम स्त्रियाँ चाहती क्या हैं? हमारी वास्तविक माँग है तो क्या है? क्या हमें जीवित रहने के लिए अन्न, जल के अतिरिक्त प्रेम चाहिए पर यह प्रेम क्या गली-गली भटकने से मिलता है? या यह अचानक एक दिन वन फ़ाइन मॉर्निंग हमारी झोली में विधाता के अनुग्रह की तरह आ गिरेगा? ऐसा कुछ नहीं होता महाशय जी, ऐसा संभव भी नहीं है। आखिर

अनेक स्त्री-पुरुष इच्छित प्रेम पा भी जाते हैं तो उसका निर्वाह क्यों नहीं कर पाते? प्रेम के दुस्तर सागर को सभी पार तो नहीं कर सकते। इसलिए चार्वाक की थ्योरी पर चलना लोग पसंद करते हैं खाओ, पियो, मौज करो—ऋणं कृत्वा घृतं पिबेत्, कर्ज़ लो और घी पीते रहो।''

''देखिए अनुभाजी! आपके महानगर के अनुभव के सामने मेरा गाँव-गँवई का अनुभव उतना बड़ा नहीं है, उसमें फैलाव भले नहीं हो पर गंभीरता और गहराई ज़रूर है। प्रेम केवल दृष्टि-वेध या दृष्टि का यज्ञ नहीं है, वह आँखों को सुख पहुँचाने वाला मधुर दृश्य मात्र नहीं है, वह एक स्थिर चित्त का अनुभव है। हम भागते-दौड़ते जीवन-सत्य का परीक्षण नहीं कर सकते। थोड़ा ठहरना, रुकना, थोड़ा 'स्टॉप एक्सरसाइज़' भी ज़रूरी है।''

तब तक अनुभा की सेविका ने चाय, बिस्कुट और संदेश मिठाई लाकर प्लेट में रख दी थी। उसी समय सीढ़ियों से एक वृद्ध बंग महिला धीरे-धीरे उतरती दिखाई दी? वह थोड़ी बीमार लग रही थी पर उसके मुख पर एक आकर्षक तेज था। सुधीर प्रभावित हुआ। उसने उठकर नमस्ते की। यह बात फिर निकली कि अनुभा के पिता होम्योपैथी के जाने-माने डॉक्टर थे। वे अब नहीं रहे, हाल ही में उनका निधन हुआ है।

उनके मकान के एक बड़े भाग में दो दुकानें किराये पर हैं, उनकी आय से ही घर का खर्च चलता है। श्रीमती चटर्जी अनुभा के विवाह की चिन्ता में डूबी रहती हैं। सुयोग्य पात्र की खोज में इतने वर्षों का समय निकल गया। सुधीर को देखकर और उससे मिलकर श्रीमती चटर्जी की आँखों में एक चमक आई जो सुधीर से भी छिपी नहीं रह सकी। सुधीर से चाय लेने का आग्रह कर वे फिर ऊपर चली गईं। अब सुधीर और अनुभा आमने-सामने थे। सुधीर के मन में अपराध-भाव उठ रहा था, वह यह क्या कर रहा है? कॉलेज की वर्ग-मित्रता वैवाहिक संबंध का रूप कैसे ले सकती है? इसी उम्र में वह दो बच्चों का पिता हो चुका है और तीसरे का होने वाला है। उसकी पत्नी पूर्ण समर्पित युवा और सुंदर स्त्री है। उसको बिना बताए यहाँ बैठना छल नहीं तो और क्या है?

सुधीर ने कहा—

''अनुभाजी! प्रेम को समझना भी कठिन है और समझाना भी कठिन है। क्या यह शारीरिक आकर्षण भर है जो पुरुष और स्त्री के वर्षों के संयम के किले को ढाह देता है, जैसा कि रविबाबू कहते हैं—

''इस प्रेम में न कोई बंधन है, न कोई नियम। यह अकस्मात नर-नारी के चित्त को अभिभूत कर उनके वर्षों के संयम के किले को ध्वस्त कर देता है और उस पर अपनी विजयपताका लहरा देता है, लेकिन जब प्रेम भटकाता है, हमें स्वाधिकार प्रमत्त बना देता है, क्या करना और क्या नहीं करना का विवेक भुला देता है तो ऐसा प्रेम

टिक नहीं पाता, वह प्रेम कर्तव्यहीन प्रेम शाप का भागी होता है। इसी कर्तव्यहीनता के कारण कालिदास के *मेघदूत* का यक्ष शापित और निर्वासित हुआ, शकुंलता का प्रेम ऋषि दुर्वासा के शाप से प्रतिहत हुआ और शिव की तीसरी आँख की ज्वाला से कामदेव भस्मीभूत हो गया।''

सुधीर भावावेश में कविगुरु रवीन्द्रनाथ ठाकुर के प्राचीन साहित्य में लिखित मूल पंक्तियों का वाचन करने लगा, ''ये प्रेमेर कोनो बांधन नाई, कोनो नियम नाई, याहा अकस्मात् नर-नारी के अभिभूत करिया, संयम दुर्गेर भग्न प्राकारो उपर आपनार जयध्वजा निखात करे, कालिदास ताहार शक्ति स्वीकार करिया छेन, किन्तु ताहार काछे आत्म समर्पण करेन नाई। तिनि देखाइयाछेन जे अंध प्रेम संभोग आमादिग के स्वाधिकार प्रमत्त करे ताहा भर्तृशापेर द्वारा खंडित, ऋषि शापेर द्वारा प्रतिहत ओ देवरोषेर द्वारा भस्मसात् हइया थाके।''

अनुभा ने सुधीर की बात का अनुमोदन करते हुए कहा—

''तभी तो प्रेम डिवाइन या प्लेटोनिक होता है और उसमें हमारा सर्वोत्तम रूप प्रकट होता है। हम सब लोग प्रेम को केवल शरीर के धरातल पर ही क्यों तौलते हैं, जब तक वह आत्मा तक नहीं पहुँचता तब तक वह व्यक्त भी तो नहीं हो सकता। आत्मा भी तो शरीर के माध्यम से ही व्यक्त होती है।''

सुधीर ने टोका, ''अनुभा जी! शरीर की सीढ़ी पर चढ़कर ही प्रेम, उच्चता के शिखर पर पहुँचता है, जो शरीर की सीढ़ियों तक ही रुक जाते हैं, वे आत्मा की इस दिव्यता का अनुभव नहीं कर सकते।''

अनुभा बोली, ''सुधीर! आपकी बातें सोचने पर बाध्य करती हैं। शायद इसीलिए मैं आपको यूनीक मानती हूँ।''

बात आगे और बढ़ती तभी सुधीर ने अनुभा से लौटने की बात कही। उसने बहाना किया कि उसके बड़े भाई सुशील के साथ छह बजे शाम में किसी ज़रूरी काम से निकलना है। अनुभा घर के बाहरी दरवाज़े तक उसे छोड़ने आई और 'आवार आसवेन' कहकर बड़ी देर तक सुधीर को तब तक देखती रही, जब तक वह चौरंगी की भीड़ में खो नहीं गया।

22

लंच के समय कॉलेज की कैंटीन में भीड़ होती ही थी। एक टेबल पर सुधीर, अनुभा शांतनु और अविनाश बैठे थे। शांतनु ने कैंटीन में चाय लाने का आदेश दे दिया था। अभी वे अपनी कुर्सी पर ठीक से बैठे भी नहीं थे कि अविनाश ने अचानक लगभग चीखते हुए कहा—

''हम यहाँ बैठे फूँक-फूँककर चाय की चुस्की ले रहे हैं, लेकिन हम फूँक-फूँककर चल नहीं सकते, न खुली आँखों से देख सकते हैं, न ठंडे दिमाग से सोच सकते हैं, आखिर हमें हो क्या गया है? क्या हमारी हरित-भरित बंगभूमि सिर्फ़ बलिदान के लिए बनी है। हमारे नेताजी हमारे सुभाष हमारे लिए, हमारे देश की स्वतंत्रता के लिए लड़ रहे हैं और हम बंगवासी इसे अखबार की खबर समझकर पढ़ते हैं। यह ड्रामा चल रहा है—रंगमंच पर नेताजी के सहयोगी शहीद हो रहे हैं और हम दर्शक बने बैठे हैं। तालियाँ भी बजा रहे हैं, आँसू भी बहा रहे हैं। पर इससे हमारे रोज़मर्रा के काम में कोई फ़र्क नहीं पड़ता। क्या तुम लोगों ने कभी सोचा है कि सारा बलिदान बंगाल ही क्यों दे? अंग्रेज़ों ने बलि के लिए हमारे बंगाली समाज को हृष्ट-पुष्ट छागल जैसा असहाय जीव क्यों समझ लिया है।''

शांतनु ने मुँह खोला—

''बात तो तुम ठीक कह रहे हो। हमारी बंग जाति कमज़ोर नहीं है, पर जिसे बुद्धि होती है, बुद्धिहीनता भी उसी से होती है। यह हमारे देश का संभवत: दुर्भाग्य ही है कि हम तरह-तरह के खेमों-कुनबों, जातियों और धर्मों में बँटे हुए लोग हैं। यहाँ तो हर नर में नारायण है, किस-किस से भिड़ोगे? तुम गरम दल का सिद्धांत बघार रहे हो। अब अगर मैं नरम दल की बात करूँगा तो तुम चिढ़ जाओगे।''

अनुभा ने हस्तक्षेप करते हुए कहा, ''इस बहस का कोई अंत नहीं है। सारा देश बहस ही तो कर रहा है।''

अब सुधीर से न रहा गया। वह अनुभा की बात का समर्थन करते हुए बोला—

''बिलकुल सच्ची बात। भारत में जन्म से ही लोग ज्ञानी-गुणी और कलाकार पैदा होते हैं। हम भारतवासी शास्त्रार्थ निपुण लोग हैं। हमें दूसरे की बात काटने में विकास का अनुभव होता है। चौबीसों घंटे बहस करना हमारे देश का स्वभाव बन गया है। तभी तो पुराने पंडितों ने नियम बना दिया था कि कम-से-कम भोजन करते समय तो मौन रहो। तो चलो, तुम लोग भी तो चाय पी लो।''

चाय पीते समय भी चर्चा चल ही रही थी, शांतनु बोला—

''जो भी कहो। हमारा देश भारत राजतंत्र का आदी रहा है। इसे गुलामी का अभ्यास हो गया है। इसको एक सम्राट्, एक बादशाह हमेशा से चाहिए। हम सब मानो शतरंज के खेल की बिसात बन गए हैं, हमें प्यादे, घोड़े, हाथी, मंत्री, राजा-रानी चाहिए। ताश हो या शतरंज ये सब बादशाहों की सनक से ही पैदा हुए खेल हैं। शह और मात का यह खेल आज भी चालू है। अंग्रेज़ हमारे शासक हैं, वे हमें खंडित कर, टुकड़ों-टुकड़ों में बाँट देना चाहते हैं और हम हैं कि बिलकुल तैयार बैठे हैं। आओ हमारी कमज़ोर नस पकड़ो, चीरकर रख दो हमें, दो फाँक, दोटूक कर दो। अंग्रेज़

जाएँगे भी तो हमें गहरा, बहुत गहरा घाव देकर के ही जायेंगे। यह बात तुम लोग गाँठ बाँध लो।''

सुधीर बोला—

''हम भारतवासी अपनी सहन-शक्ति का प्रदर्शन कर रहे हैं, लगभग दो सौ साल से गुलामी की ज़ंजीर हमने पहन रखी है, यह ज़ंजीर अब हमारा आभूषण बन चुकी है, हम गीत गाते हुए फाँसी के फंदे को चूमना सीख गए हैं। क्या हम हीरो बनने के चक्कर में अपनी अस्मिता और प्रतिरोधक शक्ति भूल गए हैं। गाँधी बाबा, नेहरू ये सब वार्ता ही तो कर रहे हैं। अंग्रेज़ों पर विश्वास करना बिलकुल आत्मघाती कदम जैसा है।''

अविनाश उत्तेजित था—

''कोई कुछ कहे पानीपत की लगातार हार के बाद भारत ने अपने अस्त्र-शस्त्रों को गिरवी रख दिया। अज्ञातवास में अर्जुन ने एक वृक्ष पर जैसे अपने सभी दैवी अस्त्र-शस्त्र छिपाकर रख दिए और राजा विराट के यहाँ सैरन्ध्री या किन्नर बनकर राजकुमारी को नृत्य, गीत की शिक्षा देने लगे। इससे भी बढ़कर कहें कि एक महान योद्धा, एक सव्यसाची योद्धा जो बायें हाथ से भी अचूक तीरों का संधान कर सकता था, वह अचानक प्राण-रक्षा और दुर्योधन की शर्तों के पालन के लिए किन्नर कापुरुष बनकर नृत्य गीत सिखाने लग गया। मेरी नज़र में यह कथा एक महान योद्धा की कलंक कथा है। किसी के भी टाले महाभारत का युद्ध टल नहीं सकता था फिर ऐसा व्यतिक्रम क्यों, तेरह-तेरह साल तक की प्रतीक्षा क्यों, जंगल-जंगल भटकना क्यों, हमारा यह भटकाव अब खत्म होना चाहिए। हम जानते हैं कि हम बार-बार हारेंगे, गिरेंगे, चोट खाएँगे पर हमारी क्षमता तो ज़ाहिर होगी। इतने बड़े देश पर चंद मुट्ठीभर अंग्रेज़ राज करें, यह पौरुष के लिए धिक्कार जैसी बात है।''

अनुभा चुप नहीं रह पाई—

''तुम लोग जो कह रहे हो वही तो भारत की असली पीड़ा है, उसकी मर्मवेदना है। मुझे तो लगता है, ये दंगे-फसाद उन दवाओं की तरह हैं जिनकी डोज़ से बीमारी पहले बढ़ती हैं फिर उनका शमन होता है। मुस्लिम लीग और अंग्रेज़ दोनों एक ही थैली के चट्टे-बट्टे हैं। इस धधकती हुई आग में जिन्ना अपनी रोटी सेंक रहे हैं, लोगों का घर जल रहा है, मृत शरीरों की चिताएँ जल रही हैं और उनका भी लाभ ये राजनीतिक कूटनीतिज्ञ उठा रहे हैं। वे नहीं जानते कि वे कैसी फ़सल बो रहे हैं। मैंने अपने दादाजी से एक पुराण-कथा सुनी थी कि कृष्ण अंतिम समय में जान गए थे कि यदुवंशियों का पतन होगा, अधिकार-मद में चूर बावले होकर समस्त यदुवंशी अपना सर्वनाश कर लेंगे। और जब सर्वनाश आता है तो मनुष्य की सुनने, समझने और सोचने की शक्ति नष्ट हो जाती है, पहले विवेक मरता है फिर बुद्धि का भी नाश हो जाता है—*गीता* भी कहती है कि—बुद्धिनाशात् प्रणश्यति। तो ऐसा हुआ कि कृष्ण के वंशज समस्त

यदुवंशी मदिरापान कर एक युवा के शरीर में वस्त्र लपेटकर गर्भवती स्त्री का वेश बनाकर एक ऋषि के पास गए और कहा कि संतान का आशीर्वाद दीजिए। ऋषि सब समझ गए। उन्होंने कहा—इसके पेट से एक लोहे का मूसल उत्पन्न होगा और वही यदुवंश के विनाश का कारण बनेगा। अब तो सभी युवक भयभीत हो गए। जब मूसल की उत्पत्ति हुई तो उसे पूरी तरह चूर्ण-विचूर्ण कर राख करके उसे नदी के जल में फेंक दिया। समय पाकर वहाँ मूसल के चूर्ण से बड़ी-बड़ी लोहे की मज़बूत झाड़ियाँ पैदा हो गईं और कुछ दिनों बाद वे सारे यदुवंशी नाच-गाकर सुरा-पीकर मदोन्मत हो गए, आपस में लड़ने-झगड़ने लगे और सबने क्रोधावेश में लोहे के वे पौधे उखाड़-उखाड़कर एक-दूसरे पर आघात करना आरंभ कर दिया। इस आपसी युद्ध में ही पूरे यदुवंश का विनाश हो गया। संभव है कि इन राजनेताओं के कुकृत्यों से हिन्दू-मुसलमान भी लड़ते रहें और देश का विनाश करने पर आमादा हो जाएँ।''

सुधीर ने प्रशंसात्मक दृष्टि से अनुभा को देखा। सबका यही मत था कि समाज की गतिविधियों का अवलोकन करते रहना है, जो जहाँ है उसे सेवा के लिए तत्पर रहना है। संक्रमण काल में चलते हुए देश को सुरक्षित रखने का यथासंभव प्रयत्न करना है।

23

आज दोपहर दो बजे वर्ग स्थगित होने की सूचना मिलते ही सुधीर और उसके मित्रों के चेहरे खिल उठे। कॉलेज कैंटीन में सबसे पहले पहुँचने वाले सुधीर और अनुभा थे। वहाँ पहुँचते ही अनुभा ने सुधीर से कहा—

''यहाँ बस तुम्हें चाय पीने की इजाज़त है। चाय पीकर हम लोग बाहर निकलेंगे। तुम या तो भोले बनते हो या सचमुच हो। तुम्हें तो यह भी याद नहीं कि आज तुम्हारा जन्मदिन है। मैंने कॉलेज के रजिस्टर से ही तुम्हारा पूरा इतिहास-भूगोल नोट कर लिया था।''

यह सुनकर कुछ लज्जित पर प्रसन्न मुद्रा में सुधीर ने कहा—

''भाई तो मेरे इन्सपेक्टर हैं, तुम तो सी.आई.डी. इन्सपेक्टर का रोल निभा रही हो। मैं धन्यवाद के सिवा तुम्हें क्या दे सकता हूँ।''

''सुधीर! 'आज के बाहिरे खावार-दावार हवे। साल में एक दिन जन्मदिन ही तो है जो हमें पहले से थोड़ा और बालिग बना देता है।''

अभी अनुभा की बात समाप्त भी नहीं हुई थी कि उसकी क्लास की कुछ सहेलियाँ वहीं आ जुटीं। दो बड़े टेबल जोड़कर आठ लोगों के बैठने की जगह बनाई गई। मित्रों में नीलांजन प्रखर था। उसने कहा—

''आज सब मिलकर चाय का मज़ा लेंगे। चाय को मामूली चीज़ मत समझिए, यह मानो गरम-दल का घोषणा-पत्र है। यह चाय मुझे उठाती है, बहस छेड़ती है, बकवास भी कर लेती है। दूध-पानी-चाय चीनी सब एक ताल-सुर में मिलते हैं। भाइयो! चाय कहती है—मिलकर रहोगे तो स्वाद पैदा होगा।''

दूसरे मित्र शशि रंजन ने कहा—

''हम बंगवासियों का चाय के साथ मानो रक्त-संबंध है। दोनों उष्ण हैं। फूँक-फूँककर नहीं पियोगे तो जीभ जल जायेगी।''

उसकी बात का प्रतिवाद करते हुए अनुभा बोली, ''हम बंगभूमि के लोग अपने ताप से पिघलना भी जानते हैं। बंगजाति भारत की ललित जाति है। काव्य-कला, विज्ञान और शिक्षा तथा अध्यात्म के क्षेत्र में इसने महान उच्चता प्राप्त की। टैगोर, बंकिमचंद्र चटर्जी, शरत् दा, स्वामी रामकृष्ण परमहंस, स्वामी विवेकानन्द ऐसे हज़ारों नाम मणि-प्रदीपों की तरह जगमगा रहे हैं। हम केवल धधकते हुए अग्नि-पिण्ड भर नहीं हैं, हममें गंगा का शीतल प्रवाह भी है। जैसे शरीर का निर्माण पंचतत्त्वों से होता है वैसे ही पंचतत्त्वों की सारी विशेषताएँ हमारे व्यक्तित्व का निर्माण करती हैं। हम आग भी हैं, पानी भी, ठोस भी हैं तरल भी। धरती से आकाश तक उठे हुए हमारे ये दोनों हाथ मानो पुकार-पुकार कर कह रहे हैं कि हम बंगवासी भारतमाता के सपूत हैं। हम बलिदान देना जानते हैं और आत्मसम्मान की रक्षा करना भी।''

निरंजन अब तक सारी बातें सुन रहा था, वह उत्साहित होकर बोला—

''ये अंगबंग-कलिंग, बिहार, महाराष्ट्र, गुजरात, कश्मीर, असम और समस्त दक्षिण प्रदेश भारत ही तो है। मैं बिहार का रहने वाला हूँ, वहाँ का प्रसिद्ध दरभंगा राज द्वार बंग यानी बंगद्वार ही तो है। उसे बंगाल का द्वार ही तो कहते हैं। मैथिली भाषा और बाँग्ला-भाषा में बड़ी समानताएँ हैं। दोनों में सखी-भाव है। क्या बोली, क्या लिपि सब मिलते-जुलते हैं। वही माछ-भात, तालाब और पुकुर का वही सिलसिला। ये भाषाएँ मानो रस टपकाती हुई चलती हैं।'' यह सुनते ही गंगाधर झा खुश हो गया। उसने जोश में टेबल थपथपा कर इसका समर्थन किया।

तब तक टेबल पर चाय आ गई थी। आज भीड़ कुछ कम थी, इसलिए प्याले भी कम खनक रहे थे। सुधीर ने कहा—

''इस चाय में आसाम की खुशबू है। भाई तुम लोग सीखो कि पृथ्वी कितनी उर्वरा है, इसमें रंग-सुगंध, विविधता और आकर्षण का जादू है। छोटे से बीज में महावृक्ष पल रहा है। यह माटी हमें छोटे से बड़ा बनाना सिखाती है। हम सब डॉक्टर हो रहे हैं, तो हम पर बड़ा उत्तरदायित्व भी आ गया है। हमें मनुष्य के तन और मन दोनों को समझना है। इस तरह हमारी होम्योपैथी एक प्रयोगात्मक मनोविज्ञान की कोटि में भी दिखाई देती है।''

अनुभा ने कहा, ''बात केवल चाय या होम्योपैथी की नहीं है, हमें गंभीरता से अपने बंगाल की अस्मिता पर भी विचार करना होगा। हमारा देश विविधता में एकता का अद्‌भुत उदाहरण है पर मुझे क्यों लगता है कि शताब्दियों से अंग्रेज़ों की दासता में पिसकर भीतर-भीतर विभक्त हो रहा है। इसकी अपनी संस्कृति का माधुर्य, इसकी कला के लालित्य पर कई खतरे मंडरा रहे हैं। यह भी सुनिश्चित है कि अंग्रेज़ भारत छोड़कर चले जाएँगे पर आज़ादी हमें सस्ते में नहीं मिलेगी। मुस्लिम लीग की नज़र बंगाल पर है। पहले भी तो पूर्वी बंगाल और पश्चिमी बंगाल के टुकड़े उन्होंने किए थे पर बड़े आन्दोलनों और विरोधों के बाद वह निर्णय रोका गया। अब मिस्टर जिन्ना ज़ोर आज़माइश कर रहे हैं। बहुत बड़े पैमाने पर देश के विभाजन की खबरें भी आ रही हैं, इधर स्वतंत्रता मिलेगी, भारतमाता की बेड़ियाँ टूटेंगी पर साथ ही माता की भुजाएँ भी काटी जा सकती हैं। पाकिस्तान बना तो हमारी पूर्वी बंग-भूमि का अस्तित्व भी समाप्त हो जाएगा। क्या यह कम चिन्ता की बात है? हमारा कलकत्ता बीच-बीच में कुछ वर्षों से लगातार अशांत होता रहा है। खून-खराबा, लूटपाट, जघन्य अपराध, बलात्कार, बर्बर कांडों से यह बंगाल नित्य प्रति जर्जर हो रहा है। यह केवल हमारे लिए नहीं, पूरे देश के लिए चिन्ता की बात है।''

शशि रंजन का स्वर सहसा आक्रामक हो गया, ''तुम्हारा कहना सही है अनुभा! लेकिन एक बात तो तय है कि हम बंगाल के वासियों के रक्त में गर्मी ज़रूर है, हमारे भीतर एक खौलता हुआ बड़वानल भी धधक रहा है। तुम किसी फलदार हरित-भरित वृक्ष को देखो, उसकी हरीतिमा मन को मोह लेगी, उसके लुभावने पत्ते, हवा में उनका कंपन सब प्रिय लगेगा पर साथ-साथ यह भी तो सत्य है कि उसकी लकड़ी के भीतर आग भरी हुई है, ठीक वैसे ही हम बंगवासी उत्साह, शौर्य और साहस में किसी से कम नहीं हैं। देश की स्वतंत्रता के युद्ध में हमने हँसते-हँसते प्राण न्योछावर किए हैं। बीसवीं सदी के आरंभ में ही मुज़फ़्फ़रपुर के बम कांड के शहीद ख़ुदीराम बोस तथा प्रफुल्ल चाकी के बलिदान से चलकर हम नेताजी सुभाष चंद्र बोस आदि के त्याग को कैसे भूल सकते हैं?

हमें अपनी अग्नि को सँभाले रखने की आवश्यकता है। हमारा देश स्वतंत्र होगा—या संभवत: वह जल्दी ही आज-कल किसी भी दिन होने ही वाला है, तो देश उसके लिए तैयार नहीं है। सोचो हज़ार वर्षों के राजतंत्र की गुलामी का पट्टा हटाकर जब हमारा देश किसी पिंजरे में बंद शेर की तरह बाहर निकलेगा तो आगे चलकर उसके खतरे भी उसे उठाने होंगे। लोग कहते हैं कि हमारा देश स्वतंत्र होकर सबसे बड़ी डेमोक्रेसी बनेगा, एक महान लोकतंत्र! पर यह लोकतंत्र एक अशिक्षित समाज का होगा, लोग जैसे-जैसे राजनीति के गहरे गर्त में धँसते जाएँगे, सत्ता का लोभ हावी होता जाएगा। क्या पता आगे चलकर हमारी बंग संस्कृति को इससे भी आघात पहुँचे?''

सुधीर अब तक चुप था, वह बोला, ''नहीं-नहीं। हमें आशावादी विचारधारा

रखनी चाहिए। जब तक हमारे भीतर भारतीयता सुरक्षित रहेगी। तब तक बंग-संस्कृति का भी विकास निरंतर होगा। यह बंग-संस्कृति भी तो भारतीयता की पहचान है। कश्मीर से लेकर असम, बिहार, बंगाल, उड़ीसा, पंजाब, मध्यप्रदेश, गुजरात और संपूर्ण दक्षिण प्रदेश की एकता में ही तो सारी सुंदरता छिपी हुई है। भारत के मानचित्र में तो मुझे भारतमाता की ही छवि नज़र आती है।''

अनुभा ने कहा, ''हम सबों की चिन्ता जायज़ है पर अभी तो देश की स्वतंत्रता और तमाम आशंकाओं का समाधान हमें ढूँढ़ना है। यद्यपि गाँधीजी के प्रयत्नों से यह आज़ादी मिल सकती है पर भीतर-भीतर जातिगत घृणा का विद्वेष भी तो फैलाया जा रहा है, यही हमारी चिन्ता का विषय होना चाहिए। मुझे डर है, देश अपनी ही आग में न जल जाए। इसलिए समय की प्रतीक्षा करने के सिवाय हमारे पास चारा ही क्या है?''

इसी बहस के साथ सभी मित्र कैंटीन से वापस लौट पड़े। कैंटीन से बाहर आकर अनुभा और साथियों से अलग होकर सुधीर के साथ चल पड़ी। वहाँ से वे दोनों दास मेडिकल स्टोर की ओर चौरंगी के लिए चले। जब तक सुधीर कुछ अनुमान लगाता तब तक दुकान में पहले से रखे एक गिफ़्ट पैक को उठाकर अनुभा ने सुधीर के हाथों में सौंपा और बोली कि लो यह मेरी छोटी-सी भावांजलि। तुम्हारे जन्मदिन पर एक गिफ़्ट। यह हमेशा तुम्हें मेरी याद दिलाता रहेगा। घर जाकर ही खोलना वैसे ज़्यादा उत्कंठित होने की आवश्यकता भी नहीं है। मैं तुम्हें बता ही दूँ। यह होम्योपैथी दवाओं की शीशियों को सहेज कर रखने का चमड़े का बैग है—अभी तो 'मेड इन लंदन' ही है। इसे ग्रहण करो।''

सुधीर की आँखें स्नेह-भार से झुक गईं। उसने पहली बार अनुभा से हाथ मिलाया। कुछ देर तक वह उसी भावावेश की दशा में रहा, फिर धन्यवाद सहित स्नेहपूर्वक दृष्टि डालकर दवाओं वाला बैग उठाकर चल पड़ा। उसने मुड़कर पुनः देखा, उसकी दृष्टि में कातरता, असहायता और एक विवश नैराश्य साफ़ झलक रहा था।

24

समय किसी की प्रतीक्षा नहीं करता। 1946 और 1947 का साल देश के लिए अग्नि परीक्षा का समय था। इसी बीच एक दिन संध्या होते-होते सुशील अपने क्वार्टर में पहुँच गया था। वह परेशान दिख रहा था, चेहरा लाल था। और माथे पर चिन्ता की रेखाएँ थीं। वह जल्दी-जल्दी कपड़े बदलकर बाबा के कमरे में पहुँचा, जाते-जाते उसने सुचेता से तीन-चार कप चाय बाबा के कमरे में ही भेजने को कह दिया। बाबा ड्रॉइंग रूम में अपने बिछावन पर बैठे कोई ग्रंथ पलट रहे थे।

सुशील ने आदरपूर्वक पूछा—"क्या पढ़ रहे थे, बाबा क्या?"

"तुम्हारे ही कलेक्शन में से महान लेखक बंकिमचन्द्र चट्टोपाध्याय का उपन्यास *आनंद मठ* पढ़ रहा था। सचमुच लेखक, कवि भविष्यद्रष्टा होते हैं। बंकिम बाबू ने 1882 में इस महान उपन्यास की रचना की, भारत की स्वतंत्रता का स्वप्न देखा और वह स्वप्न अब फलीभूत भी होगा, इसके लक्षण स्पष्ट दिखाई दे रहे हैं।"

"यह सब तो ठीक है बाबा। पर देश के लक्षण ठीक नहीं दिखाई दे रहे हैं।"

अभी सुशील ने इतना ही कहा था कि चाय भी आ गई और परिवार के सभी जन, सुजाता, सुधीर, सुचेता, झरना, सुशांत सभी आकर वहाँ बैठ गए।

सुशील ने कहना जारी रखा—

"बाबा! आज मैं चिन्तातुर हूँ। कलकत्ता ही नहीं पूरा देश अंदर-अंदर जल रहा है। हम सब किसी ज्वालामुखी के मुख पर बैठे हैं। किसी भी दिन किसी समय यह ज्वालामुखी फूटेगा, पृथ्वी फटेगी और गर्म लावा किसी समुद्र की तरह उमड़कर सबको राख कर देगा— मटियामेट कर देगा सब कुछ।"

"साफ़-साफ़ कहो, सुशील। चिन्ता की बातें पहेलियों की भाषा में नहीं कहते।"

"बाबा! अभी देश-दशा पर आपसे बात करना चाहता हूँ। अंग्रेज़ों का मूल मकसद ही रहना, बाँटना और राज करना है। हमारे देश हिन्दुस्तान में असंख्य जातियाँ हैं, जिनमें हिन्दू, मुसलमान, सिख, ईसाई और अन्य छोटी-बड़ी जातियाँ और जनजातियाँ हैं, इनमें हिन्दू, सिख, ईसाई या अन्य तो लड़ नहीं सकते पर हिन्दू, मुसलमान जाति और संप्रदाय की दृष्टि से बिलकुल भिन्न हैं। लगभग नौ सौ साल—यानी हज़ार साल से मुसलमानों ने तलवार के बल पर इस्लाम-धर्म को चारों ओर फैला दिया। भारत पर लगातार आक्रमण होते रहे, हमारे हिन्दू राजा पारस्परिक द्वेष-विद्वेष का शिकार होते रहे, उनमें एकता का भाव नहीं जगा, इसका भरपूर लाभ मुसलमान आक्रमणकारियों ने उठाया। यह भारत देश लगातार पद-दलित होता रहा, यहाँ जयचंदों की कमी नहीं रही, मुसलमान आए, मुगल-पठान आए, उस पर अंग्रेज़ आए। हमारी संस्कृति को मटियामेट करने के लिए उन सभी लोगों ने कोई कोर-कसर नहीं छोड़ी। यह अलग बात है कि हमारी संस्कृति की जड़ें इतनी गहरी हैं कि इतनी लम्बी गुलामी के बाद भी हम नि:शेष नहीं हुए। किन्तु अभी स्थिति दूसरी है। अंग्रेज़ 1905 से ही बंगाल को बाँटने के लिए बेचैन थे। मुसलमानों ने 30 दिसंबर 1906 को ढाका में मुस्लिम लीग की स्थापना की। 22 से 24 मार्च 1940 में लाहौर में अखिल भारतीय मुस्लिम लीग ने अलग स्वतंत्र और स्वायत्त देश पाकिस्तान की माँग की थी। मोहम्मद अली जिन्ना और लियाकत अली इसके मुख्य सूत्रधार बने। और अभी अप्रैल 1946 को दिल्ली सम्मेलन में ब्रिटेन से आने वाले कैबिनेट मिशन के सामने मुस्लिम लीग ने साफ़ तौर

पर पाकिस्तान की माँग की और मुस्लिम बहुल जनसंख्या के प्रदेशों को चिह्नित कर पेश किया। कांग्रेस ने इस प्रस्ताव को अस्वीकार कर दिया। मुस्लिम लीग पाकिस्तान की माँग पर अड़ी थी। मोहम्मद अली जिन्ना और उनके साथियों ने 16 अगस्त, 1946 को सीधी कार्रवाई की धमकी दे डाली। जैसे-जैसे समय नज़दीक आता जा रहा है, चारों ओर दहशत, भय और संकट का वातावरण है। इस समय राजनीतिक षड्यंत्र में गरीब जनता का ही सबसे अधिक नुकसान होने वाला है। हम लोग बहुत चिंतित हैं बाबा! पता नहीं क्या होने वाला है?''

पंडित मोशाय स्तब्ध भाव से सब कुछ सुन रहे थे। वे विचलित मन से बोले, ''मनुष्य को क्या हो गया है। वह पशु बनने पर क्यों उतारू है? उसका शारीरिक रूप तो मनुष्य का ही है पर वह ग्रीक देवता, सैटीयर्स की तरह आधा मनुष्य और आधा पशु क्यों लग रहा है? हमारे भारत देश में भी तो नृसिंह भगवान की कल्पना हुई है जो नारायण के अवतार कहे गए हैं, जिनका सिर सिंह का और धड़ पुरुषाकृति में है पर वे तो अन्याय को मिटाने वाले, दुष्टों के संहारक और मानव-भाव के रक्षक हैं। यहाँ तो विपरीत स्थिति है। विपरीत स्थितियों में ही धैर्य की परीक्षा होती है। हाँ, सावधानी तो अपेक्षित है ही। आखिर इसी भय के कारण हम लोग बैरागादी, ढाका को छोड़कर अपना सब कुछ त्यागकर चले थे। वहाँ भी हिन्दुओं पर ज़ुल्म हुआ ही होगा। आज यह दुख असह्य है।''

इस वार्ता के बाद कुछ दिन तो शांति और ऊहापोह में बीत गए पर मरघट की शांति को शांति नहीं कहा जा सकता। मृत्यु के सन्नाटे में चीख-पुकार का स्वर और भी डरावना, और भी भयकारक हो जाता है। अंतत: 16 अगस्त की तारीख भी आ पहुँची। पता चला कि पुलिस बल को छुट्टी दे दी गई है, ट्रकों में भर-भर कर तलवार, अस्त्र-शस्त्र, लाठी-डंडे पहुँच रहे हैं। एक घोषित युद्ध अपना घोर परिणाम दिखाने ही वाला था। सुशील की कर्तव्य-परायणता उसे चैन नहीं लेने दे रही थी। वह हिम्मत जुटाकर अपनी बाइक से अपने थाने पहुँचा। कुछ ही पुलिस बल और एक-दो अधिकारी थाने की सुरक्षा में तैनात थे। दोपहर होते-होते बुरी खबरें आने लगीं। हज़ारों की संख्या में नमाज़ी उत्तेजित होकर भाले-बर्छे, तलवार और अन्य अस्त्र-शस्त्रों के साथ गलियों में वहशी होकर निकल पड़े। जो जहाँ दीखता, सीधा काट दिया जाता। उधर हिन्दुओं और सिखों ने भी तलवारें निकाल लीं और फिर सड़कों और गलियों में कोहराम मच गया। खून पानी की तरह बह निकला। दोनों संप्रदाय जैसे बावले होकर खून की होली खेल रहे थे। छुट्टी घोषित होने के कारण जनता की सुरक्षा की कोई व्यवस्था नहीं थी। शाम होते-होते सड़कें लाशों से पटने लगी थीं। सुशील ने साहस करके थाने में उपस्थित पुलिस बल के साथ बाहर निकलकर दंगाइयों को समझाने की कोशिश की। पुलिसवालों की बंदूक और रिवॉल्वर देखकर कुछ देर तो दंगाई रुक गए पर 'पाकिस्तान ज़िन्दाबाद' और 'हमको चाहिए पाकिस्तान' के नारे लगातार लग रहे थे।

अचानक दंगाइयों की ओर से भी बंदूकों की गोलियाँ चलीं और तमाम पुलिसवाले खून में लथपथ गिर पड़े। सुशील उस समय जीप की आड़ के कारण बच तो गया पर उसने भी गिरने का नाटक किया और ऐसा दिखाया जैसे उसे भी गोली लग गई है। वह मृतवत पेट के बल एक कोने में गिर गया। दंगाई नारे लगाते हुए थाने में घुसे, जो भी अस्त्र-शस्त्र मिला, उसे लूटकर उन्होंने थाने में आग लगा दी और पुलिस-जीप को आग के हवाले कर दिया। बड़ी कठिनाई से सरकता हुआ सुशील जीप से कुछ दूर अपने को बचा पाया। दंगाई नारे बुलंद करते हुए वहाँ से आगे बढ़ चुके थे। सुशील ने अपने सभी पुलिस साथियों को मृत देखा और सदमे के कारण वह गहरी बेहोशी में चला गया। पूरे तीन दिनों तक मृत्यु का यह तांडव चलता रहा। हज़ारों लाशें सड़कों और गलियों में बिछी थीं। गिद्ध, कुत्ते और कौए उनका मांस नोच कर खा रहे थे। एक करुण दृश्य सब ओर व्याप्त था। वहाँ थी केवल मृत्यु की विभीषिका, रक्त का प्रवाह और नीरव रोदन, कहीं कुछ नहीं, केवल सन्नाटा। कलकत्ता शहर श्मशान भूमि की तरह निश्चेष्ट पड़ा था।

सुशील की बेहोशी जब टूटी तो उसने अपने को अस्पताल में पाया। जीप में जलने और आग के कारण जगह-जगह उसका शरीर जल गया था। निश्चय ही पुलिस के नए दस्ते के आने के बाद ही उसे सुरक्षित निकाला गया होगा।

अस्पताल में ही घायल लोगों की भीड़ थी। उसे सब ओर से ढूँढता हुआ सुधीर हरिबोल के साथ अस्पताल में पहुँच गया था। तब पूरे परिवार ने संतोष की साँस ली थी। वहीं खबर मिली कि कलकत्ते का यह दंगा बिहार, यू.पी. जैसे अनेक राज्यों में फैल गया है। उपद्रवकारियों ने ढाका के नोआखाली में भी कत्लेआम किया है, वहाँ चारों ओर शव बिखरे पड़े हैं। आदमी के भीतर का शैतान जैसे जाग गया था। सुशील यह सब सोचकर बच्चों की तरह सिसकने लगा।

कुछ दिनों के बाद जब वह स्वस्थ हुआ और बाहर का वातावरण थोड़ा शांत हुआ तो उसे 'कारण बताओ' नोटिस का सामना करना पड़ा।

मुस्लिम लीग की माँग बदस्तूर बनी हुई थी। मोहम्मद अली जिन्ना खुलकर पाकिस्तान की माँग कर रहे थे। 14 अगस्त 1947 की आधी रात में भारत का विभाजन हुआ, पंजाब, बलूचिस्तान, ढाका के साथ पाकिस्तान नामक नए मुस्लिम देश का जन्म हो गया और उसके बाद भारत भी आज़ाद हुआ, भारत माता की बेड़ियाँ तो कट गईं पर उसके अंग भी कट गए।

1947 में आज़ादी मिलते ही फिर कलकत्ते में दंगों का सिलसिला शुरू हो गया। इस बर्बरता को शांत करने के लिए गाँधीजी आमरण अनशन पर बैठे, थोड़ी-बहुत शांति हुई पर 1948 की 30 जनवरी को नाथूराम गोड्से ने गोलियों से गाँधीजी का सीना छलनी कर दिया।

मुस्लिम लीग की सीधी कार्रवाई में ही बहत्तर घंटों के भीतर छह हज़ार से ज़्यादा लोग मारे गए, बीस हज़ार से ज़्यादा घायल हुए और एक लाख से भी अधिक कलकत्तावासी बंगाली समुदाय बेघर हो गया। जिन्ना पाकिस्तान बनाने के लिए पागलपन की हद तक उतावले हो गए थे। गृहयुद्ध की परिस्थितियाँ बन चुकी थीं। महात्मा गाँधी आने वाले समय की त्रासदी को समझ रहे थे। उन्होंने लॉर्ड माउंट बेटन से अपनी दूसरी मुलाकात में स्पष्ट कहा था कि अंग्रेज़ी शासन की फूट डालो और राज करो की नीति ने ऐसी स्थिति पैदा कर दी है कि या तो कानून व्यवस्था बनाए रखने के लिए अंग्रेज़ी राज को ही चलते रहने दिया जाये या फिर भारत रक्त स्नान करे, अवश्य ही भारत रक्त-स्नान का सामना करने को तैयार है। इसके बाद अगस्त 1946 से मार्च 1947 तक पूर्वी बंगाल का नोआखाली जैसे धधक उठा। नोआखाली के जिन मुसलमानों द्वारा यह भयानक नरसंहार कराया गया। वे भी पचास वर्ष पूर्व ही धर्म-परिवर्तन के बाद मुसलमान बने थे। नरसंहार के परिणाम थे—धर्म-परिवर्तन, बलात्कार, हत्या और लूटपाट। तब गाँधीजी ने नोआखाली जाते समय कहा था कि मेरी अहिंसा लूले-लंगड़े की असहाय अहिंसा नहीं है, यह जीवंत अहिंसा की अग्नि परीक्षा है, इस परीक्षा में मैं मर जाऊँगा, पर वापस नहीं लौटूँगा। नोआखाली में गाँधीजी पैदल ही पीड़ित गाँवों का भ्रमण करते रहे। नोआखाली एक श्मशान-भूमि के रूप में परिणत हो गया था, वहाँ उन्होंने हिन्दू-मुस्लिम एकता का संदेश दिया। बलात्कार पीड़िता हिन्दू स्त्रियों को सम्मानपूर्वक उनके परिवारों में वापसी करवाई। गाँधीजी ने नोआखाली में प्राय: पाँच महीने रहकर शांति-व्यवस्था में सहयोग दिया।

बिहार में शांति-व्यवस्था के बाद गाँधीजी ने कलकत्ते में 9 अगस्त से 9 सितम्बर तक उपवास रखा। 15 अगस्त को देश स्वतंत्र हो गया पर अगस्त का अंत आते-आते फिर 15 अगस्त की झूठी शांति का अंत हो गया। तब गाँधीजी ने आमरण अनशन का निर्णय किया था जो स्वतंत्र भारत का पहला अनशन था, जिसने देश को झकझोर कर रख दिया। हिन्दू-मुस्लिम संप्रदायों के कट्टर पंथी गुटों ने अपने हथियार डाल दिए। उस समय दिल्ली की स्थिति भी अच्छी नहीं थी। पाकिस्तान की राजनीतिक चाल, देशी राजाओं की तिकड़म और शरणार्थियों की बढ़ती संख्या ने मरघट जैसी स्थिति पैदा कर दी थी। चारों ओर हिंसा ही हिंसा। ट्रेनों में हिन्दू, सिख शरणार्थियों को गाजर मूली की तरह काट दिए जाने की नृशंस घटनाओं की खबर आग में घी डाल रही थी।

गाँधीजी हिन्दू-मुस्लिम एकता के लिए आमरण अनशन पर बैठ गए। उन्हें लगा था कि लोगों के भीतर का शैतान मर रहा है और उनकी कर्तव्यभावना जाग रही है। गाँधीजी जिनकी मुक्ति के लिए जिए उन्हीं अपने ही लोगों द्वारा 30 जनवरी की शाम प्रार्थना-सभा में जाते समय गोड्से द्वारा मार दिए गए।

1948 के फरवरी महीने में फिर चक्रवर्ती मोशाय के पास सुशील के साथ पूरा परिवार बैठकर बंगाल और देश की इन्हीं अमानुषिक घटनाओं पर मनोमंथन कर रहा

था। उदास, दुखी और पीड़ित मन से चक्रवर्ती मोशाय ने कहा—

"बेटा सुशील! हज़ार साल के बाद देश को स्वतंत्रता तो प्राप्त हुई है, पर देश उसे सँभाल नहीं पा रहा है। गुलामी का अभ्यास और जाति, धर्म का विद्वेष किसी भी देश को घुन की तरह भीतर-भीतर खोखला कर देता है। ये सारी घटनाएँ कई वर्षों से भीतर-भीतर रक्तपात की स्थिति उत्पन्न कर रही थीं। घाव का यह मवाद अब जाकर निकला है। पागल और उन्मादी वहशी भीड़ के सामने अकेला गाँधी भला क्या कर सकता है? पर फिर भी उनका सद्प्रयत्न एक उदाहरण अवश्य माना जाएगा। देखो, अपने देश को स्वतंत्र देखने के लिए सुभाष बाबू ने 1945 में अपने प्राण-न्योछावर कर दिए, हज़ारों लोगों का कत्लेआम हुआ, महात्मा गाँधी को भी प्राणों की आहुति देनी पड़ गई। यह सब इस महान् देश की शांति और स्वराज की भावना की रक्षा के लिए ही तो हुआ। यह देश के नवनिर्माण का समय है। बाधाएँ भी बहुत आएँगी, समुद्र के किनारे जैसे बच्चे रेत पर घरौंदे और महल बनाते हैं और समुद्र की एक उच्छृंखल लहर एक ही झटके में उन्हें तोड़ देती है। उसी तरह नए देश का नवनिर्माण बार-बार बाधित होगा। यह समय साहस, त्याग, धैर्य, सहनशीलता और कर्तव्यबोध का है। हम सभी डाल से उजड़े हुए पत्तों की तरह ही तो हैं। आशा करनी चाहिए कि यह स्वतंत्र देश अपनी स्वतंत्रता को सुभाष और गाँधी की धरोहर समझकर उसकी सुरक्षा और उसके विकास के लिए यत्नवान होगा। गाँधीजी का कर्तव्य-कर्म इतना ही था, संभवत: इसीलिए इस कार्य की पूर्ति के बाद उन्हें जाना पड़ा। परमात्मा भी इसी तरह प्रलयकाल में अपनी लीला का संवरण करता है—अपने माया जाल को समेट लेता है। बच्चो! मेरी अब इच्छा हो रही है कि मैं दक्षिणेश्वर जाकर भगवती कालिका और ठाकुर श्री रामकृष्ण परमहंस की साधना-स्थली के दर्शन कर अपनी चिर इच्छा पूरी करूँ। मुझे जल्दी-से-जल्दी माता के दर्शन कराओ।"

सुशील ने हामी भरी। उसने बाबा को यह सत्य नहीं बताया कि उस पर कर्तव्यहीनता का आरोप लगाकर उसे सस्पेंड कर दिया गया है और कभी भी उस पर गाज गिर सकती है। उसने अपने किसी मित्र की सहायता से एक गाड़ी का बन्दोबस्त किया और अगले ही रविवार को दक्षिणेश्वर तथा बेलूर मठ के दर्शन का कार्यक्रम बन गया।

25

अब दक्षिणेश्वर की महाकालिका के दर्शन का कार्यक्रम बन गया था। सुचेता ने कहा—

"मैं तो कई बार माता के दर्शन कर आई हूँ। फिर कभी जाऊँगी। इस बार बच्चों की परीक्षा है। तुम बाबा, सुधीर और उनके परिवार के साथ हरिबोल को लेकर जाओ। सुबह जाओगे तो दोपहर दो बजे भोजन के समय तक लौट ही आओगे।"

"पर मैं जानता हूँ, बाबा भोजन नहीं करेंगे। वे उपवास में ही रहेंगे।"

"पर उनका वृद्ध शरीर, उस पर चिन्ता का इतना बोझ, कुछ फलाहार करके जाते तो ठीक होता। दर्शन करने, आने-जाने में काफ़ी समय बीत जायेगा, फिर वे बेलूर मठ का भी तो दर्शन किए बिना मानेंगे नहीं।"

"हाँ, यह तो सत्य है। मैं प्रयत्न करता हूँ कि वे फलाहार ग्रहण कर लें। मेरी परिस्थिति जो भी हो पर मुझे थाने तो जाना ही होगा। संध्या को थाने से लौटते ही बाबा से बात करूँगा," कहकर सुशील कोतवाली थाना चले गए।

सुचेता ने शनिवार की शाम को बाबा की मनपसंद रसोई बनाई थी। शुद्ध शाकाहारी भोजन, भरपूर व्यंजन, मिष्टी, मिष्टी दइ। संध्या के आठ बजते-बजते सबने भोजन कर लिया।

रात्रि नौ बजे के लगभग सुशील आए। भोजन के बाद वे बाबा के समीप बैठे। उस समय चक्रवर्ती मोशाय अधलेटे बैठे थे। सुशील सरककर उनके चरणों के पास बैठ गए और दोनों हाथों से बाबा के चरण-दबाने लगे। चक्रवर्ती मोशाय ने रोकना चाहा, "क्या सुशील! अब तुम बच्चे नहीं रहे।"

"बाबा आपके ही शरीर पर तो हम बच्चों ने खूब धमाचौकड़ी की है। हाथ में आपकी छड़ी लेकर आपके शरीर पर हम लोग बचपन में कूद-कूद कर बड़े हुए हैं। इस पर आपका अधिकार बनता है बाबा। मेरे पिता जब मुझे छह-सात साल की अवस्था में छोड़कर असमय चल बसे, उस समय आप ही हमारे रक्षक, पोषक और सहारा बनकर खड़े हुए। मैंने आप में ही पिता की छवि देखी है, मैं जो भी करूँ मुझे करने दीजिए। मैं आपका स्वेच्छाचारी पुत्र हूँ, आपके रोकने से भी मैं नहीं मानने वाला।"

"ठीक है, ठीक है। पुलिसवालों के कौन मुँह लगे। तुम्हारी मर्ज़ी," कहकर बाबा मुस्कुरा पड़े।

सुशील ने कहा, "बाबा! सुचेता ने सुबह मुझसे कहा कि आपकी प्रबल इच्छा दक्षिणेश्वर और बेलूर मठ के दर्शन की है तो सप्ताह के अंत में रविवार को हम पूरे परिवार के साथ चलेंगे। सिर्फ़ सुचेता घर में रह जाएगी। हम लोग दर्शन कर सीधा घर लौटेंगे।"

"बेटा सुशील! घर एक चलंत मुहावरा है। हम जहाँ होते हैं, वही हमारा घर हो जाता है। मनुष्य बड़ा लचीला प्राणी है, बिलकुल वंशवृक्ष की शाखा की तरह, हरितवर्णी, लचीला और मोहक। उसे जैसा अभ्यास करा दो वैसा ही बन जाता है। स्वरूप-परिवर्तन तो कोई मनुष्य से सीखे। देखते-देखते उम्र बढ़ने के साथ-साथ उसका रोम-रोम परिवर्तित हो जाता है, शरीर, मन, प्राण सबमें बदलाव आ जाता है।

पहले हम लोग बैरागादी को घर समझते थे, अब हावड़ा के इस प्रान्त भाग को घर कह रहे हैं और जब दक्षिणेश्वर जाएँगे तो वही हमारा चिर अभीप्सित घर होगा। हमारे प्राण समझते हैं कि शरीर उनका घर है, शरीर समझता है कि वह अस्थि और चर्म पर टिका है और अंत में पता चलता है कि प्राण ही वह महाशक्ति है जो सबको धारण किए हुए है। सब एक-दूसरे को सँभाले हुए चल रहे हैं।''

''आप उचित कह रहे हैं बाबा! आपने कलकत्ते का बाज़ार ठीक से नहीं देखा है, कल चलिए, एक-दो ज़रूरी सामान भी खरीदेंगे और थोड़ा आप घूम भी लेंगे।''

''नहीं सुशील! बाहर घूमकर क्या करूँगा? भीतर के ब्रह्मांड से मुझे फ़ुरसत कहाँ है, इसी की प्रदक्षिणा में आनंद आता है। बस माता कालिका और ठाकुर स्वामी रामकृष्ण और विवेकानन्द के दर्शन से ही परमतृप्ति का सुख मिलेगा। कल रविवार का दिन सुंदर रहेगा, अच्छी तिथि है। मन्दिर-दर्शन के लिए हम प्रयाण करेंगे।''

चिरप्रतीक्षित रविवार भी आ गया। जगमगाते सूर्य की किरणों में सब कुछ परम उज्ज्वल लग रहा था। लालिमा में लिपटा सूर्य जैसे-जैसे ऊपर उठ रहा था, वह श्वेतवर्णी हंस की तरह दमक रहा था। बाबा का उत्साह तो आकाश छू रहा था, मन तरंगित, शरीर कंपित। ऐसा लगा रहा था, साक्षात् भगवती के दर्शन करने हैं। आज मन, प्राण दोनों का तृप्ति-दिवस है, आज ही आँखें जुड़ा जाएँगी—सफल हो जाएँगी। आठ बजते-बजते किराए की टैक्सी से बाबा, सुधीर, सुधीर की पत्नी सुजाता, सुशान्त, झरना और अन्त में हरिबोल अपनी वर्दी में चल रहा था। बड़ी जल्दी गाड़ी चल पड़ी। बाबा ने कहा कि पहले दक्षिणेश्वर नहीं बेलूर मठ के दर्शन करेंगे। पहले शिष्य, फिर गुरु, फिर महाशक्ति। सब पहले बेलूर मठ पहुँचे। वहाँ का शांत वातावरण सबको प्रिय लग रहा था।

बाबा ने कहा—

''यह मठ भी मुझे किसी समाधिस्थ योगी की तरह ही दिखाई दे रहा है। यहाँ जो भी है साधु है, पवित्र है।'' बहुत देर तक वे पद्मासन में ध्यान लगाए बैठे रहे। फिर दस बजते-बजते सब दक्षिणेश्वर चले। फूल-माला आदि लेकर जैसे ही मन्दिर के विशाल प्रांगण में बाबा ने प्रवेश किया, बोले—सुशील! देखो यह विशाल परिसर भगवती की विराटता का सूचक है और हम सब लघु जीव इसमें आते-जाते परिभ्रमण करते रहते हैं। चलो पहले स्वामी रामकृष्ण के कक्ष में चलते हैं, वहाँ मैं कुछ देर बैठूँगा, फिर शिवलिंगों के दर्शन करूँगा और सबसे अंत में परम फल चखूँगा अर्थात् माता कालिका की गोद में शरण लूँगा।''

''हाँ-हाँ चलिए!'' स्वामी रामकृष्ण जिस कक्ष में रहते थे भक्तों के लिए खुला था, बाबा लगभग दौड़ते हुए गए, उनके पलंग की पाटी पकड़कर गिर पड़े, उनकी

आँखों से अजस्र अश्रुवर्षा हो रही थी, कभी सिर झुकाते, कभी रोते, उन्हें अपने आस-पास की स्थिति और गतिविधि का कोई ध्यान नहीं था। बार-बार उनके मुख से 'ठाकुर-ठाकुर, आमि एशे छी। तोमार चरण धूलिर जन्य। ठाकुर। आमाके शरण दाओ! ठाकुर! ठाकुर!' सबको हिला देने वाली विलाप-पुकार उठ रही थी। बहुत बार टोकने के बाद एक दीर्घ नि:श्वास छोड़ते हुए उन्होंने दण्डवत प्रणाम किया फिर वहाँ से बच्चों की तरह उछलते-कूदते सामने के शिवलिंगों की प्रदक्षिणा, पूजा और दर्शन में समय बिताया। अंत में उन्होंने सुधीर और सुशील को बुलाया।

''देखो सुशील, देखो सुधीर! यह मातृलोक है। अपार वैभव और ऐश्वर्य से भरा हुआ। दिव्य और अवर्णनीय। चलो, अब सबके अंत में माता कालिका के दर्शन करते हैं।''

सीढ़ियाँ चढ़ते समय चक्रवर्ती मोशाय के पाँव थोड़े लड़खड़ाए। सुधीर ने उनका एक हाथ थाम रखा था। मन्दिर के प्रकोष्ठ में माँ की मूर्ति की झाँकी लेते समय वे कालिका सहस्र नाम का पाठ करने लगे। जैसे-जैसे उनमें भक्ति का ज्वार उठ रहा था, उच्चारण की गति भी तेज़ हो रही थी, वे वहीं किनारे बैठकर लगभग चालीस मिनटों तक सहस्र नाम का वाचन करते रहे। परिवार के सभी सदस्य द्वार के बाहर पंक्तिबद्ध होकर बैठे प्रतीक्षा करते रहे। सहस्र नाम पूरा करते ही वे 'माँ-माँ' कहते हुए मूर्ति के सामने साष्टांग गिर पड़े। उनके दोनों हाथ आगे फैले हुए थे और मुख से 'माँ-माँ' की ध्वनि अनवरत निकल रही थी। फिर अचानक वह ध्वनि बंद हो गई। पुजारी को प्रतीत हुआ कि क्या वृद्धजन मूर्च्छित हो गए हैं?

उन्होंने परिवारजनों को आवाज़ दी। बाबा के शरीर को हिलाया-डुलाया। सब कुछ शांत, सब कुछ निश्चेष्ट था। बाबा की साँस रुक गई थी। चक्रवर्ती मोशाय मानो माता की मूर्ति में समा गए थे। फिर तो मन्दिर में हाहाकार मच गया। जल्दी-जल्दी उनके शरीर को बाहर लाया गया। मन्दिर के प्रांगण में भीड़ लग गई। बाबा ने मानो आत्मबलि दे दी थी। परिवारजनों के रुदन का वेग बढ़ गया था। फिर उन्हें उठाकर बाहर लाया गया। सुशील के साथ सभी बाबा के पार्थिव शरीर को लेकर श्मशान घाट की ओर चले।

''क्या ऐसी भी मृत्यु होती है? दर्शन का परम वेग भक्त के हृदय को इतना मथ दे सकता है कि वह परम पद का अधिकारी बन जाए। सब कह रहे थे, सद्गति यही तो है। यह इच्छित मृत्यु भी सुखदायी होती है।'' बाबा महाकालिका के तेजो बिन्दु में एकाकार हो गए थे—रह गया था केवल पार्थिव शरीर, स्वजनों का रुदन-क्रंदन और हाहाकार। दाहकर्म और गंगा में क्षार का विसर्जन कर सबको घर लौटते-लौटते आधी रात हो गई थी।

26

बरसात खत्म हो जाने के बाद जैसे कुछ दिनों तक सड़कों पर कीचड़, काई और जहाँ-तहाँ पानी जमा रहता है वैसे ही दंगों के शांत होने के बाद भी बहुत दिनों तक वातावरण में संदेह और भय का ज़हर घुला हुआ था। दंगों ने दिया था, एक अज्ञात भय, एक अनावश्यक संदेह जो आदमी-आदमी में फ़र्क सिखा रहा था। सुधीर बाकायदा होम्योपैथ का डॉक्टर बन गया था। उसे चमड़े का दवाओं वाला बैग लटकाकर चलने में बड़ा सुकून मिलता था। उसे लगता था, दुनिया की सारी बीमारियों का इलाज उसके पास है। वह चाहे तो संसार को तमाम आधि-व्याधियों से चुटकी बजाते मुक्त करा सकता है। उसे रोगी कहाँ से मिलते? वह अपने भाई के क्वार्टर के आस-पास के क्वार्टरों में दवाओं का बैग लिए घूमता। सब पुलिसवाले थे, सब उसे पहचान गए थे पर नए डॉक्टर से इलाज कौन कराए? वह ज़बर्दस्ती छोटे बच्चों का हाल-चाल पूछता, मुहल्ले के बच्चों में से किसी-न-किसी को कोई-न-कोई तो तकलीफ़ रहती ही, वह झट आला लगाकर जाँच करता, पूरा हाल पूछता और चीनी पाउडर में दो बूँद दवा टपकाकर पुड़िया बनाकर माताओं को दे देता, दवा चार-चार घंटे पर खिलाने की हिदायत भी देता। यह और बात है कि उसके वहाँ से हटते ही माताएँ दवा की पुड़ियों को बाहर झाड़ी में फेंक देतीं। कई नौजवान उसे मज़ाक से 'डॉक्टर साहब, डॉक्टर साहब' की आवाज़ लगाते और मन-ही-मन हँसते। साहब शब्द में जैसे कोई जादू था, उसे लगता कि वह साक्षात् धन्वन्तरि की तरह क्षीर सागर के मंथन से दवाओं का यह बैग लेकर प्रकट हो रहा है। कई बार वह दवाओं का प्रयोग अपने आप पर भी करता, अपने बायें हाथ को दायें हाथ से पकड़कर नब्ज़ देखता उसकी चाल गिनता, आईने में अपना मुख और शरीर को गौर से देखता और सोचता—यह मानव शरीर दुखों की खान है। इतनी इंद्रियाँ, इतने अवयव ये सभी तो बीमारियों के आने के द्वार हैं, आदमी को इसलिए आत्म-निरीक्षण करते रहना चाहिए।

श्वास की गति से लेकर सभी इंद्रियों को ठोक-बजाकर रखने में ही आदमी का कल्याण है। कभी-कभी बैग लेकर घूमता हुआ वह कॉलोनी के दूसरे हिस्से में चला जाता। एक दिन तो ऐसा हो गया जैसा उसने कभी सोचा नहीं था। उसने देखा कि एक क्वार्टर के सामने दो-चार लोग परेशान दीख रहे हैं, सब पुलिसवाले ही थे। सुधीर चलते-चलते रुक गया। उसने धीरे से वहाँ खड़े एक सिपाही से पूछा, ''क्या कोई असुविधा है, कोई कष्ट?''

''हाँ भई! इन्सपेक्टर बोस बहुत तकलीफ़ में हैं, परसों से सारी रात सो नहीं सके हैं। सुबह से दो-दो डॉक्टर आकर देख गए हैं। कोई दवा लाभ नहीं पहुँचा रही।''

''मैं देख सकता हूँ। मैं भी डॉक्टर हूँ। होम्योपैथी डॉक्टर।''

"अच्छा-अच्छा! इसीलिए आपके हाथ में दवाओं का यह बैग है। आप तो डॉक्टर साहब चलंत हॉस्पिटल हैं। चलिए मेरे साथ भीतर चलिए। आप भी साहब को देख ही लीजिए।"

सिपाही ने घर का दरवाज़ा खोला तो सुधीर को लगा कि यह उसके भाग्य का दरवाज़ा है, जो उसके लिए खुल रहा है। वह गंभीर मुद्रा में भीतर दाखिल हुआ। भीतर कमरे में बोस बाबू गंजी, लुंगी पहने बिछावन पर मछली की तरह तड़प रहे थे, पत्नी सिर दबा रही थी, परिवार के लोग घेरे बैठे थे।

सुधीर को कुर्सी दी गई। पता चला कि परसों शाम से ही सिर में अचानक दर्द हो रहा है, लगता है सिर फट जायेगा।

बोस बाबू चिल्लाकर बोले—

"अब सिर फट जाए तभी चैन मिलेगा," कहकर वे अपना सिर तकिए पर ज़ोर-ज़ोर से पटकने लगे। एक वृद्धा स्त्री संभवतः बोस बाबू की माता थीं, बोलीं—पहले तो डॉक्टरों को लगा माइग्रेन है, कभी किसी ने अधकपारी कहा, उसके लिए वैद्यक, अंग्रेज़ी और देहाती उपचार भी किए पर कोई फ़ायदा नहीं पहुँचा। सुधीर एक-एक लक्षण पूछता रहा और ठंडे दिमाग से दवा का निश्चय करता रहा, लगभग पंद्रह-बीस मिनटों तक तरह-तरह के सवाल कर उसने अपना बैग खोला। उसमें से उसने 'आरनिका 200' की शीशी निकाली और बिना किसी को दवा का नाम दिखाए, बोस बाबू के मुँह में दो बूँद टपका दीं। फिर बड़ी शांति से उसने दो-चार खुराक बनाईं और लिफ़ाफ़े में सहेज कर बोस बाबू को कहा—

"मैं आपका पड़ोसी हूँ। सुशील चक्रवर्ती का छोटा भाई। होम्योपैथ की डिग्री ली है। प्रैक्टिस कर रहा हूँ। आप मुझ पर विश्वास करें। पंद्रह मिनट के भीतर आपको आराम मिलना शुरू हो जाएगा। बोस बाबू ने बेचैनी में ही सिर हिलाया। सुधीर वहीं बैठा रहा। तब तक उसके लिए चाय आ गई थी। सुधीर को लग रहा था, यह उसके भीतर बैठे डॉक्टर का सम्मान है। उसे यह सोचकर अच्छा लगा। लगभग बीस मिनटों बाद बोस बाबू का तड़पना, सिर पटकना कम हो गया था, वे शांति से आँखें बंद कर लेटे थे, थोड़ी ही देर बाद उन्हें नींद आ गई। घर के लोगों में इतनी खुशी छा गई कि बोस बाबू की माँ ने सुधीर का सिर छूकर आशीर्वाद दिया, बोस बाबू की पत्नी ने भी कृतज्ञ भाव से आशीर्वाद दिया।

सुधीर का आत्मविश्वास बढ़ गया था, उसने कहा—

"बोस बाबू अब बिलकुल ठीक हैं। फ़िलहाल एक-एक दिन पर एक-एक खुराक दवा देते रहिए। थोड़ा भी कष्ट लगे तो एक खुराक तुरन्त दे दें," कहकर वह उठ खड़ा हुआ। उसका बैग बोस बाबू के पुत्र ने उठा रखा था, उनके दोनों बेटे उसे उसके क्वार्टर तक पहुँचाने आए। घर पर तब तक सुशील भी आ गया था। वह बोस

बाबू के पुत्रों के साथ सुधीर को देखकर आश्चर्य में पड़ा था। बोस बाबू के पुत्रों ने सारी कथा कह सुनाई और यह भी बताया कि अंकल की दवा की दो बूँद में पापा की सारी पीड़ा एकदम शांत हो गई, अब वे आराम से सो रहे हैं।

बोस बाबू के पुत्रों के जाने के बाद सुशील ने ज़ोर से पुकार कर अपनी पत्नी और सुधीर की पत्नी को बुलाया, सुशांत और सभी बच्चे भी वहाँ जुट गए, ''आज तो चमत्कार हो गया। हमारा सुधीर तो पक्का डॉक्टर हो गया। दो बूँद दवा का असर पूरे मुहल्ले ने देख लिया। वाह! सुधीर वाह! तुम्हें डॉक्टर बनाना सार्थक हो गया। आज बाबा होते तो उन्हें कितनी खुशी होती!'' कहते-कहते सुशील की भी आँखें भर आईं। वह सुचेता से बोला, ''देखती क्या हो? अपने डॉक्टर देवर को मिष्टी खिलाओ। आज तो वाकई चमत्कार हो गया।''

सुधीर के मन में उत्साह हिलोरें ले रहा था। अगले दिन उसने सुशील से कुछ दवाएँ खरीदने के लिए पैसे लिए और चौरंगी की ओर चल पड़ा। उसे मालूम था कि होम्योपैथी दवाओं की वहाँ कई दुकानें थीं। उनमें से एक खास दवा की दुकान 'दास होम्यो मेडिसिन्स यानी दास मेडिकल स्टोर से ही उसके कॉलेज के मित्र दवाएँ खरीदते थे। कॉलेज की याद आते ही उसे अनुभा की याद आई। कई महीने हो गए। कोई खबर नहीं। जीवन का प्रवाह नदी के प्रवाह से भी अधिक तीव्र होता है, अपने साथ सब बहा ले जाता है, अच्छी-बुरी सब यादें एकसमान हो जाती हैं। बहती हुई नदी, काठ के कुंदे और बहते शव में कोई फ़र्क नहीं देखती। सुख-दुख सब समशीतोष्ण हो जाते हैं। आँसू हों या पानी उनके स्वरूप में भेद नहीं होता। फिर भी अनुभा का आकर्षण एकदम अलग था, उसकी साड़ी के उड़ते हुए पल्लू में हवा जैसे खुद आकर बँध जाती थी, उसके खुले हुए केशपाश श्रावण मास का भ्रम उत्पन्न कर देते थे। यह लंबी उन्मुक्त झूलती हुई केश राशि पहाड़ी ढलानों पर किसी मेघ-दल-सी धीरे-धीरे उतरती प्रतीत होती थी, उसकी चमकती हुई चंचल आँखों में तो सवाल-ही-सवाल होते थे, ''अब तक कहाँ थे? कैसे हो? क्यों नहीं मिले? मुझसे बात करने का कभी जी नहीं हुआ?'' ढेर सारे प्रश्न। वह अनुभा के सामने एक ऐसा परीक्षार्थी बन जाता था जो सवालों को सुनकर ही तृप्त हो जाता था, उनका जवाब ढूँढ़ने कौन जाए? वाकई कहाँ होगी अनुभा? उसे उससे मिलना चाहिए था। एक अपराधबोध से भरा हुआ वह दवा की दुकान दास होम्यो मेडिसिन्स में घुसा। अचानक वह असहज हो गया, लगा कि मुँह से एक चीख निकल जाएगी, सामने अनुभा खड़ी थी, बिलकुल हण्ड्रेड परसेंट अनुभा। वह इस तरह चौंका, जैसे किसी ने उसके मुख में एक लाख पॉवर की दवा की बूँदें टपका दी हों।

''अरे! तुम! यहाँ? अचानक। क्या ऐसा संभव है कि आदमी जो सोचे वही प्रत्यक्ष सामने खड़ा हो जाए?''

''हाँ, मैं ही हूँ। अनुभा हूँ! बिलकुल अनुभा। और मैं तुम्हें बिलकुल भी नहीं भूली।''

''सॉरी! अनुभा! देशकाल और परिस्थिति का दंश तुमने भी झेला होगा। अब मिल गए हैं तो अच्छा लग रहा है। अभी तो ऐसा लग रहा है कि जैसे बिना कोई दवा खाए बीमार एकदम ठीक हो जाए। सब तुम्हारे दर्शन का चमत्कार है।''

''अच्छा-अच्छा! कलकत्ते की अशांति के समय मैं भी दुर्गापुर चली गई थी और काफ़ी दिनों के बाद हाल ही में लौटी हूँ। अत: किसी का कोई दोष नहीं है। अब तो हम लोग डॉक्टर हो गए, थोड़ी-थोड़ी प्रैक्टिस भी चालू हो गई। हमें भविष्य की भी चिन्ता करनी चाहिए। मेरी माँ भी तुम्हें याद कर रही थीं। पर तुम तो मेरे चौरंगी लेन को बिलकुल भूल ही गए। तुमसे मुझे बहुत सारी बातें करनी हैं, अगले हफ़्ते ठीक आज के ही दिन यानी अगले सोमवार को क्यों न हम लोग सुबह के 11 बजे यहीं मिलें। हम लोग यहीं चाय या कॉफ़ी पिएँगे और दोपहर का खाना भी खाएँगे। अगर तुम कंजूस नहीं हो तो यह पार्टी तो तुम्हें ही देनी चाहिए। क्यों?''

''हाँ-हाँ, क्यों नहीं! अगले हफ़्ते ठीक ग्यारह बजे मैं यहाँ हाज़िर हो जाऊँगा। याद रखना मैं वक्त का बड़ा पाबंद हूँ। फिर हम किसी अच्छे रेस्टोरेंट में चलेंगे—जहाँ तुम कहोगी।''

''सचमुच चलेंगे। मुझे तुमसे बहुत ज़रूरी बातें करनी हैं। मैंने तो कॉलेज करते समय ही सब कुछ सोच रखा था, पर तुम्हें कह नहीं पाई। आदमी लड़ते समय जितनी तेज़ी से बोल सकता है, उतना शायद प्रेम करते समय नहीं। प्रेम गूँगा बना देता है—गूँगे का गुड़ है ना! शायद इसीलिए,'' कहकर अनुभा खिलखिलाकर हँस पड़ी। उसकी मोतियों जैसी दंत पंक्तियाँ चमक उठीं। निरभ्र नभ के सूर्य की तरह ज्योतिर्मय, आँखें चौधिया जाएँ इतनी।

27

अनुभा ने वापस लौटने के लिए कदम बढ़ाया पर दो कदम चलकर ही वह सहसा रुक गई। लौटते-लौटते सुधीर भी रुक गया। बोला—

''क्या हुआ? क्या कुछ और कहना है?''

''हाँ, कहना कुछ शेष रह गया लगता है, सुधीर? बातें भी क्या कहीं समाप्त होती हैं? कभी मन कुछ कहना चाहता है, कभी शरीर में दौड़ते रक्त-कण उतावला कर देते हैं, कभी परिस्थितियाँ बाध्य कर देती हैं—तो मुझे भी लगता है, अभी हमारी बातें खत्म नहीं हुई हैं। मेरा मन कहता है कि चलो, आज मैं तुम्हारे साथ ट्राम की सवारी करूँ, थोड़ी हरीतिमा का अनुभव करूँ। घूमते-फिरते क्यों न हम लोग विक्टोरिया चलें?''

''तुमने तो मेरे मन की बात कह दी अनुभा! मैं जब पहले दिन कलकत्ता घूमने निकला था तो भैया के एक कॉन्सटेबल हरिबोल यानी हिटलर के साथ आया था। वह कॉन्स्टेबल हिटलर तब मुझे एक मज़ाकिया जीव लगा था, बड़ी-सी तोंदवाला, हिटलर कट मूँछें, सब कुछ उबड़-खाबड़, पर उसने मुझे जीवन भर की एक स्मरणीय सीख दे दी कि हम जो देखते हैं, वही सच नहीं होता। सच वह होता है जो हमारे अनुभव का विषय बनता है।''

अनुभा के साथ सुधीर ट्राम पकड़ने के लिए चल भी रहा था और बातें भी करता जा रहा था।

''हाँ तो मैं हरिबोल सान्याल के बारे में बता रहा था, वह सचमुच एक अलग किस्म का, अलग धातु का जीव है। उसे अपने छोटे तीन साल के बच्चे के लिए खिलौने खरीदने और अपनी स्त्री के लिए ताँत की साड़ी खरीदने की आदत थी। बड़े-बड़े खिलौने खरीदता। कभी-कभी मैं तंग आ जाता था। पर जानती हो अनुभा एक दिन तो उसने मुझे रुला दिया।''

फिर सुधीर ने हरिबोल की सारी व्यथा-कथा कह सुनाई। दंगाइयों के द्वारा एक बच्चे की निर्मम हत्या और हरिबोल की स्त्री पर किए गए भयानक अत्याचार से अनुभा दहल गई, उसके मुख से एक ज़ोर की 'हाय' निकली।

उसकी आँखों में भी आँसू छलक आए थे। वह इतना ही बोल पाई, ''कॉमेडी के ठीक पीछे इतनी दारुण ट्रेजेडी ? बहुत दुखदायी है। अब मुझे याद आ रहा है, कॉलेज में तुम्हारे साथ मैंने कई बार उस पात्र को—हरिबोल सान्याल को देखा है। जीवन में अचानक इतना बड़ा दुख ? भला कोई कैसे सह पाएगा ?''

''देखो अनुभा! दुख या सुख सब परिस्थितियों के संघात से अचानक ही पैदा होते हैं, वे एक चलंत अनुभव हैं, उन्हें रोका नहीं जा सकता! समुद्र की तरंगों की तरह इनका उत्थान-पतन सदैव होता ही रहता है। कोई नहीं जानता कल क्या होगा ? कब क्या होगा ? समय का चक्र कब किसको पीस डालेगा, कौन बचेगा, कौन नष्ट हो जाएगा ? कोई इसका अनुमान नहीं कर सकता।''

''तो इसी निराशा के भाव से जीवन जीना होगा, जब सब कुछ अनियंत्रित है, आदमी समय के निरंकुश हाथों में खेलता एक असहाय जीव है, तो बड़ी-बड़ी बातों का क्या फ़ायदा ? क्या हम स्वप्न देखना बंद कर दें ? फिर जिसे हम, 'उज्ज्वल भविष्य' कहते हैं, वह तो एक फ़ैन्टेसी है—मन की स्वच्छंद दुनिया बिलकुल स्वर्ग और नरक की तरह।''

''नहीं-नहीं अनुभा। ऐसा भी नहीं है। मनुष्य दुर्दम प्राणी है। संघर्ष से ही उसे ताकत मिली है। विरोध जितना बढ़ेगा वह और भी प्रचंड होता चला जाता है। हमारी पुराण-कथाओं में बार-बार आया है कि दैत्यवाहिनी विशाल है और अवतार पुरुष या

स्त्री को अकेले लड़ना पड़ता है और वह अकेली शक्ति विजयी भी होती है। *रामायण* की कथा में राम, एक साधारण पुरुष हैं और रावण दस सिर और बीस भुजाओं वाला अपार बलशाली, पर विजय राम की ही होती है।''

''तुम ठीक कहते हो सुधीर! शायद ऐसी ही स्थितियों में नारी-शक्ति का प्रबल रूप प्रकट हुआ है। महादुर्गा के भी एक, नौ, दस कई रूप आए हैं, आठ भुजाओं वाली देवी अष्टभुजा की भी कल्पना हुई है, अनेक मुख, अनेक रूप, करुणा, प्रेम और क्रोध का अपूर्व मिश्रण! समय के साथ तो कभी-कभी मोर्चा खोलना ही पड़ता है।''

बातें करते-करते दोनों ट्राम में सवार होकर हरे-भरे मैदानों से गुज़रते हुए ठंडी हवा का आनंद ले रहे थे। ट्राम में बहुत भीड़-भाड़ नहीं थी। कभी-कभी एकाध उड़ते पेड़ों के पीले पत्ते भीतर भी आ जाते।

सुधीर ने एक पत्ते को उठाकर अपनी हथेली पर रख लिया और बड़े गौर से देखता रहा। वह उसे कभी उलटता, कभी पलटता। उसका पीला रंग, उस पर खिंची हुईं रेखाएँ उसकी हथेली की रेखाओं के साथ बिलकुल 'मैच' कर रही थीं।

अनुभा के साथ वह विक्टोरिया मेमोरियल के मैदान में एक बैंच पर बैठ गया। बैंच भी हरी थी। आस-पास के वृक्ष भी हरे-भरे थे। वातावरण बेहद खुशनुमा था।

अचानक अनुभा ने सवाल किया—

''सुधीर! मैं तुम्हारे विषय में ज़्यादा-से-ज़्यादा जानना चाहती हूँ, तुम्हारे मन के निभृत कोने में प्रवेश पाना चाहती हूँ। कभी-कभी तुम मुखर होते हो, कभी बिलकुल मौन हो जाते हो। यह परिवर्तन इतनी तेज़ी से होता है कि मैं स्तब्ध-सी रह जाती हूँ। क्या कोई ऐसी पीड़ा है जिसे तुम मुझसे छिपाना चाहते हो? अपने विषय में, अपने परिवार के विषय में बताओ। मैं हमेशा तुम्हारे बारे में सोचती रहती हूँ, पर जिस पथ पर चल रही हूँ, वह अंधकारमय है। क्या जीवन को कृष्णपक्ष से निकालकर शुक्लपक्ष की ओर ले चलने में अधिक कठिनाई है? मैं तुम्हारा साथ दूँगी। तुम विस्तार से बताओ, कुछ भी मत छिपाओ, पीड़ा प्रकट होती है तो उसका उपचार भी संभव होता है।''

''तुम शायद ठीक कह रही हो अनुभा! आज मैं ज़रूर बता दूँगा कि मैं कौन हूँ, क्या हूँ?''

उसने अपनी हथेली में दबे पीले पत्ते को दिखाते हुए कहा—

''अनुभा! इस पीले पत्ते को देखो। यही जीवन का वास्तविक सत्य है। मैं भी एक उड़ता हुआ असहाय पत्ता हूँ, निराश्रित और व्यर्थ मैं! उस नाव की तरह हूँ, जो अपने ही भार से नदी में डूब रही है। जानती हो अनुभा! परिस्थितियों ने हमें देश-

निर्वासन का दंड दिया है, हम डाल से टूटे पत्तों की तरह झर गए, अचानक बसा-बसाया घर छोड़ना पड़ा, अपने पोखर-तालाब, हरे-भरे फलों से लदे वृक्ष, फूलों की महक से परितृप्त आँगन सब छूट गया। मेरे बाबा पं. प्रभास चन्द्र चक्रवर्ती ने कहा था—हम घर छोड़ रहे हैं तो क्या? हर चीज़ हम करीने से सजाकर छोड़ें। कुछ भी टेढ़ा-मेढ़ा, अस्त-व्यस्त नहीं रहे, जैसे पंछी अपने पंख गिराता है, वैसे ही बिना कष्ट के हमें सब यहीं त्यागकर चल देना है।'' सुधीर बोलता गया—

''हम घुमक्कड़ बन गए अनुभा! हम रोमा मानव समुदाय की तरह, जिप्सी की तरह हो गए। दुनिया भर में लाखों लोग रोमा जाति के हैं, इन्हें लोग बंजारे भी कहते हैं, इनका कोई घर नहीं होता। जहाँ जाते हैं बाँस या लट्ठ से घेरकर घर बना लेते हैं, ब्याह भी करते हैं! इनके बच्चे भी होते हैं, सब सुन्दर, मटमैले, इनके गंदगी में लिथड़े बच्चे! ये चोरी भी करते हैं, समय इन्हें जीने की विद्या में पारंगत कर देता है। यह जाति यूरोप में भी है—सबसे गरीब और बदहाल जाति। लोग तो यह भी कहते हैं कि रोमा लोग लगभग हज़ार साल पहले उत्तर भारत से यूरोप की ओर चले गए। बाद में वे बाइजेंटाइन साम्राज्य का हिस्सा बन गए। कुछ लोग कहते हैं कि भारत से हज़ारों की संख्या में महमूद गजनी द्वारा वे गुलाम बनाकर अफ़गानिस्तान ले जाए गए और वहाँ से धीरे-धीरे वे चारों ओर फैल गए। कहते हैं कि इनकी भाषा भी भारतीय भाषाओं से मेल खाती है। हम ज़्यादा तो नहीं जानते पर हमारे भटकने का सिलसिला शुरू हो गया है। पता नहीं अब नाव डूबेगी या आगे कहीं किनारे लगेगी? समझो, हम बालू के घर में रह रहे हैं या बहती हुई नदी की धारा में घर बनाने की निरर्थक कोशिश कर रहे हैं। इसलिए नदी में निराधार लक्ष्यहीन बहते हुए लकड़ी के कुन्दे या बाँस जो खुद बेसहारे हैं, वे भला किसी को क्या सहारा दे सकते हैं? वे किसी के साथ दो कदम भी चलने के अधिकारी नहीं हैं। वे सिर्फ़ एक दृश्य हैं, देखने की वस्तु, देखने वाले की करुणा और सहानुभूति के पात्र भर और कुछ नहीं!''

''मेरे बाबा पूजा-काल में कलश-स्थापना में एक वैदिक मंत्र पढ़कर जब उसमें दक्षिणा-द्रव्य डालते थे तो कहते थे—'कस्मै देवाय हविषा विधेम'। उस समय से मेरे मन में प्रश्न उठते थे—आखिर किस देवता के लिए? कोई है तो ब्रह्मांड नायक जो व्याप्त है, जिसको समेटना कठिन है। उस विराट को तो बिन्दु के ही मार्फ़त जाना जा सकता है। ठीक वैसे ही मैं सोचता था, मैं किस देवता का पाद्य अर्घ्य आचमन या नैवेद्य हूँ, कौन मुझे अपनाएगा, कौन मुझे शरण देगा? तब मैं नहीं जानता था कि मेरे जीवन में भी ये प्रश्न उठते रहेंगे कि मैं किस देवता की आहुति हूँ? मैं किस देवता के लिए हूँ, कौन है मेरा साध्य? कहाँ है मेरा लक्ष्य? क्या मेरा जीवन किसी लक्ष्य भ्रष्ट तीर की तरह चल रहा है। कहाँ, कौन-सा देश, कौन से लोग मेरे वे अंश बनेंगे? जिन्हें अपना सुख-दुख सौंपकर मुझे संतोष और शांति का सुख मिलेगा।''

सुधीर का बोलना जारी था—

''मैं निराश्रित, ढाका के बैरागादी ग्राम से निर्वासित बंगाली हिन्दू किसी शरण की खोज में कुछ वर्ष पहले कलकत्ता अपने चचेरे भाई के पास आया। पिता धर्मपरायण ज्ञानी सत्पुरुष थे, वे दक्षिणेश्वर में माता कालिका की मूर्ति के सामने प्रणाम की मुद्रा में लेटे तो फिर नहीं उठे। वे जैसे माता की मूर्ति में समा गए। अब दंगों के बाद मुझे आगे का मार्ग ढूँढ़ना है। तुम्हें पहली मुलाकात के साथ से ही पसंद करता हूँ, तुममें शील-संकोच और सौन्दर्य का अद्‌भुत मिश्रण है, तुम दूसरी लड़कियों से सचमुच बिलकुल अलग हो। पर मैं संभवत: तुम्हारे योग्य नहीं हूँ। कई वर्ष पहले मेरा विवाह हो गया था, इस विवाह में मेरी और मेरे पिता की भी सहमति थी, मैं कई संतानों का पिता भी हो गया हूँ, मेरी पत्नी सुजाता मेरे सर्वथा योग्य है। तुमने जब-जब मेरे परिवार के विषय में जानना चाहा, तब-तब मैं मौन हो गया। क्या कहता ? किस मुँह से कहता ? प्रेम पर मैं घण्टों बातें कर सकता हूँ, पर प्रेम को अंगीकार करने की योग्यता मुझमें नहीं है। मुझे अपनी क्लास का साथी समझो जो तुम्हें स्मरण रखेगा। सदैव स्मरण रखेगा,'' कहते-कहते सुधीर का गला भर आया।

अनुभा बेंच पर बैठी होने पर भी स्वयं को निराधार अनुभव कर रही थी। उसे लग रहा था कि वह किसी महासागर के शीतजल में इस काठ के कुन्दे पर बह रही है, उसका शरीर शीत से थरथरा रहा है, आँखें आँसुओं से इतनी भर गई हैं कि सामने की कोई चीज़ साफ़-साफ़ दिखाई नहीं दे रही।

सुधीर बोला, ''मैं तुम्हारे लिए कुछ खाने को लाता हूँ, हम लोग काफ़ी देर से निकले हुए हैं।''

''नहीं-नहीं सुधीर! आज रहने दो! तुम स्वयं विचार कर सकते हो, इस समय मेरी मन:स्थिति ठीक नहीं है। आज मैं कुछ नहीं खाऊँगी। अब जब प्रोग्राम तय हो गया है कि आज ही के दिन हम लोग ठीक एक सप्ताह के बाद 11 बजे दिन में दवा की दुकान में मिलेंगे तो निश्चित मिलेंगे। तुम्हारे साथ मैं लंच लूँगी। तब तक मन भी स्थिर और शांत हो जाएगा। नदी का पानी जब तक हिलता रहता है या वेग से तरंगित होता रहता है तो उसकी पारदर्शिता मिट जाती है। हम अगले सप्ताह ज़रूर मिलेंगे। साथ खाएँगे, पीएँगे, गप्पें मारेंगे। उस दिन तुम मुझे ज़रा भी उदास नहीं पाओगे। हर हाल में खुश रहना ही जीवन जीने का अभिप्राय पूरा करता है।''

इतना कहकर अनुभा उठ खड़ी हुई। सुधीर भी शांत भाव से उसके पीछे चला। मौसम अचानक रंग बदल रहा था। आकाश में घने बादल एक पर एक इकट्ठे होते जा रहे थे और आने वाली तेज़ बारिश का संकेत दे रहे थे।

28

हावड़ा क्वार्टर में लौटने के लिए सुधीर बस में तो बैठ गया, पर मन में हलचल मची हुई थी। जितना शोर बाहर जनसमुदाय का था, बस और मोटर की चिल्ल-पौं थी, हाथरिक्शे वालों की घण्टी की टुनटुनाहट थी, उससे अधिक एक स्वर बार-बार मन में उभर रहा था, जैसे समुद्र की लहर किनारे की चट्टानों से टकरा-टकरा कर टूटती रहती है—ठीक आज के ही दिन 11 बजे हम लोग मिल रहे हैं। किसी रेस्टोरेन्ट में साथ खाना खाएँगे। यह पार्टी तो तुम्हें ही देनी चाहिए। प्रेम आदमी को गूँगा बना देता है। यह गूँगे का गुड़ है।—तो क्या सुधीर अनुभा से प्रेम करने लगा है, यह दुर्वार आकर्षण क्यों बार-बार उसके मन को मथ रहा है। ढाका में बाबा कहा करते थे—मनुष्य के मन में इच्छा का चक्र चलता रहता है—यही इच्छा है कामदेव। उसका दूसरा नाम है मन्मथ। जो मन को मथ दे, स्ववश नहीं रह जाए, करणीय-अकरणीय का ज्ञान भुला दे—तो क्या इतने बरसों से उसके मन के किसी निभृत कोने में अनुभा साकार होकर स्थापित है और वह तब तक कई संतानों का पिता हो गया है। वह अपने मन को इतनी स्वतंत्रता कैसे दे सकता है? एक म्यान में दो तलवारें कैसे रह सकती हैं। उसकी पत्नी सुजाता दिन-रात बच्चों में उलझी है, दिन-रात घर में काम में मशगूल रहती है और वह किसी दूसरी उलझन में फँसा है।

घर में घुसते ही उसके बच्चे दौड़कर लिपट गए, अभी-अभी सभी स्कूल से आए थे। थोड़ी देर की उठा-पटक, धमाचौकड़ी के बीच उसका अन्तर्द्वन्द्व एकाएक शांत हो गया। तब तक सुजाता चाय ले आई थी। सुजाता आज खिली-खिली लग रही थी। सुधीर को लगा कि आज मानो पुरुषों के मुरझाने का और स्त्रियों के खिलखिलाने का दिन है। हो सकता है कि यह उसी के मन का दृष्टिकोण हो। स्त्रियाँ प्रसन्न प्रवाह वाली नदी हैं और पुरुष किसी उद्धत समुद्र की तरह तरंगित, वेगवान, अवश और निरंकुश। फिर भी वह अगले हफ़्ते के रेस्टोरेंट के आमंत्रण को भुला नहीं पा रहा था। उसने धीरे से पूछा—

''सुजाता! क्या तुम्हारे पास कुछ रुपये हैं?''

''क्यों? कोई खास बात?''

'हाँ, कॉलेज का कुछ बकाया जमा करना रह गया था, भैया इन दिनों अतिव्यस्त हैं। उनसे कहने में संकोच हो रहा है।''

''हाँ हैं तो कुछ पचास-साठ रुपये, बड़ी मुश्किल से पाई-पाई जोड़कर जमा किए थे। वही ले लेना।''

''ओह! सुधीर के मन पर पड़ा भारी बोझ सहसा उतर गया। अब अगले हफ़्ते के प्रोग्राम में कोई बाधा नहीं आएगी।''

उसी समय दरवाज़े पर मोटरसाइकिल के रुकने की आवाज़ आई। सुशील भैया आ गए थे। सभी बाहर दौड़े आए। सुशील शांत धीर कदमों से ड्रॉइंग रूम में आकर बैठ गया, तब तक परिवार के सभी सदस्य वहाँ आ बैठे थे। उसने अपनी पत्नी सुचेता को लक्ष्य कर कहा—

"सुचेता! भारी मुश्किल आ गई है। आज़ादी के समय हुए दंगों और नरसंहार की रिपोर्ट पर सुनवाई पिछले काफ़ी दिनों से चल रही थी। आज उसका फ़ैसला आ गया। बुरी खबर है। मुझे सस्पेंड तो कर ही दिया गया है, पदावनत कर मुझे सुदूर देहाती क्षेत्र मध्यम ग्राम की तरफ़ भेज दिया गया है और एक सप्ताह के भीतर यह क्वार्टर खाली करने का आदेश दिया गया है। यह महान विपत्ति अचानक बिजली की तरह हम पर गिरी है। सब कुछ नष्ट-भ्रष्ट हो गया। मेरी कोई गलती नहीं है। मैं तो दंगाई क्षेत्रों में शांति स्थापित करने और परिस्थिति को कंट्रोल करने में लगा था और मेरे दूसरे साथी बड़े साहबों के इर्द-गिर्द मंडरा रहे थे, वे खुशामदी चमचे तो बच गए और मैं सत्पथ पर चलने वाला व्यक्ति षड्यंत्र का शिकार हो गया।"...कहते-कहते सुशील का गला भर आया। सुधीर ने बड़े भाई को सँभाला—

"आपको फिर से चेष्टा करनी चाहिए भैया?"

"नहीं, नहीं, अब कुछ नहीं हो सकता। यह हैड क्वार्टर का ऑर्डर है। मुझे अपनी ड्यूटी से ज़्यादा बड़े साहबों की नज़रों के सामने बना रहना चाहिए था। हम भारतीय कैसे बने रहेंगे, पर और अधिकार पाते ही अंग्रेज़ों का प्रेत हम पर सवारी कस कर बैठ जाता है। अधिकारी को सिर्फ़ सामने की आँखों से देखकर ही विश्वास नहीं करना चाहिए, उसकी पीठ पीछे भी आँख होनी चाहिए, क्योंकि सत्य कभी भी इकहरा नहीं होता। अब सब कुछ छोड़कर यहाँ से जाना ही होगा।"

बाहर बरामदे में कुर्सी पर हरिबोल सान्याल, उदास मुँह बनाए बैठा था। उसे सारी सूचनाएँ पहले ही मिल गई थीं। सुधीर को देखते ही वह रो पड़ा। सुधीर ने गले लगाकर उसे शांत करना चाहा पर उसकी तो हिचकियाँ बँध रही थीं। जल पीकर जब वह शांत हुआ तो बोला, "सरजी! हमारा आपका शायद यहीं तक का साथ था। हम तो सहयात्री हैं, अलग-अलग स्टेशनों पर जीवन की इस छुक-छुक गाड़ी से तो हमें उतरना-चढ़ना पड़ेगा ही। फिर भी सुधीर दादा! हम आप तो बार-बार मिलेंगे।"

"कैसे मिलेंगे, कहाँ मिलेंगे? क्या सच! बताओगे?"

"और कहाँ सपने में मिलेंगे। आप हमें बहुत याद आएँगे सुधीरदा।"

"हरिबोल! तुम हिटलर नहीं हो, हितकर हो। मेरे सहचर, मेरे साथी। तुम्हें जीवन में शांति मिले, ईश्वर से मैं यही प्रार्थना करूँगा।"

हरिबोल भीगी आँखों से चुपचाप देखता रहा। वह फिर एक शब्द भी नहीं बोल सका। सुशील कमरे में सबके साथ ही बैठे थे। उन्होंने कहा—

''समय कम है। सामान भी समेटना है और आगे की फ़िक्र करनी है। आरंभ में तो तुम्हें अपने माता-पिता के पास ही जाना होगा। जब तक हम लोग हाईकोर्ट में केस जीत नहीं जाते तब तक तकलीफ़ तो उठानी ही होगी। अब सबसे बड़ा प्रश्न सुधीर और उसके परिवार का है। सुधीर और सुजाता अपने तीनों बच्चों सुशांत, झुण्टू और मानिक को लेकर जाएँगे तो कहाँ जाएँगे? इसी प्रश्न पर विचार करना है। एक उपाय है। मेरे दूसरे चाचा के लड़के सुनील चक्रवर्ती बिहार के रतनपुर कस्बे में दारोगा हैं, वह एरिया थोड़ा पिछड़ा तो है मगर बहुत शांत है। मैं उनसे बात करता हूँ। सुधीर! तुम अपने परिवार के साथ रतनपुर बिहार जाने की तैयारी करो।''

शाम तक सुनील चक्रवर्ती से भी बात हो गई। उन्होंने कहा, ''जहाँ मैं हूँ वह थोड़ा देहाती एरिया है। लोग भी मिलनसार और भले हैं। गाय, गोरू का पूरा सुख है। बच्चों के पालन-पोषण में कोई दिक्कत नहीं आएगी। दही का बिछौना और दूध का ओढ़ना ओढ़कर मज़े करेंगे।''

सुनील चक्रवर्ती के विषय में सुनकर सबको मज़ा आया। सुधीर ने कहा, ''सुनील भैय्या शायद मस्तमौला चीज़ हैं।''

''ऐसा मत समझना। भूले में न रहना। सुनील भैया की कड़क मूँछें अभी तुमने नहीं देखी हैं। उनके बेटे सुभाष, सुखमय सब दुम दबाए रहते हैं। सुनील भैया की आवाज़, उन्हें स्कूल की बजती हुई घंटी की तरह सुनाई देती है। यानी भागो कक्षा में जाने का समय हो गया। पर भैया अंदर से बिलकुल मक्खन हैं। तुम्हारा रुटीन ठीक तो समझो सब ठीक।''

सुशील ने कहा, ''सुधीर! मैं टिकट मँगवा ले रहा हूँ। तुम रतनपुर जाने की तैयारी कर लो।''

दो-तीन घंटों में ही हरिबोल ट्रेन का टिकट लेकर आ गया। सुशील ने कहा—

''लो सुधीर! टिकट भी आ गए। तुम्हारी जीवन-यात्रा का नया मार्ग खुल गया है। अगले सोमवार को तुम दोपहर में ट्रेन में बैठे होगे।''

''क्या कहा भैया आपने? अगले सोमवार को। सोमवार को ही मुझे परिवार के साथ चला जाना होगा। मगर मुझे कुछ ज़रूरी काम निपटाने थे, यह मंगलवार को भी तो हो सकता था।''

''नहीं सुधीर! मंगलवार को क्वार्टर खाली रहना चाहिए। सुचेता तो उसके भी पहले चली जाएगी। मैं मंगलवार को नई ड्यूटी ज्वाइन करने चला जाऊँगा।''

सुधीर के मुँह से फिर एक शब्द भी नहीं निकला। वह चुपचाप कमरे से बाहर निकला। हवा थोड़ी तेज़ चल रही थी। पत्ता-पत्ता हिल रहा था। पेड़ अपने आप में नहीं थे। सड़क पर सिर्फ़ धूल उड़ रही थी।

कुछ देर के बाद प्रकृतिस्थ होकर सुधीर भीतर आया, उसने अपनी पत्नी सुजाता से कहा—

''लो! तुम्हारे पचास-साठ रुपये बच गए, अब उनकी ज़रूरत मुझे नहीं पड़ेगी।''

''क्यों तुम्हें तो कॉलेज का ड्यूज़ देना था।''

''हाँ देना तो था। पर बहुत कुछ उधार या कर्ज़ चुक नहीं पाता, शायद हम उसे चुका भी नहीं सकते!''

''क्या बोल रहे हो सुधीर! लगता है तुम्हारे मन पर कलकत्ता छोड़ने का आघात लगा है। अभी तो शुरुआत भर है। घर-परिवार बेटा-बेटी, शरीर-मन सब धीरे-धीरे छूटते ही चले जाएँगे। 'सवाई एकिबार लुप्त हय जाबे, किछू थाक्वे ना।' संभवत: यही अस्थिरता तो सृष्टि का सौंदर्य है, जो जब तक है तब तक है, सुंदर है, भोगने योग्य है फिर तो सब झूठा, एकदम उच्छिष्ट, व्यर्थ।''

धीरे-धीरे सुधीर ने जाने की तैयारी शुरू की। सिर्फ़ बच्चों के कपड़े, उनकी किताबें ठीक करनी थीं। जैसे आए थे, प्राय: वैसे ही लौटने की तैयारी शुरू हो गई। सोमवार भी देखते-देखते आ गया। सुशील ने जीप से हरिबोल के साथ स्टेशन भेजने की व्यवस्था करा दी और ताकीद कर दी कि ट्रेन के खुलने के बाद ही वह लौटेगा। ट्रेन हावड़ा से ही बनती थी अत: कोई असुविधा नहीं हुई। सब ट्रेन में बैठ गए। सुधीर अशांत लग रहा था। ग्यारह बजे दास होम्यो मेडिसिन्स स्टोर में कोई उसकी प्रतीक्षा कर रहा है, उसकी निगाह बार-बार घड़ी पर जाती और बाहर चौरंगी के विराट जन-समुद्र में अनुभा बही जा रही होगी, हवा में उसके कुंतल हिल रहे होंगे, कानों का कर्ण फूल जगमगा रहा होगा। तभी अचानक गार्ड की सीटी की आवाज़ सुनाई पड़ी। गाड़ी धीरे-धीरे आगे सरक रही थी। हरिबोल अंतिम विदाई का हाथ हिला रहा था और हवा में उड़ती हुई पताका जैसे-जैसे आगे बढ़ती है उसका, रुख पीछे की ओर होता है, वैसे ही ट्रेन तो आगे बढ़ रही थी पर सुधीर का मन पीछे चौरंगी की ओर जा रहा था। उसने बेमतलब हवा में चिर विदा का हाथ हिलाया और आँखें बंद कर चुप बैठ गया।

29

बिहार का रतनपुर एक बड़ा कस्बा था। रतनपुर से पाँच-छह मील दूर मधुबन गाँव था। जहाँ मधुबन गाँव खत्म होता था वहीं से एक घना जंगल शुरू होता था। बड़े-बड़े अंग्रेज़ शिकारी वहाँ शिकार करने आते, कभी हरिण, तो कभी खरगोश तो कभी चिड़ियों का शिकार होता। लोगों में यह बात प्रचलित थी कि इस जंगल में बाघ भी हैं, हाथी और भैंसे भी। पर इसका साक्षात् प्रमाण नहीं मिला था। इसके लिए घने जंगल के और भीतर जाना पड़ता, हाँके की व्यवस्था करनी पड़ती। मेजर गांगुली सोचते कि एक बार पता चल जाए कि जंगल में बड़े जानवर बाघ वगैरह हैं तो यह लड़ाई भी लड़ ही ली जाए।

रतनपुर भरा-पूरा कस्बा था और पूरा शहर बनने की ओर अग्रसर था। वहाँ नई दुकानें खुलती जा रही थीं। एक सिनेमा हॉल भी खुल गया था। मेजर गांगुली को याद आया कि डॉ. मोहन कालरा और इन्सपेक्टर केसरी भी तो अच्छे शिकारी हैं, तो लगे हाथों शिकार पर निकलने में हर्ज ही क्या है?

यह इलाका चारों ओर हरे-भरे भूखंड से घिरा था। हरियाली बहुत थी। जहाँ तक नज़र जाती पेड़ ही पेड़, मोटी-मोटी डालियों वाले छतनार पेड़। बड़े-बड़े ज़मींदारों की ज़मीनों से घिरा प्रदेश। माल-गुज़ारी और कृषि-संपदा से उनकी जीविका थी। उन्हीं में से एक मेजर चित्तरंजन गांगुली का परिवार भी था। मेजर गांगुली फ़ौज से रिटायर हुए थे। दूसरे विश्व युद्ध में एक टाँग गंवानी पड़ी तो सरकार ने छुट्टी दे दी। ईनाम में ज़मीन का एक बड़ा भूभाग गुज़ारे के लिए दे दिया गया। जो पैसे मिले उससे मेजर साहब ने और भी ज़मीन खरीद ली, लगभग दो सौ एकड़ की ज़मीन के मालिक हो गए। उनकी पत्नी श्रीमती शोभना गांगुली गोरी, समझदार और थोड़ी पढ़ी-लिखी महिला थी। कहाँ तो कलकत्ते की भीड़-भाड़ का व्यस्त जीवन और कहाँ रतनपुर जैसा शांत कस्बा जहाँ शांति ही शांति थी। अपनी आवाज़ भी लाउडस्पीकर की तरह बिलकुल साफ़ सुनाई देती थी। साहब कड़क मिज़ाज के थे। अंग्रेज़ों की तरह मिज़ाज पाया था। बिलकुल अनुशासनबद्ध। गरीब लोग फ़रियाद लेकर आते। इस साल बारिश नहीं हुई। सूखा पड़ा है। लगान कहाँ से दें, कैसे दें? आरामकुर्सी पर बैठे-बैठे गांगुली साहब सब सुनते, देखते रहते, चुपचाप सिगरेट के कश सुलगाते रहते। चेहरा भावहीन रहता। गरीब खेत जोतनेवाला प्रार्थना करता रहता था सब सुनते हुए भी उनकी मुद्रा में तनिक भी फ़र्क नहीं पड़ता। अंत में भीतर से सब कुछ सुनते-सुनते आज़िज़ आकर मिसेज़ गांगुली निकल आतीं।

''बेचारा घंटे भर से चिरौरी कर रहा था, तुम तो सुन ही नहीं रहे।''

मेजर साहब की मुद्रा में अचानक परिवर्तन होता। बोलते, ''अब तुम आ गई हो। सब ठीक हो जाएगा।'' किसान से बोलते कि मेम साहब ने कह दिया सो लगान माफ़। जाओ खुश रहो।

एक दिन इसी तरह एक खेतिहर के जाने के बाद मिसेज़ गांगुली बोलीं—

''अनेक दिनों से देखती आ रही हूँ, तुम लगान तभी माफ़ करते हो, जब मैं आजिज आकर भीतर से निकलती हूँ।''

''शोभना! मैं जानता हूँ तुममें अपार दया है, तुम गरीबों का दुख-दर्द तनिक भी नहीं सह सकतीं। मैं घंटों चुप बैठा केवल तुम्हारी प्रतीक्षा करता रहता हूँ कि तुम आओ! लगान माफ़ करने में सहयोग करो। सारा श्रेय मैं क्यों लूँ? तुम जब किसी गरीब की रक्षा के लिए मुझसे भी भिड़ जाती हो तो तुम्हारी यह करुणा मुझे बहुत अच्छी लगती है।''

''ठीक ही तो है। धन तो एक ठीकरा है, टन् या झन् की आवाज़ पैदा करने वाला, जब तक वह मन का साथ नहीं देता, व्यर्थ है। मैं जानती हूँ, तुम बाहर आरामकुर्सी पर बैठे-बैठे मेरी प्रतीक्षा करते हो कि कब मैं आऊँ और कब तुम लगान माफ़ी की घोषणा करो। तुम ठहरे बंदूकवाले। निशाना साध लेते हो और तब बंदूक चलाते हो। क्या मैं तुम्हें नहीं जानूँगी। खूब पहचानती हूँ तुम्हें। तुम बैसाखी लेकर चलते हो। पौधों का ख़याल रखते हो। ये एक-एक पेड़ ही तो हमारे संबंधी और सखा हैं। क्या हुआ कि मुझे कोई संतान नहीं हुई। मैं भले अनुर्वरा-संतानहीन हूँ पर मेरे सामने की प्रकृति तो उर्वर है। हम पौधों को संतान की तरह देखते हैं, क्या यह कम है?'' मिसेज़ गांगुली सोचतीं, 'फिर चित्तरंजन का अथाह प्रेम। पाँव से थोड़ा लाचार ज़रूर है पर उसने नकली पाँव भी बाहर से मँगवा लिए हैं। धीरे-धीरे चलने की कोशिश भी करता है। बस एक ही कसक है, दोनों पति-पत्नी पचास के ऊपर हो गए, पर हमें संतान नहीं हुई। मन की उदासी तो प्रयत्न करने पर भी नहीं जाती।'

चित्तरंजन गांगुली शोभना को गौर से देख रहे थे, बोले, ''तुम किसी और लोक में भ्रमण कर रही हो। तुम सोचती हो, मैं तुम्हारी चिन्ता नहीं करता। मुझे सारा ध्यान रहता है। बस बात तो वही और उतनी ही है कि हम संतानहीन हैं। इस गाँव में जो हमारा वृहत् मानव समाज, गरीब, दुखी लोग हैं, वे सब भी तो हमारे परिवार ही हैं?''

''पर गाँव के लिए हमने सोचा कब है? सिर्फ़ चिन्ता करना कर्तव्य-पालन नहीं है। हम ज़मींदार हैं तो क्या हमने कोई अस्पताल बनवाया, कोई स्कूल खोला। आज भी मधुबन गाँव के इक्के-दुक्के बच्चे रतनपुर के हाई स्कूल में पढ़ने जाते हैं। तुम ठहरे हिसाबी-किताबी। रोज़-रोज़ धन बढ़ता जाए बस इसी की चिन्ता तुम्हें रहती है।''

''तुम शायद ठीक कह रही हो शोभना! मैं डॉक्टर मोहन कालरा से बात करता हूँ। बड़े मस्त जीव हैं। हफ़्ते में एक-दो दिन भी, गाँव को दे दें तो गाँव का कल्याण हो जाए।''

शोभना के मुख पर संतोष की रेखाएँ उभर आईं। गांगुली बोलते गए—

''मैं पिछले महीने जब कलकत्ते गया था तो वहाँ मेरे ममेरे छोटे भाई अनुरंजन चक्रवर्ती के छोटे बेटे अजित के बारे में चर्चा हुई। अनुरंजन ने बताया कि अजित कलकत्ते में बुरी संगति में पड़ गया है, दिनभर अड्डाबाज़ी, ताश और सिनेमा का शौक। यह भी कहते लोगों से सुना है कि फ़िल्म में हीरो बनने की कोशिश में है।''

''अरे! क्या कह रहे हो। अजित और सिनेमा का हीरो। एक भी तो गुन नहीं उसमें। दुबला, पतला, साँवला चेहरा, पढ़ाई-लिखाई में बिलकुल गोल। बस दिनभर अटपटी हरकतें करता रहता है—'डायलॉग डिलिवरी' करता है, सुना है सिगरेट भी पीता है और हाथ की उँगलियों में सिगरेट को नचाते हुए इस तरह ऊपर उछालता है कि वह सीधा होंठों के बीच फँस जाती है। बस इसी की प्रैक्टिस की है। उसकी माँ ने

पत्र लिख-लिखकर बार-बार अपना दुखड़ा सुनाया है। तो अब मेरी समझ में बात आ रही है, तुम अजित को पालित पुत्र बनाना चाहते हो। तुम्हें सिर्फ़ अपने रक्त-संबंध की चिन्ता है, क्या रक्त-संबंध के अलावा और कोई संबंध नहीं होता?''

''मैं जानता था शोभना तुम यह सुनते ही बिफर पड़ोगी। पर शांत मन से सोचो कि हम गाँव की संस्कृति में रहते हैं, गाँव में परिवर्तन धीरे-धीरे होता है पर शहर दौड़ रहा है, वहाँ हर चीज़ भाग रही है। विज्ञान रोज़ नित्य-नूतन आविष्कार परोस रहा है। शहरी लोगों की आँखें चौधियाई हुई हैं—विदेशी सामानों की चमक-दमक में वे स्वदेश का सम्मान भूल गए हैं। अगर हमारे प्रयत्नों से अजित इंसान बन जाए तो यह तो एक बड़ा उद्देश्य पूरा होगा। माना कि वह चंचल है पर हम भी तो अनुशासन के रखवाले हैं, उसे ठीक कर देंगे।''

शोभना को थोड़ा संतोष हुआ। ''पंद्रह-सोलह साल की उम्र में ही अजित सभी दुर्गुणों से भर गया है, फ़िल्म का चस्का, सिगरेट पीने में माहिर पता नहीं क्या होने वाला है? शिव-शिव! अब माता ही रक्षा करेंगी।''

30

कुछ ही महीनों के बाद कागज़ी लिखा-पढ़ी का काम पूरा कर दत्तक पुत्र के रूप में अजित चक्रवर्ती, अजित गांगुली बनकर रतनपुर के मेजर साहब के घर में प्रविष्ट हो गया। रतनपुर की हवेली देखकर उसकी आँखें फैल गईं। छोटे-मोटे राजमहल की तरह कई एकड़ में मकान दूर से ही अपनी समृद्धि का मानो बखान कर रहा था। वह पक्का मकान गोल-गोल गुम्बदनुमा बड़े-बड़े लंबे-चौड़े पायों और स्तंभों पर टिका था। एक-एक पाया इतना चौड़ा और मोटा था कि तीन आदमी भी मिलकर उसे बाँहों में नहीं बाँध सकते थे। सीढ़ियाँ भी लम्बी-चौड़ी, कमरे बड़े-बड़े, रोशनदानों में शीशे, खिड़कियाँ दरवाज़े सब आठ-नौ फ़ीट ऊँचे। उनकी पीतल की कुंडी भी एक-एक गज लंबी थी, जो बड़े आराम से खड़े-खड़े बंद की जा सकती थी। सभी कमरों में अंग्रेज़ी बाथरूम, स्नान के लिए टब, लकड़ी की अलमारियाँ अपने उम्दा होने का सबूत दे रही थीं। पहली मंज़िल पर सात-आठ बड़े-बड़े कमरे थे और नीचे की मंज़िल पर एक-एक कमरे को दो भागों में बाँटकर दो-दो कमरे का फ़्लैट बना कर किराये पर लगा दिया गया था, उससे अच्छी आमदनी भी थी और भीड़-भाड़, जगर-मगर अलग। ज़्यादातर किराएदार बंगाली थे, पर एकाध परिवार अन्य जातीय भी थे—जिनमें एक परिवार दीपक कुमार चौरसिया का था। सीधा-सादा बिहारी, भला आदमी। कम बोलने वाला, रंग एकदम गहरा साँवला, मुस्कुराता हुआ चेहरा। उसके इसी गुण पर शोभना ने उसे मकान किराये पर दे दिया था। उसकी एक विधवा जवान बहन उसके साथ थी, माँ कभी-कभी गाँव से आती और कुछ दिन रहकर लौट जाती।

दीपक की बहन पुष्पा का रंग एक प्रकार से काला ही था, पर उसके चेहरे में गज़ब का आकर्षण था। पहले दिन उसे देखते ही अजित का चंचल मन और भी चंचल हो उठा। जब भी अवसर मिलता किसी-न-किसी बहाने चौरसिया परिवार में घुस जाता। दीपक की अनुपस्थिति में पुष्पा ही चाय बनाकर लाती, उसका स्वागत होता। अजित की बात का विषय फ़िल्म था, पुष्पा अचंभित भाव से उसकी बातें सुनती। उसके अलग-अलग पोज़ के चित्र देखती। एक दिन दोपहर में अजित जब उसके घर आया तो पुष्पा स्नान करके निकली थी, उसके खुले बाल कुछ हद तक घुँघराले थे, तनी हुई नासिका, बड़ी-बड़ी आँखें और भौंहों की चंचलता से भरी वह प्रकट हुई। अजित बड़ी अदा से सिगरेट उछाल कर होंठों से पकड़ रहा था। पुष्पा बोली, ''अजित भैया! आप हर समय एक्टिंग के मूड में ही रहते हैं या कभी-कभी असली इंसान भी होते हैं?''

''नहीं, नहीं! एक्टिंग, मेरा शौक है। मैं जल्दी ही बम्बई जा रहा हूँ। वहाँ 'किस्मत का खेल' फ़िल्म बन रही है, मुझे उसमें हीरो चुन लिया गया है। अभी मैं तुम्हारे कमरे में बैठा हुआ हूँ, बाद में तो मेरे दर्शन दुर्लभ हो जाएँगे। यह बात तो गाँठ बाँध लो।''

पुष्पा की बड़ी-बड़ी आँखें और फैल गईं, ''अरे यह तो बड़ी खुशी की बात है। मैं अपने हाथ से हलवा बनाकर अभी खिलाती हूँ।''

''नहीं-नहीं! रहने दो बस हम बैठकर बातें करते हैं।'' पुष्पा और बहुत कुछ जानने-सुनने की इच्छा से अजित के ठीक सामने एक मोढ़ा रखकर बैठ गई। अजित फ़िल्मी शूटिंग का वर्णन ज़ोर-शोर से कर रहा था। बोला—

''फ़िल्म में मारपीट के जो सीन आते हैं, वे सच्चे थोड़े होते हैं, सब काम धीरे-धीरे होता है बस फ़िल्म और फ़ोटोग्राफ़ी का कमाल होता है। मान लो किसी को हाथ पकड़कर खींचकर गिरा देना है तो वह ऐसा होगा'' कहते-कहते उसने बड़ी तेज़ी से पुष्पा का हाथ पकड़कर अपनी ओर खींचा। पुष्पा एकदम असावधान थी। वह सीधे अजित की छाती से टकराकर उसके ऊपर गिर पड़ी। स्नान के बाद उसने सिर्फ़ साड़ी लपेट रखी थी, फिर सब कुछ खुल गया। लाज-शरम की दीवार ढह गई। यह सिलसिला महीनों चलता रहा। फिर एक दिन पुष्पा जब अपनी माँ के साथ गाँव गई तो फिर नहीं लौटी। दीपक कुमार चौरसिया भी मकान छोड़कर कहीं चला गया। एक अधबनी दुनिया बिना किसी को कुछ बताए नष्ट हो गई।

गांगुली साहब हर शनिवार और रविवार को रतनपुर आ जाते थे। उनकी जीप जैसे ही खड़खड़ाती हुई आती, सभी किराएदार सावधान हो जाते। जैसे घंटी लगाने पर स्कूल के छात्र अनुशासन की मुद्रा में आते हैं, वैसे ही किराएदार भी सचेष्ट हो जाते। कहीं न गंदगी दिखाई पड़ती, न छिलका, न जहाँ-तहाँ पड़े जूठे बर्तन। इस बार गांगुली साहब आत्मविश्वास से भरे लग रहे थे। वे अपने ही कुल का दीपक ले आए

थे। वे सोच रहे थे कि उनके अधूरे काम अब पूरे हो जाएँगे। गाँव में अस्पताल भी बन जाएगा और एक ओरियंटल स्कूल भी तैयार हो जाएगा। अब उनका वारिस आ गया है। अब वे अकेले नहीं हैं। उन्होंने बैठकर कमरे में अजित को बुलवाया। उनकी पत्नी भी उनका साथ दे रही थी। उन्होंने विस्तारपूर्वक अपनी योजना समझाई और कहा—

''बेटा अजित! तुम्हारे आने से मेरी खोई हुई शक्ति मुझे वापस मिल गई है। तुम्हें न केवल मेरी संपत्ति को सँभालना है, बल्कि यहाँ माँ की भी सेवा करनी है। मैंने निश्चय किया है कि मैं मधुबन गाँव को पूरी तरह बदल दूँगा, गाँव का हर आदमी शिक्षित होगा औरतें स्वावलंबी बनेंगी, घर-घर में कुटीर उद्योग होगा। गाँधीजी के स्वतंत्रता आंदोलन से हमारा देश स्वतंत्र हो गया, जागृति की एक लहर सब ओर दौड़ गई है। तुम फ़िल्म के नहीं ज़िन्दगी के असली नायक बनो, संपत्ति की देखरेख करो और गरीबों की सेवा करो। इसी में हमारी आत्मा को शांति मिलेगी।''

''बाबा! मैं आपको और माँ को विश्वास दिलाता हूँ कि सब कुछ आपकी इच्छा के अनुसार ही होगा। धीरे-धीरे मैं सारा काम समझ और सीख जाऊँगा। बस मुझे थोड़ा समय चाहिए।''

''हाँ-हाँ! क्यों नहीं? तुम बीच-बीच में मेरे साथ गाँव भी चलोगे। बिहार के गाँवों की ये ज़मींनें अच्छी फ़सल देती हैं, समझो, सोना उगलती हैं।''

मेजर गांगुली ने दो-दो बैसाखियाँ रखी थीं, उन्हें दोनों कंधों पर टिकाकर वे खेतों की सैर करते। कभी-कभी जीप पर अपने मित्र डॉ. मोहन कालरा के साथ छोटे-छोटे पंछियों का शिकार भी करते। गाँव में उनका एक बड़ा-सा तालाब था, जिसमें उम्दा किस्म की मछलियों का पालन होता था। गाँव और शहर के सहभोज और दावतों में मछलियाँ भोजन को स्वादिष्ट बना देती थीं।

गाँव में एक दिन सुबह-सुबह वे अपनी प्यारी बंदूक की सफ़ाई में जुट गए थे। सबको लगा कि आज ज़रूर शिकार का प्रोग्राम है। डॉ. कालरा और इन्सपेक्टर केसरी भी आ गए और जीप में सब शिकार पर चले, अजित भी बैठा। आगे जंगल घना होता जा रहा था। घने जंगल के बीच में पहुँचकर डॉ. कालरा और केसरी ने कहा—

''तुम दोनों जीप में रहो। तुम्हारे पास तुम्हारी बंदूक है ही, हम लोग कोई शिकार तलाश कर देखते हैं। शायद हरिण या फिर कोई छोटा जीव-जंतु ही सही। कुछ तो मिलेगा। यह कहकर दोनों मित्र आगे जंगल में गुम हो गए। जीप में बैठे-बैठे गांगुली साहब ऊबने लगे। बोले—

''अजित! चुप बैठने का मेरा स्वभाव नहीं है, मैं ज़रा बाहर निकलकर घूमता हूँ। तुम बंदूक लेकर सावधान रहो, यदि मुझ पर कोई खतरा आ जाए या कोई खतरनाक जंगली जानवर अचानक आ जाए या कोई शिकार ही दिख जाए तो दौड़कर मुझे बंदूक थमा देना। अच्छी तरह समझ लो। बंदूक नहीं तो जान नहीं। यह जंगल का मामला है।''

अजित मन-ही-मन बुदबुदाया—

"ऐसा सुनहला मौका आ जाएगा तो मैं क्या उसे यों ही जाने दूँगा? बाबा आप बहुत दिन जी चुके अब हमें जीने दीजिए।"

मेजर गांगुली अभी बीस-पच्चीस कदम ही आगे बढ़े होंगे कि एक ज़ोरदार दहाड़ की आवाज़ जंगल से आई। अचानक एक भयानक तेंदुआ उछलकर सामने खड़ा था।

मेजर चिल्लाए—

"अजित! बंदूक लाओ। जल्दी दो। बंदूक फेंको। अजित जीप में ही ओट में छिपा बैठा देखता रहा। यह एक दारुण दृश्य था। तेंदुए ने मेजर गांगुली पर आक्रमण कर दिया और देखते-देखते सीधे उनकी गर्दन चबा डाली। दहाड़ की आवाज़ सुनकर कालरा और केसरी भागते आ रहे थे, तेंदुए को देखते ही उन्होंने कई राउंड फ़ायर किए। तब तक अजित बंदूक लेकर बाहर निकल आया था। तेंदुआ घायल होकर भाग खड़ा हुआ। पर मेजर गांगुली रक्त से लथपथ पड़े थे। डॉ. कालरा ने उन्हें जाँचा और चिल्लाकर बोले, "सब खतम हो गया। गांगुली अब इस दुनिया में नहीं हैं। हाय, हाय! वज्रपात हो गया।"

31

सब इन्सपेक्टर सुनील अपनी कड़क मूँछों और तीखे तेवर के लिए इलाके भर में मशहूर थे। अभी रतनपुर में आए उन्हें कुछ ही समय बीता था कि छोटे भाई सुशील का फ़ोन मिला कि कलकत्ते की स्थिति बदतर हो गई है और उसे डिमोट कर सस्पेंड कर दिया गया है, ऐसी स्थिति में ढाका से आए चाचा पंडित प्रभास चन्द्र चक्रवर्ती की अचानक हुई मृत्यु के बाद बड़े भाई सुधीरदा और उनके परिवार को शरण चाहिए। सुधीरदा अपने बच्चों और पत्नी के साथ रतनपुर जा रहे हैं, उनका ध्यान रखना हमारा कर्तव्य है। सुधीरदा होम्योपैथी के डॉक्टर हो गए हैं, उन्हें होम्योपैथी कॉलेज से डिग्री भी मिल गई है। मुझे अविलंब क्वार्टर खाली करने का सरकारी आदेश है, हफ़्ते भर का ही टाइम मिला है। डिपार्टमेन्ट के लोगों ने ही मुझे फँसा दिया है। यह लड़ाई तो मुझे लड़नी ही होगी। अत: दादा सुधीर और उनके परिवार का ध्यान रखना। बच्चे पढ़-लिख कर आदमी बन जाएँगे तो बाद में कोई दिक्कत नहीं रह जाएगी।

यह सब सुनकर वे अचंभित नहीं हुए। पुलिस की नौकरी में वैसे भी पहले से कुछ तय नहीं होता। सब आकस्मिक ही होता है। जब यह खबर लेकर वे भीतर पहुँचे तो उनकी पत्नी माया यह सुनकर प्रसन्न नहीं हुई। बोली—

"हमारा तीन कमरे का छोटा-सा क्वार्टर है। एक बाहरी कमरा बड़े दालान को ही

घेर के ड्रॉइंग रूम बना दिया गया है, छोटा-सा बरामदा बचा है। भीतर के एक कमरे में हम दोनों रहते हैं और साथ के लगे कमरे में बच्चे सोते हैं। तुम भाई, भाभी और सयाने चार बच्चों के कुनबे को कहाँ सुलाओगे? सिर्फ़ एक 'हाँ' आदमी की जान को सांसत में डाल देती है। अब 'हाँ' कहा है तो लो पूरी ज़िम्मेदारी। बच्चों को पढ़ाओ-लिखाओ आदमी बनाओ। तुम्हारा तो ब्लड रिलेशन है, खून तो चीख-चीखकर पुकारेगा ही। वे बड़े हैं, मैं छोटी हूँ, मैं यों भी काम करते-करते बिहार में दाई, मजूरिन बन गई हूँ। खर्चा-पानी अलग। तुमने सोने के गहनों से तो मुझे लाद दिया पर कब से मेरी इच्छा थी कि कभी तुम मुझे हीरों का सेट दो पर मैं तो हीरे का एक आभूषण भी खरीद नहीं पाई। इन्सपेक्टर वर्मा की स्त्री को देखो, कान में हीरा, नाक में हीरा, गले में हीरे का लॉकेट, अँगूठी में हीरा। सब सूरज की तरह चमकते रहते हैं, उसके सामने सोने के दो-चार गहने पीले, मरियल और बीमार नज़र आते हैं, लगता है उन्हें पीलिया रोग हो गया हो।''

इतना एक साँस में कहकर माया ने अपने मन की भड़ास निकाल दी। पत्नी की कठोर बातों ने सुनील चक्रवर्ती को हिला दिया। वे बेल्ट बाँध रहे थे, बेल्ट बाँधना भूलकर बिछावन पर बैठ गए, बोले—

''इतनी दूर तक तो मैंने सोचा ही नहीं था। माया! मैं दारोगा हूँ, मार-पीट, खून-खराबे, छीना-झपटी के मामले मैं तुरन्त सुलझा लेता हूँ, देखो हमारे एक अनुभवी पुलिस अधिकारी ने हँसी-मज़ाक में एक मज़ेदार बात कही, 'जो छोटा गुण्डा होता है वह कॉन्स्टेबल तक रह जाता है। अपराधियों को पकड़ने के लिए दिमाग का भी शातिर होना ज़रूरी है।' हमारे चाचाजी पंडित मोशाय की एक बात मैं कभी नहीं भूलता कि संस्कृत के एक श्लोक का मतलब है कि नाग ही नाग के पदचिह्नों को पहचान पाता है। इसलिए हमें हर हथकंडे की जानकारी रखनी पड़ती है, पर अन्त:पुर तक आते-आते हमारा सारा बाहरी ज्ञान हवा हो जाता है, इसलिए तुमको मैं एस.पी. साहब से कम दर्जा नहीं देता। तुम देखना पुलिस लाइन में जब महिलाएँ आएँगी तो अपराधी डर के मारे अपराध करना भूल जाएँगे। तुम अतिथियों की चिन्ता मत करो। सुधीर की व्यवस्था मैं ड्रॉइंग रूम की चौकी पर कर दूँगा और आउट हाउस का एक कमरा जिसमें मेरे कॉन्स्टेबल रहते हैं, उन्हें खाली कराके उसमें भाभी और बच्चों को रख दूँगा, दूसरे आउट हाउस में हमारी गाय और भैंस का तबेला रहेगा। भाभी और उनकी पुत्री झरना तुम्हारा रान्नाघर (रसोईघर) सँभालेंगी, तुम बैठकर पान की गिलौरी बना-बना कर खाना और मुझे खिलाना। दाई या नौकरानी रखने की ज़रूरत क्या है, हम एक परिवार हैं। परिवार का काम करने में किसी को क्या शर्म? सामान वगैरह लाने के लिए कॉन्सटेबल हैं ही। कुछ खास सामान मँगवाना हो तो भगवान ने तीन-तीन भतीजे भेज दिए हैं।''

''तुम्हें मालूम है तीसरा तो अभी साल-भर का है।''

"हाँ, उसका नाम बूढ़ा है। वह तुम्हारा मनोरंजन करेगा। हमारे अपने बच्चे बड़े हो गए हैं तो सब उम्र के बच्चों से घर भरा रहेगा। दूध, दही और सामान की कोई कमी नहीं है। आस-पास के देहातों से जो मछली, दही, मिठाई भर-भर कर आती है, उसका सदुपयोग भी हो जायेगा।"

माया का मन थोड़ा आश्वस्त हुआ। वह सोच रही थी—

'जो भी कहो, सुनील भी दूर की सोचते हैं, मेरे सुख का भी ध्यान रखते हैं।' उसने एक मुस्कान भरी नज़रों से सुनील की ओर देखा तो सुनील बोल पड़ा, "तुम चाहती हो मैं ड्यूटी पर नहीं जाऊँ। जब-जब तुम ऐसे कटाक्ष से देखती हो, मेरा ब्रह्मचर्य व्रत डिगने लगता है, मूँछों में हलचल मच जाती है। हमारे दो बच्चे सुभाष और गीता ही ठीक हैं। अब जनसंख्या वृद्धि बिलकुल नहीं।"

यह कहकर टोपी और छड़ी उठाकर सुनील बाहर निकल गया। इस बीच माया ने तीन चार कांस्टेबलों को आदेश देकर आउट हाउस को रहने योग्य बना दिया, उसमें और ड्रॉइंग रूम में चौकियाँ लगा दीं, उस पर दरी, जाजिम भी बिछा दी गई। उसे मालूम था कि कल दोपहर तक यह शरणार्थी पार्टी पहुँच जाएगी तो उनके भोजन, जलपान आदि की व्यवस्था भी पूरी कर ली गई।

माया की पूरी रात ऊहापोह में बीती। उसने कभी सुधीर या उनके परिवार को देखा नहीं था पर सुना ज़रूर था। उनके समाचार भी मिलते रहे थे। पंडित मोशाय के दुखद निधन ने उसे अवश्य झकझोर दिया था। वे पवित्रात्मा थे, तभी तो दक्षिणेश्वर की माता कालिका के चरणों में उन्होंने प्राण त्याग दिए। जो भी हो, यह दायित्व तो उठाना ही होगा। सोचते-सोचते उसे गहरी नींद आ गई। सुनील रात दो बजे के आस-पास पुलिस की तहकीकात पूरी कर लौटे थे, उन्होंने बिना कोई आवाज़ किए बिछावन पर स्वयं को डाल दिया। कुछ ही देर में उनकी नाक बजने लगी। उनकी थकावट इसी खर्र-खों से निकलती थी।

32

अगले दिन दोपहर होते-होते माया ने गीता और रसोइए की मदद से शाकाहारी भोजन तैयार कर लिया। दिन के एक बजते-बजते दो-तीन रिक्शे क्वार्टर के पास आकर रुके। पुलिस भय से रिक्शेवाले सारा सामान कंधों पर उठा-उठा कर बरामदे में रख रहे थे। जब उन्हें पैसे देने की बारी आई और सुधीरदा ने मनी बैग निकाला। तो माया ने मना करते हुए कहा—

"आप लोग हमारे प्रिय निकटतम संबंधी और अतिथि हैं। रिक्शेवालों को हमारे कॉन्सटेबल विदा देंगे। ज़रा भी चिन्ता न करें।" सुधीरदा ने चिक की जाली से

देखा कि दोनों कॉन्सटेबलों ने रिक्शेवालों को डपटती निगाहों से देखा, वे लोग सलाम कर बिना कुछ पारिश्रमिक लिए चल पड़े। सुधीरदा को अचानक हरिबोल सान्याल, हिटलर की याद आ गई। मन-ही-मन बोले—'चुप रहो सुधीर, यह पुलिसिया राज है। देश आज़ाद हो गया है तो यहाँ सब कुछ करने की आज़ादी है। जब देश परतंत्र था तो कलकत्ते में हिटलर भी ऐसा ही कुछ करता था और अब तो आज़ादी का लाइसेंस मिल गया है। 'एई होलो पुलिससिया तंत्र।'

आउट हाउस के बगल में एक ही बाथरूम था तो सुधीरदा के परिवार के छह सदस्यों को नहाते-धोते अपराह्न के साढ़े तीन बज गए। बहू माया ने शाकाहारी भोजन बना ही रखा था। भोजन के बाद थकान के मारे सभी अपने-अपने बिछावन पर लुढ़क गए।

आज सुनील शाम के सात बजते-बजते क्वार्टर में लौट आया था। उसने बड़े भाई सुधीर और सुजाता भाभी की चरणधूलि ली, अपने भाग्य को सराहा और बोला, "दादा! आप किसी बात की चिन्ता न करें, आपका यह कनिष्ठ भ्राता इतना तो समर्थ है कि आपको आदरपूर्वक रख सकता है। आप जानते ही हैं, पुलिस विभाग में साधनों और सेवकों की कभी कमी नहीं होती। आस-पास के खाद्य पदार्थ मिठाइयों के पैकेट इतने आते रहते थे कि उन्हें कोई खानेवाला नहीं था, खराब होने के डर से सिपाहियों में बाँटना पड़ता था। अब बच्चे आ गए हैं तो मिठाइयों के साथ भी पूरा-पूरा न्याय होगा। दूध-दही की कमी नहीं है। गाय-भैंस का दूध है। सब तरह का आराम है। बच्चों को यहाँ एक-दो दिन में ही मैं उचित शिक्षा का प्रबंध करूँगा। यहाँ इसी साल से एक कॉलेज भी खुल गया है, उसका उद्घाटन भी हो चुका है। यहाँ अच्छे स्कूल भी हैं, इसलिए बच्चों की शिक्षा-दीक्षा में भी कोई कठिनाई नहीं होगी।"

सुधीरदा ने आभार जताते हुए नज़रें झुका लीं। भटकते-भटकते अंत में वे किसी बड़े घने जंगल के बाहर निकल ही आए। 'अब नदी उन्हें अपनी तेज़ धार में बहाकर कहीं भी नहीं ले जा सकती, उनके हाथों में चप्पू है और वे एक मज़बूत नाव पर सवार हैं, वे जिधर मोड़ेंगे, नाव को अब उधर ही मुड़ना होगा।'

सुनील के क्वार्टर में आउट हाउस ऐसा बना था कि सुबह होते ही सूरज की किरणें सीधे कमरे में प्रवेश करती थीं। डॉ. सुधीर खुश हो गए—वाह! विटामिन डी मिलेगा और स्नान के तुरन्त बाद सूर्य को जलदान देने का भी सुख मिलेगा। भई सरकारी सुविधाओं का कोई अंत नहीं होता—वे मन-ही-मन बुदबुदाए।

दो-चार दिनों तक सुधीरदा और उनके परिवार को व्यवस्थित होने में थोड़ी कठिनाई अवश्य हुई पर धीरे-धीरे सबने अपने को नए रुटीन में ढाल लिया। सुनील के रात में लौटने का कोई समय नहीं था, अतः वे देर से उठते थे। बच्चे खुद ही सुबह उठकर तैयार हो जाते और कभी पुलिस जीप तो कभी स्कूल बस से स्कूल चले जाते।

माया कुछ देर से उठने की अभ्यस्त थी। सुधीर का परिवार बहुत सुबह पाँच बजते-बजते जग जाता, सुजाता और झरना सफ़ाई और सारी व्यवस्था कर रान्नाघर में जाकर सबके लिए चाय और नाश्ता बनाने लगतीं, सिर्फ़ मांसाहार या आमलेट वगैरह बनाने की ज़िम्मेदारी माया की थी। धीरे-धीरे इस रुटीन के सभी अभ्यस्त होते जा रहे थे। दस बजे तक सब बच्चे स्कूल चले जाते और उसके बाद सुधीरदा अपना बैग उठाए पहले थाने में घूमते, उनके परिचय का क्षेत्र बढ़ने लगा था। फिर वे क्वार्टर में पड़ी साइकिल लेकर बाज़ार की परिक्रमा करने लगे। गरीबों और हरिजनों की बस्ती में खुद जाकर परिचय करते, ज़मीन पर बिछी चटाई पर बैठ जाते। अधनंगे, दौड़ते-भागते बच्चों के माता-पिता से उनके स्वास्थ्य की खोज-खबर लेते, साथ ही दवाई देना नहीं भूलते। कोई हिचकिचाता तो उनके मुँह से पेटेन्ट वाक्य निकलता, ''यह दवाई फ्री है। मैं तो तुम्हारी सेवा कर रहा हूँ। ये बच्चे ही तो असली भगवान हैं। तुम लोग भी इन पर ध्यान दो। समय पर नहलाओ-धुलाओ, साफ़-सफ़ाई रखो। आधी बीमारी तो साफ़-सफ़ाई से भाग जाती है। पानी ढँककर रखो या गर्म करके रखो। कभी तुम्हारे बच्चे बीमार नहीं होंगे। लोग सुनते-समझते और वैसा ही करते। डॉ. सुधीर की साइकिल की घंटी सुनते ही सब चौकस हो जाते। इसी तरह शहर की परिक्रमा होती। लोग उनका डॉक्टरी बैग देखते समझ जाते कि ये होम्यापैथ हैं—डॉक्टर हैं।

फिर देखते-देखते कई साल गुज़र गए। कॉलोनी और मुहल्ले के लोग डॉ. चक्रवर्ती को जानने और समझने लगे थे। कुछ व्यापारी वर्ग के लोग, दुकानदार उन्हें दवाओं के बदले रुपये भी देते। वे डॉक्टर साहब के संकोची स्वभाव पर कहते—

''आप जो फ्री दवाएँ बाँटते हैं उन्हें खरीदने के लिए भी तो पैसे चाहिए, इसलिए पैसे तो लेने ही होंगे। आप परोपकार कर रहे हैं तो हमें भी तो यह अवसर मिलना चाहिए।''

इसी बीच एक घटना घटी। माया की माँ दुर्गापुर से बीमार हालत में रतनपुर पहुँचीं। सुनील की चिन्ता और परेशानी देखकर सुधीरदा ने ड्राइंगरूम छोड़कर आउट हाउस के कमरे में अपने परिवार के साथ ही रहना आरंभ कर दिया। माया की माताजी सत्तर साल की बुज़ुर्ग महिला थीं। उन्हें भूलने की भी बीमारी थी और कभी-कभी उन पर दौरे भी पड़ते थे। सुनील ने उनके लिए एक स्थायी नर्स की व्यवस्था कर दी थी। जगतारिणी देवी पर जब दौरा पड़ता तो वे चीज़ों को तोड़ने-फोड़ने और ज़ोर-ज़ोर से चिल्लाने लगतीं। सुनील के क्वार्टर से महज़ सौ कदमों की दूरी पर रतनपुर का सदर अस्पताल था, अत: डॉक्टर, नर्स और दवाओं की बड़ी सुविधा थी। उनके भय से बच्चे अपने-अपने कमरों में दुबके रहते। रान्नाघर की ओर पिछले दरवाज़े से ही जाने-आने में सबको कल्याण दिखाई देता था।

जब जगतारिणी देवी के हाथों कई बर्तन टूट-फूट गए तो सुनील अनब्रेकेबल

बर्तन ले आया। अब उनके टूटने या फूटने का डर नहीं था। सबके भोजन, जलपान या चाय बनाने की ज़िम्मेदारी सुजाता और बेटी झरना पर थी। जगतारिणी स्मृतिलोप का शिकार होती जा रही थीं। जो भी उनके सामने पड़ जाता उसे नए सिरे से अपना परिचय देना पड़ता पर माया को वे नहीं भूलती थीं। उनके मन की भीतरी तहों में माया का पुत्री रूप स्थिर होकर बैठ गया था।

लगभग छह महीनों तक सुनील जीजान से अपनी सासु माँ की सेवा में जुटा रहा, पर अंततः एक दिन क्रोध का ऐसा प्रचंड आवेश उन पर आया कि उनके हृदय की धड़कन रुक गई। घर में हाहाकार मचा था। माया का रुदन पूरे घर को हिला रहा था।

श्राद्धकर्म के बाद जैसे ही घर शांत हुआ सुनील को हैड क्वार्टर से पत्र मिला कि उसे सुदूर गाँव में नए खुल रहे थाने पर थानाध्यक्ष बनाया गया है और उसे पंद्रह दिनों के भीतर वहाँ जाकर योगदान करना है और एक महीने के भीतर क्वार्टर भी नए सब इन्सपेक्टर के लिए खाली कर देना है।

सुनील के परिवार पर यह दूसरा आघात था। बच्चे स्कूल, कॉलेज में पढ़ रहे थे, उनकी शिक्षा का क्या होगा? यह सारा ताम-झाम एकाएक खत्म करना होगा, इसकी कतई उम्मीद सुनील को नहीं थी। उसने बैठकर बड़े भाई सुधीरदा को सारी स्थितियाँ समझाईं। यह जानते ही फिर सुधीरदा का सिर चकरा गया। फिर वही दशा-पुनर्मूषिको भव। फिर किसी अनजान लोक में, फिर किसी कमरे या घर में कहीं रहना होगा। सुधीर सोचने लगे, 'मेरे पाँवों में यह कैसा चक्र है? जो मुझे चैन नहीं लेने देता। एक खानाबदोश की तरह, एक आवारा पत्ते की तरह हवा के हिन्दोल में कब तक ज़िन्दगी झूलती रहेगी? कहीं भी चैन से क्या बसर नहीं हो पाएगी ज़िन्दगी?' अंदर से सुधीर का हृदय फटा जा रहा था पर छोटे भाई सुनील के सामने वह शांत, संयत बैठा रहा।

सुनील ने ही चुप्पी तोड़ी—

"दादा! अब तो मुझे अपने बच्चों को होस्टल में डालना होगा। हम दोनों पति-पत्नी उमेदपुर गाँव में किसी तरह रह लेंगे। वहाँ नया थाना खुला है। पुलिस बल के सहारे हमारी गुज़र-बसर तो हो ही जाएगी। मुझे आपकी और आपके परिवार की चिन्ता सता रही है। मुझे एकमात्र उपाय यही सूझ रहा है कि रतनपुर की प्रसिद्ध ज़मींदार फ़ैमिली गांगुली परिवार की श्रीमती शोभना गांगुली जिन्हें सभी 'काकी माँ' कहते हैं, से मैं मिलूँ। उनसे मेरा काफ़ी पुराना परिचय भी है। सोचता हूँ, उनसे बात की जाए। वे अत्यंत भली हैं, उदार हैं, उनके घर के बाहर कई कमरे किराए पर लगे हैं, उनमें से अगर वे दो कमरे दे दें तो आपका काम बखूबी चल जाएगा। वहाँ बीच शहर में उनका विशाल मकान है, पति गुज़र चुके हैं, बस एक गोद लिया बेटा है जो जवान और थोड़ा उच्छृंखल है, उसका चरित्र अच्छा नहीं है पर काकी माँ दया की देवी हैं। वे आपको कोई कष्ट नहीं होने देंगी। हम आज ही जाकर पहले उनसे मिल लें।

मुझे विश्वास है, वे मेरी बात किसी भी हाल में नहीं टालेंगी।'' यह सुनकर सुधीरदा का अशांत मन थोड़ा शांत हुआ।

33

मिसेज़ शोभना गांगुली अपने पति मेजर गांगुली की आकस्मिक मृत्यु को न सह पा रही थीं, न कुछ कह पा रही थीं। उनका सुंदर, सुकोमल व्यक्तित्व अचानक कुम्हला गया था। जाड़े में पाले से मारी हुई कमलिनी की तरह उनका सौन्दर्य बुझ गया था, तेज-तर्रार बोलने और सबको एक उँगली पर नचानेवाली शासिका बिलकुल बदल गई थी। उनके दुख का कोई पार नहीं था। जैसे वर्षाकाल में जल भर जाने से ऊँचे-नीचे गड्ढे भरकर समतल का भ्रम पैदा करते हैं, वैसे ही ऊपर से सब कुछ सामान्य था, पर भीतर का अशेष हाहाकार अंदर-अंदर उन्हें खोखला बना रहा था। उन्हें यह भी स्पष्ट लग रहा था कि गांगुली साहब के सारे स्वप्न धूलिसात् हो जाएँगे। मधुबन गाँव जस-का-तस रह जाएगा। कैसे बनेगा स्कूल, अस्पताल? कौन सुध लेगा गाँववालों की, गाँव की बच्चियाँ कैसे शिक्षित होंगी? गाँववालों के सुख-दुख का ख़याल कौन रखेगा?

मृत्यु का एक क्रूर आघात कभी-कभी पूरे परिवार को दिशाभ्रष्ट कर सकता है। कभी तो निराशा का पल्ला पकड़ कर भी मनुष्य का मन आध्यात्मिक हो जाता है या कभी-कभी घोर नास्तिक। मिसेज़ गांगुली का गौर वर्ण धीरे-धीरे चमक खोता जा रहा था, लोग उन्हें श्रद्धा से काकी माँ कहने लगे थे। घुँघराले केशों में सफ़ेदी आ गई थी और दो टूटे दाँत उम्र की ढलान की गवाही दे रहे थे। समय तो बीत रहा था, पर काकी माँ यह नहीं तय कर पा रही थीं कि उनका सब से बड़ा दुख क्या है, गांगुली साहब का जाना या अजित का दत्तक पुत्र के रूप में आना। वे समझ रही थीं कि उनके शांत स्थिर और उच्चकुल में अजित गांगुली एक विष कीट की तरह घुस चुका है। उसे गांगुली उपनाम देने में भी उन्हें लज्जा और पश्चाताप का अनुभव हो रहा था।

कागज़ी तौर पर अजित भले ही गांगुली था पर उसे स्वयं को चक्रवर्ती कहना ज़्यादा पसंद था।

एक दिन स्नान-ध्यान और पूजा के आसन से काकी माँ जैसे ही उठीं, उन्हें ज्ञात हुआ कि रतनपुर शहर के दारोगा सुनील चक्रवर्ती मिलने आए हैं। सुनील ने प्रणाम कर पूछा—

''काकी माँ! कैसी हैं? कोई कष्ट तो नहीं? अजित ठीक-ठाक तो है ना? यहाँ दीख नहीं रहा?''

''बेटा! तुम तो जानते हो, उस पर फ़िल्मों का नशा सवार है। ज़मीन बेच-

बेचकर बम्बई, कलकत्ता की दौड़ लगा रहा है। संपत्ति का सर्वनाश हो रहा है। गांगुली साहब के तो सारे स्वप्न नष्टप्राय हो गए। खैर तुम कहो कैसे आये हो?''

''माँ! मेरे एक चचेरे भाई कलकत्ते में सब इन्सपेक्टर हैं। उन पर विपत्ति-सी पड़ गई थी। चाचाजी बड़े विद्वान सत्पुरुष थे। ढाका से सब कुछ छोड़कर हावड़ा उनके पास रहने आए थे। सब ठीक चल रहा था। पर दंगे के कारण सब गंडगोल हो गया। पंडित चक्रवर्ती मोशाय का दक्षिणेश्वर के काली मन्दिर में माँ की पूजा करते-करते उनके समीप ही देहांत हो गया। अब उनका पुत्र जो होम्योपैथी का डॉक्टर है उसे और उसके परिवार को शरण देनी है, पति-पत्नी और चार बच्चे हैं, उनके लिए दो कमरों की व्यवस्था हो जाती, इसी प्रार्थना और निवेदन के साथ आया था। दादा, सुधीर चक्रवर्ती और उनका परिवार अत्यंत शांत और सात्विक है। आपको उनसे कोई असुविधा नहीं होगी और आपका मन भी लगा रहेगा।''

काकी माँ ने कहा—

''यह नितांत संयोग और ठाकुर की कृपा ही है कि दो-चार दिन पहले ही दो कमरों वाला एक हिस्सा खाली हुआ है। उसमें वे लोग आराम से रह सकते हैं।''

''ओह! बहुत धन्यवाद माँ! हमारे भाई सुधीर चक्रवर्ती अभी नए हैं, किराया थोड़ा कम होता तो उन्हें सुविधा होती।''

''देखो सुनील! तुमने कहा और मुझे स्वीकार हुआ। कोई किराया-विराया नहीं देना है। वे लोग शांति से रहें। जब डॉक्टर साहब की कमाई बढ़ जायेगी तब देखा जाएगा। अभी वे चैन से रहें। तुम उन्हें यहाँ तक पहुँचा देना। सज्जन व्यक्ति का आना ही सुखदायक होता है।''

अगले ही दिन सुनील ने तुरंत निर्णय लेते हुए सुधीरदा को अपनी मोटरसाइकिल पर बैठाया और काकी माँ के निवास की ओर चल पड़ा। सुधीरदा चल तो दिए पर उन्हें लगा, 'उनके पाँव के नीचे की ज़मीन जैसे भुरभुरी होती हुई लगातार खिसक रही है। यह ज़मीन अपने गोलार्द्ध पर इतनी तेज़ी से क्यों घूम रही है कि उनके पाँव लड़खड़ा रहे हैं। वे लक्ष्य भ्रष्ट हो रहे हैं। वे जिस चीज़ को पकड़ते हैं, वही उनके हाथ से छूट जाती है। यह छोड़ना—यह पकड़ना, यह खेल कब तक चलता रहेगा। मेरा गंतव्य कहाँ है? भगवती, हे लीलामयी, कहीं तो ठौर दो, शरण दो, स्थिर करो मुझे। शांत करो मुझे!''

सुधीरदा मोटरसाइकिल पर बैठे थे। सुनील की मोटरसाइकिल तेज़ी से दौड़ रही थी और सुधीरदा के मन में अस्फुट-बुदबुदाहट जारी थी।

सुनील जैसे ही काकी माँ की हवेली पर पहुँचा, वे बाहर ही डलिया में पूजा के लिए फूल चुनती मिल गईं। सुनील को देखकर वे खुश हो गईं। उन्होंने सीधा पूछ लिया—

"कैसे हो सुनील? यही तुम्हारे भाई होम्योपैथ डॉक्टर हैं?"

"हाँ, काकी माँ! इन्हें आपसे मिलाने ले आया हूँ," सुधीर ने झुककर काकी माँ को प्रणाम किया।

सुधीरदा आज एक उदार व्यक्तित्व के सम्मुख खड़े थे। वे नतमस्तक हो गए। यही तय पाया कि कल सुबह सुनील के कान्स्टेबल के साथ अपना सरो-सामान लेकर काकी माँ की हवेली में नौ बजते-बजते आ जाएँगे।

सुनील ने कहा, "मैं आज ही दो सिपाही भेज देता हूँ, वे आज ही खोली की साफ़-सफ़ाई कर देंगे और प्रातः तो डॉक्टर सुधीर भैया यहाँ आ ही जाएँगे।"

एक-दूसरे को नमन कर सुधीर पुनः सुनील के साथ पुलिस क्वार्टर में वापस लौट आए। उन्हें आज सहजता और उदारता का मेल देखने को मिला था। वे सोच रहे थे कि तभी तो संसार सिर्फ़ मृत्युलोक नहीं लगता वह सुंदर और जीने योग्य प्रतीत होता है।

34

रतनपुर शहर को सबडिवीज़न का दर्जा मिल गया था। भीड़-भाड़ भी बढ़ रही थी। सब डिवीज़न का ऐलान होते ही आस-पास के गाँवों के ज़मींदार शहर में ज़मीन खरीद-खरीदकर मकान बनाने में जुट गए थे। मुख्य सड़कों के दोनों ओर दुकानें खुलती जा रही थीं। किराने की दुकानों के अलावा श्रृंगार प्रसाधनों और रेडीमेड कपड़ों की दुकानों का ज़्यादा बोलबाला था। दो सिनेमा हॉल खुल गए थे। लड़के-लड़कियाँ फ़िल्मों के नायक-नायिकाओं की तरह कपड़े पहनने और बालों को झटकने की कला सीख रहे थे। गाँव की बज्जिका भाषा की जगह टूटी-फूटी हिन्दी भाषा का प्रचलन आरंभ हो गया था। पुराना एक सिनेमा हॉल 'चित्रमन्दिर' जो वर्षों से मूक फ़िल्में दिखाता था, वह कब का बंद हो गया था। ज़िन्दगी तेज़ी से बदल रही थी। लड़के घरों से बम्बई और कलकत्ता फ़िल्म इंडस्ट्री में काम करने के लिए बेचैन हो रहे थे। उन्हीं में एक अजित गांगुली भी था जो फ़िल्मों का दीवाना था और काकी माँ की अपार संपत्ति खेत-खलिहान को औने-पौने दामों में बेचकर बार-बार कलकत्ता जाता, किसी-न-किसी फ़िल्म का मुहूर्त होता और एकाध रील के बाद फ़िल्म डिब्बे में बंद हो जाती। धीरे-धीरे ज़मींदारी खत्म होती गई। मुंशी, कारिंदे सब विदा हो गए और सारी ज़मीनें फ़िल्म के नाम पर स्वाहा हो गईं। काकी माँ लकवाग्रस्त होकर बिछावन पर गिर गई थीं। वे सब देखतीं, पर मुँह से एक शब्द भी बोल नहीं पाती थीं। अजित गांगुली मालिक मुख्तार था अब खर्चे-पानी के लिए काकी माँ की हवेली के किराएदारों के किराए का ही आसरा था। उसका बस चलता तो मुख्य सड़क पर बनी

काकी माँ की लम्बी–चौड़ी हवेली बेचकर वह कब का कलकत्ते या बम्बई निकल गया होता पर काकी माँ की जब तक साँस चल रही थी, ऐसा बिलकुल मुमकिन नहीं था। फिर काकी माँ की सेवा उनकी बीसों साल पुरानी उनके मैके से ही आई गौरांग बऊ करती आ रही थी, नाम था शुभ्रा। शक्ल–सूरत और डील–डौल से दुहरे बदन की दबंग महिला थी, उसे लोग कर्कशा भी कहते थे। अजित बस सिर्फ़ उसी से डरता था। शुभ्रा धारा प्रवाह बोल सकती थी, डाँट पिला सकती थी, बाँग्ला और हिन्दी में धारा प्रवाह गालियाँ दे सकती थी। उसकी गालियाँ वज्र की तरह कलेजा छेद देती थीं, उसमें इतने अपशब्द होते थे कि उससे कोई उलझना नहीं चाहता था, खासकर तब जब वह एक घृणित अपशब्द 'पोंदे बाँस' का प्रयोग करती 'साला' तो उसका तकियाकलाम था। काकी माँ के लिए शुभ्रा रक्षा–कवच का काम कर रही थी। काकी माँ के इशारों को समझकर उनके आदेश का पालन ही उसका धर्म था, काकी माँ की हर चेष्टा उसके लिए मानो फ़रमान थी जिसका पालन अनिवार्य था।

अजित गांगुली ने देखा कि काकी माँ ने तो सब इन्सपेक्टर सुनील के भाई–भतीजों सुधीर चक्रवर्ती एण्ड फ़ैमिली को पूरे दो कमरों की खोली बिलकुल मुफ़्त में दे रखी है तब से उसके कलेजे पर साँप लोट रहा था। बीच आँगन में महिलाओं के लिए घेरकर दो स्नान घर बनाए गए थे, जिसमें दीवारें तो थीं पर ऊपर छत पर कुछ नहीं था। ऊपर काकी माँ के रहने से महिलाओं को स्नान आदि में कोई असुविधा नहीं थी, पर अजित गांगुली ऊपर से अपने कमरे की खिड़की से नीचे झाँकने की कोशिश करता रहता। उसकी कामुकता तब और भी बढ़ जाती जब कुछ दीखता और कुछ नहीं दीखता। बहुत दिनों से उसकी दृष्टि सुधीरदा की बेटी झरना पर थी पर झरना स्नानघर में जूट की एक मोटी चादर उसकी दीवार के दोनों ओर छाते की तरह फैला देती, तब अजित की कामुकता और बढ़ जाती। एक दिन उसी स्थिति में वह नीचे स्नानघर के बाहर घूमने लगा। स्नान कर जैसे ही झरना अपनी साड़ी लपेटकर अस्त–व्यस्त दशा में स्नानघर से निकली, उसे दरवाज़े पर ही अजित ने सामने से धक्का दे दिया। झरना इस धक्के के लिए बिलकुल तैयार नहीं थी। उसके बदन से लिपटी हुई साड़ी अचानक खुल गई और उसके शरीर का ऊपरी भाग खुल गया। झरना ने खुद को सँभाल कर एक ज़ोर का धक्का अजित को दिया। अजित का सिर दीवार से टकराया। बड़ी मुश्किल से अपने कपड़े सँभालती हुई वह कमरे में भागी। उसके मुँह से बेतहाशा गालियाँ निकल रही थीं। तब तक डॉ. सुधीर का पूरा परिवार और ऊपर से शुभ्रा भी दौड़ती आई। तब तक अजित के माथे पर चोट से एक बड़ा–सा गूमड़ निकल आया था। यह सुनकर रान्नाघर में खाना पकाती हुई उसकी माँ सुजाता बाहर निकली, उसके हाथ में सब्ज़ी चलाने का कलछुल था। उसे बात समझते देर न लगी। उसने लोहे के कलछुल से अजित के माथे पर ज़ोरदार दो–तीन प्रहार कर दिए। खून के छींटों से अजित का चेहरा लाल हो गया। इसके बाद भी सुजाता का क्रोध शांत

नहीं हुआ। तभी एक अभूतपूर्व घटना घटी। उसने सिर के बल ज़ोर से धक्का देकर अजित को ज़मीन पर गिरा दिया। और उसकी छाती पर लात और हाथ से प्रहार करने लगी। वह चीख रही थी—

''मैं रणचण्डी हूँ। मैं दावाग्नि हूँ, जलाकर भस्म कर दूँगी। तुम कुपात्र, नीच और कमीने हो। काकी माँ के वंश में विषवृक्ष हो। तुम्हारा सर्वनाश हो जाएगा कमीने। तू पापी है। तू इस धरती का भार है। हम लोग खुद तुम्हारा घर छोड़ देंगे, अब यह भले लोगों के रहने की जगह नहीं है।''

चोट खाया हुआ अजित गांगुली आपे से बाहर था, वह ज़ोर से गाली देता हुआ चिल्लाया—

''तुम भिखमंगों की इतनी हिम्मत। तुम लोग दो पैसे के भी आदमी नहीं हो और तुम्हारी इतनी मजाल कि मेरे घर में मुफ़्त में रहो और मुझ पर वार करो। तुम लोगों को अभी के अभी मेरा घर छोड़कर निकलना होगा,'' यह कहते हुए उसने अपने नौकरों को निर्देश दिया कि सुधीर चक्रवर्ती का सारा सामान निकालकर घर के बाहर फेंक दो।

शुभ्रा ने समझाने की चेष्टा की, ''ये लोग काकी माँ के आदेश से रह रहे हैं। दारोगा सुनील के परिवार के लोग हैं।''

अजित गांगुली चिल्लाते हुए बोला—

''क्या कर लेगा दारोगा सुनील बाबू। वह साला इस शहर से दूर किसी गाँव में भेज दिया गया। वह चोर था, वह मेरा क्या कर लेगा?''

अजित ने डाँटते हुए नौकरों से कहा, ''यह सारा सामान मेन रोड पर डाल दो। लोगों को भी तो मालूम हो कि अजित बाबू से सींग लड़ाने का परिणाम क्या होता है?''

सुधीरदा स्नान करके चौकी पर बैठे स्तोत्र पाठ कर रहे थे, हल्ला-गुल्ला और गाली सुनकर वे सारी बातें समझ गए। उन्होंने कहा—

''अजित बाबू! हम लोग चले जाएँगे पर इसमें गाली-गलौज करने की आवश्यकता क्या है? मैं ऊपर काकी माँ को तो बता दूँ।''

''नहीं डॉ. सुधीर! आप ऊपर नहीं जा सकते। यह मेरा घर है। मैं इसका कानूनी मालिक हूँ। आधे घंटे के भीतर तुम लोग अपना सारा सामान बोरिया-बिस्तर समेट कर अपने परिवार के साथ बाहर निकल जाओ।''

सुधीरदा का बड़ा बेटा सुशांत नई-नई एक नौकरी पर लगा था, दोनों बेटे मानिक और सुशांत स्कूल गए थे। घर में केवल सुजाता और झुण्टू थीं। चूल्हे पर दाल और सब्ज़ी चढ़ी हुई थी, उसे भी उतार कर बाहर फेंक दिया गया। सुजाता चिल्लाई—

''अजित इतना अन्याय परमात्मा भी नहीं सह सकता। धन और बल का

दुरुपयोग तुम्हें शोभा नहीं देता। हम लोग इतने समय से काकी माँ की छत्रछाया में रहते चले आ रहे हैं। वे तो इतनी दयामयी और कृपालु हैं कि उन्हें यह सब सुनकर घोर दु:ख होगा। यह तुम हमारा ही अपमान नहीं कर रहे हो, उनका भी अपमान कर रहे हो। तुम्हारे क्रूर व्यवहार और हमारे अपमान का प्रतिफल तो परमात्मा तुम्हें देगा ही पर तुम मनुष्य ही नहीं मनुष्यता का भी अपमान कर रहे हो। किसी अपात्र को धन और अधिकार दोनों मिल जाएँ तो विवेक बुद्धि नष्ट हो ही जाती है। हम लोग कहीं-न-कहीं अवश्य जाएँगे। मेरे बच्चे जैसे ही आएँगे, हम लोग एक क्षण भी यहाँ नहीं ठहरेंगे।''

सुजाता की बात से हतप्रभ होकर अजित भीतर लौट गया। सिर की चोट से शायद उसे भी इलाज और विश्राम की आवश्यकता पड़ गई थी पर उसके नौकरों ने सुधीरदा का सारा सामान मुख्य सड़क के किनारे जैसे-तैसे बेतरतीब ढंग से इकट्ठा कर दिया। सुधीरदा ने करुणापूर्ण दृष्टि से अपनी पत्नी सुजाता की ओर देखा। आज वे सचमुच रिफ़्यूजी हो गए थे। इस आकस्मिक आघात को झेलने के लिए न उनका मन तैयार था, न सुजाता का। पर झरना ने हिम्मत नहीं हारी, उसने अपनी कमर की साड़ी लपेट कर किसी वीरांगना की मुद्रा में चारों ओर देखा, उसकी आँखें जैसे बोल रही थीं, 'हम भले ही सड़क पर खड़े हो जाएँ, पर उस दुष्ट अजित गांगुली को तो हमने सबक सिखा ही दिया। स्त्री का अपमान करने के दुस्साहस का दंड तो उसे भोगना ही चाहिए। अन्याय का प्रतिरोध और प्रतिकार तो हर हाल में होना ही चाहिए।' आज झरना को लग रहा था कि क्या स्त्री होना असहाय होना है, क्या स्त्री या स्त्री का सौन्दर्य सदा घातक ही होता है, क्या मैं सबको दुख पहुँचाने के लिए सुंदर बनाई गई हूँ। हे विधाता! मेरे कारण मेरा पूरा परिवार सड़क पर खड़ा है, आने-जाने वाले लोग घूर कर देखते हैं, फेंके हुए सामानों का अर्थ लगाते हैं, हम लोग किराए के घर से निकाले हुए लोग हैं, हम लोग आते-जाते तमाशबीनों को मना नहीं कर सकते, उनकी टिप्पणियाँ तो हमें झेलनी ही पड़ेंगी। वह अचानक अपनी माँ के कंधे पर सिर रखकर फफक पड़ी। सुजाता सब सहते-सहते मानो पत्थर की हो गई थी। उसने धीरे से इतना ही कहा—

''बेटी! दुख न करो। मन का दुख मन में रखना सीखो। यह पूरा जीवन दुखों की रंगशाला है। इसलिए सब सहना होगा और आगे का भविष्य विचारना होगा।'' सुधीरदा अनिश्चय की स्थिति में जड़वत् खड़े थे।

तभी सामने से आता हुआ एक रिक्शा वहाँ रुका। उस रिक्शे से पास ही एक दूसरी गली में रहने वाली हाई स्कूल की शिक्षिका श्रीमती शांतिलता उतरीं। उन्होंने बेचैनी से पूछा—

''चाचीजी! यह सब मैं क्या देख रही हूँ। आप लोग सड़क पर हैं, सारा सामान बिखरा हुआ है। यह दुर्व्यवहार किसका है? निश्चय ही यह अजित गांगुली

का कारनामा है।'' तब तक मुहल्ले के काफ़ी लोग जुट गए थे। शांतिलता ने ऊँचे स्वर में कहा—

''हम सब मुहल्लेवासी जानते हैं कि अजित गांगुली एक सफ़ेदपोश गुंडा और मवाली है। मेजर गांगुली साहब और काकी माँ की सारी ज़मीनें वह बेच रहा है और अब इस, बड़ी हवेली पर वह दाँत गड़ाए बैठा है।''

अभी शांतिजी बोल ही रही थीं कि सुधीरदा के तीनों बेटे बारी-बारी से वहाँ पहुँच गए। सबका चेहरा उड़ा हुआ था। यह अपमान असह्य था। तीनों युवा इतने उत्तेजित थे कि अजित गांगुली और उनके नौकरों के साथ हाथापाई की नौबत आ गई थी पर शांतिलता ने समझाया—

''इसमें अब कोई टीका-टिप्पणी तुम लोग मत करो। इस त्यागे हुए घर में दुबारा पाँव रखना भी नहीं है। तुम लोग मेरे पीछे-पीछे रिक्शे, ठेले पर सामान लादकर मेरे घर चलो। घर के बाहरी हिस्से में फूस और खपरैल के दो कमरे आउट हाउस की तरह बने हुए हैं उसी में सब लोग रहेंगे। जब सब स्थिर हो जाए तो फिर सुविधा से कोई किराए का मकान हम लोग खोजेंगे।''

डूबते को तिनके का सहारा मिल गया था। सबने मिल-जुलकर सामान जुटाया। सुजाता ने डूबते हुए सूर्य को प्रणाम और धन्यवाद की मुद्रा में देखा। अब जीवन का फिर एक नया अध्याय आरंभ हो गया था।

35

अपराह्न का समय भी बीत रहा था। ठेले और रिक्शों पर सड़क पर बिखरे घर-गृहस्थी के सामान को जैसे-तैसे समेट कर सुधीरदा और सुजाता बच्चों के साथ चल पड़े थे। एक विवश क्रोध पूरे शरीर के रक्त में उबाल भर रहा था, पर सुशांत, मानिक और झरना काफ़ी उत्तेजित लग रहे थे। सुजाता बड़े धैर्य के साथ सभी बच्चों को समेटती, कर्त्तव्य का ज्ञान कराती सामान समेटने में सहयोग कर रही थी। उसे उस समय रुलाई फूट पड़ी, जब उसने छोटी कड़ाही में अधपकी सब्ज़ी को मिट्टी में लिथड़ा हुआ देखा। अजित गांगुली और उसके गुर्गों का यह अत्याचार उसके कलेजे को भेद गया था। सभी रिक्शे, ठेले दो-तीन सौ गज की दूरी पार कर श्रीमती शांतिलता के मकान के अहाते में पहुँचे। वहाँ स्वयं शांतिलता मौजूद थीं। उन्होंने तब तक आउट हाउस का तबेला साफ़ करवा दिया था। सुधीरदा ने देखा कि फूस के छप्पर पर खपरैल वाला कमरा बहुत बड़ा नहीं था, पर उसे छोटा भी नहीं कहा जा सकता था। उसकी बगल में बाहर एक पक्का बाथरूम बना हुआ था, जो सार्वजनिक प्रतीत होता था, शायद वह बाहरी लोगों या नौकर-चाकरों के उपयोग के लिए बनाया गया होगा।

फूस का वह कमरा भीतर प्रवेश करते ही गोबर की गंध से भरा मिला, उसमें बाँस की फट्टियों से बना एक दरवाज़ा था और छोटी खिड़की की जगह फूस के ही हिस्से को छाँटकर रोशनदान की तरह दो खिड़कियाँ बनी हुई थीं, जिनसे बाहर से ही पशुओं की देखभाल की जाती रही होगी। सुधीरदा मन-ही-मन बुदबुदाए, ''पूजा के पूर्व कलश पूजन में गोबर का उपयोग—गौमय का लेपन हो रहा है। चलो गौमाता की गोद ही सही, यही बनी है हमारी शरणस्थली। धीरे-धीरे हम जब रहने लगेंगे तो गोबर की गंध की जगह मानुष गंध व्याप्त हो जाएगी।'' उन्होंने कुछ विवश और कातर दृष्टि से सुजाता की ओर देखा। सुजाता ने आँखों-आँखों में ही मानो कहा—

''शरणदाता की भी सीमाएँ होती हैं, परमात्मा की कृपा जैसे मिले, जो मिले उसमें ना-नुकुर करने की आवश्यकता नहीं है। यह तर्क का समय नहीं है, स्वीकृति का समय है, जब पूजा का प्रसाद लेते हैं तो तर्क नहीं विश्वास करते हैं।''

सुधीरदा को अपने प्रश्नों का उत्तर मिल गया था। वे सामान ढोने और यथास्थान लगाने में सबकी सहायता करने लगे।

जब सारा सामान भीतर आ गया तो सुजाता बोली—

''मिट्टी और फूस के घरों में लोग प्राय: गोबर से लेपन करते हैं। महिलाएँ गोबर लीपकर घर को पवित्र करती हैं, पूजा-पाठ के समय भी ऐसा ही होता है, हमें तो यह गोष्ठ-गाय का घर मिला है, पहले से ही गौमय और गौमूत्र से पवित्र।''

मानिक ने बीच में ही टोका, ''और कीटाणुओं से रहित भी।'' उस दशा में भी सब ठठाकर हँस पड़े।

इसी बीच एक सज्जन और आए। बोले, ''डॉक्टर साहब! आपसे तो मेरा परिचय है पर आपके परिवार से मैं पहली बार मिल रहा हूँ।''

सुधीरदा ने कहा—

''शुचि! ये श्री दुर्गाचरण सिन्हा जी हैं। मैडम शांतिलता जी के बहनोई। इनके श्वसुर जी भी बड़े सामाजिक कार्यकर्ता थे। उनकी दो बेटियाँ थीं, बड़ी बेटी का ब्याह सिन्हा जी से हुआ और छोटी बेटी मैडम शांतिलता का विवाह सफल नहीं रहा। उनके पति विवाह के दो वर्षों के भीतर क्षयरोग से चल बसे। मैडम ने इस बीच अपनी पढ़ाई पूरी की और एक सरकारी स्कूल में शिक्षिका बन गईं। सिन्हा जी ही इस घर के अभिभावक हैं। इनका एक पाँच वर्ष का बेटा है। कलकत्ते में होलसेल का इनका बड़ा व्यापार है। रतनपुर के बाज़ार में ऑर्डर के मुताबिक सारा सामान सप्लाई करने का ज़िम्मा इनका ही है।''

सुजाता ने प्रशंसात्मक दृष्टि से देखा—

''अच्छी बात है। इनके संरक्षण में हमें अवश्य सुख-संतोष मिलेगा।'' तब तक झरना चाय बनाकर ले आई।

सिन्हा साहब ने कहा, "अरे, अभी तो आप लोग आए हैं, अभी आपकी गृहस्थी नहीं जमी है। जैसा मैडम कह रही थीं, शायद आप लोगों ने भोजन भी नहीं किया होगा। आप लोगों का खाना बन रहा था और दुष्ट गांगुली ने ऐसा दुर्व्यवहार, ऐसा कुकांड कर दिया।"

सुजाता बोली—

"अच्छा चाय तो पी लें।" सिन्हा साहब ने चाय लेकर आई हुई झरना को अब गौर से देखा। घर का सारा काम करती हुई झरना ने साड़ी कमर से कस कर बाँध रखी थी। इस कसावट से उसके उन्नत शरीर की रेखाएँ साफ़-साफ़ झलक रही थीं, उसके शरीर का चम्पई रंग किसी चम्पा के फूल की तरह दमक रहा था। सिन्हा जानबूझकर चाय लेते समय उसकी कोमल उँगलियों का स्पर्श करना नहीं भूला। उँगली के स्पर्शमात्र से उसका पूरा शरीर झनझना उठा। स्त्री जाति के विषय में सिन्हा आदमखोर प्रवृत्ति का प्राणी था। महीने में दो बार कलकत्ते की यात्रा वह केवल दूकानदारों के ऑर्डर सप्लाई के लिए ही नहीं अपनी शारीरिक भूख मिटाने के लिए भी करता था। पर भूख थी कि मिटती ही नहीं थी। जैसे आग में घी डालने से वह और भी भड़कती है, उसकी लौ हवा से बातें करने लगती है, वैसे ही उसके मन का चोर रह-रहकर झरना की कसी हुई देह-यष्टि की ओर चला जाता। किसी बात पर झरना जब खिलखिलाकर हँसी तो उसकी दंत पंक्तियों की चमक से वह जड़ और स्तंभित हो गया। उसे लगा कि यही तो वह वर्षों से ढूँढ़ रहा था, अब जाकर उसकी खोज पूरी होने वाली है। शांतिलता मैडम के विधवा होने पर बार-बार बेहोश होती मैडम को आखिर उसी ने तो सहारा दिया था। मैडम बार-बार बेहोश हो रही थीं और उस समय वही उनको सांत्वना दे रहा था। बहुत सारे पुरुष-स्त्रियों की भीड़ हटा दी गई थी, एकांत कमरे में पंखे की हवा में वह कभी उनके मुख पर पानी का छींटा देता, कभी उसका हाथ पूरे शरीर पर फिराता, थपकियाँ देता रहा। सेवा के इरादे से वह रात-रातभर मैडम के पास ही रह रहा था और इस तरह एक पूरी दुनिया बदल गई थी। असहायता जब विवशता में बदल जाती है तो सत्य की क्रूरता भी प्रिय लगने लगती है। श्रीमती शांतिलता और उनकी बड़ी बहन दोनों ने बिना कुछ कहे इस नियति को स्वीकार कर लिया था।

सिन्हा ने खिसियानी हँसी हँसते हुए कहा, "डॉक्टर साहब! आप मुझे अपने सभी बच्चों का परिचय कराइए।" सुधीरदा खुशी-खुशी बताने लगे, "यह मेरा बड़ा बेटा सुशांत है, अभी-अभी इसकी नौकरी लगी है। मैट्रिक फ़र्स्ट डिवीज़न से पास करके नौकरी में लग गया। आप तो समझते हैं सिन्हा साहब। घर चलाने की मजबूरी पहाड़ की तरह सामने खड़ी हो जाती है, मेरी दूसरी संतान यह झरना है, हम लोग इसे प्यार से झुण्टू कहते हैं, यह भी अपनी पढ़ाई पूरी करके बच्चों के एक स्कूल में टीचर लग गई है। इसे अंग्रेज़ी पढ़ने का बहुत शौक है। मेरा तीसरा बेटा मानिक है, आइ-कॉम में पढ़ रहा है। सबसे छोटा बेटा बूढ़ा है, अभी स्कूलिंग कर रहा है। हम दोनों

बूढ़ा-बूढ़ी जीवन-संघर्ष के पथिक हैं, बस-चल रहे हैं, रास्ता जहाँ तक ले जाए।''

''आपके परिवार से मिलकर बहुत अच्छा लगा। आपकी बेटी झरना पढ़ भी रही है, पढ़ा भी रही है, घर के काम में भी कुशल है, यह सब संस्कार से ही होता है। इसकी बनाई हुई चाय मुझे बहुत अच्छी लगी। हाँ झुण्टू! मैं फिर तुम्हारी चाय पीने आऊँगा,'' कहकर उसने फिर झरना की ओर देखा। सिन्हा की नसों में एक तड़फड़ाहट, एक बेचैनी शुरू हो गई थी। उसने मन को समझाया, 'सुख उसके ही घर में कैद है, वह जब चाहे उसका उपयोग तो कर ही लेगा।'

स्त्री की छठी इन्द्रिय बड़ी प्रबल होती है। सिन्हा का आचरण सुजाता और झरना दोनों की समझ में आ रहा था। दोनों ने एक-दूसरे की ओर देखकर आँखों-ही-आँखों में इसकी पुष्टि की। मानो कह रही हों कि हम गहरी नदी के मँझधार में हैं, सामने एक बड़ा विशाल मगर मुँह खोले खड़ा है और उसी के मुख में उठना, बैठना और रहना है। चारों ओर भय और अविश्वास का कंपन है। माता भवानी, तुम्हीं शक्ति दो, इस कष्ट का निवारण करो माँ।

डॉ. सुधीर बोले—

''हम लोग बहते-बहते घाट के किनारे लग ही गए। सिन्हा साहब भी खुशमिज़ाज आदमी हैं। व्यापारी हैं, ठोक बजाकर बोलते हैं। रहना इन लोगों के साथ है तो हाँ-हूँ तो करते रहना होगा।''

सुजाता ने कोई उत्तर नहीं दिया। बोली, ''चलो झरना खाना बना लें। सभी लोग भूखे हैं, अब यही खाना दिन और रात का हो जाएगा।''

इसी बीच सबने देखा कि मैडम शांतिलता अपनी नौकरानी के साथ चली आ रही हैं। उन्होंने कहा—

''आंटी! आप लोगों के लिए जल्दी-जल्दी में परांठे और भुजिया बनवाकर लाई हूँ, थोड़ा हलवा भी बनवाया है। फ़िलहाल पहले इसे खा लें, रात की बात आप रात में सोचेंगी।'' सबसे पहले उन्होंने बच्चों को परोसकर दिया, फिर सुधीरदा और सुजाता ने भी खाया। व्यवहार और कृतज्ञता का भाव जैसे उफन कर बाहर आ रहा था।

मैडम शांतिलता ने कहा—

''मेरी बड़ी बहन भी आप लोगों से मिलने आती पर इसी महीने उसे दूसरा बच्चा होने वाला है और डॉक्टर ने उसे बेडरेस्ट की सलाह दी है। सो उसे अपना और अपने होने वाले बच्चे का भी ध्यान रखना है।''

मैडम ने फिर कहा—

''दादा! आप तो पंडित हैं। कमरे में धूप जला दीजिए। एक-दो दिन में ही गोबर की गंध मिट जाएगी। पूजा की पूजा और शुद्धि की शुद्धि हो जाएगी।''

महीने भर के भीतर सुजाता और झरना मैडम की बड़ी बहन से मिलती-जुलती रहीं, उनका ध्यान भी रखतीं। सुजाता के अनुभव भी काम आ रहे थे। अंत में वह दिन भी आ पहुँचा जब मैडम की बड़ी बहन के प्रसव वेदना आरंभ हो गई, पास के ही क्लीनिक से डॉक्टर और नर्स दोनों को बुला लिया गया। सुबह के दस बजे थे। सुधीरदा स्नान करके मंत्र पढ़ते-जपते बाहर की अलगनी पर अपने भीगे कपड़े सूखने के लिए डाल रहे थे। उन्होंने झपटकर आते और जाते हुए अपनी पत्नी सुजाता को देखा तो मंत्र-पाठ रोककर पूछा—

"तुम लोगों की थोड़ी भागा-भागी देख रहा हूँ। सुबह-सुबह कौन-सा ऐसा काम है, जिससे तुम लोग अति व्यस्त हो।"

"अरे! मैडम की दीदी को बच्चा होने वाला है। प्रसव वेदना शुरू हो गई है। डॉक्टर और नर्स भी आ गई है। उसी में मैं भी लगी हुई हूँ।"

यह सुनकर सुधीरदा कपड़े की लुंगी लपेटे-लपेटे, पीछे-पीछे चलते हुए मैडम जी के मुख्य दरवाज़े तक आ गए। ज़ोर से बोले—

"सुजाता। बहूजी को कहो कि अभी मूल नक्षत्र है। आधा घंटा रुक जाएँ तो संतान की कुण्डली में कोई दोष नहीं रहेगा। मूल नक्षत्र है, सावधान कर दो।"

भागते-भागते भी सुजाता अचानक रुक गई। सुधीर की बातें सुनकर वह ठठाकर हँस पड़ी। "शास्त्र ज्ञान रखते हो तो थोड़ा व्यावहारिक ज्ञान भी रखना सीखो। कोई जच्चा स्त्री जन्म देते समय संतान को रोक थोड़े ही सकती है। बच्चे को जब होना है, तभी होगा। जाओ, अपना मंत्र-पाठ पूरा करो।"

अंततः काफ़ी देर बाद पुत्री का जन्म हुआ। पुत्र के बाद पुत्री के जन्म पर सभी हर्षित हो गए। लक्ष्मी घर में आई है, उसका स्वागत तो धूमधाम से होना ही चाहिए। इधर सुधीरदा खुश थे कि उनकी भी बात मान ली गई और मूल नक्षत्र का दोष भी कट ही गया।

36

दीवाली नज़दीक आ गई थी। सारा शहर साफ़-सफ़ाई, झाड़-पोंछ में लगा था। दुकानों के सामान बेतरतीबी से बाहर निकालकर नौकर-चाकर मज़दूर सब धोने-पोंछने में लगे थे, रंगसाज मज़दूर जल्दी-जल्दी दरवाज़े, ग्रिल की रंगाई में लगे थे। रतनपुर शहर के कोर्ट बाज़ार मुहल्ले में श्री शरण ऊँटवालिया की मशहूर दुकान बहुत बड़े हॉल में स्थित थी, उसमें नमक और सिमेण्ट के बोरे अलग-अलग कोनों में छल्लियों में रखे जैसे आसमान छू रहे थे, उसके एक ओर मिट्टी तेल के पीपे थे तो दूसरी ओर भाँति-भाँति की अलग-अलग कंपनियों की अगरबत्तियाँ सजी हुई थीं।

गंध और दुर्गंध सब वहाँ एकाकार हो गए थे। ऊँटवालिया जी जल्दी-जल्दी सफ़ाई का निर्देश सेवकों और मज़दूरों को देते जा रहे थे। वे चाहते थे कि आज शनिवार बंदी का दिन है, आज ही सारा काम निबटा लिया जाए तो कल रविवार को जब बाज़ार खुलेगा, देहातों से बैलगाड़ियों, टायर गाड़ियों का ठट्ठ नमक के बोरे और सिमेण्ट के बोरों के लिए इकट्ठा हो जाएगा तो असुविधा तो नहीं होगी। वे अपनी गद्दी का भी रंग-रोगन करा रहे थे। आज लोहे की तिजोरी भी रंगीन हो रही थी। वे हॉल के मध्य में रखी कुर्सियों पर बैठे सारा काम देख रहे थे। तभी उनकी दृष्टि दवाओं का बैग लिए दुकान की सीढ़ियों पर चढ़ते डॉ. सुधीर चक्रवर्ती पर पड़ी। वे सहसा बोल पड़े—

"आइए चक्रवर्ती बाबू! केमन आछो।"

सुधीर चक्रवर्ती उनके मुख से बाँग्ला सुनकर तनिक हड़बड़ाकर बोले, "हम तो ठीक हैं ऊँटवालिया जी, आप कैसे हैं? हाल-चाल पूछना तो डॉक्टर का काम होता है। और बाल-गोपाल कैसे हैं, आपकी दोनों बेटियाँ, बेटा सब कैसे हैं? बीच-बीच में आकर सबका स्वास्थ्य-परीक्षण तो करना ही पड़ता है।"

"एकदम! एकदम! यह तो आपका अधिकार है। आप हमारे फ़ैमिली डॉक्टर भी तो हैं।"

ऊँटवालिया जी ने चाय मँगाई, उनकी गोलागद्दी के पीछे के हिस्से में ही उनका घर था। बोले—डॉक्टर साहब के लिए चाय के साथ नमकीन भी लाना। फिर वे सुधीरदा की ओर मुखातिब हुए—

"डॉक्टर साहब! आप सप्ताह में कम-से कम एक बार ज़रूर आया कीजिए। मेरे बच्चों के लिए, कभी-कभी मेरे और मेरी पत्नी के लिए दवाओं की आवश्यकता पड़ती है तो होम्योपैथी याद आती है और होम्योपैथी का मतलब डॉ. सुधीर चक्रवर्ती।"

यह सुनकर सुधीरदा 'हो-हो' कर हँस पड़े। वे बच्चों की तबीयत का हाल पूछने लगे और साथ-साथ दवायें भी बनाने लगे। ऊँटवालिया जी ने तीनों बच्चों और अपनी पत्नी के कष्टों का एक-एक लक्षण विस्तार से बताया और कहा—

"डॉक्टर साहब! आपका लोहा तो हम सभी मानते हैं। दो-तीन खुराक दवाओं में ही रोग छू-मंतर हो जाता है। आपका अनुभव बड़ा ज़बर्दस्त है।" यह कहकर उन्होंने पॉकिट से पचास रुपये निकाले और डॉक्टर साहब के हाथों में पकड़ा दिए।

सुधीरदा कुछ ना-नुकुर कर रहे थे पर अंततः उन्होंने पैसे ग्रहण कर लिए। ऊँटवालिया जी जानते थे कि डॉक्टर चक्रवर्ती की और कोई आय, या उसका कोई साधन नहीं है तो इसी बहाने उनके बच्चों की पढ़ाई-लिखाई में सौ-दो सौ रुपये मासिक सहायता करने में वे हिचकते नहीं थे।

आज सुधीरदा भी अपनी फ़ीस से संतुष्ट लग रहे थे। अचानक ऊँटवालिया जी ने पूछा, "डॉक्टर साहब! वर्षों पुराना हमारा आपका संबंध है। पचासों बरस पहले

आप ढाका यानी पूर्वी बंगाल छोड़कर कलकत्ता और अंत में रतनपुर आ गए। बड़ी लंबी यात्रा की आपने। आपको ढाका और अपनी जन्मस्थली की याद कभी नहीं आती ?''

''आती है ऊँटवालिया जी! हृदय को तो जीवन के सारे आघात झेलने ही पड़ते हैं। सब पीछे छूट गया। बंगाल का वह हरित प्रदेश भी मेरी तरह कई शासनों के अदल-बदल में बदलता रहा। पहले पाकिस्तान बना और 1971 में वह 'बांग्लादेश' बन गया—एक स्वतंत्र राष्ट्र। एक सार्वभौम स्वतंत्र इकाई। बदलना ही देश और दुनिया की, मनुष्य की नियति है। हमारे जीवन की नौका कई घाटों पर बँधती, आश्रय लेती और कहीं खुलती रही। पद्मा नदी की तेज़ धारा में बहते-बहते देखिए, हम कहाँ से कहाँ आ गए। देखिए ऊँटवालिया जी, पेड़ से पत्ता टूटकर हवा में उड़ता है तो वह उसकी विकास-यात्रा नहीं होती, उसे तो अंत में पतित होकर भूमि-शयन करना पड़ता है, धूलिसात हो जाता है वह।'' कहते-कहते सुधीरदा का गला रुँध गया। वे आगे एक शब्द नहीं बोल पा रहे थे। ऊँटवालिया जी ने उन्हें एक गिलास जल दिया। बातचीत की दिशा बदली। बच्चों का समाचार पूछा, तब कहीं जाकर सुधीरदा शांत हुए। शांत होकर वे फिर बोले—

''ऊँटवालिया जी, हम लोग यात्री हैं। सतत् चलते रहना हमारा काम है। आकाश में चील को उड़ते हुए देखते हैं ना! ठीक वैसे ही हम भी भगवान के हरकारे हैं, संवाद वाहक।''

''डॉक्टर साहब! आपका छोटा बेटा ठीक से पढ़ाई तो कर रहा है ना ?''

''हाँ, वह कॉमर्स की पढ़ाई कर रहा है, बैंकिंग क्षेत्र में जाना चाहता है। बस, वह पढ़-लिख कर नौकरी पर लग जाए, इतना ही कार्य शेष रह गया है।''

''तो डॉक्टर साहब! एक काम कीजिए। उसे मेरे पास भेज दीजिए। जब तक वह किसी जॉब में नहीं आ जाता, मैं उसकी पढ़ाई-लिखाई, पुस्तक-फ़ीस सबका ज़िम्मा लेता हूँ। आप उसकी तनिक चिन्ता न करें।''

यह सुनते ही सुधीरदा कुर्सी से खड़े हो गए, उन्होंने थरथराते हाथों से ऊँटवालिया जी के हाथ पकड़ लिए और कहा—

''आपका यह उपकार कभी भी भुलाने की चीज़ नहीं है।'' उनका गला फिर फँस गया और आँखों से आँसू टपक पड़े।

ऊँटवालिया जी ने उन्हें सहारा दिया और इतना ही कहा, ''ऐसे कर्त्तव्य पालन में मुझे जीवन का परम सुख प्राप्त होता है, धन केवल तिजोरी में रखने की वस्तु नहीं है, डॉक्टर साहब, उसे खर्च भी होना चाहिए, बाहर का ऑक्सीजन मिलेगा, तभी तो वह मेरे पास भी टिकेगा।''

डॉक्टर चक्रवर्ती विदा माँगकर चल पड़े, आज उनके पाँवों में आत्मविश्वास का बल आ गया था।

37

बहती नदी में हाथ धोने की इच्छा प्रबल हो जाती है। मैडम शांतिलता का व्यक्तित्व अत्यंत आकर्षक था। दप-दप करता गोरा रंग धूप में और भी लालिमामय हो जाता। अट्ठाइस-तीस की अवस्था में भी उनकी मुस्कान में कैशोर्य झलकता था, उसमें एक सादगी और स्वच्छता का एहसास होता था। जैसे कोई सिद्ध व्यक्ति किसी को मंत्रकीलित कर दे, वैसे ही जो आता, मिलता उसे शीघ्र जाने की इच्छा नहीं होती। शहर में नया-नया कॉलेज खुला था, उसमें अंग्रेज़ी के एक प्रोफ़ेसर मलय सिन्हा का आगमन हुआ था। उम्र मुश्किल से पच्चीस की, शादीशुदा थे, पर परिवार बाराबंकी में रहता था। वहाँ पत्नी बी.ए. की पढ़ाई पूरी कर रही थी। मैडम के मकान में फर्स्ट फ़्लोर पर एक कमरे का एक ब्लॉक आधुनिक ढंग से बना हुआ था। बाथरूम संयुक्त था। वह बना तो गेस्ट के लिए था। पर दुर्गाचरण ने उसे किराए पर उठाना मुनासिब समझकर प्रो. मलय सिन्हा को दे दिया, उनके दो वक्त के भोजन की व्यवस्था भी हो गई और नीचे से ही महरी जाकर भोजन कमरे में ढँककर रख देती। एक चाबी शांतिलता जी के पास और एक मलय सिन्हा के पास रहने लगी। उन्हें पेइंग गेस्ट के रूप में दुर्गाचरण जी ने रख लिया। दुर्गाचरण पक्के व्यापारी थे, वे जानते थे कि मनमाने पैसे मिल जाएँ तो वे इसी धरा धाम पर स्वर्गीय सुख प्रदान करते हैं।

रविवार का दिन था। जाड़े की गुनगुनी धूप में सुबह-सुबह छत पर कुर्सी पर बैठे प्रो. मलय सिन्हा शेक्सपियर का *जूलियस सीजर* पढ़ रहे थे, एकांत में बोल-बोलकर पढ़ने के कारण वहाँ एक नाटकीय वातावरण पैदा हो रहा था। उस समय झरना चाय का प्याला लिए सीढ़ियों पर होती हुई धीरे-धीरे कब ऊपर छत पर आकर सामने खड़ी हो गयी, इसका तनिक भी पता मलय को नहीं लगा। अचानक झरना को सामने देखकर वे चौंक गए, उनका पढ़ना रुक गया। वे इतना ही बोले—

''आप! अचानक?''

''हाँ मैं! शांति दीदी ने मुझे आपको चाय देने के लिए कहा था, आज रविवार है। घर के सब लोग सोए पड़े थे। वे जानती हैं कि हमारे यहाँ सुबह-सवेरे चाय बन जाती है—इसीलिए।''

''ओह! बहुत धन्यवाद! मुझे सुबह की चाय बहुत पसंद है पर मुझे बनानी नहीं आती। मैंने कभी सीखने की कोशिश भी तो नहीं की।''

''अरे! यह तो सबसे सरल विद्या है। मलय सर! समझिए यह केमिस्ट्री है और

इसका स्वाद लिट्रेचर है। एक-एक चुस्की में दुनिया के स्वाद का अनुभव करते रहिए।''

''एक तरह से आप ठीक ही कह रही हैं झरना जी! कुछ तो है कि पुराने लोगों ने स्वाद का आविष्कार किया और बताया कि सिर्फ़ मीठा ही पाना ज़िन्दगी में आनंद नहीं देता, खट्टा, तीता, कसैला, सब अपनी जगह मायने रखते हैं। ये सब मिलते हैं तो मिलकर अपना स्वरूप खो देते हैं और एक तीसरी चीज़ सामने आ जाती है। इसी को विचारकों ने 'सिन्थेसिस' कहा है। इसे यों समझिए मिट्टी थेसिस है, उसमें बीज डाला जाए तो वह एण्टी थेसिस है और धीरे-धीरे बीज अपना स्वरूप खोकर एक पौधा बनकर एक तीसरी शक्ति के रूप में मिट्टी को फोड़कर ऊपर निकल आता है, वह सिन्थेसिस है। जीवन भी हर पल थोड़ा-थोड़ा बदलने का सबक देता है।''

''मलय सर! आपने एकदम सही ढंग से जीवन की गूढ़ बातें समझा दीं,'' मलय उस समय फूँक-फूँक कर चाय पी रहे थे।

''चाय भी एक सबक है, झरना जी! इसे फूँक-फूँक कर पीना पड़ता है। इसी तरह ज़िन्दगी का हर कदम सँभल कर उठाने की ज़रूरत पड़ती है।''

प्रो. मलय सिन्हा बोल रहे थे और झरना उन्हें अपलक देखे जा रही थी। सुबह की नर्म धूप में उनके मुख की लालिमा और सूर्य की लालिमा में कोई अंतर नहीं था। उन्होंने चाय पीते-पीते अपने ऊनी सफ़ेद शॉल को हल्के से सँभाल कर बदन पर लपेट लिया तो झरना को लगा जैसे बादल के उजले-उजले टुकड़े सूर्य के इर्द-गिर्द उड़ने लगे हों। वह सोच रही थी—

'उसे अचानक मलय सर की इतनी चिन्ता क्यों हो रही है? क्या उनकी सुंदरता से वह प्रभावित हो गई है? उनका उठना-बैठना, बोलने का ढंग, सब में एक खासियत, एक नफ़ासत, एक अलग तरह की कशिश है जो उसे सम्मोहित करती चली जा रही है।'

उसी समय सीढ़ियों पर किसी के ऊपर आने की आवाज़ आई। शांतिलता मैडम एक ब्राउन रंग का गाऊन लपेटे ऊपर आ रही थीं। सुबह की सुनहली आभा में उनके खुले हुए कटे-छंटे बाल हवा में पेड़ की छोटी-छोटी शाखाओं की तरह लचक रहे थे। वे आते ही बोलीं—

''मलय सर! आप कुछ कह रहे थे।''

''हाँ! सुबह की चाय मेरी कमज़ोरी है। जीवन में उष्णता ही तो चाहिए। रक्त की यही उष्णता तो प्राणों का संचार करती रहती है। छत पर बैठकर मैं प्रकृति के बहुत करीब हो जाता हूँ। अभी झरना जी से मैं ज़िन्दगी की इसी फ़िलॉसफ़ी पर बातें कर रहा था।'' कहते हुए मलय ने झरना की ओर देखा। उसने सूती गाउन पर एक ऊनी शॉल लपेट रखा था पर उसके स्वस्थ शरीर की आभा उसमें भी चमक रही थी। अपनी

ओर प्रो. मलय को मुखातिब देखकर झरना के हृदय में हलचल हो रही थी और उसका तरंगित वक्ष ऊपर-नीचे हो रहा था।

'नहीं-नहीं उसे अपनी साँसों पर काबू रखना होना, मन को समझाना ही होगा,' ऐसा सोचती हुई चाय का प्याला उठाकर वह विदा लेकर जल्दी-जल्दी सीढ़ियाँ उतरने लगी।

सीढ़ियों के नीचे ही दुर्गाचरण खड़ा मिल गया—

"अरे! अलसुबह यह मेरे घर के अंदर सूरज उग आया, चारों ओर रोशनी-रोशनी हो गई।"

"कैसी बातें कर रहे हैं भाई साहब?"

"अरे, आप भी तो मेरी साली ही लगीं ना? थोड़ी बहुत छेड़छाड़ तो अलाउड है। क्यों?" कहकर दुर्गाचरण ने अचानक उसका हाथ इतनी तेज़ी से पकड़ा कि उसके हाथ की चाय का कप नीचे जा गिरा और वह नीचे की दो सीढ़ियों के ऊपर से लड़खड़ा कर नीचे झुक कर गिरने को थी कि दुर्गाचरण के शातिर सधे हुए हाथों ने उसे बीच से पकड़ लिया, उसके दोनों हाथ उसके वक्ष से चिपक गए थे और वह उसके बढ़ते दबाव का भी अनुभव कर रही थी। यह सब एक क्षण में हुआ। फिर अपने को सँभाल कर झरना सीधी खड़ी हो गई और उसने एक करारा तमाचा दुर्गाचरण के मुँह पर इतनी ज़ोर से मारा कि वह लड़खड़ा कर सीढ़ियों की रेलिंग से टकरा गया। उसके होंठ अपने ही दाँतों की चोट से कट गए और खून रिसने लगा। झरना गिरी हुई प्याली को उठाकर भागती हुई अपने आउट हाउस में पहुँच गई। उसकी साँस धौंकनी की तरह चल रही थी। ऊपर से ओढ़ी हुई शॉल बेजगह हो गई थी। घर में बाबा स्नान कर रहे थे और माँ बैठी हुई चाय पी रही थी। वह जाकर सीधे माँ की गोद में गिरी।

सुजाता अस्थिर हो गई। उसने झरना का सिर सहलाया तो रोती हुई झरना ने सब कह सुनाया। सुजाता ने इतना ही कहा—

"बेटी! संसार में रहना भी जंगल में रहने की तरह ही भयावह है। अब मुझे एक ही चिन्ता सता रही है। दुर्गाचरण दुष्ट प्रकृति का विलासी आदमी है, उसने मैडम का जीवन तो तहस-नहस किया ही, अब तुम पर भी कुदृष्टि डाल रहा है। तो लगता है शायद हम लोग बहुत दिनों तक यहाँ रह नहीं पाएँगे। बेटी! हम जीवन दो ही तरह से जी सकते हैं, एक मार्ग है समझौते का। न्याय, अन्याय जो भी तुम्हारे हिस्से में आता है, उसे सहो, मौन भाव से चुपचाप स्वीकार करो या फिर दूसरा मार्ग है विद्रोह का, जो काँटों पर चलना सिखाता है, इस मार्ग में केवल दुख की ही सौगात मिलती है। बेटी झुण्टू? आज नहीं तो कल हमारा यह बुरा समय भी बीत ही जाएगा। बाबा से हम इसकी चर्चा करके उन्हें चिंतित और दुखी नहीं करेंगे, पर जल्दी ही हमें दूसरा घर खोजना होगा। हमारी यही नियति है। चलते जाओ, चलते जाओ, इस मार्ग का कोई

अंत नहीं, कोई मंज़िल नहीं, केवल सामने अज्ञात पथ खड़ा है। मन को मज़बूत कर लो। घर तो हमें बदलना ही होगा।''

दिनभर झरना का मन उधेड़बुन में रहा। एक ओर मलय सर की सौम्य आकृति, उनका मधुर व्यवहार, सभ्य बातचीत और दूसरी ओर दुर्गाचरण की कुदृष्टि। एक असभ्य नारकीय कीड़े के साथ रेंगते रहना कहाँ की बुद्धिमानी है? उसने सोचा, 'यह आकर्षण-यह एकतरफ़ा प्रेम फ़िजूल है, जीवन-मार्ग की बाधा है, वह मलय सर से कभी-कभी अंग्रेज़ी बोलने का अभ्यास भर करेगी। इसके अलावा न कोई उसकी इच्छा है, न इससे आगे सोचने का उसे अधिकार है।'

शाम 6 बजे के आस-पास वह दबे पाँव फिर अंग्रेज़ी सिखाने की प्रार्थना लेकर मलय सर से मिलने चली। जाड़े के कारण अंधेरा हो चला था। पता नहीं सर इस समय क्या कर रहे होंगे, या फिर कोई अंग्रेज़ी नाटक पढ़ते समय उसके किसी पात्र का अभिनय कर रहे हों? उसने ऊपर पहुँचकर देखा चारों ओर अँधेरा था, बत्ती नहीं जल रही थी। उनके कमरे का दरवाज़ा भी बंद था सिर्फ़ खिड़की का एक पल्ला ज़रा-सा खुला था। उसने सावधानी से अंदर झाँका तो उसके पैरों के नीचे से ज़मीन खिसक गई। मलय सिन्हा सर चौकी पर दीवार से लगे बैठे थे और उनकी गोद में शांतिलता लेटी हुई थी, शरीर का ऊपरी भाग निर्वस्त्र था और मोहित सिन्हा अटपटे स्वर में कुछ बोल भी रहे थे और लगातार उन्हें चूमे जा रहे थे, शांतिलता भी चुम्बनों का उत्तर उतनी ही आतुरता से दे रही थीं। यह देखते ही झरना की साँस तेज़ हो गई। उसे लगा कि वह या तो मूर्च्छित होकर गिर जाएगी या ज़ोर से चिल्ला पड़ेगी। उसने अपने मुँह में साड़ी का आँचल ठूँसा और बड़ी तेज़ी से नीचे दौड़ती हुई गई।

'क्या संसार में अघटित ही घटित होता है। हमारी सोच के खिलाफ़ हमारी इच्छा के विरुद्ध ही दुनिया में कृत्य, कुकृत्य, कांड, कुकांड होते रहते हैं। मैं जिस दृश्य को पसंद करती हूँ, उस पर कालिख क्यों गिर जाती है? क्या आदमी के चेहरे अलग-अलग होते हैं? अपने कमज़ोर मन के आकर्षण पर उसे घृणा हो रही थी। वह मूर्ख है। जल्दी विश्वास कर लेती है, स्त्री को क्या इसीलिए मूर्ख कहा जाता है? नहीं-नहीं वह मुक्त होगी, इस महाजाल से। तोड़ देगी वह मोहपाश। इस अंधकार से बाहर निकलना ही होगा उसे।'

वह रोती जा रही थी और अपने मन को ढाँढ़स भी बँधाती जा रही थी। 'अब तो माँ के साथ फिर नया घर ढूँढ़ने के लिए उसे कटिबद्ध होना ही पड़ेगा।'

अगले ही दिन उसने अपने स्कूल से छुट्टी ली और माँ के साथ घर ढूँढ़ने निकल पड़ी। दोपहर से शाम तक भटकते-भटकते कम किराए में एक सुरक्षित दो कमरों का मकान चौक के पास लल्लन साह के किराने की दुकान की पास वाली गली में दिखाई पड़ा। उस मकान का मालिक एक बढ़ई था, जिसने बाद में उस मकान से कुछ दूर पर

अपना नया मकान बना लिया था और अपने पुराने मकान को किसी भले आदमी को कम किराए पर भी देने के लिए आतुर था। सुजाता को वह छोटे-छोटे दो कमरों वाला मकान जँच गया और उसने तुरन्त कुछ रुपये निकाल कर मकान-मालिक के हाथों में रख दिए। एक ताला खरीद कर उसी समय बंद भी कर दिया और वापस लौटी।

घर पहुँचकर रात में परिवार में सभी जन बैठे तो खाना खाते समय सुजाता ने ही बात उठाई—

"हम लोगों ने आज खूब दौड़ा-दौड़ी की और दो कमरे का एक अच्छा मकान चौक के लल्लन साह की दुकान के पीछे गली में ढूँढ़ ही लिया। मकान-मालिक गरीब कारपेंटर है। उसका पुराना घर है। वह अब नए मकान में चला गया है। भाग्यवश ही वह खाली मिल गया। किराया भी कम है। मैं एडवांस दे आई हूँ, अपना ताला भी खरीदकर बंद कर दिया है। परसों वसंत पंचमी है, हम लोग सुबह वहीं चलेंगे और उसी घर में माता सरस्वती का पूजन करेंगे।"

डॉ. सुधीर इस बात पर खुश हो गए। "वाह! बाहर मैं घूमता रहता हूँ, पर तुम घर में रहकर भी दूर दृष्टि रखती हो। इन्हीं गुणों के कारण तो बैरागादी में तुम्हारा पाणिग्रहण मैंने किया था। ज्योतिषियों ने भी कहा था कि सुजाता अच्छी लड़की है, इसे आदर से ले आइए, यह बंकिमचंद्र से लेकर रविबाबू, शरत् चंद्र और विमल मित्र तक की किताबें चाट जाएगी और 'कोड़ी दिए कीनलाम' को सार्थक कर देगी।"

सुजाता ने पति की ओर वक्र दृष्टि डाली, उसमें क्रोध और प्रीति की लालिमा एकमेक हो गई थी।

38

दिसंबर का महीना शुरू होने से कुछ पहले ही ठंड ने दस्तक दे दी थी। शाम होते ही कुहासा किसी धूम रेखा की तरह व्याप्त हो जाता था। एक सफ़ेद और मटमैली चादर ओढ़कर वृक्ष भी निःस्तब्ध हो जाते थे। सब ओर शून्यता, चुप्पी और गहरी उदासी का तना हुआ जाल। कुछ ऐसी ही स्थिति सुधीरदा की थी। शाम को वे जैसे ही घर लौटकर आए उन्हें पता चला कि मानिक अभी तक घर नहीं लौटा है। सुशांत एक नौकरी पर लग गया था, मानिक ने आइ-कॉम की परीक्षा तो प्रथम श्रेणी में पास की थी पर कुछ दिनों से उसकी संगति ठीक नहीं लग रही थी। वह अक्सर देर रात घर लौटता। कुछ दिनों तक तो सुजाता उसके दोषों पर पर्दा डालती रही पर जब पानी सिर से ऊपर चढ़ गया तो उसने सुधीर को बताया। सुधीर यह सब सुनकर बेचैन हो गए। एक गरीब और संघर्षशील परिवार के एक होनहार बच्चे को मनमानी करने का हक नहीं होता। उसे तो सिर्फ़ श्रम करना है, ये बच्चे परिवार के स्तंभ हैं। एक भी स्तंभ गिरा तो मज़बूत मकान की कल्पना नहीं की जा सकती। झरना भी एक प्राइवेट स्कूल

में पढ़ा रही है और अपनी आगामी परीक्षा की तैयारियाँ भी कर रही है। मानिक पर बड़ी उम्मीदें टिकी थीं पर कुसंग में लड़खड़ा रहा है। सुधीर मुट्ठियाँ भींचे घर के बाहर टहल रहे थे। बेचैनी उनकी हर क्रिया से झलक रही थी। सुजाता ने पुकार कर कहा—

''ठंड में बाहर मत रहो। तुम बीमार हो जाओगे तो बड़ा अनर्थ होगा। मानिक आ ही रहा होगा।''

सुधीरदा ने लगभग चीखते हुए कहा, ''जब कई महीनों से उसकी गतिविधि ठीक नहीं थी तो तुम्हें पहले बताना चाहिए था। मैं सबसे कहता था, मेरा यह बेटा बड़ा संयमी, सलज्ज और शांत प्रकृति का है, उसका नाम मानिक है, यह सभी बच्चों में ज़्यादा प्रामाणिक है, पर मुझे अपना स्वप्न धूलिसात् होता दिखाई दे रहा है। उसके भटकने का मतलब है किसी परिवार की समस्त संभावना का नष्ट होना।''

''मैं समझती हूँ, तुम बिलकुल सही कह रहे हो। उसे आने तो दो फिर मिल-बैठकर बात करेंगे।''

उसी समय मानिक आता दिखाई दिया। जैसे ही उसने मकान के बरामदे में पैर रखा, सुधीरदा ने उसे पकड़ लिया, उस समय उनका बड़ा बेटा सुशांत भी ऑफ़िस से घर आ चुका था। मानिक के मुँह से सिगरेट की गंध आ रही थी। उसकी जेब की तलाशी में सिगरेट का एक पैकेट और माचिस की डिब्बी भी निकल आई। फिर तो वे अपने को रोक नहीं सके, उन्होंने दो तमाचे उसके गाल पर जड़ दिये, बड़े भाई सुशांत ने भी उसके बालों को खींचकर बरामदे में पड़ी चौकी पर धकेल दिया—

''आवारा हो गया है। घर में खाना जुटाना मुश्किल है और यह बुरे लोगों के साथ उठता-बैठता है। पंडित चक्रवर्ती मोशाय का यह कुलदीपक घर को ही भस्म कर देना चाहता है।'' तब तक सुजाता बीच-बचाव कर रही थी—

''शांत हो जाओ! मानिक पर मुझे भरोसा है। अब ऐसी गलती नहीं करेगा। इसे कहीं बाहर पढ़ाई के लिए भेजो, देखना मेरा बेटा एक दिन बड़ा ऑफ़िसर बनेगा। मैं कहे देती हूँ, कोई हाथ नहीं उठाएगा, इसका उत्तरदायित्व मैं लेती हूँ।''

मानिक को चोट भी लगी थी। आँखों में आँसू भी थे, अपनी भूल पर पश्चाताप का भी अनुभव हो रहा था। वह बार-बार सोच रहा था, 'वह ऐसा तो नहीं था, वह साथियों के बहकावे में ही क्यों आया?' माँ ने ज़बर्दस्ती दो कौर खिलाए, पर उसे अपनी भूल पर बार-बार रोना आ रहा था। परीक्षा में फ़र्स्ट आने की खुशी में वह थोड़ी देर के लिए अपना संस्कार भूल गया था। यह परीक्षा या उसकी सफलता अंतिम सफलता तो नहीं थी। ऐसी तो कई मंज़िलें उसे पार करनी हैं। बड़े भाई ने क्रोध में उसे ज़ोर से चौकी पर ढकेला था तो उसे बाँह, कमर और सिर में चोट लगी थी, उसे अब दर्द का अनुभव हो रहा था। सुजाता ने उसके सिर पर तेल भी मालिश की। उसे दुलारा, पुचकारा, समझाया। वह भी धीरे-धीरे कराहता हुआ सो गया।

पर सुधीरदा की आँखों में नींद नहीं थी। उन्होंने भोजन ग्रहण करने से साफ़ मना कर दिया। सुजाता भी भूखी सो रही। सुधीरदा करवटें बदलते रहे। उन्हें अपने परिवार के संस्कार छिन्न-भिन्न होते दिखाई दे रहे थे। एक घड़े में सूई की नोक के बराबर भी छिद्र हो जाए तो घड़ा काम का नहीं रह जाता, धीरे-धीरे उसका सारा पानी रिस जाता है। क्या करें, क्या न करें? कुछ तो व्यवस्था करनी होगी। सुजाता के मुँह से एक बात निकली थी, 'मानिक को रतनपुर से हटाकर, कुसंग से दूर कर कहीं बाहर पढ़ाई की व्यवस्था करनी होगी।'—पर वे तो साधनहीन हैं, निःस्व हैं। कौन सँभालेगा यह भारी उत्तरदायित्व। माता कालिके! भगवति! रक्षा करो, माँ! बैरागादी ढाका से भटकता हुआ कितने घर, कितने पड़ाव, कितनी यात्राएँ, कितनी ठोकरें खाता हुआ तुम्हारा यह अबोध शिशु तुमसे प्रार्थना कर रहा है, मेरे परिवार को बिखरने से बचाओ। मेरे बाबा का दिया हुआ संस्कार का एक कण भी शेष रह गया, तो मेरा परिवार बिखरने से बच जाएगा माँ।

इसी प्रकार वे कभी प्रलाप करते, कभी रुदन। वर्षों का जमा हुआ अवसाद जैसे आज बाहर निकल जाना चाहता था।

सुबह हुई तो सुजाता चाय-बिस्कुट लिए खड़ी थी। बोली, "मन शांत करो। तैयार होकर बाहर निकलो, कुछ तो बेटे के लिए उद्योग करना होगा। साधारण मूर्तियों की दुकान में विक्रय के लिए रखी प्रस्तर मूर्तियों में भला क्या अंतर होता है? पर वही मूर्ति जब किसी पवित्र मन्दिर में पंडितों के मंत्रोच्चार के बीच प्राण-प्रतिष्ठा के बाद स्थापित कर दी जाती है तो वह पूजा का पात्र बन जाती है। हमारा बेटा भी दुकान में प्रस्तर मूर्ति की तरह मृत है, उसकी पुनः प्राण-प्रतिष्ठा करनी होगी। इसलिए जल्दी से तैयार होओ, उद्योग करो। माता रक्षा करेंगी।"

सुजाता की बातें मलहम के लेप की तरह सुधीरदा की चोटों पर लगीं। उनमें एक अज्ञात स्फूर्ति आ गई। बोले—

"तैयार होकर अभी निकलता हूँ। आज कुहासा भी है, ठंड भी। कोई फ़ुल स्वेटर घर में ठीक-ठाक दशा में है?"

सुजाता ने कहा—

"हावड़ा में सुशील ने सिपाहियों वाला एक रेडिमेड स्वेटर दिया था, उसका ऊन थोड़ा खुल गया है, उसे कुरते के अंदर डाल लो और ऊपर से बंडी पहन लो। मफ़लर ज़रूर ले लेना। इतने से काम चल जाएगा।"

दिन के ग्यारह बजते-बजते अपनी दवाओं का बैग उठाए सुधीरदा घर से निकल पड़े। कुछ देर तक वे निरुद्देश्य चलते रहे, फिर अचानक बीच बाज़ार में अपने मित्र और परिचित धर्मपाल गुप्ताजी के मकान के पास आते-आते उनके कदम ठिठक गए। गुप्ता जी भी बैठे सुबह की हल्की धूप का आनंद ले रहे थे।

''अरे, डॉक्टर साहब! आज बड़ी जल्दी निकल पड़े। आइए, हमारे साथ एक कप चाय पीजिए।''

धर्मपाल गुप्ता औसत कदकाठी के ओडिशा निवासी थे, कटक से वे नौकरी के सिलसिले में रतनपुर आए और माता कालिका के धाम के ही होकर रह गए। उनके एकमात्र पुत्र पवन गुप्ता को बहुत सालों पहले से पकड़-पकड़कर सुधीरदा होम्योपैथी दवा पिलाते रहते थे, कभी सर्दी, खाँसी, कभी बुखार, कभी कुछ। उन्होंने पूछा कि आपके पुत्र पवन हमारे भी प्रिय थे, अब तो उन्हें देखे कई वर्ष हो गए, बड़े हो गए होंगे, अभी कहाँ हैं?

''यहीं हैं, बिलकुल यहीं हैं। हमारे बेटे अब डॉ. पवन गुप्ता हो गए हैं। कैंसर विशेषज्ञ। ओन्कोलॉजी के मास्टर। बड़े सर्जन। अभी बड़ा नाम है उनका। इंग्लैंड से भी डिग्री ली है। अभी आए हुए हैं, उनके एक पुत्र लक्ष्य और बड़ी पुत्री बनाली भी आई हुई है। बहू भी डॉक्टर है पर वह यहाँ आ नहीं सकी है।''

''वाह! सुंदर, एक साथ कितनी अच्छी-अच्छी बातें। कितनी अच्छी खबरें दे दीं, छोटा-सा पौधा महावृक्ष बन गया। वाह! मेरा मन गद्‌गद है। खुश है। यही तो है। पिता जब पुत्र से पराजित हो जाए, बेटा उससे भी आगे, उससे भी ऊँचा हो जाए तो जीवन सार्थक और धन्य लगने लगता है।''

तभी डॉ. पवन गुप्ता ने कमरे में प्रवेश किया। उन्होंने सुधीरदा के चरण छुए। ''वाह! खुश रहो। सानंद हो डॉक्टर साहब! आज तो आनंद आ गया। धर्मपाल भाई ने एक साथ इतने सुख आज दे दिए।''

फिर प्रकृतिस्थ होकर बोले, ''डॉक्टर साहब आप हमारे लिए बालक तुल्य हैं। अतः हमारे गरीब खाने पर हमारे घर आज शाम को ज़रूर आएँ। कुछ जूठन गिराएँ। गरीब के घर की रोटी प्रेम की आँच में पकती है। आपको आना ही होगा।'' डॉक्टर पवन ने एक क्षण अपने पिता की ओर देखा फिर स्वीकृति दे दी। ''मुझे अपने घर का पता बता दें, मैं बाइक से शाम छह-सात बजे तक ज़रूर आ जाऊँगा।''

''आपको मेरे घर भोजन भी करना है।''

''ज़रूर आऊँगा।''

सुधीरदा ने घर का पता बताया, ''चौक पर लल्लन साह की बड़ी किराना दुकान है, उसी के बगल की गली में सौ कदम पर छोटे-से दो कमरों के पुराने किराए के मकान में रहता हूँ।''

सुधीरदा को घर लौटते-लौटते शाम के चार बज गए। मुँह में दो-चार ग्रास डालकर उन्होंने घर में सबको आदेश दिया, ''हमारे घर आज शाम 7 बजे तक डॉ. पवन गुप्ता भोजन पर आ रहे हैं। तुम सब मिलकर घर ठीक कर लो। बाहर की चौकी पर ढंग की दूसरी चादर बिछा दो। वहीं भोजन का कार्यक्रम होगा।'' लड़के-बच्चे

साफ़-सफ़ाई में जुट गए, सबको सुधीरदा ने आदेश दिया कि साफ़-सुथरे कपड़ों में रहेंगे। ज़रा भी गंदगी कहीं भी नहीं रहे।

सुजाता सब सुन, देख रही थी। बोली, ''तुमने बिना मुझसे पूछे निमंत्रण तो दे दिया पर घर में न आटा है, न घी, न मसाले, न मिष्ठान्न। क्या खिलाओगे? मैं लल्लन साह की दुकान पर खुद गई थी पर उसने उधार देने से साफ़ मना कर दिया। रुक्ष स्वर में बोला—सौ रुपये से ज़्यादा उधार डॉक्टर साहब पर बाकी है, पहले पुराना हिसाब समाप्त कीजिए फिर नए की बात कीजिए। उसने कई लोगों के सामने ही कह दिया, मुझे अपमान का भी अनुभव हुआ, मैं खाली हाथ लौट आई।''

सुधीरदा ने कहा, ''चिन्ता मत करो, मैं स्वयं जाता हूँ। कोई प्रबंध तो किसी भी तरह करना ही होगा।''

सुधीरदा झोला लिए लल्लन साह की दुकान पर आए। लल्लन ने प्रणाम भी किया और पास की बैंच पर बैठने का इशारा भी। उसे लगा कि डॉक्टर साहब पिछला बकाया लेकर आए हैं, पर डॉक्टर साहब तो चुपचाप बैंच के एक किनारे स्थिर, शांत बैठे थे। लल्लन साह ग्राहकों को जल्दी-जल्दी सामान पैक करवा कर हिसाब करता हुआ उन्हें निबटा रहा था। डॉक्टर सुधीर जड़वत् बैठे थे। बीच-बीच में लल्लन उनकी ओर नज़रें घुमाता पर वे प्राणहीन शरीर की भाँति बैठे थे। कोई हरकत नहीं। चार बजे से साढ़े छह तक—ढाई घंटे सुधीरदा बिना बोले चुप बैठे रहे। हाथ खाली होते ही ललन ने कहा—

''डॉक्टर साहब! कुछ बोलते क्यों नहीं? एकदम चुप हैं।''

तब तक लगभग पौने सात बजे डॉ. पवन गुप्ता की बाइक बताए गए पते के अनुसार ललन साह की दुकान के बाहर रुकी। दुकान में लोगों का ताँता लगा था, भीड़ में ही डॉ. पवन ने झाँका तो उन्हें डॉ. चक्रवर्ती बैठे दिखाई दिए। वे बोल रहे थे—

''बेटा लल्लन! आज मेरी इज़्ज़त का सवाल है। एक बहुत बड़े डॉक्टर साहब मेरे यहाँ भोजन पर निमंत्रित हैं। घर में सामान नहीं है। आज इज़्ज़त रख लो।'' उन्होंने लल्लन की ठुड्डी पकड़कर, चिरौरी की। लल्लन बोला, ''ठीक है, आप तीन घंटे से चुपचाप इसी सामान के लिए बैठे रहे, मुझे भी दया आ गई है। सामान की लिस्ट दीजिए और घी, तेल, आटा सब ले जाइए पर दुकानदार और ग्राहक का संबंध घोड़ा और घास का ही होता है, इसे नहीं भूलिएगा।''

यह सब सुनकर डॉ. पवन गुप्ता सन्न रह गए, वे सड़क की दूसरी तरफ़ बाइक रोक कर सोच रहे थे, 'मैंने डॉ. चक्रवर्ती को तो बड़ा कष्ट दिया। मेरे कारण सिर्फ़ भोजन का सामान उधार लेने के लिए वे तीन घंटे तक दुकानदार की खुशामद, चिरौरी और मिन्नत करते रहे। ओह! चक्रवर्तीदा भलेमानुष हैं, उनका हृदय स्वच्छ है पर गरीबी का अभिशाप झेल रहे हैं।'

डॉ. पवन बताए गए पते पर पहुँचे। बाहर बरामदे में चौकी पर दरी बिछी थी और एक छोटी लालटेन टँगी हुई थी। पास के ही कमरे से आवाज़ें आ रही थीं।

सुजाता का स्वर था, ''तुम तीन घंटों के बाद सामान लेकर आए। कब बनाऊँगी, कब खिलाऊँगी ? खैर, तुम गए तो उधार मिल गया।''

सुधीरदा का स्वर सुनाई दिया, ''शुचि! जीवन में समस्याओं का कभी अंत नहीं होता। *दुर्गासप्तशती* के आठवें अध्याय में रक्तबीज राक्षस की कथा है। उसके रक्त की एक बूँद से कई राक्षस उसी की भाँति उत्पन्न हो जाते थे। जीवन की समस्याएँ भी रक्तबीज की तरह हैं। एक को सुलझाओ तो दूसरी सामने आकर खड़ी हो जाती है। लल्लन साह की दुकान में काफ़ी देर बैठना पड़ा आखिर उधार सामान तो लाना ही था।''

डॉ. पवन गुप्ता ने बाहर आकर बाइक का हॉर्न बजाया। सुधीरदा बाहर निकले। डॉ. पवन का स्वागत किया। पहले चाय आई। बातें भी चल निकलीं। मानिक, सुशांत, बूढ़ा सबने डॉ. गुप्ता को प्रणाम किया।

लगभग एक घंटे की बातचीत के भीतर सुजाता ने अपनी पुत्री झरना के साथ मिलकर लूची, सब्ज़ी, खीर सब बना लिया। सुधीरदा स्वयं बैठकर खाना खिला रहे थे। भोजन में स्वाद था। यह आत्मा का संगीत था जो सुनने में सदैव प्रिय लगता है, यह प्रीति का प्रसाद था जो हर हाल में मीठा होता है।

डॉ. पवन भोजन की प्रशंसा करते नहीं अघा रहे थे। इसी बीच उन्होंने परिवार के सारे सदस्यों का परिचय जाना। मानिक के बारे में यह जानकर कि उसने आई.कॉम. की परीक्षा प्रथम श्रेणी में उत्तीर्ण की है—वे प्रसन्न हुए। वे बोले—

''डॉ. चक्रवर्ती! आपका यह बेटा भी होनहार है, आप इसे मेरे साथ दिल्ली क्यों नहीं भेज देते ? मैं परसों अपने बच्चों के साथ ट्रेन से दिल्ली निकल रहा हूँ, मेरे साथ मानिक भी चला चले, वहाँ मेरे दोनों बच्चों को पढ़ा भी देगा और खुद भी बी.कॉम. में एडमीशन लेकर आगे की पढ़ाई जारी रखेगा।''

डॉ. सुधीर कुछ बोल नहीं पाए। उन्होंने डॉ. पवन गुप्ता का हाथ थाम लिया। उनके हाथ थरथरा रहे थे, कुछ ही देर में उनका शरीर भी थरथराने लगा, उनकी आँखों से बहते आँसू डॉक्टर पवन गुप्ता की हथेली पर चू पड़े। वे डॉ. गुप्ता से लिपटकर रोने लगे—

''बेटा! तुमने मेरा उद्धार कर दिया। मेरी चिर आकांक्षा पूरी कर दी। तुम मानिक को भद्र मानुष बनाओ। यह अच्छा शीलवान है। यह तुम्हारी सेवा में रहेगा।''

''ऐसा मत कहिए डॉ. साहब! इसे मेरा कर्त्तव्य समझिए।'' उन्होंने यह कहकर पाँच सौ रुपये निकाले और कहा, ''डॉ. चक्रवर्ती! ये पैसे रख लीजिए। इससे मानिक के कपड़े, जूते और एक बैग का इन्तज़ाम कर दीजिए। परसों सुबह-सुबह इसे निवास

पर पहुँचाना आपका काम रहा। हाँ, इन रुपयों में से लल्लन साह का हिसाब चुकता करना नहीं भूलिएगा।''

सुधीरदा स्तब्ध बैठे रह गए।

''चिन्ता मत कीजिए दादा! अब मानिक के साथ मैं भी आपके परिवार का सदस्य ही हूँ। यह मेरा छोटा भाई है। इसके जीवन-निर्माण का मैं संकल्प लेता हूँ। यह सब भगवान जगन्नाथ की इच्छा से ही हो रहा है।''

यह कहकर डॉ. पवन गुप्ता लौट पड़े और कुहासे में जहाँ तक दिखाई दिया सुधीरदा अपलक उस ओर देखते रहे। उनकी आँखों में अब भी कृतज्ञता के आँसू थे।

39

डॉ. सुधीर का छोटा बेटा बूढ़ा लखनऊ में शशांक बैनर्जी के साथ झरना का ब्याह तय करके लौटा तो सारे घर में खुशी छा गई। डॉ. सुधीर जितने प्रसन्न थे उतने ही उदास भी लग रहे थे। झरना एक संयत लड़की साबित हुई थी। अपनी पैंतीस साल की अवस्था तक गृह-कार्य करते-करते वह पूरी तरह दक्ष हो गई थी। उसने कभी सोचा नहीं था कि उसका भी कभी विवाह होगा। घर की दशा से वह परिचित थी। नाश्ता, खाना, चाय तक बनाने की ज़िम्मेदारी उसी की थी। फिर बच्चों के एक प्राइवेट स्कूल में जाकर सुबह 9 बजे से 3 बजे तक पढ़ाना, थक-हार कर लौटना और तरह-तरह की समस्याओं से दो-चार होने का जैसे उसे अभ्यास हो गया था। जिस दिन कोई मुसीबत नहीं आती, कोई विवाद नहीं होता, घर में पैसों की किल्लत नहीं होती, उस दिन उसे थोड़ा आश्चर्य होता। ज़िन्दगी यों बेरोक-टोक आगे बढ़ती जाए यह तो कभी संभव नहीं था।

पर लखनऊ से बूढ़ा के लौटते ही घर का वातावरण बदल गया था। सब झरना को ऐसे देखने लगे थे, जैसे वह कोई खास अतिथि हो, जो कुछ दिनों के लिए ही मेहमान बनकर आई है और जिसका स्वागत भरपूर होना चाहिए। स्वागत-सत्कार में कहीं कोई कसर, कोई त्रुटि न रह जाए, ऐसी सावधानी और चौकसी सबकी आँखों में दिखाई पड़ रही थी। यह भी पता चला कि उसका भावी पति सिर्फ़ अपने दस मित्रों के साथ बारात लेकर आएगा पर विवाह किसी अच्छे होटल से ही होने की शर्त थी। उस समय रतनपुरा में सिर्फ़ एक आधुनिक होटल खुला था, उसमें विवाह के लिए हॉल के साथ-साथ खान-पान की पूरी सुविधा थी। बूढ़ा ने महँगा होने के बावजूद वह होटल बुक कर लिया था। लड़की पक्ष को सिर्फ़ लेन-देन के लिए कपड़ों की ही खरीदारी करनी थी।

अगले ही दिन दोपहर में बूढ़ा अपने पिता सुधीरदा, माँ सुजाता और झरना के

साथ होटल 'डिलाइट' में पहुँच गया। वहाँ बारातियों के लिए पाँच कमरे और वधू पक्ष के लिए तीन कमरे और विवाह एवं प्रीतिभोज के लिए हॉल की बुकिंग हो गई। झरना पहली बार किसी तीन सितारा होटल में पहुँची थी। उसने एक कमरे में प्रवेश किया और अंदर से कमरा बंद करके वह ड्रेसिंग टेबल के आदमकद शीशे के सामने खड़ी हो गई। कभी वह स्वयं को आगे से तो कभी पीछे और कभी बगल से देखने लगी। उसने शीशे में अपना अनावृत सौंदर्य भी देखा। वह अपने ही शरीर पर मुग्ध हो रही थी। उसने खुद को बिस्तर पर डाल दिया। गुलगुले गद्दे पर वह कभी सीधे तो कभी तिरछे बैठती, एकान्त में अपने ही यौवन को देखकर कभी लज्जित होती, तो कभी गर्व का अनुभव करती। उसने तो कभी अपना भरा-पूरा शरीर देखा ही नहीं था। उसने सोचा—वह तो रूपसी है। इतना अथाह यौवन सँभाले वह धूप-धाम में पाँव-पैदल भटकती फिर रही थी। अब जाकर कोई तो आया है, जो उसे प्यार करेगा, सहेजकर रखेगा पर क्या समुद्र की उत्तुंग तरंगों को कोई बाँहों में बाँध सकता है? उसकी लंबी मेघ वेणी हवा के दोल पर झूलती रहती है, किसकी उँगलियों के स्पर्श से वह रोमांचित होगी? सुना है, उसका भावी पति शशांक बैनर्जी विधुर है, चालीस-पैंतालिस की उम्र का है तो क्या हुआ? अनुभवी तो है। अनुभवी व्यक्ति कुशल कारीगर की तरह होता है, उससे कभी भूल नहीं होती, वह सीढ़ियाँ चढ़ना जानता है। वह आएगा तो क्या होगा भला? मेरी नसों में उबाल भर देगा। खुद को छूने से उसके हाथों को कोई अनुभव नहीं होता पर दूसरे को? पूरी दुनिया इसीलिए तो पागल रहती है। छिः। उसने अपने तपते मन को शांत किया। होटल के इतने बड़े आईने में स्वयं को संपूर्णता में देखना एक अद्‌भुत अनुभव था। यह अनुभव अपने दो कमरों वाले किराए के घर में रखे छोटे से आईने में भला कैसे हो सकता था?

अपने ही सौन्दर्य को निरखकर वह आत्ममुग्ध हो रही थी। उसने अपने शरीर के सारे कपड़े उतारकर बेड पर डाल दिए। वह एक निरावृत ग्रीक प्रस्तर मूर्ति की तरह लग रही थी। उसके चम्पकवर्णी अंगों में एक स्फुरण की अनुभूति हो रही थी। वह उसी दशा में आईने के बिलकुल करीब चली गई। उसने अपने निरावृत शरीर को आईने से सटा दिया। उसने अनुभव किया कि उसका शरीर एक नहीं है, वह दो है। अब तक वह एक खंडित प्रतिमा थी पर अब वह नए साँचे में ढलने के लिए बिलकुल तैयार है। उसने अनुभव किया कि आते हुए यौवन में जितना ताप होता है उससे कम जाते हुए यौवन में नहीं होता। आज तक तो उसने शरीर को ढँकना ही सीखा था, यही उसे सिखाया भी गया था, बार-बार लोक-लाज की दुहाई भी दी गई थी पर आज तो जैसे आँधी उठ गई थी। उसने पहली बार अनुभव किया कि वह अकेली नहीं है, उसके भीतर एक और स्त्री-शरीर एक और स्त्री-मन है। पूर्णतः भरपूर, सारे बंधन तोड़ने पर आमादा, मुक्ति कामी। उसने पढ़ा था कि आदिम स्त्री और पुरुष ऐसे ही तो रहे होंगे। मनुष्य का स्वाभाविक रूप भी यही है। मनुष्य का जन्म ही उसकी कठोर नग्नता का प्रमाण है। बाल्यावस्था में मनुष्य स्ववश होता है, तन-मन की शक्तियों से अपरिचित,

युवावस्था उसे अवश कर देती है, नदी बाँध तोड़कर बह चलती है और वृद्धावस्था या मृत्यु तो एक विवश दशा है जहाँ स्वेच्छा का न कोई अर्थ होता है, न महत्त्व।

कुछ ही देर में दरवाज़ा खटखटाने की आवाज़ सुनकर उसका जैसे स्वप्न-भंग हो गया। उसने जल्दी-जल्दी अपने उतारे हुए कपड़ों को फिर सलीके से पहना। फिर वह बड़े आत्मविश्वास से मुस्कुराई और उसने अनुभव किया कि निर्जन में अपने सौन्दर्य को देखने का आनंद ही कुछ और होता है!

झरना का छोटा भाई बूढ़ा एक अच्छे प्रबंधक की तरह विवाह की तैयारी में जुट गया था। पंद्रह दिन बाद ही ब्याह की तिथि तय थी। उसके व्यापारी, मारवाड़ी मित्र बढ़-चढ़कर सहयोग कर रहे थे। शशांक बैनर्जी अपने सात-आठ मित्रों के साथ पटना एयरपोर्ट पर उतरा। वहाँ पहले से ही दो कारों की व्यवस्था थी। यह छोटी-सी बारात रतनपुर में होटल 'डिलाइट' में दोपहर होते-होते पहुँच गयी। रतनपुर में रहनेवाले दो-तीन डॉक्टर बंगाली थे, उनकी पत्नियाँ विवाह-समारोह में उत्साहपूर्वक हिस्सा ले रही थीं। दूल्हा शशांक बैनर्जी सज-धज कर आया था पर जवानी बरकरार रखने के सौ जतन करने के बाद भी लोगों की अनुभवी आँखें सब ताड़ रही थीं कि दूल्हे की उम्र पचास-पचपन से कम न होगी। जो भी हो पुरुष अगर पुरुष है तो फिर सब ठीक है। फिर भी महिलाएँ खुसुरफुसुर कर रही थीं कि जो भी हो विधुर वर अपनी दूसरी पत्नी के वशीकरण की विधा में माहिर होता है। ऐसा ही कुछ होने वाला था।

विवाह के बाद सुबह होते-होते शशांक अपनी पत्नी झरना को लेकर लखनऊ के लिए निकल गया। लखनऊ के उसके घर में उसकी पूर्व पत्नी का एक बेटा जो स्कूल में पढ़ रहा था, उसके साथ शशांक के कुछ मित्रों का परिवार द्वार पर खड़ा था। नई वधू का स्वागत हुआ। झरना ने नज़र घुमाकर घर की ओर देखा। पक्का एकतल्ला मकान चार कमरों वाला। सभी कमरे टाइल्स से सुसज्जित। बड़े-बड़े शीशों वाला ड्रेसिंग टेबल। उसे देखते ही झरना के सारे शरीर में एक झुरझुरी-सी दौड़ गई। कुछ न देखते हुए भी उसे अपना सब कुछ दिखाई दे रहा था।

रात्रि-भोजन के बाद परिवार और मित्र-जन विदा हो गए। बेटा निमिष भी थककर अपने कमरे में सोने चला गया। अब ड्रॉइंग रूम में सिर्फ़ शशांक और झरना बैठे थे। शशांक बड़े आदर और प्रेम से झरना को अपने शयनकक्ष में ले गया। जैसे ही उसने भीतर से दरवाज़ा बंद किया, झरना को लगा कि वह फिर खुलती जा रही है, उन्मुक्त होकर हवा में उड़ रही है।

शशांक ने उसका हाथ पकड़ कर कहा, "अब हम-तुम पति-पत्नी हैं। बिलकुल एकाकार। हममें कोई भेदभाव नहीं। जो तुम वो मैं। हम पर कोई बंधन लागू नहीं होता। अब हमारे सारे धर्म और अंतर पंडितों के वेदमंत्र और वरमाला ने मिटा दिए हैं।" वह बात भी कर रहा था और झरना के शरीर के वस्त्रों को भी धीरे-धीरे बड़े आराम से

खोलता जा रहा था। उसने इसी बीच कई बार झरना का गहरा चुम्बन लिया। धीरे-धीरे झरना भी अपने थरथराते होंठों से उसका उत्तर देने लगी। फिर शशांक तेज़ी से उठा, उसने अलमारी से सोने का एक भारी हार और हीरे के कर्णफूल और हीरे की ही अँगूठी निकाली। वह मनमाफ़िक झरना को सजाता रहा, झरना मंत्रमुग्ध हो सब कुछ विस्फारित दृष्टि से देखती रही। आह! तो यही होता है स्वर्णमृग जिसने माता सीता के मन में आकर्षण उत्पन्न कर दिया था और भी कई आभूषण पलंग पर छितराए पड़े थे। शशांक ने जब उसे अपनी ओर खींचा तो उसने कोई प्रतिरोध नहीं किया। वह तो अपने गले में झूलते हुए भारी स्वर्णहार को उतार कर अलग कर देना चाहती थी, जो मिलन की एकाकारता में व्यर्थ ही बाधक सिद्ध हो रहा था।

सुबह देर से झरना की नींद खुली। उसके पहले अभ्यासवश शशांक पहले उठकर चाय बनाकर ले आया था, तब तक झरना भी कपड़े बदल चुकी थी। चाय पीने के बाद शशांक ने कहा—

"चलो! तुम्हें अपना घर पूरी तरह घुमा दूँ!" पहले-पहल उसने अलमारी खोलकर अन्य आभूषणों का बक्स उसके हवाले किया। रेशमी और कीमती साड़ियों का अंबार सामने सजा हुआ था। फिर उसने कमरों में लगे ए.सी. को दिखाया। उनका प्रयोग सिखलाया। एयर लाइन्स में वह अपने इंजीनियरिंग के ओहदे की तारीफ़ों के पुल बाँधता रहा। घर में नया खरीदा गया फ्रिज, वॉशिंग मशीन सब थे। झरना, यंत्रचालित-सी उसके पीछे-पीछे चलती हुई वैभव के सारे साधनों का हिसाब लगा रही थी। कहाँ तो तबेले की गोबर की गंध, किराए के घर से निकाले जाने के कारण खुली सड़क पर उसके घर का बिखरा सामान, अधबना खाना और कहाँ यह स्वर्गीय सुख! इतने साधन! सब एक साथ जैसे इकट्ठे हो गए थे। उसे लगा कि वह घने अंधकार से निकलकर एकदम से सूरज के सामने तेज़ रोशनी में खड़ी हो गई है, बिलकुल चमत्कृत, मंत्रकीलित। उसे अपने आप पर विश्वास नहीं हो रहा था। उसे लगा कि किसी जन्म का किया उसका सारा पुण्यफल एक साथ इकट्ठा हो गया है और वह दोनों हाथों से भी उसे समेट नहीं पा रही है।

40

समय दौड़ता हुआ तेज़ी से नहीं बीतता, वह तो अपनी ही धुरी पर चलता है पर जब कुछ साल बीत जाने पर हम अपने कृत्यों का लेखा-जोखा करते और नफ़ा-नुकसान को जोड़ते हैं तब हमें समय बीता हुआ दिखाई पड़ता है। हम उसे लौटा नहीं सकते, उसके पुनरागमन की बाट नहीं जोह सकते।

नए मकान में लल्लन साह की दुकान के चलते उधार खातों के बीच में कई साल चुटकी बजाते निकल गए। सुधीरदा का बड़ा बेटा सुशांत पटना में अपनी पत्नी

और बच्चे के साथ रहने लगा था, दोनों की नौकरी से आय भी पर्याप्त थी। मानिक, डॉ. पवन गुप्ता के साथ दिल्ली चला गया, वहाँ उसने जीवन बीमा में नौकरी शुरू की थी और अब पदोन्नति का सुख भी पा रहा था। सुशांत और बूढ़ा ने मिलकर कलकत्ते में ही उसकी शादी तय कराई। उस विवाह में सुधीरदा और सुजाता स्वास्थ्य ठीक न होने के कारण नहीं जा सके। छोटे बेटे बूढ़ा की भी शादी कलकत्ते में ही हुई। बूढ़ा तब तक रतनपुर में ही बैंक मैनेजर हो गया था।

एक दिन वह अपने किराए के मकान में बाबा और माँ के चरणों के पास बैठ गया। सुधीरदा बोले, ''क्या बात है बूढ़ा बेटा! सब कुशल तो है?''

''हाँ सब कुशल है। आपके आशीर्वाद से मैंने दूसरे अच्छे मुहल्ले में मुख्य सड़क के पास ही एक मकान देखा है, उसके बिलकुल पास मैंने थोड़ी ज़मीन खरीद ली है। बैंक से लोन मिल रहा है। घर भी बनाना आरंभ कर रहा हूँ। बाबा छह महीने बाद हम अब अपने घर में रहेंगे। हमारी भाग-दौड़ अब सदा के लिए खत्म हो जाएगी। आपकी बहू तब तक कलकत्ते में अपनी पढ़ाई पूरी कर रही है। वह भी छह महीने बाद आ जाएगी और 'एक बंगला बने न्यारा' पुराना गान भी सार्थक हो जाएगा।''

''वाह! बूढ़ा बेटा! तुम बड़ा-बड़ा काम चुटकी बजाते कर देते हो। तुम्हारे पास अलादीन का क्या कोई चिराग है जिसको रगड़ते ही सब मनोवांछा पूरी हो जाती है।''

''नहीं बाबा, नहीं माँ! माँ-बाप का आशीर्वाद ही वह चिराग है जो हमें जीवन-पथ पर उचित मार्ग बताता है। आप हमेशा सद्‌बुद्धि की बात करते रहे हैं, उसी सद्‌बुद्धि का परिणाम है।''

फिर घर-बदल की तैयारी शुरू हुई। अब सिर्फ़ सुधीरदा, सुजाता और बूढ़ा को ही नए मकान में रहकर गृह-निर्माण कराना था। घर के पास ही वह खाली ज़मीन का टुकड़ा था, जिस पर अपना घर बनना था। ज़मीन का टुकड़ा चौकोर और मुख्य सड़क के समीप था।

सुधीरदा बीच-बीच में गृह-निर्माण का भी काम देखते और सुजाता का भी ध्यान रखते। शुरू-शुरू में तो सुजाता भी जाकर घर को बनता हुआ देख लेती थी पर कुछ दिनों से उसकी तबीयत ठीक नहीं थी। सुधीरदा एकाध दिन के अंतर पर लक्षण पूछ-पूछकर दवाई देते और सुजाता सावधानी से दवा लेकर रख लेती—

''चिन्ता मत करो, मैं खा लूँगी।''

फिर उसने सुधीरदा से पूछा, ''अच्छा सुधीर! होम्योपैथी या एलोपैथी या वैद्यक शास्त्र किसी में भी बीमारी की दवा तो है पर क्या ऐसी भी कोई दवा है जो मृत्यु को रोक दे, उसे मना कर दे, कह दे कि यहाँ नहीं आना है तुम्हें।''

''कैसी बातें कर रही हो शुचि! मृत्यु तो अवश्यंभावी है। हम कोई भी मज़बूत द्वार बंद कर लें पर मृत्यु को रोक नहीं सकते।''

"तो सुधीर, विचलित क्यों होते हो? जीवन-यात्रा में थकान मिटाने का भी तो साधन मृत्यु ही है। अब अधिक दिनों तक यह शरीर चलायमान नहीं रहेगा। मैं जानती हूँ। भगवती के पद-निक्षेप का स्वर मुझे साफ़ सुनाई दे रहा है। उनके पाँवों की किंकिणियाँ झनक रही हैं, वे बाँहें पसार कर खड़ी हैं मानो कह रही हों, आओ इस सागर में बूँद की तरह लय हो जाओ। तुमने हमने बहुत संघर्ष किए, कहाँ-कहाँ भटके हम-तुम, कितना रोए-गाए? अब विश्रान्ति की बेला में सब ठीक लग रहा है। सूरज जब डूबता है तो उसकी किरणें दाहक नहीं होतीं, शीतल बन जाती हैं। देखो सुधीर, अपने-अपने भाग्य से हमारे तीनों बच्चे नौकरी में लग गए। अब उनके पुत्र, पौत्र और उनकी पत्नी की चिन्ता वे करें, यह सबका अपना-अपना भाग्य है। हम दोनों तो परम तृप्त हैं। तुमने मुझे सुख दिया, मैंने भी तुम्हें सुख पहुँचाया। तुम्हारी हर चिन्ता में मैं शरीक हुई, तुम्हारा हर दुख बाँटा। तुम्हें मुझसे कोई गिला-शिकवा, कोई शिकायत तो नहीं है?"

"नहीं, नहीं शुचि! तुम आदर्श पत्नी हो, आदर्श गृहिणी और आदर्श माता रहीं। कोई त्रुटि थी तो मेरी ही थी। तुम तो जानती हो पुरुष बेपेंदी का लोटा होता है, उसे जो सँभाल ले वही स्त्री सशक्त है। मेरी दृष्टि में पुरुष है वात्याचक्र, एक बवंडर, एक तूफ़ान, एक धारासार वृष्टि। वह सदैव अशांत, उद्वेलित और स्त्री रूई के फाहे की तरह मलहम का लेप बनती है। तभी तो लोग मानते, कहते आए हैं कि पुरुष में स्त्री के गुण आ जाएँ तो उसमें देवत्व उतर आता है। जैसे पृथ्वी के भीतर अथाह जल-स्रोत छिपा है, वैसे ही तुम्हारे भीतर भी मैंने अपार करुणा देखी है। तुम जीवनी-शक्ति बढ़ाओ। अभी बूढ़ा-बेटा का गृह-प्रवेश होगा, पोते-पोतियों, नाती-नातिनों का सुख तुम्हें उठाना है।"

"तुम ऐसा सोचने के लिए स्वतंत्र हो सुधीर। वो कहा है न कि—दिल बहलाने को गालिब ये ख़याल अच्छा है।"

"अच्छा-अच्छा! अब आराम करो। मैं ज़रा बाज़ार से होकर आता हूँ। स्वास्थ्य का ध्यान रखो। बूढ़ा भी थोड़ी देर के बाद आ ही जाएगा। मैं भी शीघ्र लौटूँगा," कहकर सुधीरदा अपना बैग लेकर चल पड़े।

41

हम समय के अश्व पर सवार तो होते हैं पर उस अश्व की लगाम हमारे हाथ में नहीं होती। जीवन इसलिए स्वादिष्ट होता है कि हमेशा कुछ-न-कुछ चाहा-अनचाहा घटित होता रहता है—मीठे पर लोन की तरह यह स्वाद बढ़ाने का ही काम करता है। आज बूढे को अपनी बहन के ब्याह की याद आ रही थी।

सुधीरदा के छोटे बेटे बूढ़ा का नाम सौमित्र चक्रवर्ती था, पर सभी उसे बूढ़ा

ही कहते थे। अपने इस नाम से वह चिढ़ता नहीं था, कहता, "यह बड़े बुज़ुर्गों का आशीर्वाद ही तो है। यह जीवन बूढ़ा होने तक तो सुरक्षित ही है। इस बीच फिर पाँच सालों का समय बीत गया था। मानिक दिल्ली में डॉक्टर साहब के संरक्षण में जीवन-बीमा में अधिकारी हो गया था। घर की आर्थिक स्थिति भी सुधर गई थी। बूढ़ा भी बी.ए. पास करके बैंक की नौकरी में आ गया था। उसकी एकमात्र बड़ी बहन झुण्टू लगभग पैंतीस साल की हो गई थी। उसके विवाह की चिन्ता उसे सता रही थी। वह लगातार अखबारों में विज्ञापन दे रहा था। उसे पता चला कि लखनऊ में एयर लाइन्स की नौकरी में एक शशांक बैनर्जी विधुर हैं, लगभग पैंतालिस की उम्र है, एक पुत्र है, पत्नी को स्वर्गगत हुए तीन साल बीत चुके हैं। बूढ़ा स्वयं लखनऊ गया, मानिक भी दिल्ली से वहाँ पहुँच गया और आनन-फानन में झरना का ब्याह शशांक बैनर्जी से तय हो गया।

झरना का बाल्यकाल और युवाकाल अभावों का जीता-जागता उदाहरण था। भूख, प्यास, श्रम और कम-से-कम वस्त्रों में गुज़ारा करना ही उसने सीखा था। अपने माता-पिता की विवशता को वह समझती थी। जब वह शांतिलता के गौशाला वाले घर में आश्रय पाकर रह रही थी तो वहाँ अंग्रेज़ी के प्रोफ़ेसर मलय सिन्हा के प्रति उसके मन में आकर्षण का भाव जगा था। एकाध बार धोखे से उसके शरीर के स्पर्श-सुख से भी वह परिचित हुई थी पर जब उसे ज्ञात हुआ कि वह शादीशुदा और कई बच्चों का पिता है और मैडम शांतिलता से अवैध-संबंध रखता है तो उसका मन सहसा उचट गया। जैसे स्लेट के लिखे अक्षर मिटा दिए जाते हैं, वैसे ही उसने इस अतीत को भी धो-पोंछकर रख दिया था।

अब उसके जीवन में शशांक बैनर्जी का प्रवेश हुआ था। बैनर्जी साहब अपने बड़बोलेपन के लिए प्रसिद्ध थे। उनकी नज़र में वे सर्वज्ञाता, सर्वप्रिय, सर्वशक्तिमान थे। दुनिया का कोई ऐसा काम नहीं था जो वे कर नहीं सकते थे। लंबी-चौड़ी कद-काठी थी, रंग भी ईश्वर कृपा से गेहुँआ था, अपनी मोटरसाइकिल पर झरना को घुमाते समय अक्सर अपने पौरुष का बखान करते। स्वास्थ्यवर्धक दवाओं का सेवन विवाह के बाद बढ़ गया था। उम्र तो उनकी पचास और पचपन के बीच थी पर पैंतालिस कहकर ही विवाह पर मोहर लगी थी।

कुछ ही महीनों बाद बैनर्जी साहब फ़्लाइट यात्रा का पास लेकर अपनी पत्नी झरना के साथ पटना आए, वहाँ से वे रतनपुर पहुँचे। अचानक ढलती हुई शाम में सुजाता और सुधीरदा ने देखा कि दरवाज़े पर एक टैक्सी रुकी है और उसमें से रंगीन कपड़ों में सजी-धजी उनकी बेटी झुण्टू उतर रही है। घर के सभी लोग अगवानी में दौड़े। बरामदे की चौकी पर बिछी दरी पर बैनर्जी बाबू बैठे। झुण्टू माँ के साथ भीतर

के कमरे में चली गई। सब ओर आनंद-प्रमोद का वातावरण था।

अचानक बैनर्जी बाबू ने कहा—

"बाबा! आप लोग यहाँ रहते हैं?"

"हाँ, बेटा! हम लोग कई वर्षों से यहीं रहते आ रहे हैं। यह हमारे लिए शुभ शकुन का मकान सिद्ध हुआ है। अब बूढ़ा अपना नया घर चार कमरों का बना रहा है। ज़्यादा दूर नहीं पास में ही है। मुख्य सड़क पर है। बड़ी तैयारी से बना रहा है। मानिक तो कलकत्ते में बस गया। बूढ़ा के मकान में एक कमरा विशेष रूप से हम दोनों वृद्ध जनों के लिए है। बूढ़ा सबका ध्यान रखता है। यह उसकी खास विशेषता और आदत भी है।"

"हाँ, तब तो ठीक है! मुझे लगता है छह-सात महीनों बाद—आप लोग अपने नए मकान में चले जाएँगे। इस मकान में बेसिक सुविधाएँ नहीं होने से मुझे और झुण्टू दोनों को कष्ट होगा," शशांक बैनर्जी हें-हें हें हँसते हुए बोल रहे थे—

"असल बात है कि हम लोगों को अच्छा जीवन जीने की खराब आदत लग गई है। अब कमौआ लैट्रिन यानी सर्विस लैट्रिन में हम लोग तो जा ही नहीं सकते। आप बिलकुल चिन्ता न करें। हम लोग पास के ही किसी एक होटल में रहेंगे, खाना-पीना यहीं करेंगे। एक दिन की तो बात ही है। सब से मिल-जुल कर हमें लौट जाना है।"

तब तक झरना भी बाहर आकर बैठ गई। उसने सुधीरदा का हाथ पकड़कर कहा, "बाबा-माँ! आप लोग मेरी चिन्ता एकदम नहीं करें। बैनर्जी साहब मेरे सुख-दुख का बड़ा ध्यान रखते हैं। इन्होंने मेरे लिए सुख के सारे साधन जुटा दिए हैं। घर में कपड़ा धोने की मशीन है, बेडरूम में एसी लगा है, लखनऊ की गर्मी कुछ मत पूछो, पर एसी की ठंडी हवा में गहरी नींद आती है। घूमने के लिए बैनर्जी साहब की मोटरसाइकिल हाज़िर रहती है। अब हम लोग एक कार भी जल्दी खरीदने वाले हैं। दिल्ली जाओ या पटना फ़्लाइट से आने-जाने की सुविधा है। घर में बड़ा-सा फ्रिज है। ठंडा-ठंडा पानी गर्मी में पियो, खाने-पीने का सामान सुरक्षित रखो, कोई सामान खराब नहीं होगा, दूध दो-तीन दिनों तक भी नहीं फटेगा। हमारे घर में यहाँ जो-जो दुख थे माँ! वे सब छूमंतर हो गए।"

यह सब सुनते-सुनते बैनर्जी साहब का सीना चौड़ा हो रहा था जैसे कबूतर अपना शरीर फुला लेता है, वैसे ही वे अकड़कर बैठ गए। पति-पत्नी की यह अकड़ देखकर सुजाता और सुधीरदा दोनों ही चकित थे। कुछ ही महीनों में क्या इतना बड़ा परिवर्तन संभव है?

झरना भीतर कमरे में माँ के पास बैठ गई। उसने कहा, "माँ! बूढ़ा का घर जैसे ही बन जाए, तुम लोग उसमें चले जाना। इस नरक में तुम लोग कैसे रह सकते हो?"

"क्या कह रही हो झुण्टू? इसी घर में हम लोग बरसों से रहते आ रहे हैं। यहीं

हमने दुखभरे दिन बिताए हैं। तुम्हारी बुद्धि को क्या हो गया? घर नरक नहीं होता। जब हम बेघर होते हैं, वही नरक का अनुभव होता है। घर सुख और दुख का समुच्चय है। कभी सूखा, कभी बाढ़-पानी, कभी धूप का असह्य ताप और कभी झमाझम बारिश यही तो जीवन का पट-परिवर्तन है, इसी में सुख भी मिलता है।''

''यह बात तो तुम्हारी बिलकुल ठीक है माँ कि जीवन पट-परिवर्तन का ही दूसरा नाम है। और इसका सटीक उदाहरण मुझसे बढ़कर भला और कौन होगा? अब मुझे ही देखो। छह महीने में क्या से क्या हो गया! ऋतु-परिवर्तन हो गया माँ! तुम्हारी यह बेटी झुण्टू—पैंतीस साल की झुण्टू में होश सँभालते ही बर्तन मांजती, नल से पानी भरती आ रही थी, थोड़ी बड़ी हुई तो रसोई की सारी ज़िम्मेदारी सँभालने लगी, तुम्हारे घर में एकवस्त्र होकर रही माँ! उसे कपड़े को निचोड़ना, सुखाना और पहनना, कभी अंतर्वस्त्र नहीं, कभी पेटीकोट तक नहीं, मेरी और तुम्हारी पोशाक में फ़र्क ही क्या था? भाइयों का, तुम लोगों का भोजन बनाना, रसोईघर की देखभाल करना फिर स्कूल में भागते हुए जाना, फिर लौटते ही वही जीवनचर्या। मेरा 'स्व' कहाँ था माँ? मेरी अपनी तो कोई इच्छा नहीं थी। सब इस बात का इंतज़ार कर रहे थे कि कोई-न-कोई आएगा, मेरे माथे पर सिन्दूर लगाएगा, तुम सबके साथ उलूक ध्वनि करोगी, उस अज्ञात के आने में विलंब हो रहा था, यह मेरा भाग्य था। वह अज्ञात भद्र मानुष सिन्दूर लगाने न भी आता तो यह घर तो चलता रहता, मैं अग्नि की तरह जलती-सुलगती और अन्न पकाती रहती। सबकी भूख का निवारण करती रहती। पर इन छह महीनों ने मेरी भूख शांत कर दी है। शशांक की स्वर्गीय पत्नी के बीस-पच्चीस तोले खालिस सोने के गहने मुझे मिले, बसा-बसाया घर मुझे मिला। एक शियाना बना-बनाया पुत्र भी मिला। बिलकुल रेडीमेड स्टोर की तरह जहाँ ज़रूरत का सारा सामान मिलता गया। जादू का चिराग रगड़ो। जिन्न हाज़िर—कहिए आका! क्या हुक्म है। मैं फ़रमाती हूँ और वह चीज़ हाज़िर। दाई सुबह-शाम बर्तन धो देती है। कुछ खाना पकाने में भी मदद करती है। मेरा सौभाग्य देखो, शशांक को भोजन पकाने का भी शौक है। नई-नई रेसिपी बनाने में उन्हें मज़ा आता है तो खाने में सबको मज़ा आता होगा। बूढ़ा ने जो वर खोजा उसके लिए मैं उसे मन-ही-मन धन्यवाद देती हूँ। अब वह ऊँचे पोस्ट पर जाए, तुम लोगों का ध्यान रखे, इतना तो मैं चाहूँगी ही। मेरी ओर से तुम निश्चिन्त रहो। मुझे कोई कमी नहीं। मेरे बटुए में हमेशा नए नोट भरे रहते हैं, शशांक इतना ध्यान रखते हैं कि पुराने मैले नोट नहीं छूना, हाथ गंदे हो जाएँगे।'' इतना तो एक साँस में झरना बोल गई।

सुजाता चौकी पर अपने दोनों पाँव पसारे स्तब्ध, चकित भाव से अपनी सदा चुप रहने वाली बेटी का लंबा भाषण सुन रही थी। जैसे ज्वालामुखी फटते ही आग का लावा, राख और धुएँ के साथ सबको जलाता, नेस्तनाबूद करता हुआ बह निकलता है, वैसे ही वर्षों का जमा हुआ क्रोध, दुख, परिताप, ताप, शाप, सब जैसे त्वरित वेग से

बह निकले थे और उसके वेग में किसी जड़ से उखड़ कर बहते अधजले वृक्ष के ठूँठ की तरह सुजाता बस बहती चली जा रही थी। उसकी आँखों के आँसू चुपचाप किनारे की कोरों से बह रहे थे, लगातार और बेआवाज़।

सुजाता कुछ कह नहीं रही थी और आँसू थे कि रुकने का नाम नहीं ले रहे थे।

यह दृश्य तब बदला जब मुहल्ले की औरतें और हमउम्र औरतें अपनी गोद में बच्चे उठाए, बच्चों की उँगली पकड़े वहाँ आने लगीं। वह दृश्य देखकर सबको लग रहा था, विवाहिता बेटी जब माँ के घर आती है तो माँ की आँखों से अश्रु तो बहते ही हैं। फिर रात का खाना-पीना खाकर शशांक के साथ झुण्टू सबसे विदा लेकर पास के होटल में विश्राम के लिए चली गई। उसने कहा—

''तुम लोग हमारी चिन्ता मत करना, सारा इन्तज़ाम पक्का है। सुबह-सुबह ही हम लोग टैक्सी से पटना के लिए निकल जाएँगे। सुबह की ही फ़्लाइट पकड़नी है, दोपहर तक हम लोग लखनऊ पहुँच जाएँगे।'' यह कहकर उसने अपने बटुए में हाथ डाला और रुपयों की एक गड्डी निकालते हुए कहा, ''माँ यह ले लो। तुम्हारे काम आएगा।''

बस सुजाता यह सह नहीं सकी। लगभग चीखते हुए बोली—

''झुण्टू, अब माँ-बाबा का और अपमान मत करना। हम जैसे भी हैं, चला लेंगे। बेटी के धन पर जीवित रहने वालों में हम नहीं हैं। हम खानाबदोश बन गए, शरणार्थी हो गए, यहाँ से वहाँ तुम्हारे बाबा अभी भी भटक रहे हैं, हमारा आशियाना प्रवासी पंछियों के आशियाने की तरह है। हम स्थिर कहीं भी रह नहीं सकते। हम बहती हुई नदी की धार भर हैं और नदी की धार पर घर नहीं होते। पता नहीं हम कहाँ जाकर रुकेंगे? मैं सदैव तुम्हारे बाबा की आँखों में झाँकती हूँ, गहन अंधकार में भी आशा की कोई किरण मुझे वहाँ अवश्य दिखाई देती है। तुम ठीक हो, सुखी हो, बस माँ-बाप इतने से ही तृप्त हो जाते हैं। आज मेरे हाथ का बनाया भोजन अंतिम बार करना, मैं चेष्टा करूँगी कि इस घर के स्वाद की स्मृति तुम्हारे मन में बनी रहे। हम गरीब हैं, बेटी! पर हम यात्री हैं, लगातार यात्रा कर रहे हैं, कभी-न-कभी, कहीं-न-कहीं भगवती कालिका हमें तो पहुँचाएँगी ही। बस तुम मन को संयत रखना, सब भगवती के भृकुटि-विलास से ही तो चल रहा है। कभी-कभी मुझे और बाबा को पत्र लिख दिया करना। मैं जानती हूँ कि तुम्हारे घर में फ़ोन भी लगा हुआ है, पर फ़ोन के लिए हम कहाँ-कहाँ भटकेंगे, बस कुशलता के दो शब्द ही हमारे लिए पर्याप्त होंगे।''

कहकर सुजाता धीर पगों से रान्नाघर की ओर बेटी-दामाद के लिए भोजन बनाने में जुट गई।

42

कलकत्ते की दुर्गाचरण स्ट्रीट पर एक नाम–पता ढूँढते हुए बूढ़ा अपने बड़े भाई सुशांत के साथ अंततः एक दरवाज़े के पास आकर रुका। लगता है, वह गली किन्हीं कारणों से कुख्यात रही होगी तभी जब भी वह किसी से पता पूछता, लोग एक प्रश्नवाचक मुद्रा में उसे देखने लगते। उनकी मुद्रा गंभीर हो जाती। बूढ़ा ने देखा कि घर का दरवाज़ा उजाड़ जैसा था, धूल भरा, आस–पास गंदगी का ढेर। वहाँ बाहर छोटी–सी नेम प्लेट लगी थी—देवदत्त भट्टाचार्य। नेमप्लेट पर धूल जमी हुई थी। मुख्य द्वार भी छोटा ही कहा जा सकता था। उस पर भी धूल की परत जमी हुई थी। साफ़ लग रहा था कि हफ़्तों से किसी ने कोई सफ़ाई नहीं की है। रविवार का दिन था, ग्यारह बज गए थे। दोनों भाई देवदत्त भट्टाचार्य की जानकारी लेकर मिलने आए थे। देवदत्त की बेटी कनकलता की प्रशंसा सुशांत के एक मित्र ने की थी। दोनों भाइयों को लग रहा था शायद यही वह लड़की हो जिसे वे अपने भाई मानिक के लिए तलाश रहे हैं। दो बार खटखटाने के बाद द्वार खुला। एक गंजे सिर वाले वृद्ध हो रहे पुरुष ने द्वार खोला। उसकी आँखों में प्रश्नसूचक भाव था। बूढ़ा ने छूटते ही कहा, ''हम एक शुभ उद्देश्य से आए हैं। हमारे एक बंधु ने आपके विषय में बताया और आपका पता दिया। हम अपने मंझले भ्राता से आपकी पुत्री के विवाह का प्रस्ताव लेकर आए हैं।''

''ओह! अच्छा! आइए। भीतर आइए। आपका सादर स्वागत है। आइए।''

बूढ़ा और सुशांत दोनों ड्रॉइंग रूम नुमा छोटे कमरे में रखे एक पुराने सोफ़े पर बैठ गए। घर की दशा उजड़ी–उजड़ी लग रही थी। कमरे में चारों ओर माता कालिका का रक्त स्नात मुखमंडल और हाथ में अस्त्र–शस्त्र और भयंकर असुर का मुण्ड था। भगवती के और भी चित्र थे जो दानवों के साथ युद्ध–कर्म को दर्शा रहे थे। देवदत्त भट्टाचार्य उठकर जब चाय की व्यवस्था करने गए तो धीरे से सुशांत ने बूढ़ा के कान में कहा—

''यह परिवार भी माता काली का भक्त लग रहा है, लगता है हमारे परिवारों की सोच मिलती–जुलती है।''

बूढ़ा प्रतिवाद के स्वर में बोला, ''भैया! सहसा किसी निष्कर्ष पर पहुँचना उचित नहीं है, पुराने लोग समझाते आए हैं कि सहसा कोई कार्य करना उचित नहीं होता। देखिए, जाँचिए, परखिए, फिर निर्णय कीजिए।''

तभी भट्टाचार्य जी कमरे में लौटे। उनके मुख पर हर्ष, उत्तेजना और संशय के मिले–जुले भाव आ–जा रहे थे, पर यह अवश्य लग रहा था कि बेटी के ब्याह के लिए वे सिर्फ़ उत्सुक ही नहीं उतावले भी हैं। वे बोले—

''चक्रवर्ती बाबू! आप लोगों के आने से मैं धन्य हुआ। कृतार्थता का अनुभव

कर रहा हूँ। मेरी पत्नी का निधन पिछले साल ही कैंसर से हो गया। अब अकेले मुझ पर अपनी बेटी कनकलता के विवाह का दायित्व आ पड़ा है। मैं पिता और माता दोनों की भूमिका में हूँ। न रोते बनता है, न हँसते। आपको मेरे जिस बंधु ने भेजा है वे मेरे बाल-बंधु हैं, वे मेरी सारी स्थितियों से परिचित हैं। मेरा एक बेटा और यही एक बेटी है। बेटे को अभी-अभी एक प्राइवेट फ़र्म में नौकरी मिली है, वह वर्धमान में काम करता है और मेरे साथ मेरी बेटी रहती है। मैं पुरखों के इसी छोटे मकान में रहता हूँ। पहले इस गली में अच्छे लोगों की भरमार थी, अब यह बदनाम गली हो गई है। बाहर से अनेक अपात्र लोग यहाँ आकर बस गए हैं। गली में बाहरी बरामदे में लड़कों की अड्डेबाज़ी चलती रहती है। वही ताश, जुआ, सिगरेट, स्मैक, इनसे कोई मुँह नहीं लगाता। मैं भी चाहता हूँ कि बेटी के विवाह से निश्चिन्त होकर इस बाड़ी को बेचकर बेटे के पास चला जाऊँ और वह जहाँ कहे एक फ़्लैट लेकर शांति से जी सकूँ। मैं साधनहीन हूँ। मेरी ऐसी दशा पहले कभी नहीं थी, पर पत्नी की कैंसर की बीमारी में सारे पैसे स्वाहा हो गये। अब बस मर्यादा बची है। उसी के बल पर यह विवाह सम्पन्न होते देखना चाहता हूँ।''

बूढ़ा ने टोका, ''भट्टाचार्य बाबू! आपकी स्थिति को जानकर कष्ट हुआ पर भवितव्यता तो होकर ही रहती है। मेरे मंझले भाई दिल्ली में जीवन-बीमा कार्यालय के उच्च अधिकारी हैं, शीलवान-चरित्रवान व्यक्ति हैं। हम लोग आपकी पुत्री से मिल लें, उनकी भी इच्छा जान लें तो आगे चर्चा की जाए।''

''चक्रवर्ती जी! मेरी पुत्री कनकलता लाखों में एक, अतिसुन्दर धार्मिक प्रवृत्ति की लड़की है। पूजा-पाठ और अच्छा भोजन बनाने में ही उसकी रुचि है। हाँ वह सिलाई और बुनाई में भी पारंगत है। मैंने एक दिन पूछा, तुम जो इतने अच्छे स्वेटर बनाती हो उसका कितना उपयोग कलकत्ते में होगा? तो जानते हैं, उसने क्या कहा? उसने कहा, 'बाबा! यह आवश्यक तो नहीं कि मैं पूरा जीवन कलकत्ते में ही काट दूँ। कहीं किसी ठंडे प्रदेश में रहना हुआ तो यह विद्या तो काम आएगी ही।' '' कहकर भट्टाचार्जी बाबू 'हो-हो' कर हँस पड़े।

उन्होंने बोलना चालू रखा, ''कनकलता माता कालिका की सच्ची भक्त है। महीने में कम-से-कम एक बार वह बेलूर मठ और दक्षिणेश्वर या कालीघाट अवश्य जाती है। कभी-कभी मैंने उसे माता के चित्र के सामने ध्यान लगाकर बैठे देखा है। अवश्य ही वह कोई पवित्र आत्मा है, जिसने मेरे घर में पधारने की कृपा की है।''

सुशांत, भट्टाचार्य बाबू की बातें सुनकर प्रभावित और मुग्ध हो रहा था—बोला, ''यह तो सौभाग्य की बात है कि कनकलता पर भगवती की महती कृपा है। हमारा परिवार भी आस्तिक है। हमारे बाबा पंडित प्रभासचन्द्र चक्रवर्ती का देहान्त दक्षिणेश्वर में भगवती के दर्शन करते समय हो गया, वे जो माता के चरणों में साष्टांग लेटे तो फिर नहीं उठे।''

''धन्यभाग! सुशांत जी! सुनकर भावावेश हो गया।'' यह कहकर वे उठे और भीतर गए। कुछ ही क्षण में भीतर से उनके साथ उनकी पुत्री कनकलता सिर पर आँचल डाले प्रकट हुई। उसने दोनों भाइयों को नमस्ते की और कुर्सी पर बैठ गई। बूढ़ा ने देखा कि बड़ी-बड़ी आँखोंवाली, गेहुँए रंगवाली एक सुन्दर-सी लड़की सामने बैठी हुई है। दोनों भाइयों ने लड़की से नाम और अभिरुचि के बारे में प्रश्न किए। उन्हें अत्यंत संक्षिप्त उत्तर से संतोष करना पड़ा। बूढ़ा ने गौर से देखा तो कनकलता की आँखें कभी-कभी फैल जातीं, बड़ी आँखें और बड़ी हो जातीं, लगातार देखने पर थोड़ा भय भी लगता। बीच-बीच में कनकलता का शरीर, हल्के-हल्के झूमता हुआ प्रतीत होता था। बूढ़ा को लगा कि शायद यह साक्षात्कार का कंपन है, संभव है, स्त्री-सुलभ लज्जा हो।

कनकलता के भीतर लौट जाने पर भट्टाचार्य बाबू ने स्पष्ट शब्दों में कहा, ''मेरे पास धन का अभाव है। मैं एक वृद्ध व्यक्ति हूँ, बीच-बीच में मुझे असहायता का अनुभव होता है। मैं दहेज देने की स्थिति में बिलकुल नहीं हूँ। हाँ, बारात की सेवा-अभ्यर्थना कर दूँ, इतना भर ही मेरा सामर्थ्य है। अब निर्णय आपको ही करना है।''

बूढ़ा ने सुशांत की ओर प्रश्नसूचक दृष्टि से देखा तो वहाँ सहमति और समर्थन का भाव था। फिर यह तय पाया कि दस दिन के भीतर अत्यंत सादे समारोह में मानिक और कनकलता का ब्याह कर ही दिया जाए।

दस दिन चुटकियों में बीत गए। मानिक अकेला ही दिल्ली से आया। वह चाहता था कि डॉ. पवन गुप्ता उसके अभिभावक हैं, वे विवाह में शामिल हों पर डॉ. गुप्ता एक महीने के लिए विदेश चले गए थे। अतः सब कुछ जैसे दौड़ा-दौड़ी में सम्पन्न हो गया और अपनी नवविवाहिता पत्नी को लेकर मानिक दिल्ली लौट गया।

यह उनके विवाह की प्रथम रात्रि थी। मानिक ने बाहर से ऑर्डर देकर खाना मँगवा लिया था, उधर कनकलता स्नान कर धूप-दीप जलाकर फ़्लैट के एक हिस्से में बनी पूजा की वेदी के सामने बैठी थी। कुछ देर मानिक भी वहाँ आकर पत्नी की बगल में बैठा। उसे अच्छा अनुभव हो रहा था कि वह सचमुच भाग्यवान है कि विवाह की प्रथम रात्रि में उसकी पत्नी धूप-दीप जलाए भगवती के चित्र के सामने आँखें बंद किए ध्यान में बैठी है। शुभ संस्कार के यही तो लक्षण होते हैं। वह उठकर डायनिंग टेबल पर खाना लगाने की तैयारी करने लगा, तब तक आधा घंटा समय और निकल गया था, पर कनकलता अभी भी निश्चेष्ट की भाँति आँखे मूँदे ध्यानस्थ बैठी थी। वह फिर उसके समीप बैठ गया और पत्नी का कंधा हिलाकर धीमे स्वर में बड़े प्रेम से उसने पुकारा, ''कनक।'' तभी अचानक कनकलता ने अपनी आँखें खोलीं, क्रोध से उसका चेहरा रक्तवर्ण हो गया था, लगभग झूमते हुए तेज़ पर अस्फुट स्वरों में वह बोलने लगी, ''तुम कौन हो? क्या तुम मुझे नहीं पहचानते? मैं ही रुद्रकाली, मैं ही

छिन्नमस्ता मुण्डमालिनी। झुको, झुको मेरे चरणों पर। भस्म कर दूँगी विनाश होगा, केवल विनाश।''

कनकलता की आवाज़ तेज़ हो गई थी, ''मुझे चाहिए मानवरक्त, दानव रक्त, मैं लील जाऊँगी समग्र विश्व को। भस्म कर दूँगी तुम्हें और तुम्हारी यह दुनिया।'' कहते-कहते उसका आवेश चरम पर पहुँच गया और वह सहसा बेहोश होकर लुढ़क गई। मानिक ने उसे किसी तरह लगभग उठाकर बिछावन पर डाला। मुँह पर पानी के छींटे मारे। कुछ ही देर में कनक का दाँत किटकिटाना बंद हो गया और उसने आँखें खोलीं। हड़बड़ाकर उठते हुए उसने कहा, ''अरे, क्या मुझे नींद आ गई थी? क्या मैं गहरी नींद में सो गई थी? सॉरी।''

मानिक भीतर-ही-भीतर अत्यंत विचलित, घबराया और डरा-डरा था। बोला, ''टेबल पर मैंने खाना लगा रखा है। आज खाना बाहर से ही आया है। तुम्हें भूख लगी होगी चलो कुछ खा लो।'' मानिक यह सब कह तो रहा था पर अंदर से बुरी तरह भयभीत और चिन्तित था।

कनकलता ने कहा, ''क्यों नहीं? मुझे ज़ोरों की भूख लग रही है। चलो हम साथ खाएँगे।''

वह एक नॉर्मल व्यक्ति की तरह व्यवहार कर रही थी। थोड़ी देर पहले ही घटित घटना का कोई चिह्न नहीं था। जैसे तेज़ धूप में थोड़ी-सी बारिश हो जाए और बारिश खत्म होने के बाद सब सामान्य, सब पूर्ववत् हो जाए, वैसी ही दशा थी। भोजन के बाद भी कनकलता बिलकुल सामान्य थी। सोने से पहले उसने अपने भारी भरकम कपड़े बदले और हल्के पारदशी कपड़ों में उसका उत्तुंग यौवन झलकने लगा, अब उसकी चाल में मस्ती आ गई थी, आँखें एक अबूझ इशारेबाज़ी कर रही थीं, उसकी मुस्कुराहट किसी चमकती हुई बिजली की तरह कौंधी और मानिक किसी यंत्रचालित की तरह परवश हो गया।

दिन सरकते जा रहे थे। सब कुछ सामान्य था। मानिक कनक की आँखों में आँखें डालता, वह उसके भीतर बैठी क्रोधाग्नि में जलती हुई उस नारी मूर्ति की तलाश करता रहा जिसने एक रणचण्डी की तरह मानो रक्त स्नात करवाल घुमाते हुए उसे भयभीत कर दिया था। पर उसका तो कहीं कोई चिह्न नहीं था। उसके आमोद-प्रमोद में कहीं कोई कमी नहीं थी। उसके हर स्पर्श का उत्तर कनक दोगुने वेग से देती। फिर कुछ ही महीनों के बाद उसे शुभ समाचार भी मिला कि वह शीघ्र ही पिता बनने वाला है। कुछ ही दिनों बाद एक सुन्दर पुत्री हुई। मानिक के मन का छिपा वात्सल्य प्रकट हो रहा था।

फिर दो वर्ष बीतते-बीतते कनकलता एक पुत्र की भी माँ बन गई। मानिक को लगा कि जीवन चरितार्थ होकर सफल हो गया सब कुछ। वह एक पुत्री और एक पुत्र

का पिता बन गया। कनक भी सेवा-परायण है, उसका और दोनों बच्चों का पूरा ध्यान भी रखती है। बच्चों के जन्म के बीच ही मानिक की फिर पदोन्नति हुई थी। अब कार्यभार भी बढ़ गया था। वह रात्रि आठ से नौ बजे के बीच ही घर लौट पाता था। कुछ वर्ष और चैन से बीत गए। दोनों बच्चों का एडमीशन अपार्टमेन्ट के पास ही एक नर्सरी स्कूल में हो गया था। कनक को सारा दिन की व्यस्तता से थोड़ी फ़ुरसत मिल गई थी।

एक दिन मानिक ऑफ़िस पहुँचा ही था कि कुछ ही देर बाद उसने देखा कि चपरासी के साथ उसकी पत्नी कनक ऑफ़िस में चली आ रही है। उसे थोड़ा रंज भी हुआ और थोड़ी खुशी भी हुई। अब तक उसके ख़याल में ही नहीं आया था कि वह पत्नी को अपना ऑफ़िस भी दिखाए। पर घर के काम-काज में व्यस्त रहने वाली महिला को बेमतलब ऑफ़िस घुमाने का कोई तुक भी तो नहीं था। मैट्रिक पास कनक किसी ऑफ़िस में क्या करती, फिर उसे पढ़ने या सीखने का कोई शौक भी नहीं था। उसे खाना बनाने और सिलाई-बुनाई से ही फ़ुरसत नहीं थी। पढ़ाई और परीक्षा से उसे चिढ़ थी, हाँ, जासूसी उपन्यास पढ़ने का चस्का ज़रूर था। व्योमकेश बख्शी के कारनामे उसे पसंद आते थे। शरत्‌बाबू या टैगोर के स्त्री-चरित्र उसे पसंद नहीं आते थे। स्त्री क्या रोने-धोने के लिए बनी है, इतनी चिल्ला-चिल्ली की ज़रूरत क्या है? स्त्री पुरुष के कंधे और गरदन तक ही प्राय: पहुँचती है ताकि वह पुरुष पर सवारी कस सके। स्त्री वह जो पुरुष-सिंह पर सवारी करे।

मानिक, कनक के ऑफ़िस पहुँचने से थोड़ा भौंचक्का ज़रूर हुआ पर कुछ ही क्षणों में वह सामान्य हो गया। वाकई स्त्री को समझना टेढ़ी खीर है। उसने अपने आस-पास बैठे सभी सहकर्मियों से उसका परिचय कराया।

''इनसे मिलो कनक! ये हैं शिप्रा घोष, ये हैं तनुजा मोजूमदार, ये आशा कपूर, ये अनुजा सिंह और यह हैं अंकित श्रीवास्तव। इस कक्ष में हमारी यही टीम है। कनकलता सबसे नमस्ते करती रही और परिचय के बाद लौट गई।

रात वह कुछ देर से लगभग दस बजे अपने घर में घुसा। कॉलबेल दबाने के काफ़ी देर बाद कनक ने दरवाज़ा खोला था। बच्चे अपने कमरे में तब तक सो चुके थे।

मानिक ने खाते समय सहज भाव से पूछा, ''तुमने खाना खा लिया?''

''नहीं, आज मैं निशा पूजा करूँगी। रात के बारह-एक तो बज ही जाएँगे।''

''क्यों निशा-पूजा क्यों? क्या आज कोई विशेष तिथि है?''

''सुनो मानिक! ध्यान देकर सुनो। कोई विशेष तिथि नहीं होती। हम जब चाहते हैं तो किसी को भी विशेष बना सकते हैं। तुम क्या समझते हो? मेरा रूप, मेरा रंग-ढंग बदल गया? मैं वही हूँ, वही कालरात्रि! वही जगदंबा। वही रक्त-स्नान करने वाली महाकालिका। मैं जानती हूँ तुम देर से घर क्यों आते हो? रंगरेलियाँ मनाओ, खूब मनाओ। मैं तुम्हारी छाती फाड़कर तुम्हारा रक्त पियूँगी। तोमार बुके उपरे आमि नृत्य

कोरवो, नग्न नृत्य।'' कनकलता प्रचंड वेग से अट्टहास कर रही थी।

मानिक ने समझाने का प्रयत्न किया, ''कनक! तुम तो बिलकुल ठीक थीं। हम पिछले चार-पाँच साल से साथ रह रहे हैं। हमारे दो प्यारे बच्चे भी हैं। आज फिर अचानक तुमने होश खो दिया है।''

''नहीं, मैं बिलकुल ठीक हूँ। पुरुष जाति निर्मम जाति है। मैं उसकी निर्ममता का वध करूँगी। तुम पुरुष हो। तुम अच्छे हो ही नहीं सकते। धोखेबाज़ी तुम्हारा स्वभाव है, छल तुम्हारा परिचय और कृतघ्नता तुम्हारा गुण है।''

कनकलता चिल्लाती रही। मानिक रात की शून्यता में उसकी आवाज़ दूसरे फ़्लैट तक नहीं पहुँचे, इसलिए खिड़कियाँ दरवाज़े बंद करता रहा। वह बुदबुदा रहा था और उसकी आँखों से अश्रु छलक रहे थे, ''मैं पंडित प्रभासचन्द्र चक्रवर्ती एक ज्ञानी महात्मा का पौत्र, एक सीधे-सादे सरल इंसान डॉ. सुधीर चन्द्र चक्रवर्ती का पुत्र आज विवाह की पीड़ा झेलने पर विवश हूँ। एक बीमार मन, शक्की मन के साथ ही पूरा जीवन मुझे काटना होगा। जब तक जीवन है, तब तक यह असह्य आघात तो झेलते ही रहना होगा, फिर मनोरोगियों का इलाज भी तो संभव है। अब दिल्ली जैसे महानगर में कोई तो मार्ग निकलेगा। मानिक ने अपना सिर पकड़ लिया। उसका सिर फटा जा रहा था, लग रहा था जैसे उसमें हज़ारों सूइयाँ चुभ रही हैं। वह असहाय फिरता बवंडर में उड़ा जा रहा है। उसे याद आया कि विवाह के तुरन्त बाद मेरे एक डॉक्टर मित्र ने मनोरोग चिकित्सक से परामर्श करने को कहा था कि यह द्विखंडित व्यक्तित्व का मामला लगता है, सिजोफेनिया के केस जैसा। आगे तुम डॉक्टर की सलाह लो। लेकिन पिछले कुछ वर्षों में ऐसी घटना दुबारा नहीं घटी थी और वह बिलकुल निश्चिन्त हो गया था। फिर भी पत्नी का इलाज तो हर हाल में कराना ही होगा। वह क्या जानता था कि राख की ढेर में छिपी एक छोटी-सी चिंगारी भी घर जला सकती है!

43

झरना और शशांक को लखनऊ लौटे कुछ महीने बीत गए थे पर ठंड अभी वापस नहीं गई थी। अब कुहासा तो कम हो रहा था पर धूप बेजान लगती थी। ऊपर आसमान में देखने पर लगता जैसे सूरज किसी बाज़ीगर की तरह खेल दिखाता हुआ धीरे-धीरे सीढ़ियाँ चढ़कर बादलों के ऊपर और उठकर ऊपर जा रहा था। नीले और स्वच्छ आकाश में पहुँच कर ही वह धूप तापने वाली चमकदार अँगीठी बन जाता था और सब घंटों धूप में बैठकर दोपहर का आनंद लेते थे।

डॉक्टर सुधीर ने देखा कि धूप में चौकी निकलवा कर सुजाता चित पड़ी हुई थी, बिलकुल शांत, कभी-कभी उसे ज़ोर की खाँसी आती, बलगम भी निकलता फिर वह आँखें बंद कर लेती। सुधीरदा उसके नज़दीक आकर बैठ गए।

''तुम्हारी तबीयत ठीक नहीं लग रही है। देख रहा हूँ, काफ़ी दिनों से तुम क्लांत हो, स्टेस्थकोप से भी देखा है, कलेजे में 'घर-घर' कफ़ जमा हो गया है। जानती हो, सुजाता! वैद्यक शास्त्र में तीन चीज़ें मुख्य हैं, कफ़, पित्त और वायु। ये तीन संतुलित रहें, नियंत्रण में रहें तो शरीर ठीक काम करता है, तुम्हारा कफ़ गड़बड़ है, मुझे अन्न कुछ ठीक से पचता नहीं तो मेरी समस्या पित्त की है और मेरे बेटों को तो समझो वायु की समस्या है, वे घर में दिखाई ही नहीं देते। मानिक, बूढ़ा, सुशांत तीनों इकट्ठे मिलते ही नहीं। एक रहता है तो दूसरा गायब हो जाता है, बिलकुल अदृश्य। अदृश्य होने की कला तो कोई हमारे घर से पूछे। झुण्टू थी तो तुम्हारा हाथ बँटाती थी, वह भी सासुरी में—सासुरी क्या पति गृह में है। जमाई शशांक भी तेज़ और फुर्तीला लगता है। बूढ़ा बेटा ने अच्छा ही संबंध खोजा।''

सुजाता ने करवट बदली और धीरे से कहा, ''सुधीर! हमारा जमाई शशांक पचास से ऊपर की उम्र का है। शायद दो-चार साल में सर्विस से रिटायर भी हो जाए। उसकी दूसरी शादी है तो पत्नी की नज़र में स्वस्थ युवा बने रहना उसकी मजबूरी है। उसे केशों को रंगते रहना है, व्यायाम भी करता ही होगा, मोटरसाइकिल पर उसे सैर भी करानी है, गोया युवा बने रहना है। चलो कुछ वर्ष तो झुण्टू के ठीक-ठाक निकल ही जाएँगे पर उसके सुख की परिभाषा ही अलग है। सुख माने भौतिक सुख। इतना ही वह मान बैठी है। कभी लिखना तो यह ज़रूर पूछ लेना कि घर में फ्रिज, वॉशिंग मशीन, फ़ोन, मोटरसाइकिल सब स्वस्थ, सकुशल तो हैं ना?''

''अच्छा! मैं समझ गया, उसने तुमसे अपनी सुख-समृद्धि का ज़रूर बढ़ा-चढ़ाकर वर्णन किया होगा। बेचारी झुण्टू। एकदम अभाव से वहाँ जाने पर उसकी मति भ्रष्ट हो गई है। अच्छा देखो बहुत देर तक आँखें बंद रखने के बाद यदि सामने तीव्र प्रकाश आ जाए तो आँखों का चौंधिया जाना भी तो जायज़ ही है। जो हो यह सबका अपना-अपना भाग्य है। पर तुम अपने स्वास्थ्य पर ध्यान दो। मेरी दवा खा रही हो या नहीं? अब तक तो उसका असर दिखना चाहिए था।''

यह कहकर सुधीरदा भीतर कमरे में अपनी दवाओं का बैग लाने गए तो सहसा उनकी नज़र, एक बंद डिब्बी पर पड़ी, उत्सुकतावश उन्होंने खोलकर देखा तो सुजाता को अब तक उन्होंने जो भी होम्योपैथी दवाएँ पुड़ियों में बनाकर दी थीं, वह सब करीने से लपेट कर एक प्लास्टिक के छोटे थैले में रखी थीं। वे आँगन की धूप में बिछी चारपाई पर लेटी सुजाता के पास पहुँचे। वे तेज़ी से कमरे से निकल कर पहुँचे थे, क्रोध से उनके नथुने फड़क रहे थे। उखड़ी-उखड़ी आवाज़ में बोले—

''तुमने तो मेरी दी हुई दवा की एक खुराक भी शायद नहीं खाई। यह तो एक डॉक्टर का अपमान ही हुआ ना?'' क्रोध से उनकी उँगलियाँ धीमे-धीमे थरथरा रही थीं।

सुजाता ने उन्हें चौकी पर अपने पास बिठाया, ''क्रोध मत करो। डॉक्टर अपने लिए, अपनी बीमारी का खुद इलाज भला थोड़े ही कर सकता है, मैं तुम्हारी अर्धांगिनी

हूँ तो मैं तुमसे जुदा थोड़े ही हूँ। अभी तो मैं बैरागादी से अपनी ननिहाल में थी जहाँ तुमसे फिर अचानक मुलाकात हुई थी, तुम मेरे सुखद स्वप्न को मत तोड़ो। मुझे लगता है, मेरा समय समीप है। इतने बच्चों का यथाशक्ति पालन-पोषण किया, जो बन पड़ा किया। तब से पाँवों में जो चक्र बँधा वह अभी तक खुला नहीं है। हम जगह बदलते रहे, देश, गाँव-शहर बदलते रहे, पता नहीं कब तक बदलते रहेंगे। हम किसके लिए बने हैं। तुम कभी-कभी ठीक कहते हो, हम किसके लिए जी रहे हैं, कस्मै देवाय—कौन है वह नियंता जो समस्त ब्रह्मांड में बीज बनकर उसको थामे खड़ा है।''

''अधिक मत बोलो सुजाता! तुम्हें बार-बार खाँसी आ रही है। तुमने मुझसे भी अपनी खाँसी को छिपाया है। मैं आज ही एलोपैथी इलाज करता हूँ, हो सकता है यह टी.बी. हो। यक्ष्मा की बीमारी अब भय की वस्तु नहीं, इसका इलाज मुमकिन है।''

तभी दोपहर के लंच टाइम में बूढ़ा घर में आया। सुधीरदा ने तेज़ी से कहा—

''बूढ़ा बेटा! जल्दी से किसी डॉक्टर को बुला कर लाओ, डॉ. नरेन्द्र सबसे अनुभवी हैं, उनसे मेरा नाम और निवेदन कहना।''

बूढ़ा उल्टे पाँव भागा।

इधर सुजाता की खाँसी रुक नहीं पा रही थी, अचानक तेज़ खाँसी उठी और बलगम में खून का एक छोटा लोंदा छिटककर गिरा। उसे देखते ही सुधीरदा घबरा गए। बोले—

''ये तुमने अपने शरीर की क्या हालत बना ली सुजाता? इस घर के लिए अपना सब कुछ होम कर दिया। कुछ तो बचाकर रखतीं। अब मैं क्या करूँ? कहाँ जाऊँ? बूढ़ा आने में विलंब कर रहा है।''

तब तक सुजाता की साँस ऊर्ध्व चलने लगी थी। वह कष्ट से कराह रही थी, उसने कहा, ''सुनो अपनी गोद में मेरा सिर रख लो। स्त्री का मुख दो ही तरह से लाल दीखता है—जब वह लज्जा से लाल होती है और जब पति के हाथों सिन्दूर पहनती है। देखो मेरा रक्तिम मुख! अब सूर्य अस्ताचल की ओर जा रहा है।'' यह बोलते समय उसके शब्द टूट रहे थे। उच्चारण भी सही नहीं हो रहा था।

डॉ. सुधीर ने पत्नी का सिर गोद में रखा। वे अब कहीं से डॉक्टर नहीं लग रहे थे। एक साधारण मनुष्य की तरह वे बिलख रहे थे। बोले, ''शुचि! क्या मुझे छोड़कर जाने का इरादा है? तुम इतनी जल्दी संसार से थक नहीं सकतीं। सब मेरा ही अपराध है। मैं तुम्हें कोई सुख नहीं दे सका शुचि! तुम अनाज पीसने वाली चक्की की तरह घूमती रहीं, जीवन भर बच्चों का पालन, रसोई में तुमने अपने शरीर को खपा दिया, सबके मुख में अन्न का कौर डाला और खुद भूखी रह गईं। मैं अपने को कभी क्षमा नहीं कर सकता। तुम्हारे निकट अपराधी हूँ मैं। खोमा करो। खोमा करे दाओ, मुझे माफ़ कर दो।''

सहसा सुजाता ने आँखें खोलीं। मुख पर मंद स्मित थी। बोली—

"मैंने तुम्हें हमेशा माफ़ किया है सुधीर! तुम ईमानदार भद्र पुरुष थे सुधीर, पर श्वेत वस्त्र पर रौशनाई की एक बूँद भी गिर जाए तो दूर से ही दिखाई तो देती ही है। मैं सब समझती थी। मैंने तुम्हारी सहपाठिनी अनुभा सेन के दो-पत्र पढ़े थे, जिसे तुमने मुझसे छिपाकर किताब की जिल्द में रखा था, मैंने पत्र पढ़कर फिर उसे उसी जगह पूर्ववत् छिपाकर रख दिया। मैं खुश थी कि मेरा पति डॉ. सुधीर चन्द्र चक्रवर्ती सिर्फ़ शुद्ध काठ-कठोर नहीं है, उसके हृदय की भीतरी तहों में छिपा जल-स्रोत तो है? मैंने तुम्हें कब का माफ़ कर दिया। हाँ, मैंने तुमसे बिना बताए तुम्हारे पत्र पढ़े इस अपराध के लिए तुम भी मुझे माफ़ कर देना। देखो, आज मैंने तुम्हारी लाई हुई तांत की साड़ी पहनी है, शांखा चूड़ी भी पहनी है, बड़ा-सा सिन्दूर का टीका भी पहना है। सधवा हूँ, श्रृंगार करके जा रही हूँ।"

"क्या सचमुच तुम जा रही हो शुचि। बाबा कहते थे कि महाप्रयाण के समय अच्छी आत्माओं के लिए देवताओं के दूत यान लेकर आते हैं। अपनी जीवन यात्रा को भगवती को सौंप दो शुचि। मैं अकेला हूँ, अकेला बनपाखी, कहाँ जाऊँगा, कहाँ उड़ूँगा, कुछ नहीं जानता।" कहते-कहते डॉ. सुधीर का रुदन सर्वत्र व्याप्त हो गया। उनकी आँखों से लगातार अश्रुबिन्दु टपक रहे थे। अश्रु गोद में लेटी हुई सुजाता की पलकों पर गिरकर उसके अश्रुओं से एकाकार हो रहे थे। सुजाता ने उनकी मुट्ठी ज़ोर से पकड़ ली फिर उसकी दोनों आँखें बंद हो गईं और उसकी उँगलियाँ ढीली होकर नीचे की ओर गिर गईं।

आँगन में सुधीरदा का हाहाकार बाहर तक पहुँच रहा था। तभी बेटा बूढ़ा डॉक्टर नरेन्द्र को लिए भीतर घुसा। डॉक्टर नरेन्द्र ने अच्छी तरह जाँच की और बोले—

"डॉक्टर साहब! सब समाप्त हो गया। आपकी धर्मपत्नी अब नहीं रहीं।"

कहकर वे दुखी मन से लौट गए। बूढ़ा की भी चीत्कार सुनाई दे रही थी। मुहल्ले की औरतें धीरे-धीरे जुटने लगी थीं। मृत्यु के शोक में पूरा घर डूब गया था।

44

सौमित्र चक्रवर्ती यानी बूढ़ा अब एक बड़े बैंक का मैनेजर बन गया था। कठोर श्रम और अनुशासन के चलते ही जल्दी-जल्दी उसकी पदोन्नति हुई थी। उसने गरीबी देखी थी, सब अपनी आँखों से देखते हुए वह हज़ारों बार मरा था, हज़ारों बार जिया था, भूख, बेकारी और असहायता ने उसे और भी इस्पात की तरह दृढ़ और थोड़ा कठोर बना दिया था। थोड़ी देर बैठते ही उसका सोचना चालू हो जाता, क्या वही परिवार की गाड़ी का स्टेयरिंग हाथ में लेकर चलने वाला बना है? उसकी प्यारी

और सबसे समझदार माँ पीड़ा, दुख और अपमान झेलते-झेलते चली गई, तब वह एक मूकदर्शक-सा था पर अब वह दुर्बल नहीं रहा। पहले वह समय पर माँ का इलाज नहीं ही करा सका, वह उसे छोड़कर चल बसी। यह सोचते ही बूढ़ा का मन भारी हो गया, उसने ऑफ़िस में अपनी खुली हुई कलम बंद कर दी, मेज़ पर अनेक चेक और कागज़ात उसके दस्तखत की प्रतीक्षा में पड़े थे पर वह शांत दीखते हुए भी अशांत था। मन में जैसे एक वात्याचक्र चल रहा था, जैसे पृथ्वी फट पड़ना चाहती हो, जैसे कोई भूडोल सब कुछ तहस-नहस कर देना चाहता हो। उसकी माँ ज़मीन पर शांत लेटी हुई थी, वह तो पत्थर की देवी थी, उसकी अपार सहनशक्ति एकाएक खत्म हो गई? क्या जीवन खेल-खेल में समाप्त हो जाने वाली वस्तु है? उसका परिवार पूरी तरह बिखर गया। कलकत्ते के दंगे में लोग निर्ममतापूर्वक काट डाले गए थे, उसने बड़े विस्तार से उस लोमहर्षक कांड को सुना और बाद में पढ़ा भी था, पर जीवित बचे माता-पिता भी तो सिरकटे धड़ या कबंध की तरह कलकत्ते से बिहार और बिहार में एक घर से एक-दूसरे घर में ट्रान्सफ़र होते रहे। यह भटकन तो अब तक जारी है। बड़े भैया सुशांत अपने परिवार के साथ पटना में बस गए। हो सकता है वे भी कलकत्ता चले जाएँ, मँझले भैया मानिक जो सबसे ज़िम्मेदार थे अपनी शक्की, बदमिज़ाज और मानसिक रूप से बीमार पत्नी के दुर्व्यवहार से पीड़ित खुद भी मनोरोगी होते चले जा रहे हैं। क्या सचमुच स्त्री यदि विरुद्ध मति और प्रतिकूल हो तो पुरुष का आधा अंग जैसे अपाहिज कर देती है? झरना का विवाह बड़े यत्न से लखनऊ के एक विधुर से हुआ तो वह अपने नए घर के ऐशो आराम में बावली बनी हुई है। उसे माता-पिता की कोई चिन्ता ही नहीं रह गई। बचा वह सौमित्र चक्रवर्ती तो पत्नी के नाम पर वह अवश्य भाग्यशाली रहा, उसकी स्त्री नंदिता में सेवापरायणता का गुण है, सबके लिए उसका यह चिन्ता-भाव ही उसे सुख देता है।

शाम के पाँच बजते-बजते वह बैंक से छुट्टी लेकर घर लौट आया। तब तक नए भवन के निर्माण का काम समेटकर मज़दूर भी जा चुके थे। ठेकेदार ने उसे मकान में चारों ओर घुमाया, काम की प्रगति से उसे बड़ा संतोष मिला।

''कॉन्ट्रेक्टर साहब! आपको क्या लगता है, कब तक काम पूरा हो जाएगा? गृह-प्रवेश का मुहूर्त भी निकालना है।'' कॉन्ट्रेक्टर लाल बाबू ने चहक कर कहा—

''साहब! घर में टाइल्स भी बिछ चुकी हैं, अब ज़्यादा-से-ज़्यादा दस दिनों में हम सारा काम समेट लेंगे। साहब! आपको हमारा काम पसंद आ रहा है ना?''

''हाँ-हाँ! ज़रूर! आप मेहनत कर रहे हैं। आपका काम देखेंगे तो हमारे दोस्तों को भी प्रेरणा मिलेगी। अच्छा काम होगा तो आपको दम मारने की भी फ़ुरसत नहीं मिलेगी।''

''सब आपकी कृपा है साहब! मैं जीजान से लगा हुआ हूँ। आप दस दिनों के

बाद कभी भी गृह-प्रवेश कर सकते हैं। इसे पक्का समझिए।''

बूढ़ा आश्वस्त हो गया। उसके मन को बड़ी शांति मिली। कई युगों के बाद वह अपने निर्मित होते हुए भव्य मकान को निरख रहा था। बच्चों की तरह तेज़ी से चलकर पहले वह उस कमरे में गया जो उसने अपने माता-पिता के लिए बनवाया था। माता तो सदा के लिए दूर चली गईं पर पिता तो हैं। वह उन्हें कोई कष्ट नहीं होने देगा। उसने उनका कमरा देखा। कमरा बड़ा था। बिजली बत्ती, पंखा, कूलर सब यथास्थान लग गए थे। उनकी सुविधा के अनुसार चमकता हुआ प्रशस्त बाथरूम भी तैयार खड़ा था, बाहर बरामदे पर बाबा कुर्सियाँ लगाकर सुनहली धूप में बैठेंगे तो उन्हें कितना अच्छा लगेगा? बूढ़ा ने अपने बाबा की पसंद की फूलपत्तियों और पौधों को पहले ही लगा दिया था। उसे मालूम था कि बाबा को फूल-पौधों को जल से सींचने में बड़ा आनंद आता है। इसकी पूरी व्यवस्था उसने पहले ही आदेश देकर करा दी थी। अब तो छह महीनों में पौधे भी सुडौल और बड़े हो गए थे, वे रंग-बिरंगी पोशाक पहने छोटे-छोटे बच्चों की तरह डोल रहे थे, हवा उनसे अठखेलियाँ कर रही थी। 'पौधे भी शिशुओं की तरह जानदार हैं,' उसने सोचा। इनसे बाबा का मन लगा रहेगा।

वह जब घर लौटा तो किराए का वह दो कमरों का छोटा मकान उसे मुँह चिढ़ाता प्रतीत हुआ—जो भी हो, दस-पंद्रह दिनों बाद सारा दृश्य बदल जाएगा। नया मकान रंग-रोगन से चमकता हुआ किसी इंद्रधनुष की तरह मन को मोह लेगा, खिड़कियों और दरवाज़ों पर बड़े-बड़े झूलते हुए पर्दे होंगे। डाइनिंग रूम में खाने के बड़े टेबल पर दस कुर्सियाँ लगेंगी, आखिर पूरा परिवार जुटेगा तो साथ बैठकर खाने का भी तो अपना आनंद होगा। बाबा की कुर्सी मुख्य कुर्सी होगी, उनकी मर्ज़ी चलेगी, उनकी पसंद सर्वोपरि होगी। वैसे भी बाबा परम संतोषी हैं। ज़्यादा फ़रमाइश करने की उनकी आदत भी नहीं है, पर नंदिता उनकी रुचि से परिचित है। वह सब सँभाल लेगी, वैसे भी जब तक बाबा की राजगद्दी है, राजाज्ञा पर मुहर और दस्तखत तो उनके ही होंगे। हाँ, भोजन बिलकुल शाकाहारी बनेगा। बड़े बाबा पंडित प्रभास चंद्र चक्रवर्ती का एक बड़ा-सा चित्र उसी कमरे में लगा रहेगा जो हमें पवित्रता का सदैव स्मरण दिलाता रहेगा। उस चित्र को देखकर बाबा भी कितने खुश होंगे!'

बूढ़ा ने धीरे-धीरे सभी भाइयों और बहन झरना को ठीक पंद्रह दिन बाद के गृह-प्रवेश का शुभ मुहूर्त भेज दिया और आग्रह किया—आप सब इस पूजन पर पधारें और आशीर्वाद दें।

श्रावण के महीने में गृह-प्रवेश की तिथि भी आ गई। इधर दो-तीन दिनों से शहर में मूसलाधार वृष्टि हुई थी पर गृह-प्रवेश के ऐन दो दिन पहले मौसम साफ़ हो गया। आसमान खुल गया था। सूरज की किरणें जल-बूँदों में प्रतिबिम्बित होकर झिलमिला रही थीं। ठीक एक दिन पहले सबसे पहले मानिक आया। वह अकेला था,

परिवार नहीं आ सका था, कई कारण थे। बड़ा भाई सुशांत भी अकेला ही पहुँचा। लखनऊ से झरना अपने पति के साथ आ गई।

अगले दिन प्रात:काल से ही पूजन आरंभ हुआ। पाँच पंडित पूजा-कार्य पूर्ण करा रहे थे। वेद मंत्रों की ध्वनि गूँज रही थी। सुधीर चंद्र चक्रवर्ती आज पीली धोती और रेशमी कुर्ता पहने पूजा कार्य में सहयोग कर रहे थे। उनके साथ बूढ़ा अपनी पत्नी नंदिता के साथ बैठा पूजा कर रहा था। पंडितगण बीच-बीच में शंख फूँकते। सर्वतोभद्र वेदी की रंग-बिरंगी देव स्थान की रेखाएँ चमक रही थीं। बाहर सुनहली धूप में भी वैसी ही चमक थीं। एक शीतल अनुभूति में सभी डूबे थे। बाहर एक रंगीन शामियाना तना था, कुर्सियों पर आमंत्रित अतिथि विराज रहे थे। मंगल घट लेकर आगे-आगे सुधीरदा और पीछे-पीछे बूढ़ा और उसकी पत्नी नंदिता, बेटे-बेटी के साथ घर में प्रविष्ट हुए। शंख-ध्वनि से वातावरण निनादित हो उठा। फिर सुस्वादु-भोजन का कार्यक्रम होने लगा। रतनपुर के प्राय: सभी सम्मानित विद्वान्, व्यापारी, बैंककर्मी और बूढ़ा के शुभेच्छु मित्र उपस्थित थे। संध्या के पूर्व चार बजते-बजते भोजन का कार्य पूरा हो गया। जब मुहल्लेवासी और पड़ोसी भी भोजन कर लौट-गए तो बूढ़ा ने अपने भाई-बहन और पिता के साथ डाइनिंग टेबल के समीप ले जाकर पिता को मुख्य कुर्सी पर बिठाया और कहा—

''बाबा! अब आप इस घर के मालिक हैं, हम सब बेटे-बेटी आपके आदेश पालक। हुक्म कीजिए आका! खाना आ रहा है।''

बाबा ज़ोरों से हँस पड़े। हँसते समय उनके दाँतों के बीच-बीच में टूटे हुए दाँतों का खाली स्थान चमक रहा था। फिर ड्रॉइंग रूम में सभी बैठकर बातें करने लगे। मकान की प्रशंसा सभी कर रहे थे। इसी बीच बूढ़ा ने पिता को साथ आने के लिए कहा और वह उन्हें उनके लिए बनाए कमरे में ले गया। उसने कमरे में पहुँचकर दरवाज़ा भीतर से बंद कर लिया और बाबा को गद्देदार बिछावन पर बैठाकर उनके चरणों को पकड़कर ज़मीन पर बैठ गया। बूढ़ा रो रहा था, मुँह से सिसकियाँ निकल रही थीं। सुधीरदा ने उसके आँसू पोंछे—

''ना बूढ़ा बेटा! दुखी क्यों होते हो? आज तो खुशी का दिन है। रोने का दिन थोड़े ही है,'' पर यह कहते-कहते वे खुद भी रो पड़े। ''हाँ-हाँ! आमि जानी आमि कैनो काँदची? तुम्हारी माँ नहीं है, अब। सुजाता यह दिन देख नहीं पाई। पर उसे मालूम हो गया था कि बूढ़ा अपना घर बना रहा है, तुम्हारी इस भूमि पर उसके पाँव कई बार पड़े हैं, मैं उसके साथ काम देखने आता था। इसलिए बूढ़ा। रोना नहीं है उसकी चरणधूलि इस भूमि में व्याप्त हो गई है।''

सुधीरदा बूढ़ा की पीठ सहलाते रहे। थोड़ी देर में ही बूढ़ा शांत चित्त हुआ। उसने कहा—

''बाबा! अब हम शरणार्थी नहीं हैं, भटकने वाले यात्री भी नहीं हैं। हम अपने गंतव्य पर पहुँच गए हैं बाबा! यह आपका कमरा है।''

उसने बाबा का हाथ पकड़कर उठाया—देखिए ये रहा आपका निजी बाथरूम, इस बड़े कमरे के एक भाग में आपका विशेष पूजा और ध्यान केन्द्र, वैसे इस मकान में अलग से भी पूजा का कमरा बना है, वहाँ भी बड़े बाबा का चित्र मैंने लगवाया है। बाहर बरामदे पर सुरक्षा के लिए ग्रिल लगी है। ग्रिल के भीतर गमलों में आपकी पसंद के पौधे हैं, श्यामा तुलसी भी है और ग्रिल के बाहर देखिए कितने पौधे आपके हाथ से जलपान करने के लिए उत्सुक हैं। बगल में पानी देने का एक झरना और नल भी लगा हुआ है।

''वाह! वाह! बूढ़ा बेटा! तुम तो मेरे मन का दर्पण हो, मेरी हर इच्छा तुमने पूरी कर दी। चिरंजीव! शतायु हो। शास्त्र में कहा है कि पुत्र पुं नामक नरक से रक्षा करता है, इसीलिए उसे पुत्र कहा जाता है—पुं नाम नरकात् त्रायते इति पुत्रः। आज पुत्र होने का हक तुमने अदा कर दिया।'' कहकर उन्होंने बूढ़ा को गले लगाया, उसका सिर चूमा। बूढ़ा ने भी झुककर उनकी चरणधूलि माथे से लगाई। फिर बूढ़ा ने अपनी जेब से एक हज़ार रुपये निकाले और बाबा को देकर कहा, ''यह आपकी होम्योपैथी दवाओं के लिए है, अब आप गरीबों का मुफ़्त इलाज करें। मकान के बाहरी बरामदे में टेबल-कुर्सी लगाकर बैठें और जो भी आए, उसका मुफ़्त इलाज करें। अब बैग लेकर बाहर जाने की आवश्यकता नहीं पड़ेगी। मैं जल्दी ही एक कार खरीद रहा हूँ तो कभी-कभी आप शहर में घूमकर अपने पुराने परिचितों से दुआ-सलाम कर लिया कीजिएगा।''

''नहीं-नहीं बूढ़ा बेटा! यहाँ दरवाज़े पर मुफ़्त इलाज पुण्य का ही कार्य है, मुझे पसंद है पर मैं कार से शहर में नहीं घूमूँगा, अभी मैं पाँव पैदल निकल सकता हूँ। टहलता हुआ ही जाऊँगा, इससे मिलना-जुलना भी हो जाएगा और स्वास्थ्य-लाभ भी होगा।''

इसके बाद पिता-पुत्र दोनों वहाँ आ गए जहाँ झरना के पतिदेव शशांक बैनर्जी द्वारा निज वीरता का वर्णन और कभी न समाप्त होने वाली कथा चल रही थी।

45

समय को सरकते कभी देर नहीं लगती। कई ऋतुएँ आईं और अब जाड़े का कुहासा फैला हुआ था, अँधेरा गया नहीं था। सुधीरदा की आँखें खुल गईं। 'आज सुबह कुछ जल्दी हो गई,' उन्होंने सोचा। पर ऐसा कुछ नहीं था। प्रकृति अपना काम यथावत् कर रही थी। सुबह की धूप लुका-छिपी खेल रही थी। सुधीरदा टैगोर की पंक्तियाँ गुनगुनाने लगे, ''आज धानेर खेते रौद्र छायाय लुकाचुरी खेला''—चलो प्रिय! हम तुम धान के खेत में लुका-छिपी का खेल खेलें—अहा, यह सारी दुनिया नाट्य ही

तो है, बिलकुल खालिस खेल। चाहे नासमझी से खेलो चाहे समझदारी से। अपना रोल तो निभाना ही पड़ता है। वे धीरे-धीरे तैयार होने लगे। सामने नीम की डाल से उन्होंने एक दातुन तोड़ा, वैद्यनाथ आयुर्वेद भवन का दंतमंजन लाल पाउडर निकाला और बाहर बरामदे में मुँह धोने लगे। एक-एक दाँत की खोज खबर ली। पंद्रह-बीस मिनट तक आय-ओय करते कुल्ला-गलाली करते रहे। फिर बाहर लगे ट्यूबवैल को चलाकर उन्होंने बाल्टी में पानी भरा, खूब मल-मलकर स्नान किया, कपड़े बदले अपने पके बालों पर जतन से कंघी फेरी, दाढ़ी तो वे पहले ही बना चुके थे।

धूप थोड़ी खिल आई थी। बूढ़े चेहरे पर खास तरह की रौनक आ जाती है, अनुभव उसके रेशे-रेशे में मूर्तिमान होता है। सुधीरदा अपनी पूजा की आसनी बिछाकर, देवी स्तोत्र का पाठ करने लगे। जब भी वे पाठ करने बैठते, उन्हें अपने पिता चक्रवर्ती मोशाय पंडित प्रभास चन्द्र चक्रवर्ती का ध्यान आ जाता। भगवती से मानो उनका सीधा संबंध था। वे कहते, ''माता कालिका रक्त स्नाता हैं, रक्तप्रिया हैं, जानते हो क्यों? क्योंकि हमारा, हम मनुष्यों का उनसे रक्त संबंध है। हमारी नस-नाड़ी में जो रक्त प्रवाहमान है, वही तो कालिका का छांदस नृत्य है—ताले-ताले दिवो ताली।'' कहकर वे खिलखिला उठते थे।

सुधीरदा सोचते, 'बाबा, शुद्ध हृदय के तपस्वी ब्राह्मण थे, वीतराग, सारी आकांक्षाओं से परे केवल प्रभु भक्ति में लीन। वे अक्सर गाते थे—आमार गाथा नत करे दाओ, हे तोमार चरण धूलार तले। माता का सतत् स्मरण ही उनका साध्य था, बिलकुल दत्तचित्त, बिलकुल निर्लोभ।'

'ऐसा होना तो बड़ा कठिन है। मैं तो डॉक्टर ठहरा, दवाओं का बैग लिए घूमता रहता था कि कब कोई रोगी दिखे, कब कोई बीमार पुकार दे और बदले में दो-चार दवा की पुड़ियों के दस-बीस रुपये मिल जाएँ। यह लौल्य, यह लोभ तो अपने मन से जाने वाला नहीं। फिर इतना बड़ा परिवार इनका भरण-पोषण भी तो ज़रूरी था। तब की बात और थी, आज की बात और है। आजकल थोड़ा अपना विज्ञापन तो करना ही पड़ता है, थोड़ी लल्लो-चप्पो, थोड़ी-सी मिठास। डॉक्टर जब मुस्कुराते हुए रोगी का हाल पूछता है तो वह मुस्कान रोगी के दुख-दर्द पर मलहम का काम करती है। खैर उनकी तपस्या भी रंग लाई। बच्चे पल-पुसकर बड़े हो गए। सब ऊँचे ओहदों पर चले गए। सब सुखी हैं। पर उनकी पत्नी सुजाता नहीं रही। कितना समय बीत गया। बड़े दुख झेले उसने। बेटे जब तक लायक हुए, तब तक उसका महाप्रयाण हो गया।'

पूजा समाप्त कर सूर्य को अर्घ्य देकर वे जैसे ही मुड़े छोटे बेटे सौमित्र ने पुकारा, ''बाबा! आपकी तो पूजा पूरी हो गई। पुराना अभ्यास भी कहीं छूटता है? पर एक बात तो बताएँ। आपके पास इतने कपड़े हैं पर आप धोती, पाजामा, लुंगी छोड़कर आज माँ की साड़ी लपेटे पूजा कर रहे हैं। लोग देखेंगे तो क्या सोचेंगे?''

''बूढ़ा बेटा! इसे तुम नहीं समझोगे। यह आत्म रमण का सुख है। तुम्हारी माँ के महाप्रयाण के बाद मुझे स्त्री-शक्ति का रहस्य समझ में आया है। स्त्री कहने भर को 'जाया' है—'पत्नी' है पर वास्तव में वह 'जननी' है, अखिल सृष्टि के पौरुष का दुग्ध-भार सँभाले, मातृत्व की गरिमा से मंडित, संतान की सुरक्षा की चिन्ता से व्यथित—यही व्यथा मातृत्व है, माँ की अशेष करुणा। यही वह आधार भूमि है जिस पर हम खड़े हैं। मुझे ये सिर्फ़ वस्त्र नहीं। माता के गर्भ का आच्छद प्रतीत होता है, सुख मिलता है मुझे। पुरुष जब भी कोमल और करुण होता है, नारी रूप ही होता है। टैगोर बोलते हैं ना कि—आमार ह्रदये जे आछे से गो कोन विरहिणी नारी। इसलिए सिर्फ़ भगवान शिव ही नहीं, हम सब अर्धनारीश्वर ही तो हैं।''

''ठीक कहते हैं बाबा! आपके पास आते ही ज्ञान-चक्षु खुल जाते हैं। अब समझ में आता है कि हमारे दादाजी कितने ज्ञानी, कितने महान रहे होंगे। आपको देखकर मैं उनकी प्रतिच्छवि की कल्पना कर लेता हूँ।''

''नहीं बूढ़ा! कहाँ वे, कहाँ मैं! मैं नितांत संसारी, नितांत इच्छाधर्मी, काम, क्रोध, लोभ, मोह, मद और मात्सर्य को मिलाकर बनाया गया एक पुतला। बाबा तो निःस्पृह थे, वीतराग थे, निर्लोभ और अपरिग्रही थे। वे मनुष्य के मर्म तक पहुँचते थे। जैसे फूल या इत्र की उपस्थिति मात्र से वातावरण सुगंधित हो उठता है, वैसे ही उनके संसर्ग से चित्त का परिष्कार हो जाता था। परिवर्तन का यह अनुभव हम सबने किया है।''

''बाबा! आज आपसे एक ज़रूरी बात भी करनी है, बैंक से लौटने पर शाम को खाने पर चर्चा करेंगे। आपको किसी चीज़ की आवश्यकता हो तो बता दें, लेता आऊँगा।''

''बूढ़ा! बेटा! तुम लोगों का प्यार ही तो मेरे जीवन-पथ का पाथेय है। बहुत दिन जी चुका। तुमने जीवन के पिछले सारे दुख और संघर्ष भुला दिए। इतना अच्छा मकान बनाया। मेरे लिए स्वतंत्र कमरा, ड्रॉइंग रूम, डायनिंग हॉल, तुम बैंक के बड़े अधिकारी हो गए, रुपया, पैसा किसी चीज़ की कोई दिक्कत नहीं, पोते-पोती से भरा घर, मुझे और चाहिए ही क्या? ये घर नहीं एक सुकून है, चित्त की विश्राम-स्थली। हम लोग कहाँ-कहाँ नहीं भटके, खानाबदोश की तरह इस घर से उस घर भटकते फिरे, कहीं से निकाले गए, कहीं शरण भी मिली, लोगों ने ठुकराया भी, अपनाया भी। अब इतने सालों के बाद यह बूढ़ा डॉ. सुधीर चक्रवर्ती आरामकुर्सी पर जाड़े की धूप में आँखें बंद कर सुख निद्रा लेता है, यह मेरा सौभाग्य नहीं तो और क्या है?''

''आप ठीक कहते हैं बाबा! पट-परिवर्तन में ही तो जीवन का आनंद है। पानी का स्वभाव होना चाहिए बहना। मैं तो इसे ही जीवनी-शक्ति कहता हूँ।''

''तुम्हारा कहना ठीक है बूढ़ा। लेकिन बेटा। मैं बहते-बहते थक गया हूँ। अब

आराम ही मेरी सबसे बड़ी दवा है। चिंतन, भजन और समाज सेवा में ही मुझे सुख मिलता है। मेरे तीन-तीन बेटे सुशांत, मानिक और तुम। सभी योग्य, सभी लायक, सभी पितृभक्त। सुशांत का बचपन में रखा गया नाम 'पागोल' शायद ठीक ही था। वह मनस्वी है, जो जी में आता है, करता है। हिन्दी में बूझो तो पूरा झक्की। मेरे साथ रहने से उसे भी होम्योपैथी का थोड़ा-बहुत ज्ञान हो गया है सो वह बात-बात पर मुझे ही दवाई खिलाने पर आमादा रहता है। उसकी स्त्री इंग्लिश टीचर है। ऐसे ज्ञानी को कौन समझाए? दूसरे शहर में है तो घर में शांति है।''

''और बाबा! आपको याद है ना? पागोल भैया ने बहुत दिनों तक शादी इसलिए नहीं की थी कि वे ऐसी पत्नी चाहते थे, जो अपरूप लावण्यवती हो, सुन्दरता का सार हो। वे कहते थे फ़िल्म की अभिनेत्री माला सिन्हा जैसी आँखें हों, मीना कुमारी जैसी आवाज़ और आशा पारेख की तरह शरीर, परिणाम क्या हुआ? सब चों-चों का मुरब्बा हो गया। इसी खोज में भैया भटक गए और नायाब भाभी ले आए। रही बात मानिक भैया की तो वे तो सत् पुरुष हैं, अति सज्जन, व्यावहारिक और सेवापरायण। उनके दो प्यारे बच्चे भी हैं पर भाभी शक्की मिज़ाज हैं, भैया का तो चैन से जीना दूभर है। अच्छा बाबा, सच बताएँ मेरे साथ आपको कष्ट तो नहीं है ना?''

''ना बूढ़ा! मैं एकदम तृप्त, संतुष्ट हूँ। तुम और तुम्हारी बहू मेरा बहुत ध्यान रखते हो। कभी-कभी तुम्हारी माँ का स्मरण होता है, वे तुम्हारी यह उन्नति नहीं देख सकीं, संघर्ष करते-करते गुज़र गईं, सिर्फ़ मैं रह गया। यही तो अभाग्य है।''

''बाबा! आप दुखी न हों। अब और भी अच्छे समय की शुभकामना करें, भगवती कालिका से मेरी प्रगति के लिए प्रार्थना करें। मैं संध्या में आपसे परामर्श करूँगा।''

46

डॉ. सुधीर चक्रवर्ती का मन आज हल्का और प्रसन्न लग रहा था। दोपहर में बहू ने मनलायक भोजन बनाया था। परम तृप्ति की डकार लेकर उन्होंने थोड़ा विश्राम किया और दिन के दो बजे अपनी दवाओं का बैग उठाया और पूर्ववत् चल पड़े। उन्होंने मन-ही-मन रतनपुर शहर को सात-आठ भागों में बाँट रखा था। रोज़ वे रूट बदल-बदल कर पाँव-पैदल अलग-अलग हिस्सों में जाते। दवाओं से कुछ आमदनी भी हो जाती, कुछ सेवा भी करते, गरीब बच्चों की माँओं से पैसे नहीं लेते, बोलते कि यहाँ सेठ, साहूकार, मारवाड़ी बिज़नेसमैन क्या कम हैं जो हम बच्चों की दवाओं की फ़ीस लें—ना यह नहीं होने का, बिलकुल फ्री इलाज समझो।''

सड़क पर चलते-चलते डॉक्टर साहब ने देखा, सामने ही सुंदरकाजी की दुकान

थी, वे दोनों भाई बाहर ही खड़े बातें कर रहे थे। डॉक्टर साहब को देखते ही दोनों ने झुककर उनके चरण छुए। आज उनके व्यवहार से सुधीरदा चकित विस्मित थे, आज का मुहूर्त तो अच्छा लग रहा है, जो लोग दूर से प्रणाम-नमस्ते करके निकल जाते थे, आज उनका बढ़कर चरण-धूलि लेना आश्चर्यजनक ही था। उन्होंने मन को समझाया कि ये दोनों तो बूढ़ा बेटे के बचपन के साथी हैं, इसी भाव से भक्ति उमड़ गई होगी। मनुष्य का मन ही तो ठहरा। उन्हें मन-ही-मन किंचित् गर्व का भी अनुभव हुआ। उनकी तरह उनके बेटे बूढ़ा ने भी परिचय बढ़ाकर अपना सामाजिक दायरा बढ़ा लिया है, फिर वह बैंक मैनेजर है तो व्यापारियों का उससे मिलना-जुलना लगा ही रहता होगा।

उन्होंने थोड़ा रुककर पूछा, ''कैसे हैं सुंदरकाजी? सब कुशल-मंगल तो है?''

''हाँ, दादा! सब बढ़िया है। अभी आपकी और चक्रवर्ती भाई की ही बात हो रही थी। चक्रवर्ती बड़ा मेहनती है, कितना खूबसूरत घर उसने बनाया है, हम लोग देखकर खुश हो गए। अब तो प्रोमोशन पर प्रोमोशन पाना है, वे बहुत ऊँचे पदों पर जाएँगे दादा।''

''सब आप लोगों की शुभकामना है। मेरा बेटा भी सबका बहुत ध्यान रखता है।''

कहकर सुधीरदा आगे बढ़ गए। आगे ही दुसाध टोली थी, जिसमें झोपड़ियाँ डालकर और कुछ खपरैल मकानों में हरिजन बस्ती के लोग रहते थे, वहाँ के गरीब बच्चों की देखभाल करने में डॉक्टर साहब को बड़ा संतोष मिलता था। आज भी उनके कदम उस ओर मुड़ गए। सबका हाल लेते, दवाएँ बाँटते-बाँटते शाम के छह बज गए। उन्हें लगा कि अमीरों की बस्ती में जब डॉक्टर जाते हैं तो उनका रोग डॉक्टर को देखते ही कम हो जाता है पर गरीबों की बस्ती में ठीक इसके विपरीत तमाम तरह की दबी-छिपी बीमारियाँ प्रकट हो जाती हैं। बच्चों, औरतों और वृद्धजनों की भीड़-उमड़ आती है। मुफ़्त की दवा, मुफ़्त का डॉक्टर मिल जाने पर अच्छे-भले भी बीमार बन जाते हैं।

घर पहुँचते ही निढाल होकर वे सोफ़े पर लुढ़क गए। बहू ने दौड़कर जल दिया, पंखा खोला, और कहा, ''बाबा इतनी मेहनत क्यों करते हैं। यों धूप में दिनभर दवा बाँटना, इस अवस्था में इतना श्रम हानि पहुँचा सकता है।''

''देखो बेटी! जिस बात या काम से मन को तृप्ति मिले, समझो वही पूजा है, वही तप है। मुझे इसी से संतोष मिलता है।''

थोड़ी ही देर में नंदिता चाय ले आई। ठीक सात बजे बूढ़ा बैंक से वापस आया। आकर सीधे बाबा के चरणों के पास सोफ़े पर बैठ गया। बाबा खुश हो गए। बोले—

''बूढ़ा बेटा! आज मन खुश लग रहा है। तुम्हारे साथी सुंदरकाजी से बाज़ार

में भेंट हो गई। जानते हो, आज तो उन्होंने मेरे चरण छूकर प्रणाम किया। तुम्हारी भी प्रशंसा की और तुम्हारे इस घर की भी।''

थोड़ा रुककर बूढ़ा ने कहा—

''बाबा! आज मैं भी सुंदरकाजी के ही विषय में आप से बात करने वाला था। आज पहले मैं आपको खुशी की खबर दे दूँ। मुझे रीजनल मैनेजर बनाकर बैंक द्वारा दिल्ली भेजा जा रहा है। हफ़्ते-दस दिन में हमें दिल्ली चलना होगा। अब आप इस छोटे तंग शहर में नहीं रह कर दिल्ली जैसे महानगर में रहेंगे। हम अपनी गाड़ी लेंगे, मैंने पहले आपको बताया नहीं था, दिल्ली में मैंने एक सुंदर-सा फ़्लैट भी खरीद लिया है।''

''पर इतने पैसे तुम्हारे पास कहाँ से आए?'' तभी नंदिता ने भी कमरे में प्रवेश किया। बोली—

''बाबा हमने रतनपुर का यह मकान बेच दिया है।''

बूढ़ा बोला, ''और जिस सुंदरकाजी भाइयों से आप मिले थे, उन्होंने ही तो हमारा मकान खरीदा है। इसीलिए वे मकान की प्रशंसा कर रहे थे।''

सुधीरदा चुप। भौंचक्क! सब चुपचाप सुनते रहे।

''वाह! अच्छा हुआ। मुझे कुछ पता भी नहीं चला और सब कितनी आसानी से हो गया।''

सुधीरदा के कानों में बैरागादी गाँव में बरसते पानी में उस्मान के दौड़ते हुए पाँवों की छप-छप आवाज़ सुनाई दे रही थी। रात के सन्नाटे में उस्मान के हाथों दरवाज़े पर खट्-खट् की आवाज़ द्रुत हो गई थी, ''बैरागादी खाली करके जाना होगा, जो चीज़ जहाँ है वहीं सब कुछ छोड़कर जाना होगा।'' तो क्या छोड़ते जाना ही जीवन की नियति है। यहाँ से वहाँ। कभी इस घाट। कभी उस घाट। क्या जीवन नदी की तरह केवल प्रवाहित ही होता रहेगा, स्थिर होना उसके वश में नहीं। समय पर किसका ज़ोर चलता है? फिर साहस जुटा कर बोले—

''ओह तो यह बात है। तो यही खबर तुम संध्या में सुनाने वाले थे। इतने ऊँचे पद पर तुम्हारे प्रोमोशन की खबर से जी खुश हो गया। चलो, इस छोटे घर को बेचकर तुमने बड़ा फ़्लैट दिल्ली में खरीद लिया। यह भी प्रसन्नता की ही बात है। यहाँ वैसे भी तुम्हारी माँ की मृत्यु हुई थी तो रह-रहकर वे सारी बातें मन में आती-जाती रहती थीं। अब नई जगह पर नया जीवन शुरू होगा।'' फिर वे बोले—

''तो बूढ़ा बेटा! बताओ दिल्ली कब चलना है?''

''बस हफ़्ता भर टाइम है। तब तक मैं अपना पेपरवर्क भी पूरा कर लूँगा और नंदिता सारा सामान भी धीरे-धीरे समेट लेगी और कुछ ज़रूरी सूटकेस और सामान

लेकर हम लोग ट्रेन से चले चलेंगे। अगले-हफ़्ते का सेकेण्ड ए.सी. का टिकट भी मैंने बुक करा लिया है।''

''वाह! तुम तो सारा काम ही पूरा करके आ गए हो, कुछ भी छूटा हुआ नहीं रहा। बिलकुल परफ़ेक्ट! तभी तो इतनी जल्दी अपने काम में तुम आगे बढ़ रहे हो,'' अब सुधीरदा की आवाज़ कुछ थरथराने लगी थी।

''हाँ बाबा! रतनपुर छोटा शहर है। इसके मुकाबले दिल्ली की शान ही न्यारी है। आपको भी कलकत्ता याद आ जाएगा। बस, दिल्ली में ट्राम गाड़ी नहीं है, बाकी तो सब कुछ है। शानदार लोग, आलीशान मकान, समझिए कंक्रीट के जंगल वहाँ बस रहे हैं। हम लोगों ने जो फ़्लैट लिया है, वह सातवें तल्ले पर है, वह बिल्डिंग ग्यारह तल्ले की है। कहते हैं, ऊँचाई पर ताकने से टोपी गिर जाती है, इसलिए दिल्ली के लोग शायद अब टोपी नहीं पहनते। आज़ादी के समय कांग्रेसी गाँधी टोपी पहनते थे पर अब तो उसका चलन ही नहीं रहा।'' यह कहकर बूढ़ा ठठाकर हँस पड़ा। ''तो बाबा समय कम है। आप भी अपना सामान धीरे-धीरे समेट लें। कुछ छूटे नहीं, हाँ दवाओं का बैग तो आप कभी भूल ही नहीं सकते।''

कहकर बूढ़ा खिलखिलाकर हँस पड़ा। उस हँसी में चहक और उत्तेजना थी। नंदिता भी उत्साहपूर्वक उसका साथ दे रही थी।

रात में सुधीरदा ने मुश्किल से दो-चार कौर खाए, उनसे खाया नहीं गया। जाकर अपने बिछावन पर सीधा पड़ रहे। नींद कोसों दूर थी। बीता हुआ पूरा अतीत बार-बार आँखों के आगे झूल रहा था। शायद आठ दशकों का समय देखते-देखते बीत गया पर सारे पुराने दृश्य ताज़ा हैं, जैसे किसी कलाकार की नई बनी पेंटिंग हो और जिसके रंग बिलकुल ताज़ा हों, ऐसा कि हाथ से छुओ तो हाथ पूरी तरह चिपक जाएँ।

47

रतनपुर स्टेशन। दिल्ली जाने वाली सुपर-फ़ास्ट एक्सप्रेस में बैठकर और सामान को तरतीब से लगाकर बूढ़ा ने बाबा को आराम से लोअर बर्थ पर बिठा दिया—

''यहाँ आराम से बैठिए, चादर तान कर सोइए, एसी की ठंडी हवा आपकी सारी थकान दूर कर देगी।''

बाबा ने खिड़की के बंद शीशे से स्टेशन की ओर देखा—सभी लोगबाग नए लग रहे थे। वहाँ पुराना कुछ नहीं था। ऐसे भी नए के आगे पुराना सब कुछ धूमिल हो जाता है। बाबा चुप खुली आँखों से गाड़ी का धीरे-धीरे सरकना देख रहे थे। उनका स्वर्णिम अतीत धीरे-धीरे पीछे छूटता जा रहा था। लोगों के बाद, मकान-घर और वृक्षों की पंक्तियाँ भागी जा रही थीं। सब जल्दी में थे।

धीरे-धीरे यह सारा कोलाहल थम गया। सिर्फ़ ट्रेन के पहियों की मद्धिम आवाज़ आ रही थी, कुछ ही देर बाद बिछावन लग गया था और बाबा अधलेटे अतीत और वर्तमान का ताना-बाना बुन रहे थे। साइकिल पर पैडिल मारते डॉ. सुधीर, लल्लन साह की दुकान में घर के किराना सामान को उधार में लेने के लिए चिरौरी की मुद्रा में घण्टों बैठे सुधीर, कभी कलकत्ते के ट्राम और बस में हैण्डल पकड़े भीड़ में झूलते सुधीर को वे बारंबार देख रहे थे। अनुभा चटर्जी को खाना खिलाने का निमंत्रण देकर निश्चित समय पर नहीं पहुँचकर सपरिवार ट्रेन में बैठकर रतनपुर चल देने वाले एक तरह से विवश भाव से पलायन करते सुधीर को वे कोसना नहीं भूलते थे। क्या यह व्यवहार उनकी कापुरुषता थी, क्या वे स्वार्थी, मिथ्यावादी और आत्मकेन्द्रित थे। सुधीरदा ने मन के इन सवालों का खुद ही जवाब भी दिया—

''नहीं-नहीं, वे स्वार्थी नहीं थे, यह तो समय और परिस्थितियों का असह्य आघात था, जिसने उन्हें उड़ाकर कहाँ से कहाँ पटक दिया। समय जब तलवार लेकर पीछे खड़ा हो तब वध्य जीव को घुटने टेककर वध-स्थल पर शीश झुकाने में ही कल्याण है। रही बात आकर्षण की तो वह तो था, रही बात प्रेम की तो शायद वह भी था। व्यक्ति और कुछ पाने की लालसा तो करता ही है। लेकिन उनकी पत्नी सुजाता है, बच्चे हैं यह बात तो उन्होंने अनुभा से छिपाई ही और बाद में बताने का लाभ ही क्या था? हाँ, यह दोष मुझ पर लगता है पर सब कुछ प्रकट भी तो नहीं होता, जिसे हम दुनिया कहते हैं, वह कम-से-कम आधा सत्य और आधा मिथ्या तो है ही। सब कुछ कोई प्रकट करना भी चाहे तो कुछ-न-कुछ गोपन तो रह ही जाता है।'' धीरे-धीरे उन्हें नींद आ गई और ट्रेन अपनी तेज़ रफ़्तार में दिल्ली की ओर बढ़ रही थी।

नई दिल्ली स्टेशन पर बूढ़ा का एक मित्र अपनी कार लेकर पहुँचा था, बाबा को लेकर जब बूढ़ा अपने अपार्टमेन्ट के पास पहुँचा तो लिफ़्ट से सातवीं मंज़िल की यात्रा बाबा को रोमांचक लगी। बूढ़ा ने कहा—

''मैंने फ़्लैट का दरवाज़ा खोल दिया है, पहले आप प्रवेश करें, यही मेरा गृह-प्रवेश होगा। भीतर प्रवेश करते ही आँखें चुँधिया गईं। हर कमरा रोशनी से जगमगा रहा था। गद्देदार सोफ़े पर बैठते ही बाबा की आधी थकान तो छूमंतर हो गई। बोले—

''बूढ़ा, बेटा! तुम सिन्दबाद जहाज़ी की तरह शुरू से ही साहसी थे, यह सब तुम्हारे परिश्रम का फल है। मैं सातवीं मंज़िल पर बैठा हूँ, सुना है, सातवें आसमान पर परमात्मा रहता है, थोड़ी ऊँचाई और पा लूँ तो स्वर्ग-प्राप्ति में कोई कष्ट नहीं होगा। इसका मतलब जानते हो बूढ़ा, मौत भी बड़ी ऊँचाई का अनुभव है। शरीर से परे होना, शरीर के पार होना। जब तक शरीर है, नाना व्याधियों का घर है, हज़ार दुखों का रोना-धोना है। शरीर से ऊपर उठे या उचित समय पर उचित उपचार हो जाए तो बीमारी भी छूमंतर हो जाती हैं। जानते हो, मनुष्य का मन ही सबका मास्टर 'की' है, वह सारे बंद

दरवाज़े को खोलने की तरकीब जानता है। तुमने मुझसे अपनी पूरी बात नहीं बताई, चलो यह भी ठीक ही हुआ। मैं तुम्हारी परीक्षा नहीं देख सका, पर परिणाम तो मुझे अच्छा दीख रहा है। चित्त को बड़ी शांति मिली।''

बूढ़ा ने बाबा का हाथ पकड़कर पूरा घर घुमाया। तीन शयन कक्षों वाले घर में एक कमरा बूढ़ा का, एक बाबा का और एक अतिथियों के लिए था। बड़ा-सा ड्रॉइंग-रूम सजा-धजा तैयार होकर सबका स्वागत कर रहा था। डाइनिंग टेबल वगैरह सारी सुविधाओं से लैस वह अपार्टमेन्ट अपने आप में एक स्वतंत्र लोक की तरह लग रहा था। सुधीरदा को अपने बाबा की कही हुई कुछ बातें याद आ रही थीं। उनके शब्द गूँज रहे थे—'जानते हो सुधीर! लोक एक नहीं अनेक हैं। वैकुण्ठ लोक, ब्रह्मलोक, गोलोक न जाने कितने लोक हैं, ठीक मन के नाना स्तरों की तरह। इसी तरह भाँति-भाँति के नरकों की कल्पना हुई है। कुंभीपाक रौरव, अंधकूप जैसे सहस्त्रों प्रकार के नरक दुखों और यातनाओं के प्रकार बताते हैं। अब यह तुम्हारी मर्ज़ी है, तुम जो चुनो।'

कुछ ही घंटों में नंदिता ने आवश्यकता के अनुसार सारी व्यवस्था कर ली। डाइनिंग टेबल पर सब एक साथ भोजन करने बैठे। सुमधुर भोजन करते-करते बूढ़ा बोला—

''बाबा! मैं आपका शरारती छोटा बच्चा हूँ, ज़रूरत पड़ने पर आपसे हँसी-दिल्लगी भी कर लेता हूँ, मेरी हर भूल को आप क्षमा भी करते हैं। एक आवश्यक बात तो मैं बताना ही भूल गया। आप जानते हैं मैंने यह अपार्टमेन्ट क्यों चुना।''

सुधीरदा ने प्रश्नसूचक मुद्रा में देखा।

''क्योंकि इस अपार्टमेन्ट का नाम है 'सुजाता अपार्टमेन्ट' और मैं इसे किसी भी कीमत पर हासिल करना चाहता था,'' कहते-कहते बूढ़ा का गला भर आया। मुँह से बोल नहीं फूटे। बाबा के हाथ का कौर भी उठा का उठा रह गया, वह मुख तक नहीं जा सका।

''वाह! अद्‌भुत। जो हो रहा है चमत्कार ही हो रहा है। 'सुजाता अपार्टमेन्ट'—यह विरल संयोग है बूढ़ा बेटा!'' कहते-कहते सुधीरदा की आँखों से दो अश्रु बिन्दु चू पड़े। बूढ़ा भी उनके कंधे पर सिर रखकर फूट-फूट कर रो पड़ा। वर्षों का आवेग जैसे आज ही अश्रुओं के रूप में बह जाना चाहता था। प्रीति के ताप से जमा हुआ गंगोत्री का ग्लेशियर पिघल रहा था।''

सुधीरदा ने प्रकृतिस्थ होकर बूढ़ा की पीठ थपथपाई—

''शांत हो जाओ बूढ़ा बेटा! यह घर नहीं तुम्हारी माँ की आत्मा की मधुर और शीतल छाया है। तुमने भीतर-भीतर पूरी तैयारी की, मेरी आत्मा की संतुष्टि और तृप्ति का भी ध्यान रखा। चुपचाप तुमने अच्छा काम कर दिया। बूढ़ा बेटा। सत्य तो सदा अंत में ही प्रकट होता है। वह किसी परिपक्व आम्रफल की तरह होता है जो स्वाद और

सुगंध से भर जाता है। उपनिषद् में कहा है—सत्य का मुख सोने के ढक्कन से ढँका हुआ है, देवताओं की कृपा से वह ढक्कन उठ जाता है। तुमने मेरा मन प्रसन्न कर दिया। वह प्रसन्नता जो हर्ष के आवेग से आँखों में अश्रु ला दे वह सबसे पवित्र होती है।''

बूढ़ा का मन अब शांत हो चला था। बोला—

''बाबा! दिल्ली का मौसम न कलकत्ता की तरह है, न रतनपुर की तरह। यहाँ गर्मी में बहुत गर्मी पड़ती है, शीतकाल में शीत अधिक होती है। आपको दोनों ऋतुओं में अपने शरीर का ध्यान रखना होगा। इसलिए इस भीषण गर्मी में मैंने तीनों कमरों में ए.सी. की व्यवस्था कर दी है। चिरकाल तक आपने दुख उठाए, अब दुख को विदाई दे दीजिए, सुख से रहिए। आपकी छोटी-बड़ी सभी आवश्यकताओं का ध्यान आपका यह बेटा रखेगा।'' कहकर बूढ़ा उठा और उसने ए.सी. का बटन ऑन कर दिया। शीतल हवा का झोंका सुधीरदा के शरीर से टकराया, सुधीरदा को लगा कि मानो वे पद्मा नदी के किनारे खड़े होकर नदी में छलाँग लगा रहे हों और छपाक् की ध्वनि के साथ उसके साथ उस्मान आदि बंधु हवा में जलतरंगों को दोनों हाथों से उछाल रहे हों। उनके मन-प्राण हरे होकर जुड़ा गए। फिर उनके मुँह से बरबस निकला, ''वाह! बूढ़ा बेटा। तुम चतुर भी हो, कारसाज भी, रियल प्रबंधक। सुनो, अब अपने दोनों बच्चों को कलकत्ते के हॉस्टल से यहाँ बुला लो। दिल्ली में ही पढ़ेंगे। मेरा भी जी लगा रहेगा।''

''तो बाबा! यह खबर भी आपको दे दूँ। नंदिता ने एक बड़े स्कूल में बच्चों को पढ़ाने की नौकरी पकड़ ली है, आपकी बहू शिक्षिका हो गयी है। बस सौ कदम पर स्कूल है, उसी में दोनों बच्चे पढ़ेंगे, माँ के साथ स्कूल जाएँगे और आएँगे। है ना मज़ेदार बात?''

''अच्छा तो सारा मजमून तुमने पहले से ही लिख रखा था। और मुझे अब बता रहे हो।''

''बाबा! मुंशी लोग मजमून लिखते हैं और बादशाह सलामत आखिर में अपना दस्तखत व मोहर लगाते हैं, इसलिए जहाँपनाह श्रीमान् सुधीर चन्द्र चक्रवर्ती को आज सारा रहस्य बता रहा हूँ।''

''सचमुच! तुम्हारा उद्योग अद्भुत है। जीवन भी तो कथा ही है। उतार-चढ़ाव, उठा-पटक, क्लाइमेक्स से भरा। तुमने अनिश्चित को सुनिश्चित कर दिया, असंभव जैसे संभव हो गया। वाह।''

शाम का भोजन भी जल्दी हो गया। सुधीरदा को थकान के मारे नींद आ रही थी। बूढ़ा ने उन्हें अपने कमरे में पहुँचाया। लाइट, ए.सी. बाथरूम, बाहर की बाल्कनी घुमाकर उन्हें लाइट ऑन-ऑफ़ करने के तरीके समझाए और बिछावन पर लिटा दिया और विदा लेकर अपने कमरे में चला गया। सुधीरदा कुछ देर तक ज़ीरो वाट बल्ब की

रोशनी में सफ़ेद रंग में रंगे कमरे की दरो-दीवार और छत को देखते रहे फिर धीरे-धीरे उनकी पलकों पर कब गहरी नींद उतर गई कुछ पता ही नहीं चला।

48

दीपावली का पर्व निकट आ गया था। पर अभी शरद ऋतु समाप्त नहीं हुई थी। वातावरण में शीतलता व्याप्त हो रही थी। चमकीला सूरज थोड़ा भला लगने लगा था। शरतकाल की चाँदनी ही अच्छी नहीं लगती, उसका सूर्य भी आकर्षक लगता है। मेघदल छिन्न-भिन्न हो जाते हैं। आकाश बिलकुल स्वच्छ निर्लेप नील आवरण से दीप्त हो उठता है। एक सुप्त सागर की तरह सोए हुए आकाश को चिड़ियों का दल चुनमुन स्वर करता संसार को जगाने की कोशिश में लगा था।

सुबह-सवेरे पाँच बजते ही आदतन सुधीरदा की भी नींद खुल गई। पहले तो उन्होंने अपने मन को तैयार किया कि वे अब बेटे के घर में दिल्ली में 'सुजाता अपार्टमेन्ट' में हैं, रतनपुर में नहीं। फिर स्थिर होकर बैठे। मुँह-हाथ धोकर बाहर की बाल्कनी का दरवाज़ा खोला तो अचानक सब कुछ आशातीत और सुखद लगा। सूरज का लाल गोला आकाश में धीरे-धीरे उठ रहा था। उसकी रक्तिम किरणों ने सुधीरदा के शरीर को थोड़ी गरमाई से छुआ, फिर वे धीरे-धीरे बाल्कनी में रखी कुर्सी पर बैठ गए। बूढ़ा ने तो कमाल का इंतज़ाम किया था। दस गमलों में तरह-तरह के फूल कैक्टस और हरे पौधे लगे थे तो चिड़ियों का दल चुनचुन कर रहा था। दो-चार की संख्या में कबूतर भी मंडरा रहे थे। तो यह बात थी जिसके लिए बूढ़ा पिछले दो-तीन महीनों से लगातार ऑफ़िस के काम का हवाला देकर दिल्ली आना-जाना कर रहा था। गमले सहित ये पौधे नर्सरी से लाए गए थे—मोहक रंगों के, सब खुशमिज़ाज लग रहे थे। सुधीरदा ने देखा कि नल का टैप, बाल्टी और मग भी करीने से वहाँ रखे हैं। वे धीरे से उठे। बाल्टी में पानी भरा और मग से दसों गमलों में पानी देना शुरू किया। चिड़ियों का चुनमुन दल उस भरे गमले में अपनी चोंच डुबो-डुबो कर मानो सुधीरदा को धन्यवाद कह रहा था। वे बुदबुदाए—

''यह तो अच्छा काम मुझे मिल गया। ये फूल-पौधे तो सच्चे सखा हैं, ये न कभी शोर करते है, न प्रतिरोध। पर जल दो तो हवा में हिलकर ये शुक्रिया ज़रूर अदा करते हैं।

पानी देते-देते उन्होंने सोचा, 'लोग आश्विन के महीने में तर्पण और पिण्डदान व्यर्थ ही करते हैं, मृत पुरखों को जल देने से तो अच्छा है कि इन पौधों और पंछियों को जल पिलाया जाए, इन्हें अन्न दें, पिंड दें। यही हैं हमारे पुरखे, जब से दुनिया बनी है तब से ये चले आ रहे हैं। ये तो हमारे शरीरधारी माता-पिता, दादा-दादी, नाना-नानी

जैसे पुरखों से भी पुरातन हैं।' इसी बीच उन्हें एक गमले में पीपल का बोन्जाई-लघुवृक्ष दिखाई दिया—अरे, ये तो साक्षात् नारायण स्वरूप हैं। बाबा कहते थे, यही तो हैं वामन—ये ही हैं उपेन्द्र। बैकुण्ठ लोक में नहीं बिलकुल हमारे पास, हमारे स्पर्श के योग्य, हमारी उँगलियों से आवृत। आह! नारायण। इसी पृथ्वी पर तुम हो, नाना रूपों में। ऐसी पृथ्वी मुझे सदा पसंद है। वे रविबाबू की पंक्ति गुनगुनाने लगे—मरिते चाइ ना आमि सुंदर भुवने।

जल-दान के पश्चात् वे कुर्सी पर कुछ देर बैठ गए, उन्होंने नीचे झाँका। सातवें तल्ले की बाल्कनी से लग रहा था, वे आकाश के मध्य में स्थित हैं, शायद यही अंतरिक्ष हो?

नीचे ज़मीन के लोग चीटियों के दल की तरह आ-जा रहे थे, नीचे की चीज़ें दियासलाई के पैकेट की तरह नज़र आ रही थीं। उन्हें फिर अपने बाबा चक्रवर्ती महाशय की याद आ गई। उन्होंने एक कथा सुनाई थी। इक्ष्वाकुवंश का एक राजा था त्रिशंकु। महर्षि विश्वामित्र ने एक यज्ञ का आयोजन किया और अपने तपोबल के प्रभाव से त्रिशंकु को सशरीर स्वर्गलोक भेजना चाहा। उनकी मंत्र-शक्ति से त्रिशंकु धीरे-धीरे स्वर्ग की ऊँचाई तक चढ़ते गए पर स्वर्ग के राजा देवराज इन्द्र इस अनधिकार चेष्टा को कैसे पसंद करते? उन्होंने त्रिशंकु को वापस पृथ्वी की ओर धकेल दिया। विश्वामित्र को अपने तपोबल का बड़ा अहंकार था, उन्होंने अपनी तप शक्ति से मुँह के बल पृथ्वी की ओर गिरते हुए त्रिशंकु को ऊपर अधर में ही रोक दिया। अब त्रिशंकु न पृथ्वी पर गिर सकते थे, न स्वर्ग की सीढ़ियाँ चढ़ सकते थे। वे आकाश के मध्य में अधर में ही स्थिर हो गए।

सुधीरदा का सोचना जारी था—'तो क्या इस सातवें तल्ले पर मैं भी किसी त्रिशंकु की तरह लटका हुआ हूँ। पृथ्वी मुझसे दूर हो गई है। रतनपुर शहर छूट गया, कलकत्ता और उसका चौरंगी लेन दास मेडिकल स्टोर वे सब बहुत पीछे रह गये और ढाका का मेरा गाँव मेरी जन्मभूमि बैरागादी एक अलग अब स्वतंत्र बांग्लादेश का हिस्सा हो गई। सबसे दूर हो गया मैं। पीले पत्ते की तरह समय की आँधी ने मुझे वृक्ष से तोड़कर उड़ा दिया। कहाँ गए सुशील भैया, सुनील भैया, हरिबोल सान्याल और अनुभा चटर्जी? सब जैसे विलुप्त हो गए। विधाता जो पन्ने लिख देता है, उसे फिर पलटकर दुबारा नहीं देखता। हम सब नदी की धारा में लकड़ी के कुंदे की तरह, कटे वृक्ष या मानो शव की तरह बहते चले जा रहे हैं, जिधर हवा ले जाए, जिधर धारा बहाकर किसी महासमुद्र में लय कर दे।'

सुधीरदा का आत्मालाप था—'नहीं, नहीं त्रिशंकु नहीं बनना मुझे। मुझे तो पृथ्वी चाहिए। मैं स्वर्ग लेकर क्या करूँगा। मैं जीवन की परमतृप्ति नहीं चाहता। यह तो जीवन की इतिश्री है। पृथ्वी रोज़ नई होती है। यह चिर नवीन है। अनेक ऋतुएँ,

अनेक दिन, मास वर्ष, छोटा ही सही पर अपनी लघुता में सुंदर है। विराट को देखने के लिए अलग से दृष्टि चाहिए। लघुता से ही विराटता का अनुभव किया जा सकता है। बाल्कनी की यह छोटी-सी दुनिया ही अब मेरा, वास्तविक आश्रय-स्थल है।' सुधीर मन-ही-मन दुहरा रहे थे—

'पर नहीं! मुझे मेरा लक्ष्य स्वयं ढूँढना होगा। ये लता-लतर, मनी प्लांट के पौधे, ये फूल, कैक्टस सब मेरे सखा, बंधु, साथी हैं। मैं इन्हें जल दूँगा, इन्हें पोषित करूँगा। चिड़ियों को पानी पिलाऊँगा। आओ प्यारे कबूतरो! आओ तुम्हारे लिए बाल्टी भर पानी रखा रहेगा, आओ, अपनी प्यास बुझाओ। ''तृप्यध्व''। ''तृप्यध्व''। ''तृप्यध्व''।' वे शांति से कुर्सी पर बैठे-बैठे चिड़ियों का कोलाहल सुनते रहे। उन्हें लगा कि चिड़ियों का दल खुश है, तृप्त है।

उन्होंने गुटरगूँ करते हुए एक कबूतर से बातचीत शुरू की—

''तुम कपोत हो—कबूतर भाई! संदेशवाहक! कहाँ-कहाँ तुम हज़ारों साल से पत्र और संदेश पहुँचाते आए हो। भाई! तुम तो भगवान का डाकिया हो, तुम्हारा रहन-सहन भी लाजवाब है, तुम्हारा अमीराना ठाठ-बाट है। तभी तो तुम हमेशा महलों में रहते आए हो। ऊँचे महलों और ऊँची अटारियों पर तुम्हारा विश्राम होता है। मैं आज से तुम्हारा बंधु, तुम्हारा सखा हूँ। मेरे साथ बातचीत करना। तुम कभी बीमार पड़ोगे तो मेरे पास दवा का भंडार है। मैं तुम्हें रोज़ पानी पिलाऊँगा, दाल और कुछ खाने की चीज़ें भी दूँगा। मेरी बात तुम समझ रहे हो ना?''

कबूतर ने पंख फड़फड़ाए और फुदक कर थोड़ा नज़दीक आ गया।

सुधीर बोले—

''मैं समझ गया। हममें और तुममें दोस्ती संभव है। अब मैं यहीं रहूँगा। बहुत कुछ छोड़-छाड़ कर आया हूँ, अब और नहीं। मैं सोचता था कि मैं किसके लिए हूँ? किस देवता का नैवेद्य हूँ मैं? कस्मै देवाय? किस स्थान पर मेरा निवास होगा? कहाँ ठौर? कहाँ है मेरी वास-भूमि। अब मुझे पता चल गया है कि भटकना बेकार है। यही प्रकृति है हमारा निवास। हममें, तुममें कोई फ़र्क नहीं। मुझे भी एक वृक्ष समझो, मेरी बाँहों की डाल पर झूला झूलो। मैं कहीं से भी तुम्हें हानि नहीं पहुँचा सकता। वृक्ष भी जब बूढ़ा हो जाता है तो चिड़ियों का घर ही तो बन जाता है। प्रकृति प्रतिदान नहीं माँगती, इसमें रहने का कोई किराया नहीं, मैं भी मन-ही-मन कपोत व्रती होकर जिऊँगा। मेरे शरीर की सीमाएँ हैं पर मेरा मन तुम्हारे साथ ही विचरण करेगा।''

सुधीरदा का आत्म-संवाद और चलता पर, तभी भीतर से नंदिता का स्वर सुनाई पड़ा—

''बाबा! भीतरे आशुन! चा रेडी होय गालो।'

बाबा ने—आश्ची! कहा और पहले अपने कमरे में आए। अपने होम्योपैथी

दवाओं का चमड़े का बैग खोलकर चीनी की कुछ मीठी गोलियाँ एक कागज़ पर निकालीं उस चमड़े के बैग को धीमे सहलाया, ''चौरंगी लेन के दोस्त हो तुम! वाह! तुमने मेरा अंत तक साथ निभाया। धन्यवाद देता हूँ तुम्हें।''—इसके बाद वे फिर दुबारा बाल्कनी में आए। बोले, ''लो, दोस्तो! तुम्हारे लिए ये मीठी गोलियाँ हैं, आराम से खा लेना।'' कहकर उन्होंने गमले के पास उन्हें वहीं रख दिया। देखते-देखते चिड़ियों का एक दल गोलियाँ गटक गया और फिर फुर्र से उड़ गया। उनके पंखों की सरसराहट के स्पर्श से सुधीरदा रोमांचित हो गए जैसे कलकत्ते की चौरंगी की भीड़ में किसी का उड़ता हुआ दुपट्टा छू गया हो। वे अनंत आकाश में मुक्त भाव से उड़कर जाते चिड़ियों के दल को बड़ी देर तक देखते रहे—बस देखते रहे।

❑❑❑